Regine Kölpin
Der Meerkristall

Bisher von der Autorin bei KBV erschienen:

Vergangen ist nicht vorbei
Deichleichen (Hg.)
aufgebockt & abgemurkst (Hg.)
Muscheln, Möwen, Morde (Hg.)
Die Lebenspflückerin

Regine Kölpin, 1964 in Oberhausen geboren, lebt seit ihrer Kindheit in Friesland. Sie schreibt Kriminalromane und Kurzgeschichten (Für Kinder und Jugendliche unter dem Pseudonym Regine Fiedler). Sie leitet Workshops und Schreibwerkstätten. Ihre Veröffentlichungen erhielten zahlreiche Auszeichnungen. Zuletzt war sie 2008 für den *Kärntner Krimipreis* nominiert und für das Jahr 2010 hat sie das Stipendium *Tatort Töwerland* erhalten. 2011 wurde sie als *Starke Frau Frieslands* gewürdigt.
Sie ist Mitglied im *Verband deutscher Schriftsteller*, der Europäischen Autorenvereinigung *Die Kogge*, dem *Syndikat*, den *Mörderischen Schwestern* und gehört dem Friedrich-Bödecker-Kreis an. Unter dem Motto *Jever ganz mörderisch* inszeniert Regine Kölpin eine historisch-kriminelle Stadtbegehung, führt Sie auf den Spuren einer Hebamme durch das mittelalterliche Jever und zeigt Ihnen die kriminellen Seiten der Stadt.

2

Regine Kölpin

Der Meer-kristall

Historischer Kriminalroman

KBV

Originalausgabe

www.kbv-verlag.de
E-Mail: info@kbv-verlag.de
Telefon: 0 65 93 - 998 96-0
Fax: 0 65 93 - 998 96-20
Umschlaggestaltung: Ralf Kramp
unter Verwendung von: © Marafona · www.shutterstock.com
Karte Umschlaginnenseiten: Typus Frisia orient.
von Ubbo Emmius · Ende 16. Jahrhundert
Redaktion: Nicola Härms, Rheinbach
Druck: Aalexx Buchproduktion GmbH, Großburgwedel
Printed in Germany
ISBN 978-3-942446-82-2

Die Personen

Hiske Aalken:
Hebamme in der Herrlichkeit Gödens, einst als Toversche (Hexe) aus Jever hierher geflohen

Der Wortsammler:
eine vergessene Seele, die eine Zuflucht bei der Hebamme Hiske Aalken gefunden hat

Jan Valkensteyn:
Arzt, aus Amsterdam stammend

Garbrand:
katholischer Mönch, aus einem englischen Kloster geflohen und Freund Jan Valkensteyns

Melchior Dudernixen:
Bader in der Neustadt. Mennonit aus Holland

Magda Dudernixen:
Weib des Baders. Mennonitin aus Holland

Anneke Hollander:
Marketenderin und Duuvke (Hure). Mennonitin aus Holland

Klaas Krommenga:
ehemaliger Scharfrichter aus Jever

Friso van Heek:
weit gereister Kaufmann aus Holland

Historische Persönlichkeiten

Hinrich Krechting:

die rechte Hand der Hebrich von Knyphausen, Jurist und Anführer der Menschen in der Herrlichkeit Gödens. Kommt aus Münster, war dort Kanzler von Jan van Leyden, dem großen Täuferführer.

Hebrich von Knyphausen:

Häuptlingswitwe, lenkt nach dem Tod ihres Mannes Haro von Oldersum die Geschicke der Herrlichkeit Gödens.

Jacobus Cornicius:

Stadtarzt aus Emden, Freund Jan Valkensteyns. War als Humanist und Naturwissenschaftler publizistisch aktiv und ein Verfechter der religiösen Reform. Er wirkte u. a. als Leibarzt am ostfriesischen Hof.

Wolter Schemering:

Erster Landrichter in der Herrlichkeit Gödens, ist zusammen mit Hinrich Krechting aus Münster geflohen.

Rothmann:

führender Glaubensprediger aus Münster. Er ist aus der Stadt entflohen, über sein weiteres Wirken gibt es keine gesicherten Erkenntnisse; vermutlich in Holland gestorben.

Elske Krechting:

Erste Frau von Hinrich Krechting, aus Münster an seiner Seite mit den Kindern geflohen

Gräfin Anna von Oldenburg:
Gräfin von Ostfriesland, lebte in Emden, hat versucht, eine Einheit der Glaubensrichtungen zu bewirken.

Johannes a Lasco:
Superintendent, eingesetzt von Gräfin Anna, war maßgeblich an der Neugestaltung des ostfriesischen Kirchenwesens beteiligt.

Dr. Gerhard Westerburg:
auch als Dr. Fegefeuer bekannt, geriet u. a. in Köln in Konflikt mit der Kirchenobrigkeit, musste fliehen und war die letzten Jahre bis zu seinem Tod im Jahr 1558 Pfarrer in Dykhusen (Herrlichkeit Gödens).

Tochter Westerburgs, im Roman Bente genannt:
eine der Töchter Westerburgs, hat im Jahr 1550 den Emder Stadtarzt Jacobus Cornicius geheiratet, ein Name ist nicht bekannt.

Lübbert Jans Kremer:
ein holländischer Kaufmann, überzeugter Mennonit, der die Städte Oldersum und Appingedam sehr gut kannte.

Amsterdam 1524

Seine Hände sind filigran genug für das, was er tun muss. Er hat ohnehin keine Wahl. Unermüdlich lässt er die feine Spitze der Nadel über das Silber gleiten, malt damit das Motiv, das ihm der Meister aufgetragen hat.

»Es ist der Kristall, der das Leben unendlich macht. Er vergeht nie. Niemals.«

Der Mann weiß nicht, zu wem die Stimme gehört, denn der Meister offenbart sich nie, bleibt immer hinter einem Vorhang versteckt oder trägt eine dunkle Ledermaske, die ihn nicht verrät. Der Alte aber weiß um dessen Macht und Kraft, wenn er die Peitsche über seinen Rücken zischen lässt, weil die Arbeit nicht so vonstatten geht, wie der Meister es wünscht. Also schläft er nur, wenn er es nicht vermeiden kann, tut, was von ihm verlangt wird. Der Alte hofft, dass der Meister zufrieden ist. Dann sind ihm diese letzten Tage in Frieden vergönnt, auch wenn Augen und Rücken schmerzen. Wenn er das Werk vollendet hat, wird er sterben.

»Es ist ein Geschenk für das Wertvollste, was es gibt. Du bist der Auserwählte, der es für mich erstellt. Mache es gut, auch wenn es das Letzte ist, was du in deinem Leben tun wirst. Das, was ich getan habe, ist der größte Frevel unter uns Glaubenden. Nie darf jemand davon erfahren. Und du weißt zu viel. So bleibt mir keine Wahl. Ich muss es tun«, hat der Meister gesagt, und der alte Mann spürte die Peitsche zum ersten Mal auf dem Rücken. So heftig, dass ihm das Blut heruntergelaufen ist. Anschließend hat eine dampfende Schale Haferbrei vor ihm gestanden, ein Festmahl für den Alten, ein Essen, das er sonst nicht bekommt.

Welche Wahl hat er? An seinem Bein hängt eine Kette, die der Meister an der Wand befestigt hat. Er ist ihm ausgeliefert wie ein Hofhund. Macht er seine Sache gut, gibt es eine warme Mahlzeit; tut er es nicht, tanzt die Peitsche über seine bereits geschundene Haut.

Obwohl die Hände des Alten immer wieder zittern, gelingt es ihm, die winzig kleinen Linien zu ziehen und das hineinzugravieren, was von ihm verlangt wird. Vor ihm auf dem Tisch glitzert im Kerzenschein ein großer Kristall. Das Licht der Flamme bricht sich in den einzelnen Flächen, verzaubert den Edelstein in ein Mysterium, das ohnegleichen an Schönheit ist. Genau so muss er ihn abbilden. Der Kristall soll in einem Meer schwimmen, mit kleinen Wellen, die seinen Fuß umspielen.

»Wenn die Gravur fertig ist, wirst du aus einer Zacke eine Träne schleifen. Eine Träne, die nie vergeht.«

Der Alte hat schon viel Schmuck in seinem Leben hergestellt, er ist der beste Edelsteinschleifer und Goldschmied weit und breit. Das, was er zeit seines Lebens als Reichtum empfunden hat, wandelt sich nun zu einem Fluch, der ihn vorzeitig ins Jenseits befördern wird. Er war immer gottesfürchtig, hat sich nie etwas zuschulden kommen lassen.

Dennoch ist eines Abends jemand in seine Kammer eingedrungen. Als er aufwachte, lag er in dieser Werkstatt und hatte die Kette am Bein.

Dem Mann tränen die Augen, das Licht der Unschlittkerzen reicht oft nicht, um ihn genau arbeiten zu lassen, zumal sie stark rußen und seiner alten Lunge einen Hustenreiz bescheren. Er muss sich tief über das Silber beugen, die Nadel darübergleiten lassen. Es wird sein Meisterwerk werden, sein absolut gelungenstes Stück. Enden wird es mit der Träne, die kalt ist wie Eis. Weil sie für die Liebe gedacht ist, aber sein Blut daran klebt. Ihm wird es verwehrt bleiben zu sehen, wie das Medaillon über die Haut einer schönen Frau gleitet. Wenn der Alte doch einmal kurz die Augen schließen muss, überkommt ihn das Bild eines jungen Weibes am Saum der See. Das Licht bricht sich in den Wellen, und seine Strahlen spiegeln sich im Silber des Medaillons wider.

Diese Gedanken erfrischen ihn, lassen ihn sein Werk noch besser machen, so lange, bis er wirklich zufrieden ist und jeder einzelne Strich seiner kritischen Begutachtung standhält. Dann ist das Medaillon mit dem Meerkristall fertig.

»Die Träne, die ich hineinlege, soll in Wellen aus Gold schwimmen. Sie soll aussehen, als falle sie genau in dem Augenblick aus meinem Auge«, sagt der Meister, während seine Fingerkuppe über das Medaillon streicht.

Wieder schleift und arbeitet der Alte, weiß, dass sein Ende naht. In dem Augenblick, wo die Träne rollt, ist der Tod gewiss. Seine Bewegungen werden langsamer, er will den Moment hinauszögern. Noch ein bisschen atmen und wenn es die stickige Luft dieser dunklen Werkstatt ist. Noch ein wenig den Schweiß spüren, wie er Stück für Stück über den geschundenen Rücken rinnt. Es ist so wenig, was er noch vom Leben fühlt, und doch ist es ihm so viel.

Der Alte poliert das Silber ein letztes Mal, legt die Träne in das mit dunkelblauem Samt ausgeschlagene Medaillon hinein.

Der Meister schläft noch, er aber wird jetzt nicht ruhen. Er hat noch eine letzte Aufgabe zu erfüllen, die es ihm nicht erlaubt, das müde Haupt schon jetzt aufs Strohlager zu betten. Der Mann schleicht sich, soweit seine Kette es zulässt, in Richtung der Kammer des Meisters, der auf seiner Bettstatt liegt und schnarcht. Dem Alten zittern die Knie. So weit hat er sich noch nie vorgewagt. Der Meister will, dass der Meerkristall in goldenen Wellen badet. Nur wie der Alte das anstellen soll, hat er nicht gesagt. Vielleicht wird er ihn vor seinem Tod noch auspeitschen, wenn er es nicht hinbekommt, oder er wird ihn verhungern oder verdursten lassen. Ein gnädiger und rascher Tod ist ihm nur gewiss, wenn er alles genau so tut, wie es verlangt wird.

In der Ecke der Kammer liegt ein großes Kissen, das mit Goldbrokat bestickt ist. Der Alte legt sich auf den Bauch, angelt danach, und schließlich kann er ein paar Fäden herausziehen. Es dauert eine Weile, ehe er wieder zu Atem gekommen ist. Kaum aber sitzt er auf seinem Hocker, beginnt er, die Wellen hineinzusticken. So füllt er das weiche Blau nach und nach.

Doch noch immer fehlt etwas. Das, was das Kunstwerk zu seinem macht, seine Handschrift trägt, auch ohne dass es für den Meister offensichtlich ist. Das ist dem Alten wichtig, auch wenn nie jemand erkennen wird, dass er es geschaffen hat. Er nimmt den blauen Samt wieder in die Hand und stickt zwischen die Wellen kleine Sterne. Für jeden Tag seiner Arbeit einen und am Ende sieht es aus, als spiegele sich der Himmel im Meer.

Der erste Hahn kräht bereits, als er den letzten Stich tut. Sein Garn ist alle, das Werk vollbracht. Der Alte schließt die Augen und schläft ein.

1. Kapitel

1548, Herrlichkeit Gödens – Ostfriesland

Hiske schlug die Plane beiseite und kletterte vom Wagen. Die Burg Gödens, auf dessen Hof sie sich befand, lag im Dunkel der Nacht, nur ihr Turm wurde vom fahlen Mondlicht angestrahlt. Die Hebamme verspürte keine große Lust, schon jetzt in ihre kleine Kate, die auf dem Weg nach Hebrichhausen lag, zurückzukehren. Sie war unglaublich erschöpft. Das Marschenfieber raubte den Menschen in der Herrlichkeit Woche für Woche Kinder und Alte. Meist konnte Hiske nichts tun. Jedes Kind, das starb, empfand sie jedoch als persönliche Niederlage. Sie hatte kein Mittel, kein Kraut, das wirklich half.

Nach der Enge und dem Schweiß im Wagen sehnte sich Hiske nach frischer Luft. Sie machte sich auf den Weg zum Schwarzen Brack, der großen Meeresbucht, und schlug einen forschen Schritt an. Jeder, der sie so sah, würde vermuten, dass sie in großer Eile war, vielleicht auf dem Weg zu einem niederkommenden Weib. In Wirklichkeit aber befand sie sich auf der Flucht. Auf der Flucht vor ihren Gedanken, ihren Gefühlen und der eigenen Unzulänglichkeit.

Sie war froh, als sie am Schwarzen Brack angekommen war und über dessen dunkle Oberfläche blicken konnte. Es wirkte in der Nacht noch dunkler als sonst. Keine Welle kräuselte die glatte Oberfläche, über der die Mückenschwärme tanzten.

Die Tage waren viel zu heiß, die Luft roch modrig, und das Dünnbier schmeckte von Tag zu Tag schlechter. Auch der gute Käse der Holländer konnte den üblen Geschmack nicht mehr auffangen.

Hiske kam häufig allein hierher, immer dann, wenn sie glaubte, vom Leben erdrückt zu werden. So wie jetzt, wo Tod und Krankheit die Menschen knechteten. Menschen, denen sie sich zugehörig fühlte, Menschen, die sie nach langer Zeit als ihresgleichen angenommen hatten.

Hiske setzte sich ins taufeuchte Gras, sah zu den Sternen und zum Mond, der sich schon morgen wieder ganz runden würde. Ruhe durchströmte sie, milderte den Schmerz, der nicht nur wegen der toten Kinder in ihr tobte. Dieser Schmerz hing auch mit Jan Valkensteyn zusammen, der Gödens verlassen hatte und ihr damals nicht hatte sagen können oder wollen, wann er zurückkommen würde.

Hiske dachte oft an den jungen Arzt, dem sie ihr Leben verdankte. Er hatte sie tiefer berührt, als sie es sich eingestand. Nur an Abenden wie diesen ließ sie ihre Gefühle zu. Er war seit fast drei Jahren fort. Nachdem er zunächst behauptet hatte, er bleibe, war er schon kurze Zeit später mit dem nächstbesten Schiff verschwunden. »Ich muss nach Emden. Dort lebt der Stadtarzt Jacobus Cornicius. Er ist Humanist, Naturwissenschaftler und Leibarzt am ostfriesischen Hof. Er hat interessante Schriften verfasst. Ich muss mit ihm reden, mit ihm forschen. Die Medizin ist mein Leben, Hiske. Ich bin nur dazu geboren. Ich komme aber zurück. Bestimmt tue ich das.« Sein »Irgendwann« hatte er nur genuschelt, aber die Hebamme hatte es doch gehört.

Einen Mann wie Jan Valkensteyn konnte man nicht halten. Er war kein Mensch, der in einem Käfig glücklich werden würde. Nicht einmal, wenn man die Tür offen ließ.

Wie gern hätte Hiske den Arzt nun an ihrer Seite, vor allem jetzt, in diesem Gewirr der rätselhaften Erkrankungen, die mit der wachsenden Bevölkerung immer stärker um sich griffen. Es war ja nicht nur das Marschenfieber, das die Kinder und Alten dahinraffte, immer wieder flackerte auch der Typhus auf. Hiske hatte gehört, dass die Lustseuche, die Syphilis, in den benachbarten Städten um sich griff. Sie hoffte, dass diese Geißel vor den Toren der Herrlichkeit Halt machen würde, nur wer konnte sich da sicher sein?

Mittlerweile glaubte Hiske nicht mehr an Jans Rückkehr. Zu viele Stunden der Hoffnung waren vergangen, sie wollte keinen einzigen Funken Erwartung mehr zulassen. Sie war ihm nicht wichtig genug gewesen, wahrscheinlich hatte er längst ein anderes Weib und Kinder. Männer vergaßen schnell. Drei Jahre waren eine lange Zeit. Sie hätte ihm damals vielleicht Einblick in ihre Gefühle geben sollen, aber dazu war die Hebamme zu stolz. »Was hätte es mir auch gebracht«, sagte sie zu sich selbst. »Er wäre trotzdem gegangen, und mein Schmerz wäre größer als jetzt.«

Hiske straffte den Rücken. Sie sollte allein versuchen, die Probleme in der Neustadt und im Lager in den Griff zu bekommen. Ganz gleich, was noch auf sie zukam, ganz gleich, welche Bürden sie noch würde tragen müssen. Immer mehr Kinder starben auf rätselhafte Art und Weise. Und immer in den Sommermonaten, vor allem, wenn es sehr warm war. Im Winter trat die Krankheit nicht auf. Es war, als falle das Fieber zusammen mit den sinkenden Temperaturen tief in den Keller, um im nächsten Sommer mit ganzer Kraft erneut emporzusteigen. Hiske hatte ein paar Schriften studiert und war, wie die Gelehrten, zu der Erkenntnis gekommen, dass das Fieber mit dem Moor und der Marsch und den im Sommer auftretenden Nebeln in Zusammenhang stand. Nacht für Nacht klebten die weißen Schleier wie eine feste Schicht über den Wiesen und dem Sumpfland. Wer wusste schon, was sich in dem geheimnisvollen Weiß verbarg.

Tun konnte sie nichts, wenn die Kleinen, vom Fieber geschüttelt, in ihren Bettchen lagen, im eigenen Schweiß gebadet. Ihr blieb nur der Versuch, die Hitze zu senken, damit sie eine Weile durchhielten. In ganz seltenen Fällen trotzten sie der Krankheit und überlebten.

Garbrand, der alte Mönch, hatte Hiske noch andere, fremdartig anmutende Kräuter gezeigt, mit denen er in England gearbeitet hatte. Er musste vorsichtig sein, damit sein Können nicht auffiel und man ihn als Mönch enttarnte. Obwohl Hiske sich sowieso fast sicher war, dass die meisten Bewohner es wussten oder aber zumindest ahnten. Warum sie den alten Mann dennoch stiekum duldeten, konnte sie nicht sagen, denn schlimmere Feinde als die Papisten gab es für die Täufer, aber auch für die von der Häuptlingswitwe Hebrich von Knyphausen eingeführte reformierte Kirche nicht. Der Hass auf die Katholiken hatte sich in den Jahren nicht verringert, war aber in weniger aggressive Bahnen gelenkt worden.

Hiske seufzte auf, nahm ein kleines Stöckchen und warf es ins Wasser. Sie sah den dabei auftretenden Ringen zu, bis sie sich in der Weite des Schwarzen Bracks verloren und den Mond, der sich in der Wasseroberfläche spiegelte, in Falten legten.

Sie würde wohl oder übel so weitermachen müssen wie bisher. Immerhin hielt Hinrich Krechting, der als Armen- und Kirchenvorstand in der Herrlichkeit alle Fäden in der Hand hatte und die rechte Hand Hebrichs war, große Stücke auf sie. Er glaubte daran, dass sie den kranken Kindern die Linderung geben konnte, die sie brauchten. Denn die Mütter scheuten sich, den Bader Dudernixen aufzusuchen, der mit seinen Aderlässen und anderem Firlefanz schon vier Kinder auf dem Gewissen hatte, das aber vehement abstritt. Ein Arzt hatte sich bislang nicht niedergelassen. Nach Jan Valkensteyn war keiner mehr in Gödens gewesen. Der neue Flecken am Siel bot einfach nichts, was einen Arzt verlocken könnte, sich hier anzusiedeln.

Insgesamt war seit dem Bau der Neustadt alles bedrückender geworden. Im Lager an der Burg Gödens war das Leben von allerlei Kurzweil unterbrochen gewesen, weil immer mal wieder ein Gaukler gekommen war, der die Leute von ihrer Tristesse abgelenkt hatte. Nun aber hatten sich eine merkwürdige Strenge und Disziplin über die Menschen gelegt. »Wir müssen uns von den Papisten abheben, dürfen nicht so ausschweifend leben.« Krechtings Anweisungen waren eindeutig. Auch wenn er sich nicht mehr zum Täufertum bekannte, so regulierte er das Leben in der Herrlichkeit doch nach den Gesetzen der Abstinenz und Einfachheit. Er achtete mit einem solchen Nachdruck auf deren Einhaltung, dass es Hiske manchmal die Luft nahm. Sie schob es auf seine große innere Zerrissenheit. Manchmal, wenn sie sich gegenübersaßen, merkte Hiske, wie die Gedanken des Juristen abschweiften, wie sich ein Schleier der Trauer über das bärtige Gesicht legte und ihn mit einer Verletztheit zeichnete, die kein Maler der Welt hätte einfangen können. In diesen Augenblicken wusste sie, für welchen Glauben sein Herz schlug, egal, was er nach außen hin trug, egal, wie sehr er die reformierte Kirche unterstützte. Hinrich Krechting würde in seinem Herzen immer Täufer bleiben.

Hiske atmete tief ein, glaubte am Horizont ein Segel zu erkennen, aber es war nur der dichte Nebel, der sich immer stärker über die Wasseroberfläche legte und einen Vorhang zwischen der Herrlichkeit und dem Rest der Welt spannte.

Jan Valkensteyn sah in den Sternenhimmel. Es würde nicht mehr lange dauern, dann war er wieder in der Herrlichkeit

Gödens. Dort, wo er vor über drei Jahren schon einmal angelandet war, dort, wo er für einen kurzen Augenblick geglaubt hatte, seinen Schmerz und seine Schuld vergessen zu können, als er in Hiske Aalkens Augen gesehen hatte, die mit ihrer Mischung aus Blau und Grün eigentümlicher nicht hätten sein können. Aber er war nicht so weit gewesen, konnte sich seine Schuld nicht verzeihen. Er hatte seine Gefühle verdrängt, dabei die Annäherungsversuche Annekes nicht entschieden genug zurückgewiesen. Fast hätte er damit einen großen Fehler begangen, der ihm auch die Rückkehr heute unmöglich gemacht hätte. Anneke war klug, was den Umgang mit Männern anging. Sie hatte nicht eine Sekunde sein Herz berührt, und doch ging von der Marketenderin eine starke körperliche Anziehungskraft aus, der auch er sich kaum entziehen konnte, erkannte er bei ihr doch Parallelen zu einem Menschen aus seiner Vergangenheit, die nicht gut für ihn waren.

In Emden gab es viele schöne Weiber, und er hätte viele haben können. Doch es war kein Augenblick vergangen, an dem er nicht an Hiske gedacht hatte. Immer war ihm ihr schönes dunkles Haar in den Sinn gekommen, der frische süßliche Duft ihrer Haut und ihr Lachen, das nicht schöner sein konnte, vor allem, wenn ihre Augen dabei blitzten. Doch er durfte sie nicht unglücklich machen. Er war ein Mann, der sich nicht binden sollte, ein Mann, der nicht lieben durfte. Zu viel war geschehen, zu viel lastete auf seinen Schultern. Dennoch war die Sehnsucht nach Hiske immer unerträglicher geworden. Überall sah er junge Frauen mit Kindern, überall wurde er mit der Nase darauf gestoßen, was er im Leben verpasste, wenn er sich nicht endlich verzieh.

Jan war hin- und hergerissen, hatte seine Rückkehr in die Herrlichkeit immer wieder verschoben und gleichzeitig nach einem Grund gesucht, endlich wieder zurückzufahren. Als ihm sein neuer Freund, der Arzt Jacobus Cornicius, von der Marschenfieber-Epidemie in Gödens erzählt hatte, war Jan schließlich doch aufgebrochen. Nicht ohne das Versprechen, alsbald zurück nach Emden zu kommen. Sie waren mit ihren Forschungen noch lange nicht fertig.

Als es aber endlich entschieden war, hatte die Erleichterung überwogen. Jan ertappte sich dabei, dass er sich aufrichtig freute. Er stand am Bug des Schiffes und sog die Luft ein. Es war sehr warm, direkt über dem Wasser hatte sich eine dünne Nebelschicht gebildet. Der Geruch hier war ihm vertraut, es war das Gefühl des Nachhausekommens.

»Darf ich mich dazugesellen?« Ein kleiner, eher schmächtiger Mann mit Barett, lustig blitzenden Augen und einer weißen Halskrause über dem schwarzen Gewand stellte sich zu dem Arzt. »Lübbert Jans Kremer ist mein Name. Ich bin Kaufmann und beobachte Euch schon eine ganze Weile. Ich habe Emden mit meiner Frau und meinen drei Kindern verlassen, weil mir die Idee der Neustadt sehr gefällt und wir als Mennoniten dort sicher ein gutes Leben führen können.« Er senkte den Kopf. »Mich hat Hinrich Krechting um Hilfe gebeten. Nach von Ascheburgs Tod benötigt er Unterstützung auf dem Gebiet des Städtebaus. Ich kenne Appingedam und das Siel in Oldersum sehr gut.«

Jan nickte. »Das waren auch die Pläne von Ascheburgs, die er hinterlassen hat. Wisst Ihr, wie weit der neue Flecken vorangetrieben ist?«

»Die Pläne des alten Lokators sind nur teilweise zu nutzen, Medicus. Die Bauern haben den Bau des Ortes an der Stelle, wo er zunächst geplant war, vereitelt. Die Neustadt rückt nun näher an das neue Siel und wird dort immer stärker zusammenwachsen. Zunächst nutzt man beim Bau der Häuser den Weg, der zum alten Hafen geht. Aber es soll eine Planstadt werden, nichts bleibt dem Zufall überlassen. Ich bin gekommen, um die Pläne von Ascheburgs zusammen mit Bruder Krech…«, er verbesserte sich, »Hinrich Krechting zu verändern und umzusetzen.«

»Krechting ist jetzt endgültig reformiert?«, hakte Jan nach. Mit Bruder oder Schwester sprachen sich nur die Täufer untereinander an.

Der Kaufmann nickte. »Nichtsdestotrotz hat er für die Mennoniten eine Menge geleistet.«

»Kennt Ihr auch den Prediger Rothmann, wenn Ihr so weit gereist seid?«, fragte Jan. Seinetwegen war er vor drei Jahren nach Ostfriesland gekommen. Rothmann hatte eine Botschaft für Krechting und die Täufer gehabt, die Jan überbracht hatte.

»Den Vermahner? Ja, den kenne ich. Er wirkt nicht mehr. Habe gehört, dass er bei einem friesischen Edelmann in einer kleinen Herrlichkeit in der Nähe Groningens Zuflucht gefunden hat und dort verstorben ist.«

»Wann?«, hakte Jan nach.

Kremer schürzte die Lippen. »So genau weiß ich das nicht, vielleicht im letzten Jahr. Diese Herrlichkeit hieß Evsum oder so ähnlich.«

Rothmann lebt also nicht mehr, dachte Jan. Dazu passte auch, was ihm in Emden über Krechting zu Ohren gekommen war. Es hieß, dass dieser jetzt ganz in seinem Amt als Armen- und Kirchenvorstand aufging. Anscheinend waren alle Hoffnungen, die Krechting angetrieben hatten, in der Herrlichkeit ein neues Täuferreich zu errichten, mit dem Ableben Rothmanns zunichtegemacht worden.

Lübbert Jans Kremer deutete auf einen dunklen Umriss auf der Backbordseite. »Da ist der Turm von Wangerooge. Es ist die letzte Insel vor der Einfahrt in die Jade.«

Jans Herz klopfte. Seine Freude war ganz eng an das erwartete Wiedersehen mit Hiske gekoppelt. Er hoffte so sehr, dass sie sich nicht gebunden hatte. Und wie er das hoffte!

Die aufgehende Sonne brannte auf sein Gesicht. Noch in der Nacht hatte sich Klaas Krommenga aus Jever aufgemacht. Schlag für Schlag hatte er seine Ruder ins dunkle Wasser getaucht, als er unter dem Sternenhimmel hindurchgeglitten war. Es war schwierig, das alles mit nur einem Bein zu bewerkstelligen, doch sein Hass hatte ihn die letzten Jahre am Leben erhalten und gab ihm auch jetzt Kraft. Er würde nun das vollenden, was zu seinem Lebensinhalt und zu seinem einzigen Ziel geworden war: Die Hebamme Hiske Aalken musste sterben.

Wahrscheinlich würde seine Seele dafür im Fegefeuer tanzen und ewig brennen, aber das war ihm egal. Er hatte so viele Menschen mit seinem Schwert, dem Strick oder dem Feuer ins Jenseits befördert, er kannte alle Zwischentöne des Sterbens und Leidens. Im Himmel war auch ohne den Mord an der Hebamme kein Platz mehr für ihn. Klaas Krommenga hatte nichts zu verlieren.

Er ruderte weiter, freute sich über jedes Stück, das ihn seinem Ziel näherbrachte. Immer wieder musste er innehalten, nach Luft schnappen, denn die wurde ihm oft knapp, vor allem, weil auch in der Dunkelheit noch eine feuchte Wärme über dem Land lag. Je näher er der Jade kam, desto weniger beeinträchtigte ihn dies, nicht einmal die unerträglich vielen Mücken setzten ihm mehr zu. Deren Surren hatte ihn nur zu Beginn gestört, irgendwann war es ihm egal gewesen. Sein Gesicht war von Pusteln übersät, die juckten und ihn immer wieder dazu veranlassten, die Ruder aus der Hand zu legen und sich zu kratzen. Auch daran war dieses Weib schuld. Sie war schuld an allem, was in seinem Leben schiefgelaufen war. Die Begegnung mit Hiske Aalken war der Wendepunkt zu einem Dasein gewesen, das er von dem Augenblick an als ein solches nicht mehr bezeichnen wollte. »Immer der Hölle entgegen«, grummelte er. Bevor er aber im Fegefeuer ankam, würde er sie mit sich reißen. Sie sollte brennen. Das, was er ihr schon in Jever zugedacht hatte, würde er jetzt einlösen. Klaas wusste, wo er das Weib finden würde. Drei Jahre waren verstrichen, aber dann hatte Satan ein Einsehen gehabt und ihm ihren Aufenthaltsort durch einen Verbündeten zugeflüstert.

»Der Feind ist dir nah, Hebamme. So nah!« Klaas steuerte das Ufer an, er hatte eine Stelle entdeckt, wo er ohne Schwierigkeiten anlegen konnte, denn dank der Toverschen, dem Hexenweib, war er lange nicht mehr so behände, wie er es ohne sie gewesen wäre.

Klaas vertäute das Boot an einem niedrig gewachsenen Baum und legte sich im Schutz des Schilfes zum Schlafen nieder. Er wollte die für ihn zu helle Sonne zum Ruhen nutzen und nur in der Dunkelheit weiterfahren. In der nächsten Nacht oder am Morgen darauf würde er den neuen Hafen anlaufen, und dann nahm das Schicksal seinen Lauf. Wer es wagte, sich ihm in den Weg zu stellen, war des Todes.

Anneke Hollander hatte eben den letzten Kunden verabschiedet. Der Morgen verdrängte die Nacht. Ihr Leben war falsch, und doch zwang ihr knurrender Magen sie dazu, auf diese Weise ihr Geld zu verdienen. Von nichts konnte auch sie nicht leben. Ihr Einkommen reichte kaum aus. Es war immer schwerer, einen Schap zu bekommen oder auch nur ein Stück Käse oder Brot, selbst das Mehl war teuer geworden.

Ihr Tun in den Nächten war gegen alles, was der Glaube gebot, gegen jede Verordnung, die Krechting erlassen hatte. Sie musste vorsichtig sein, damit er nichts davon erfuhr. Er hatte es streng untersagt, aber was sollte die Enthaltsamkeit? Auch die Täufer und Mennoniten waren Menschen mit Bedürfnissen, ob es Krechting gefiel oder nicht. Die immer häufiger einlaufenden Schiffe brachten weitere Kunden mit.

Anneke zuckte mit den Schultern. Sie musste tun, was sie tun musste, eine Wahl hatte sie nicht. Die beiden Frauen, die sie beschäftigte, gaben ihr einen Großteil des Verdienstes ab, dafür bekamen sie eine Kammer, Brot und Dünnbier und hin und wieder das Gekröse eines Hammels. Am Ende jeder Woche gab sie den beiden eine Münze, die sie zu Stillschweigen verpflichtete, denn Krechting würde sie ansonsten der Herrlichkeit verweisen. Während sich einst noch ein Hauch von Güte in seinem Gesicht befunden hatte, vor allem, als er seine Visionen leben wollte, zeigten sich dort nun nur noch Härte und Unnachgiebigkeit. Seine Augen hatten das darin früher lodernde Feuer verloren, nichts war mehr übrig von dem, was alle im Burgkeller, bei ihren heimlichen Versammlungen, gefesselt hatte. Diese fehlende Glut glich Krechting nun durch einen unbedingten Machtwillen und eine unsägliche Konsequenz aus. Einzig im Beisein der Hebamme zeigte er sich von seiner freundlichen Seite, wie auch immer dieses Weib es geschafft hatte, einen solchen Mann für sich zu gewinnen.

Bei Jan Valkensteyn war ihr das aber nur kurz gelungen, denn er war gegangen. Dennoch verspürte Anneke immer wieder einen Stich, denn dass der Arzt nicht in ihrem Bett gelandet war, hatte sie ganz eindeutig dem Hebammenweib zu verdanken. Hin und wieder beschlich Anneke eine große Wut. Auf sich, aber auch auf Jan Valkensteyn, der einfach sang- und klanglos verschwunden war. Sie hätte ihn damals stärker um den Finger wickeln sollen. Er war eine verlorene Seele, und auch wenn er es sich nicht eingestand, so suchte er doch nach körperlicher Nähe, die sie ihm hätte geben können. Im Gegenzug dazu wäre sie davon befreit gewesen, ihre Beine für andere Männer zu spreizen. Sie war nur froh, dass er sich auch nicht für Hiske entschieden hatte. Denn das wäre für Anneke nur schwer zu ertragen gewesen. Zudem sie einem Mann größere Wonnen bereiten konnte als eine Frau wie die Hebamme, deren Hände zwar Kinder aus den Frauenleibern pflückten, die aber ein männliches Gemächt vermutlich noch nie mit dem Verlangen eines Weibes berührt hatte.

Anneke verschloss die Tür. Jedes Mal, wenn sie das tat, verspürte sie einen Trotz gegenüber der Obrigkeit. Was bildete sich Krechting als Täufer aus Münster eigentlich ein, hier alles bestimmen zu können? Sie, die Menschen, mussten hier leben und mit erheblich weniger auskommen als er, der ein Daunenkissen und keines aus Stroh unter seinem Haupt wusste. Dazu kam die Ablehnung durch die einheimische Bevölkerung. »Mennisten und Loegenpack« wurden sie beschimpft, wenn sie ihnen begegneten. Als Deichbauer waren die Holländer gut genug, aber sonst sollten sie sich still verhalten. Krechting hingegen genoss ein hohes Ansehen bei allen, was sicherlich auch an der Gunst der Häuptlingswitwe lag. Alle Hoffnungen ruhten auf dem Juristen, damit die Neustadt wuchs und zu Ruhm und Ehre kam.

Nun sollte bald jemand eintreffen, der Krechting bei der Ausführung der Pläne unterstützen sollte. Das hatte Anneke zumindest gehört. »Vielleicht ist der Mann ledig, und ich kann bei ihm landen«, flüsterte sie. »Keiner redet über meinen heimlichen Nebenverdienst, und so werde ich nie als

Duuvke bezeichnet. Das öffnet mir die Türen auch zu den reichen Männern. Sie nehmen sich zwar Frauen wie mich, würden sie aber nie ehelichen.« Sie lächelte und dachte: Kein Fremder weiß von meinem Tun, wenn ich es geschickt anstelle. Mit etwas Glück würde auch Jan Valkensteyn irgendwann zurückkommen, und dann wäre sie schneller als Hiske, die sich ebenfalls noch nicht vermählt hatte, obwohl es tatsächlich unter den Deicharbeitern ein paar Werber gegeben hatten. »Na, wer dunkle und geheimnisvolle Weiber mit solch merkwürdigen Augen mag.«

Anneke besah den Morgen, die ersten Sonnenstrahlen erwärmten die Luft. Sie würde nur kurz schlafen können, bevor der neue Tag mit neuen Hoffnungen und Träumen begann, die sich spätestens in der Nacht, wenn der letzte Freier gegangen war, wieder zerschlagen hatten.

Amsterdam 1524

Als der Meister in die Werkstatt tritt, ist der Alte tot. Er hält das Medaillon in der offenen Hand, die Kette hat sich um den Zeigefinger geschlungen.

Der Meister schafft den Mann hinters Haus. Er ist schwerer als gedacht. Der Morgen dämmert bereits, noch sind kaum Menschen auf den Straßen unterwegs. Amsterdam schläft noch. Hinter dem Haus befindet sich eine Gracht, die träge vor sich hinfließt. Dort bindet er ihm Backsteine an Füße und Hände und legt ihn auf die Wasseroberfläche. Die Gracht öffnet kurz ihren Schlund, und er verschwindet darin, als habe sie ihn gierig verschluckt. Es wird dauern, bis man ihn findet, und niemand kann eine Verbindung zwischen dem Meister und dem Edelsteinschleifer herstellen. Er hat ihn sorgfältig in einer anderen Stadt auserwählt und darauf geachtet, dass sie sich zuvor niemals über den Weg gelaufen sind.

Der Meister setzt sich im Licht der aufgehenden Sonne an seinen Küchentisch, öffnet das Medaillon, sieht auf die Kristallträne, die in einem Meer aus dunklem Samt, Sternen und Goldwellen badet. Es wird das Letzte sein, was sie von ihm hört, denn seine Berufung ist eine andere. Er kann, er darf niemals lieben, das ist nicht sein Weg. Er hat schwere Sünden auf sich geladen, die er nun abarbeiten muss.

Kein Weib wird mehr bei ihm liegen, keine weiche Haut mehr die Seinige berühren. Nun, wo es vollbracht ist, muss er das Priestergewand erneut anlegen, ist nie wieder der Meister mit einfacher weltlicher Kleidung. Er wird endgültig zurückkehren in sein gottesfürchtiges Leben. Morgen für Morgen, Abend für Abend wird er sich kasteien. So lange, bis die Haut auf dem Rücken aufgeplatzt ist, so lange, bis er mehrmals täglich das Blut gespürt hat.

Er ist es nicht wert, anders weiterzuleben. Er hat gehurt, er hat getötet, er hat Leben gezeugt. Aber er hat auch etwas geschaffen. Dieses Schmuckstück und diese Träne, die ewig weinen wird, weil er dennoch nicht anders konnte als zu lieben.

2. Kapitel

Hiske war, obwohl sie nur wenige Stunden Schlaf gefunden hatte, früh aufgestanden, denn sie musste in die Neustadt, weil ein Weib niederkam. Die Fäuste ihrer Magd hatten laut gegen die Tür geschlagen und kein weiteres Ausruhen geduldet. Die Hebamme war müde, wusch sich mit noch fast geschlossenen Augen Hände und Gesicht.

Für den Wortsammler, ihren Ziehsohn, stellte sie eine Schale Haferbrei hin, die er wie immer mit drei großen Schlucken leeren würde. Er war noch größer und kräftiger geworden, seit er bei Hiske regelmäßig etwas zu essen bekam. Sie hatte nicht viel, aber es reichte, um nicht krank zu werden, und es reichte, um mit gefülltem Magen dem Tagwerk nachzugehen. Wenn die Weiber mit ihren Diensten zufrieden waren, gab es nicht nur die von Krechting festgesetzten Münzen, sondern meist noch etwas Mehl, Graupen oder Hafer, womit Hiske etwas Essbares herstellen konnte. In der letzten Woche hatte sie sogar ein gerupftes Huhn geschenkt bekommen, das sie, zusammen mit dem Wortsammler und Garbrand, als Festmahl zu sich genommen hatte.

Mit dem Sprechen haperte es nach wie vor bei dem Knaben. Er war weder in der Lage, ganze Sätze zu bilden, noch alle Dinge beim Namen zu nennen. Er schöpfte weiterhin Wortfantasien, die oft über Hiskes Vorstellungswelt hinausgingen. Hinzu kam, dass er keine klare Aussprache hatte und die Silben oft nuschelte. Einzig Garbrand verstand meist, was der Wortsammler sagen wollte, und so war er eine Art Vaterersatz, zumindest aber ein enger Vertrauter, für den Knaben geworden.

Anfänglich hatte Hiske versucht, ihm seinen wirklichen Namen, den seine Mutter ihr genannt hatte, zurückzugeben, doch er reagierte nicht, wenn man ihn mit Balthasar ansprach. Also nannte ihn jedermann nur den Wortsammler, und der andere Name war in Vergessenheit geraten. Vergessen, so wie das Jahr seiner Geburt. Er musste jetzt ungefähr zwölf Lenze zählen, obwohl er beileibe älter wirkte und das alle eine lange Zeit getäuscht hatte.

Hiske schlug sich das Tuch um die Schultern und machte sich auf den Weg. Der Boden war noch feucht vom Tau, und über den Wiesen waberten die Morgennebelschleier. Ein Blick zum Hammrich, ein Sumpfgebiet, das sich hinter der Burg erstreckte, zeigte ihr auch da eine weiße Wand, die sich nach und nach verflüchtigte, als schöbe sie jemand Stück für Stück beiseite. Hiske sah ein altes Bauernweib über die Wiesen darauf zusteuern. Sie würde von den dort niedrig wachsenden Weiden Zweige für die Korbherstellung schneiden.

Hiske lief mit schnellem Schritt, es war zu Fuß ein Stück des Weges. Sie hatte schon überlegt, die alte Hofstelle aufzugeben und Krechting zu bitten, ihr in der Neustadt ein kleines Haus zur Verfügung zu stellen. Die Wege waren im Winter nur schwer begehbar, und so würde es ihr nicht möglich sein, immer rechtzeitig bei den Weibern in der Neustadt anzukommen. Doch in dem Fall würde es andersherum für sie schwer werden, die Niederkommenden in Dykhusen zu erreichen. Vielleicht war es aber möglich, ein Gefährt zu bekommen, um die Entfernung leichter überwinden zu können.

Als sie die Straße zum alten Hafen betrat, sah sie aus dem Augenwinkel, dass am neuen Siel tatsächlich ein großer Kahn angelegt hatte. Sie empfand es stets als willkommene Abwechslung, wenn ein Schiff kam. Vermutlich auch, weil sie immer wieder die Hoffnung hegte, dass eines Tages Jan darauf einfahren würde. Die Schiffe wurden immer größer, die früher einlaufenden Knorren waren seit Kurzem von anderen Schiffen wie Hulk oder Kraweel abgelöst worden, seitdem das neue Siel befahrbar war, wenngleich sich die Fertigstellung noch hinzog.

Sie wunderte sich allerdings, dass Krechting zu früher Stunde an ihr vorbeistürmte und nur kurz innehielt, um Hiske eine knappe, höfliche Aufwartung zu machen. »Gott grüße Euch, Hebamme«, sagte er. »Mit dem Schiff ist der Mann angereist, der die Neustadt mit mir fertigbauen wird, damit wir zu Wohlstand kommen in der Herrlichkeit. Ich empfehle mich!« Damit lief er weiter.

Hiske war das altbekannte Blitzen in seinen Augen nicht entgangen. Hinrich Krechting hatte eine neue Aufgabe, die ihn ausfüllte, das gab ihm hoffentlich seinen Schwung und seine Lebenskraft zurück.

Sie eilte weiter zu einem Haus, das mit roten Backsteinen gemauert und mit roten Ziegeln gedeckt war. Es war eine kleine ebenerdige Kate. Im vorderen Teil befand sich die Bäckerei, im hinteren schlossen sich Schlafraum, Küche und Kuhstall an.

Der Ehemann stand vor der Backstube, winkte die Hebamme nach hinten durch. Sie musste die Kammer nicht suchen, das Stöhnen des Weibes hallte Hiske entgegen. Sie lag mit großen Augen in ihrer Bettstatt und wirkte erleichtert, als die Hebamme eintrat. Hiske tastete die Lage des Kindes ab, untersuchte die Frau. Die Wehen waren noch nicht kräftig. »Es dauert noch. Ich komme gleich wieder, lasse aber Kräuter zum Kauen hier, die dir die Schmerzen nehmen.« Hiske sah die Furcht in den Augen der Gebärenden, es war ihre erste Niederkunft.

»Lass mich nicht allein!«, bat sie die Hebamme.

Hiske strich dem Weib über die Stirn, setzte sich auf die Bettkante. »Hör zu, ich laufe nur zum neuen Siel. Es ist ein Schiff gekommen, und ich muss sehen, ob sie frische Kräuter, Öle und Töpfe für mich haben, damit ich euch alle weiter behandeln kann. Wenn ich zu spät komme, hat mir der Bader wieder alles vor der Nase weggeschnappt.«

Obwohl er es nicht braucht und dies nur tut, um mir eins auszuwischen, dachte die Hebamme. Sie sagte es aber nicht laut, weil sie keine Zwietracht säen wollte.

Das Weib nickte. »Es dauert also noch?«

»Ja, versuche, zwischen den Wehen zu ruhen, noch geht es, denn sie werden in immer kürzeren Abständen über dich kommen und an Stärke zunehmen. Nutze die Zeit jetzt, damit du bei Kräften bleibst.« Mit diesen Worten stand sie auf und ging hinaus.

Vor der Tür wartete der Mann. »Ist es bald auf der Welt?«

Hiske schüttelte den Kopf. »Nein, aber bleibt ruhig. Alles ist gut. Ich bin gleich zurück.«

Als Hiske wieder auf die Straße trat, schlug ihr schon jetzt die aufkommende Wärme entgegen. Es würde wieder ein stickiger, sehr warmer Tag werden. Der Juni hatte es in diesem Sommer in sich. Es war heiß, und es gab viel zu viele Mücken, die in riesigen Schwärmen über dem Wasser verharrten und dann vor allem am Abend über die schlafenden Bewohner herfielen. Hiske konnte ihre Stiche an Armen, Beinen und im Gesicht kaum noch zählen. Der Weg zum neuen Siel war lediglich ein Trampelpfad, holprig und nur schwer zu begehen, vermutlich würde das die nächste Straße sein, die sie bauen würden. Einfacher wäre es, am Deich zu laufen, dort entlang wurden auch alle Waren transportiert. Doch es war ein Umweg.

Als Hiske den neuen Hafen erreichte, herrschte schon reges Treiben. Die Waren wurden abgeladen, das Deck geschrubbt. Viele Menschen hatten sich versammelt, ein großer Teil war ungewaschen und sofort als Reisende kenntlich. Der Bader Dudernixen rannte hin und her und versuchte, den Ankommenden sein neues Badehaus schmackhaft zu machen. Es stieß Hiske ab, wie er sich den Menschen anbiederte. Dennoch ließen sich ein paar von ihm in Schlepp nehmen.

Magda Dudernixen schlich hinter ihrem Mann her, sie war seit dem Tod ihres Kindes nur noch ein Schatten ihrer selbst. Sie konnte es nicht verwinden, dass ihr das Marschenfieber binnen kürzester Zeit das Kind genommen hatte. Für die Frau hegte die Hebamme mittlerweile großes Mitleid. Die Geburt des Kindes war schwer gewesen, fast hätte Hiske es wagen müssen, ihr den Bauch aufzuschneiden. Doch kaum war das Kind ein paar Tage auf der Welt, hatten die Dämpfe der Moore es infiziert und gleich in Gottes Arme zurückgegeben. Obwohl Hiske sich nicht sicher war, ob der Bader nicht nachgeholfen hatte. Nur – wer sollte ihn anklagen, wenn die eigene Frau vor ihm kuschte wie ein geprügelter Hund?

Das Marschenfieber war auch am Hafen in aller Munde. Immer wieder schnappte Hiske das Wort auf, die Menschen waren in großer Sorge. Wenn man nur etwas dagegen tun könnte, dachte sie. Während die gesunden, kräftigen Menschen lediglich von einer großen Hitze befallen wurden, die kam und ging, bis sie schließlich verschwand, raffte sie die Kinder und Alten dahin. Sie hatten nur selten genug Widerstandskräfte, der Krankheit etwas entgegenzusetzen, und waren oft in wenigen Tagen tot.

Hiske näherte sich dem Schiff, es war eine Kraweel. Der Sielwärter stand an seinem Häuschen und kontrollierte das Geschehen. Hiske blickte sich suchend um, bemüht, einen

Gewürzhändler zu entdecken, dem sie das abkaufen konnte, was sie an Kräutern in der Herrlichkeit nicht finden oder selbst anbauen konnte, obwohl ihr Kräutergarten eine Menge hergab. Sie hatte auch schon versucht, ein paar der fremden Kräuter zu ziehen, aber häufig starben die Pflanzen. Der Boden war zu schwer und zu salzhaltig, da gedieh längst nicht alles.

Leider wurden ihre Hoffnungen heute enttäuscht. Gerade als sie sich abwenden wollte, zuckte sie zusammen. Hiske glaubte an eine Täuschung, aber dann sah sie doch ein zweites Mal hin, und sofort glitt ein Lächeln über ihr Gesicht, ein Lächeln, das seit drei Jahren darauf wartete, endlich den Menschen zu treffen, für den sie es aufgespart hatte.

Ihre Augen begegneten einander in genau demselben Augenblick. Jan schob sofort alle Umstehenden zur Seite, lief auf die Hebamme zu und verbeugte sich vor ihr. Er hatte sich kaum verändert, lediglich der Ausdruck der Augen erschien hinter dem freudigen Aufglimmen noch trauriger geworden zu sein. »Schön, dich zu sehen, Hiske. Ich bin zurück.«

Sie schwieg, zog sacht die Augenbrauen hoch und wartete ab, was Jan ihr noch zu sagen hatte. So sehr sie sich freute, so sehr war sie aber auch der Ansicht, er müsse zunächst erklären, warum er eine so lange Zeit verschwunden war und sich mit keiner Zeile gemeldet hatte. Jan zögerte nicht lange. Es war, als sprudelten die Worte aus ihm heraus, weil er sie sich die ganze Zeit im Kopf zurechtgelegt hatte und sie endlich aussprechen durfte. »Ich war all die Jahre in Emden bei Jacobus Cornicius. Wir haben viele Dinge erforscht, haben Erkenntnisse gewonnen, die den meisten Ärzten noch fremd sind. Vesalius' Abhandlungen über die Anatomie haben wir studiert, die Schriften Girolamo Fracastorius', der sich mit Seuchen beschäftigt hat, und diejenigen von Paré, der

Erkenntnisse in der Wundversorgung hat wie kein anderer. Und Cornicius verfasst selbst Schriften! Ich muss dir so viel erzählen.« Er hielt kurz inne, schien selbst zu merken, dass das nicht die Worte waren, die sich die Hebamme von ihm erhoffte, so sehr sie die Beweggründe verstand. Er räusperte sich. »Ich bin jetzt hier, weil ich von der Marschenfieber-Epidemie gehört habe. Vielleicht kann man was tun. Es gibt über Seuchen ganz neue Erkenntnisse.« Jan war so in seinem Element, dass er die beiden Männer gar nicht bemerkte, die hinter ihn getreten waren.

»Wollt Ihr uns nicht vorstellen?«, fragte der eine, der eher klein und schmächtig wirkte.

Jan fuhr herum. »Natürlich. Das ist Hiske Aalken, Hebamme in der Herrlichkeit.« Er wies mit der Hand auf den Mann. »Lübbert Jans Kremer, Kaufmann aus Emden.«

»Dann habt Ihr die weite Reise ja auch hinter Euch«, sagte eine dunkle Stimme.

»Wer seid Ihr?«, fragte Jan und musterte das Gesicht des stattlichen, gut aussehenden Mannes, dem seine Unwiderstehlichkeit offensichtlich bewusst war. Dennoch machte er auf Hiske einen umgänglichen Eindruck, was vor allem an seinem verschmitzen Gesichtsausdruck und den Grübchen lag, die sich selbst beim Sprechen zeigten. Auch die Augen, die der Farbe von Bernstein ähnelten, machten ihn interessant. Er war ein Mensch, der andere auf Anhieb fesseln konnte.

»Ich bin Friso van Heek, Kaufmann aus Amsterdam. Ihr müsst Jan Valkensteyn sein. Euer Ruf eilt Euch voraus, werter Medicus!« Frisos Worte dröhnten, seine Stimme kam Hiske nunmehr ein wenig zu laut und aufgesetzt vor.

Jan schüttelte ihm die Hand. »Ich freue mich, Euch kennenzulernen. Das ist Hiske Aalken, ihres Zeichens Hebamme in der Herrlichkeit.«

Friso van Heeks Blick wanderte zu Hiske und verweilte eine Spur zu lange auf ihr, als dass es nicht anzüglich wirkte. Er lächelte, verneigte sich und schien in ihren Augen zu baden. Hiske kannte eine solche Reaktion durchaus. Jan schien der eindringliche Blickkontakt zwischen dem Kaufmann und Hiske nicht besonders zu behagen. »Was verschlägt einen Kaufmann wie Euch in diese Einöde?«, fragte er und brach damit den Bann.

Der Kaufmann nickte Hiske freundlich zu und erwiderte: »Geschäfte, Medicus. Ich habe vom Bau des neuen Siels gehört und dass es in der Herrlichkeit einen großen Handelsaufschwung geben wird, wenn alles fertiggestellt ist. Ich bin immer gern einer der Ersten, wenn es etwas zu holen gibt!« Der Kaufmann lachte, und wieder klang es eine Spur zu laut.

Mittlerweile war Jan ein wenig auf Abstand gegangen.

Der Blick Friso van Heeks wandelte sich ständig, so als lauere er auf etwas. Hiske kam es vor, als ruhten in dem Mann zwei Seelen, die miteinander Verstecken spielten, und als zeigte sich immer dann die richtige, wenn es passte. Sie hatte den drei Männern schweigend zugehört. Während der Kaufmann sprach, hatte sich aus dem Ausschnitt seines Wamses, über dem er eine kunstvoll gearbeitete weiße Spitze trug, ein Medaillon herausgearbeitet. Es pendelte hin und her, glitzerte im Morgenlicht, das darin zu tanzen schien. Hiske konnte die Augen nicht davon abwenden. Das Schmuckstück war wunderschön.

Friso van Heek hatte ihren Blick bemerkt, griff zum Medaillon und zeigte Hiske die Vorderseite, die silbern glänzte und auf der ein im Meer schwimmender Kristall abgebildet war. Alles war filigran und sehr auffällig gearbeitet. Ein echtes Kunstwerk. »Eigentlich trage ich es nicht zur

Schau, es ist ein Erbstück und sehr kostbar. Ich lege es nie ab. Erinnerungen, versteht Ihr?«

Noch während er das Medaillon in Hiskes Richtung drehte, sah sie, als sich der Ärmel nach oben zog, die große Narbe, die sich vom Unterarm her bis zum Handrücken erstreckte. Sie war breit und ganz bestimmt nicht zusammengenäht worden, dazu waren die Zacken am Rand zu unregelmäßig. Wie ein rosafarbiger Wasserarm floss das Wundmal über die tief gebräunte Haut des Kaufmanns.

»Ihr habt in einer Schlacht gekämpft?«, fragte Hiske. Die Narbe hatte ihre Neugierde geweckt.

Der Kaufmann ließ das Schmuckstück los, steckte es wieder in den Ausschnitt zurück und lächelte. »Eine alte Verletzung«, sagte er. »Nicht mehr der Rede wert.«

Hiske war kurz versucht, nachzuhaken, doch es ging sie ja nichts an. Es würde sie allerdings bestimmt noch weiter beschäftigen, weil auch der Mann Friso van Heek sie beschäftigen würde. Sie wunderte sich selbst über ihr unverhohlenes Interesse, vor allem, da Jan eben zurückgekehrt war und ihre Aufmerksamkeit dennoch von Friso van Heek besetzt war.

»Wie seid Ihr in die Herrlichkeit gelangt? Mit dem Schiff eben könnt Ihr nicht gereist sein.«

Der Kaufmann verzog das Gesicht. »Ich bin mit einer kleinen Knorr von Emden her gekommen. Eine schrecklich ermüdende und lange Reise.« Sein Blick hatte sich bei Hiskes Frage erneut gewandelt. Über das Gesicht des offenen, freundlichen Mannes hatte sich von einer Sekunde auf die andere der Schatten eines vorsichtigen Menschen gelegt. Sie fragte dennoch weiter. Mit dem Mann schien etwas nicht zu stimmen, so als ob er ein gut gehütetes Geheimnis verbarg, das er auf gar keinen Fall preisgeben wollte. »Wo seid Ihr untergekommen?«

»In der *Krocht*. Ein Rattenloch, wenn Ihr mich fragt, werte Hebamme. Wahrlich ein Rattenloch!«

Hiske nickte bestätigend, der Wirt der *Krocht* war dafür bekannt, es mit der Sauberkeit nicht allzu genau zu nehmen.

»Habt Ihr eine andere Idee, wohin ich mein müdes Haupt ansonsten betten könnte?« Nun war Friso wieder der gefällige, überaus zuvorkommende Mann, der gern eine Frau um den Finger wickelte. Hiske war der Blick, der diese Worte begleitet hatte, nicht entgangen, und sie trat einen Schritt zurück. Friso van Heek verstand es wirklich, allein mit seinem Gebaren Grenzen zu überschreiten. So etwas war Hiske noch nie passiert, und es ließ in ihr alle Alarmglocken schellen. Sie befürchtete, dass er ein Mensch war, der keine Skrupel kannte und seine Interessen gegen alle Widerstände durchsetzte.

Auch Jan hatte die Worte und die darin enthaltene Anspielung bemerkt, und so zeigte sich zwischen seinen Brauen eine tiefe Furche. Es war wohl besser, nicht allzu freundschaftliche Beziehungen mit Friso van Heek zu pflegen. Hiske ging allerdings davon aus, dass er vermutlich ohnehin mit dem nächsten Schiff verschwinden würde, denn Kaufleute blieben nie lange in dem Flecken, da es noch nicht viele Geschäfte zu tätigen gab. Und schon gar nicht, wenn sie mit einer Unterkunft wie der *Krocht* vorliebnehmen mussten. Also wandte Hiske sich Lübbert Jans Kremer zu, der nach wie vor ein freundliches Leuchten im Gesicht trug. Er hatte lustige Augen, ihm schien jegliche Bösartigkeit zu fehlen. Es war, als lache er ständig und begrüße das Leben stets mit einer Zufriedenheit und Ausgeglichenheit, die es ihm unmöglich machte, auch nur einen Moment mit seiner Umgebung gram zu sein. Er wurde bereits von seinen drei Kindern umringt, die es nicht abwarten konnten, endlich in die Neustadt aufzubrechen. Doch er strich allen freundlich übers Haar, mahnte sie zur Geduld und widmete nun Hiske seine ganze Aufmerksamkeit. »Ich werde Krechting bei der Arbeit zur Hand gehen«, erklärte er. »Die Pläne von Ascheburgs müssen übertragen werden, hier wird eine Stadt entstehen, wie sie an Bedeutung in Ostfriesland ihresgleichen suchen wird. Das, was Ihr hier seht, ist nur der Anfang.«

Hiske nickte. Das also war der Mann, auf den Krechting gewartet hatte. Er würde seine Sache gut machen, daran zweifelte sie nicht. Lübbert Jans Kremer war jemand, den sie sich gut an der Seite des Juristen vorstellen konnte. Menschen ohne Argwohn waren so wichtig in Zeiten wie diesen. Was ihr aber weiterhin nicht gefiel, war der Blick Friso van Heeks, der, weil er sich unbeobachtet glaubte, sowohl Kremer als auch Jan seltsam beäugte. Nach seinen letzten Worten fühlte sie sich äußerst unwohl in seiner Gegenwart. Hiske schätzte Menschen nicht, die ihr wahres Ich hinter Schleiern verborgen hielten und sie nur dann abnahmen, wenn sie es für richtig hielten. Zu groß war für ihre Mitmenschen die Gefahr, dass sie den entscheidenden Schleier übersahen und getäuscht wurden.

Hiske beschloss zu gehen. Mit Jan konnte sie später sprechen, hier war nicht der rechte Ort. Sie wollte allein mit ihm sein. Es gab so viel, was unausgesprochen zwischen ihnen schwang und nicht für fremde Ohren bestimmt war. Nun hatte sie so lange auf ihn gewartet, da kam es auf die paar Stunden auch nicht mehr an.

»Ich empfehle mich, werte Reisende. Eigentlich hatte ich gehofft, hier einen Kräuter- oder Gewürzhändler zu finden. Aber leider ist keiner mitgereist. Nun muss ich gehen, ein neuer Erdenbürger wird die Herrlichkeit bald mit seinem Dasein bereichern. Die Frau des Bäckermeisters kommt nieder.«

Jan fasste sie sacht an der Schulter, hielt sie zurück. Seine Augen waren warm. Und ehrlich. Er hatte nichts von seiner Einzigartigkeit verloren. »Warte kurz. Wie geht es meinem Freund Garbrand? Spricht er dem Alkohol noch immer so zu?«

Hiske lächelte. »Er trinkt am liebsten Moscatella, wenn er ihn bekommt, was selten genug ist. Aber dem Genever und Branntwein ist er auch nicht abgeneigt. Wann wirst du ihn aufsuchen? Er lebt noch in der Wagenburg, wird aber schon bald in die Neustadt übersiedeln, wenn sich eine Kammer findet.«

»Ich gehe alsbald zu ihm«, sagte Jan.

»Er hat dich mehr vermisst, als er zugibt«, fügte Hiske hinzu.

»Ich ihn auch, sehr sogar.« Jans Stimme klang weich.

Wenn er das doch auch von mir sagen könnte, dachte Hiske und wandte sich zum Gehen.

»Ich würde mich gern mit dir über das Marschenfieber unterhalten. Deine Beobachtungen sind wichtig und können hilfreich sein. Wann können wir das tun? Wir müssen der Seuche Einhalt gebieten, sonst sterben noch mehr Kinder. Es ist ja mit ein Grund, warum ich hier bin.«

Und der andere?, dachte Hiske. Bist du meinetwegen hier oder geht dir Anneke nicht aus dem Kopf? Würde sie Jan wirklich etwas bedeuten, dann wäre er doch viel eher zurückgekommen. Laut sagte sie: »Ich lasse dir eine Botschaft zukommen, wenn meine Arbeit getan ist. Wo kann ich dich finden?«

»Ich werde beim Landrichter Wolter Schemering wohnen, wie beim letzten Mal auch.«

»Dann suchst du auch jetzt keine langfristige Bleibe«, stellte Hiske fest. Sie merkte selbst, wie enttäuscht sie war, zumal

Jan ihr nicht widersprach. Er würde hier erneut nicht Fuß fassen wollen.

Sie verabschiedete sich von den Männern mit einem Kopfnicken und raffte ihre Röcke, damit sie am Saum nicht zu staubig wurden, denn schon jetzt hatte die Sonne den Boden getrocknet.

Kaum war sie ein paar Schritte gegangen, spürte sie eine Hand auf ihrer Schulter. Es war Friso van Heek. Die Wärme seiner Haut brannte sich durch ihre Kleidung, ließ ihr Herz schneller klopfen. »Wisst Ihr wirklich nicht, wo ich sonst Unterschlupf finden kann? Gibt es keine andere Herberge?«

Hiske schüttelte den Kopf, sah sich nach Jan um, doch der war bereits in der Menge der Ankommenden verschwunden. Er sieht mir nicht einmal nach, dachte sie, riss sich aber zusammen und antwortete Friso van Heek: »In der Neustadt gibt es leider nichts. Das wird alles erst gebaut. So lange müsst Ihr Euch mit der *Krocht* zufriedengeben, auch wenn es alles andere als ein bequemes Wirtshaus ist. Doch die Burg Gödens ist nah, und es ist immer noch besser, als kein Dach über dem Kopf zu haben. Bitte entschuldigt, aber das Weib wartet.« Hiske wischte seine Hand von ihrer Schulter, glaubte anschließend ein Brennen zu spüren.

Friso van Heek nahm die Geste mit einem Schmunzeln hin. Er war ein Spieler. Ablehnung trieb ihn erst recht dazu, einer Frau nachzustellen. Hiske würde sich in Acht nehmen müssen.

»Gott schütze Euch«, stieß die aus und wusste selbst nicht, warum. Aber in dem Augenblick, wo sie es sagte, war es, als habe er den Schutz nötig, auch wenn er noch so selbstsicher auftreten mochte.

Hiske hastete den Weg entlang, und noch im Gehen fühlte sie die stechenden Blicke van Heeks im Rücken.

Der Mann war böse. Seine Augen waren böse, und er hatte mit der Lebenspflückerin so gesprochen, dass es ihr nicht gefiel. Außerdem trug er ein seltsames Ding um den Hals. Groß und mit einem Berg im Meer. Der Knabe fürchtete das Bild und wusste doch nicht, warum.

Nun beobachtete der Wortsammler, wie der böse Mann der Lebenspflückerin hinterhersah. Er schien es nicht gewohnt zu sein, dass ihn jemand stehen ließ. Wenn der Mann ihr folgte, würde der Wortsammler sich ihm entgegenstellen. Er schützte sie. Immer. Das hatte er sich geschworen. Sie gab ihm zu essen und zu trinken, eine Bettstatt, und sie nahm ihn in die Arme, wenn er traurig war und ihr nicht erklären konnte, warum. Sie trocknete seine Tränen, die oft unkontrolliert über die Wangen rollten. Er würde auf sie aufpassen, sein Leben lang. Einen Augenblick verharrte der Wortsammler noch in seiner Lauerstellung. Er wollte sich eben abwenden, als er sah, dass Friso van Heek doch die Richtung eingeschlagen hatte, in die Hiske gegangen war. Sofort spannte der Wortsammler seine Muskeln an, lief mit ausgreifenden Schritten hinter ihm her und verbaute dem Mann den Weg. Trotz seiner jungen Jahre war der Knabe mächtig gebaut, und so stand er dem ebenfalls kräftigen van Heek Auge in Auge gegenüber.

»Was willst du Missgeburt?«, herrschte der ihn an und wollte den Wortsammler wegstoßen. Der aber hatte sich mit leicht gespreizten Beinen einen festen Stand verschafft und wich nicht von der Stelle. »Hau ab und lass mich des Weges gehen. Ich brauche eine Bettstatt, aber davon verstehst du Otterngezücht ja nichts.«

Der Wortsammler warf den Kopf in den Nacken, ballte die Faust und stieß einen Laut aus, der dem Brüllen eines wütenden Stieres glich. Sofort verharrten alle Menschen und starrten zu den beiden herüber. Friso van Heek bemerkte das, und so dauerte es nicht lange, bis seine Faust in die Magengrube des Wortsammlers schnellte. Der Knabe sackte augenblicklich in sich zusammen, ein unerträglicher Schmerz durchzuckte ihn von oben bis unten. Dann erbrach er sich, und Friso van Heek marschierte an ihm vorbei, nicht ohne ihm noch einen gewaltigen Tritt verpasst zu haben.

Keiner der Umstehenden näherte sich dem Knaben. So sehr alle die Hebamme schätzten, der Wortsammler war allen nach wie vor unheimlich. Er spürte das Tag für Tag. Ein Mann wie Friso van Heek konnte ihn einfach zusammenschlagen und würde dafür nicht belangt werden. Weil sich keiner für einen Jungen wie ihn einsetzte. Für ihn, den Wortsammler, den viele noch immer den Irren nannten. Der Knabe blieb lange im Dreck liegen, sah mit halb geöffneten Augen verstaubte Schuhe an seinem Gesicht vorbeihasten. Aber nicht eine Hand streckte sich ihm entgegen, um ihm hochzuhelfen. Sein Kopf schmerzte, kleine Steine bohrten sich in die Haut. Der Junge begann zu weinen, schluchzte heiser, doch noch immer half ihm keiner oder holte die Lebenspflückerin, damit sie ihn nach Hause brachte. Er war allein auf dieser Welt, allein inmitten vieler Menschen, die ihn einfach nicht als ihresgleichen akzeptieren wollten. Der Wortsammler war wie ein Regenwurm, um den man sich nicht scherte, egal, ob er in der Sonne vertrocknete oder ob er von einem Fuß zerquetscht wurde. Die Tränen des Knaben vermischten sich mit dem Staub des Weges, rieben sich in seine Haut. Das blonde Haar würde bald grau vor Dreck sein. Einmal hielt ein kleiner Junge an, zückte seine Flöte, die aus Knochen geschnitzt war, und blies ihm damit kräftig ins Ohr. Das grelle Fiepen raubte ihm eine Zeit lang das Gehör.

»Wortsammler, was ist geschehen?« Garbrand beugte sich zu ihm herunter und strich ihm mit dem Zeigefinger über das schmutzige Gesicht. »Komm, steh auf!«

Der Knabe spürte die kräftige Hand des Mönchs und griff danach. Er zog sich zum Sitzen hoch, kniff die Augen zusammen, weil die Sonne ihn blendete. Sein ganzes Hemd war voller Erbrochenem, er verzog angewidert das Gesicht, als er den Geruch wahrnahm. Anschließend wandte er den Kopf, suchte Friso van Heek. Er wollte ihm jeden einzelnen Knochen brechen. »Böser Mann?«, fragte er. »Böser Mann … Lebenspflückerin …«

»Wir gehen jetzt erst nach Hause, ich wasche dich, und dann erzählst du mir, wer der böse Mann ist und was er getan hat. Um die Lebenspflückerin musst du dir keine Sorgen machen, ich habe gesehen, wie sie ins Haus der Bäckersfrau gegangen ist, dort kommt ein Kind auf die Welt. Das ist ihre Aufgabe, das weißt du.«

Der Wortsammler stand auf, wischte sich notdürftig den Staub von den Beinkleidern, aber es half nicht viel. »Loegenpack«, stieß er aus, fuchtelte dann mit der Faust in der Luft herum und schrie das Wort noch einmal heraus: »Loegenpack! Alles Loegenpack! Gotteszorntreffer!«

Als Garbrand sich mit dem Knaben auf den Weg machte, mieden die Menschen ihre Nähe. Sie fürchteten sich vor dem Wortsammler, in ihren Gesichtern spiegelte sich die Angst, dass sein Fluch der Wahrheit entsprach.

Garbrand aber umfasste ihn mit seinem Arm, auch wenn er zwei Köpfe kleiner war und er den massigen Körper des Knaben nicht ganz greifen konnte. Allmählich wurde der Wortsammler ruhiger und hörte auf, mit der Faust die Luft zu zerteilen. Kaum hatten sie die Neustadt verlassen, entspannten sich auch seine Gesichtszüge. Die Wut auf die Menschen ließ langsam nach. Dennoch konnte er nicht verhindern, dass ihm immer wieder böse Worte über die Lippen sprudelten.

Im Haus der Hebamme wuchtete Garbrand den Waschzuber in die Küche, füllte ihn mit Wasser und half dem Knaben anschließend beim Bad. Als er den Wortsammler neu eingekleidet und ein Gebräu aus Kräutern hergestellt hatte, fragte der Mönch: »Nun versuch mir mal langsam zu erklären, was der böse Mann wollte und wer er ist.«

Der Wortsammler musste einen Augenblick nachdenken, bis er es schaffte, seine wirren Gedanken in ein Bild zu fassen, das er dem Mönch mit seinen Worten zeigen konnte. Garbrand kannte ihn gut genug; er wusste, wie lange das dauerte. Nach einer Weile hatte der Mönch erfasst, was geschehen war und von welchem Mann der Knabe sprach. Er seufzte. Seine Hände zitterten, er konnte sie kaum kontrollieren. Es dauerte eine Weile, ehe er sich beruhigt hatte. »Ein Medaillon mit einem Berg im Wasser«, flüsterte er. »Sah es aus wie ein Meerkristall?«

Der Knabe nickte. »Meerkristall. Ja, Meerkristall.«

Garbrand schürzte die Lippen, legte die Stirn in Falten und stierte eine Weile vor sich hin.

»Was ist?«, fragte der Wortsammler und strich mit den Fingern über Garbrands von Altersflecken übersäte, faltige Hand.

»Nichts, Wortsammler. Es ist nichts. Eine lange und alte Geschichte, die keine Bedeutung mehr hat. Es muss auch alles gar nicht so sein.« Dann erhob er sich, ging in den Vorraum des Hauses, nahm eine Bodendiele heraus und kam mit einem Krug zurück, der oben verschlossen war.

Dem Wortsammler war das Versteck bekannt. Im Krug befand sich Genever, wie Garbrand das Gesöff nannte. Er hatte dem Knaben verboten, auch nur einen Schluck davon zu nehmen und ihm gleichzeitig klargemacht, der Hebamme nichts von dem Versteck zu verraten. »Es ist Giftwasser, Wortsammler. Macht kaputt. Ich brauch das aber. Manchmal.«

Manchmal war immer dann, wenn Garbrand sich aufregte, wenn ihn etwas traf oder wenn ihn alte Erinnerungen an seine Zeit in England und seine Vertreibung aus dem Kloster anfielen.

Nun saßen sich die beiden am Küchentisch gegenüber, der Knabe vor dem Kräutergebräu, Garbrand vor seinem Giftwasser. Sie brauchten keine großen Worte, um sich zu verständigen, jeder erspürte auch so, wie es dem anderen ging und was er dachte. Sie verband etwas, was sie selbst kaum verstanden, war doch der kahlköpfige Mann um so vieles älter als der Knabe.

»Wir sind zwei versprengte Seelen im Wind und hier gestrandet«, sagte Garbrand, nachdem er sich zwei Becher vom Giftwasser in den Hals gekippt hatte. Danach roch er seltsam, und seine Augen hatten einen merkwürdigen Glanz, das kannte der Knabe schon. Was vorhin in der Neustadt geschehen war, ging beiden nicht aus dem Kopf. Und so griff Garbrand das Geschehene ein weiteres Mal auf.

»Es ist gut, dass du auf deine Lebenspflückerin aufpasst, Wortsammler. Sie hat nur dich.« Er schenkte noch einmal nach. Garbrand musste sehr erschüttert sein, denn mehr als zwei Becher nacheinander trank er nur, wenn es ihm nicht gut ging. »Mich aber macht es unruhig, wie die Menschen mit dir umgehen und dass sie es dulden, wenn ein fremder Mann einfach auf dich einschlägt.« Garbrand verfiel in seinen melodischen Erzählsingsang, den er immer anstimmte, wenn der Genever sein Hirn benebelte.

Er erzählte Geschichten, die der Wortsammler nie ganz verstand, die aber stets etwas mit Tod und Verderben zu tun hatten und Garbrand Tränen in die Augen trieben. »Dass sie das Meer einsperren, ist nicht schlimm, Wortsammler, davor brauchst du keine Furcht zu haben. Furcht musst du haben, wenn sie ihren Gottesglauben bis an die Spitze treiben und dabei vergessen, dass Gott zu den Menschen gehört. Zu jedem Einzelnen von ihnen, egal wie der Glaube heißt, dem sie angehören.«

Danach weinte Garbrand und sagte, für ihn sei es zum Fluch geworden, dass er einmal Mönch gewesen war und es hier keiner wissen durfte. »Schon deshalb kann ich nicht sein, wer ich bin, guter Freund. Nur bei dir darf ich das. Nur bei dir!«

Der Wortsammler konnte die Worte des Alten nicht erfassen, aber der war traurig, das spürte er. Also legte er seine Hand auf den kahlen Kopf und streichelte ihn so lange, bis die Tränen verebbten und beide in einen tiefen Schlaf fielen.

Amsterdam, 1524

Das Portal der großen Kirche verschluckt den Meister und wird ihn nur noch einmal ausspucken. Heute Nacht, wenn er zu ihr geht. Heimlich wie ein Dieb, denn er fürchtet sich, ihr in die Augen zu sehen. Er kann ihr nicht widerstehen und ist zerrissen zwischen ihr und dem, was er einst der Kirche gelobte.

Seine Schritte klingen hohl auf dem Gang, der Stoff seiner Albe streift fast lautlos an der weißen Wand entlang. Nur noch zwei Stundenschläge und er wird sich das Messgewand überwerfen müssen. Noch im Laufen nimmt er den Siegelring aus der Seitentasche und steckt ihn zurück an den Finger.

Ihm begegnen ein paar junge Geistliche, die bei seinem Anblick buckeln. »Bischof«, hauchen sie und verschwinden lautlos in der Sakristei.

Er wendet sich zum großen Klostergarten, und als er sich unbeobachtet fühlt, holt er das Schmuckstück aus der Tasche.

»Du bist der Meerkristall! Durch dich wird sie an mich erinnert. Du bist ewig, aber nicht rein, wie ich es gewünscht habe!« Der Bischof senkt verzweifelt den Kopf, als ihm deutlich wird, was er mit der Erschaffung dieses Kunstwerkes getan hat. Zwar ist Gott gnädig zu ihm gewesen und hat den Alten von allein zu sich geholt und so verhindert, dass der Bischof sich noch mehr versündigt. Dennoch hat der Alte sein Leben für den Meerkristall gelassen.

Der Bischof geht in die Kirche, nimmt Weihwasser und segnet erst das Medaillon und anschließend die kleine Träne. Er hofft, dass der Segen das Böse überwinden wird und seine bösen Visionen nicht wahr werden. Denn am Meerkristall klebt Blut.

3. Kapitel

Der Bader Melchior Dudernixen blickte zu seiner Frau Magda, die zusammengerollt auf der Bettstatt lag. Ihre Schultern zuckten. Sie weinte ihre lautlose Trauer, er kannte das schon. Es berührte ihn nicht.

Wer sich von einem anderen ein Kind machen ließ, musste die Last eben ein ganzes Leben ausbaden. Sie war seine Frau, und sie hatte zu tun, was er wollte. Es war ihm in den letzten Jahren zur Gewohnheit geworden, sie zu benutzen, wozu immer er sie brauchte. Er ließ sie immer wieder Arbeiten verrichten, die sie ekelten. Oft weckte er sie auch mitten in der Nacht und ließ sich einen Haferbrei kochen. Magda wehrte sich nicht, sie war zu einem elenden Bündel Mensch verkommen. Nichts war mehr übrig von dem Waschweib, das sich mehr als einmal die Zunge an den Gerüchten verbrannt hatte, die ihr ständig über die vollen Lippen geglitten waren. So sehr Dudernixen das abgestoßen hatte, so sehr vermisste er es jetzt. Damals hatte sie noch etwas Pfeffer gehabt, wirklich gelebt. Nun schlich sie herum wie ein Schatten ihrer selbst. Ein Albtraum für einen Mann.

Vielleicht würde sich in ihrem Bauch bald sein Samen einpflanzen und zu einem stattlichen Dudernixen heranwachsen. Das würde sie sicherlich auf andere Gedanken bringen. Doch Magda wollte seine Frucht einfach nicht annehmen. Jeden Monat, wenn sie blutete, erzürnte ihn das, war es doch der Beweis dafür, dass er nicht in der Lage war, seine Manneskraft in Leben umzusetzen.

Das verdammte Wechselbalg, das in Magda gewachsen war, hatte auch nicht lange die Luft der Herrlichkeit mit seinem Atem verpestet. Das Marschenfieber hatte es dahingerafft, so wie es gerade viele der Kinder in die Ewigkeit schickte. Es war nicht nötig gewesen, etwas zu tun. Das Schicksal hatte alles für ihn gelöst.

Nun galt es die Lücke zu füllen, und dazu musste Magda fast jeden Tag herhalten. Es war ja nicht so, dass sein Gemächt keine Freude an diesen Dingen hatte, zumal Magda als Weib was hergab, auch wenn sie ihre Anmut und Selbstsicherheit verloren hatte. Nicht viele Frauen sahen so gut aus wie sie, nicht viele hatten ihre Rundungen genau dort, wo sie hingehörten. Melchior hörte, dass Magda nun doch richtig weinte, aber es rührte ihn noch immer nicht.

»Mein Leben ist verwirkt. Von dem Augenblick an, als sich der Samen meines Vaters zu meiner Frucht entwickelt hat«, heulte sie.

Melchior wandte sich ab. Er hasste diese Litanei, das Selbstmitleid, mit dem sich seine Frau durch den Tag schleppte und sich in ihrer Opferrolle sehr wohl gefiel. »Halts Maul!«, herrschte er sie an. »Du hast gefehlt, dafür wirst du büßen. Dein Leben lang. Du bist mein Weib, und ich kann mit dir tun und lassen, was ich will.«

Magda nickte stumm.

»Du lebst ganz gut bei mir, sei froh, dass ich dich nicht verstoßen habe.« Immerhin waren sie mit die Ersten gewesen, die in der Neustadt ein Haus errichten durften. Auch wenn Krechting allen rasch klargemacht hatte, dass Dudernixen als Lokator nicht infrage kam, so hatte er ihm als Ausgleich doch ein Badehaus bauen lassen, in dem es an nichts fehlte. Es war größer und schöner als das, was er in dieser Einöde erwartet hatte. Badehäuser waren selten geworden, in vielen Orten gab es sie gar nicht mehr. Dudernixen musste strikt darauf achten, dass Männer und Weiber getrennt badeten. Krechting war es aber wichtig, dass die Hygiene in der Neustadt eingehalten wurde. Die Geschäfte des Baders liefen prächtig, zumal das neue Siel immer häufiger auch von großen Schiffen angelaufen wurde, mit denen fremde Menschen und Waren ins Land kamen. Im letzten Monat hatte die erste Kraweel hier angelegt, der weitere, so wie heute, gefolgt waren. Es war ein großes Segelschiff mit drei Masten und Geschützen darauf. Davon sollten in Zukunft noch mehr in das Siel kommen, denn auch sie hatten nur einen niedrigen Tiefgang und deshalb mit dem flachen Gewässer keine Schwierigkeiten. Aber sie waren seetüchtiger als die kleinen Knorren und viel erhabener. Auch ein Hulk aus Bremen hatte den neuen Hafen schon angesteuert, und eine Kogge würde nicht lange auf sich warten lassen. Diese Schiffe würden die einfachen Knorren bald ganz ablösen.

Eben hatte er zwei Seeleuten ein Bad gerichtet, sie waren gleich fertig, und er musste die Waschzuber leeren.

»Hast du heute Morgen den Kaufmann am Siel gesehen?«, flüsterte Magda. »Sein Medaillon?«

Melchior zuckte zurück. »Ein Medaillon?«

»Es ist ihm aus dem Samtrock gerutscht, und darauf war ein Kristall im Meer abgebildet.«

»Und?« Dudernixen war unwirsch. Er hasste es, wenn er Magda alles aus der Nase ziehen musste.

Die antwortete jedoch nicht mehr, sondern zitterte, als streiche der Wind durch die Blätter eines Baumes.

»Dann hat er halt ein Medaillon.« Der Bader schüttelte den Kopf. »Ich habe zu tun, Magda, und keine Zeit für dein Weibergeschwätz. Sieh du zu, dass mein Samen endlich auf einen fruchtbaren Schoß trifft und nicht wieder verdorrt wie ein Setzling, der kein Wasser bekommen hat.«

Er sprang auf, schließlich hatte er zu tun. Sein Badehaus lag in der ersten Siedlungsstraße der Neustadt. Dieser Weg führte noch zum alten Hafen, der jetzt nach und nach verlandete. Aber der Bader war dicht am Geschehen, bekam alles mit, was geschah, und je mehr Menschen dort wohnten, desto aufregender würde das Leben werden. Auch ohne Gaukler und Kurzweil.

Magda saß noch immer weinend in der Ecke des Bettes und machte keinerlei Anstalten, sich zu erheben. Schließlich hob sie den Kopf an. »Du treibst es doch auch mit anderen. Immer gehst du zu dieser Marketenderin und ihren Huren. Alle schlechten Männer tun das.«

Melchior holte aus und ließ seine Handfläche auf ihre Wange klatschen. »Du wagst es! Es steht dir nicht zu, mein Tun zu hinterfragen. Ich bin ein Mann!« Mit diesen Worten verließ er die Kammer. Er hatte keine Lust auf weitere Vorhaltungen. Er tat, was er für richtig hielt, ob es seinem Weib gefiel oder nicht.

Ein paar Häuser weiter hatte sich tatsächlich die Marketenderin Anneke niedergelassen und im vorderen Teil des Hauses einen kleinen Laden eröffnet. Auch eine Idee Krechtings, der die Duuvke rasch vom Burghof haben wollte. Sie sollte sich nun ausschließlich ihrem kaufmännischen Gewerbe widmen, für Prostitution war kein Platz in dem neuen Flecken. Sie verkaufte Dinge für den täglichen Gebrauch.

Dudernixen grinste. Anneke hielt sich nicht an die Anweisungen des Juristen. Sie brachte auch weiter heimlich ganz andere Dinge an den Mann, nur musste sie in der Neustadt weitaus vorsichtiger sein als in der Wagenburg, wenngleich sie ihr Treiben nie offen zur Schau gestellt hatte. Sie hatte, damals wie heute, nie Gelb an sich getragen, was jedem ihre Tätigkeit sofort gezeigt hätte. Dennoch war allen bekannt gewesen, welchem Gewerbe sie, neben ihrer Arbeit als Marketenderin, nachging, weshalb Krechting so hart durchgriffen hatte. Vergessen war die Vielweiberei in Münster, vergessen, wie ausschweifend Jan van Leyden mit den vielen Frauen gelebt hatte.

Während Krechting im Lager noch geflissentlich über all das hinweggesehen und dort nur die Zusammenführung der Täufer aller Richtungen im Auge gehabt hatte, achtete er jetzt streng auf die Einhaltung der angeordneten Sitten. In der Neustadt sollten die Regeln des Neuen Jerusalem nun wiederaufleben, unter dem Deckmantel der reformierten Kirche. Politisch war das sehr klug, denn es entsprach dem, was die meisten Menschen erwarteten, egal, welcher Glaubensrichtung sie entsprangen. Wichtig war, es anders zu machen als die Papisten, wenngleich auch die ihre Weibergeschichten nie offen zur Schau stellten. Das ganze Leben war ein Schauspiel, man musste stets nur achtgeben, in der richtigen Besetzung zu spielen, das hatte er schon früh erkannt.

Dudernixen begrüßte es, dass Annekes Tür weiter für die Männer offen stand, sie hatte sogar zwei weitere Weiber an ihrer Seite. Er bevorzugte die Kleine mit der dunklen Haut und dem dunklen Haar. Sie erinnerte ihn ein wenig an Hiske. Der würde er auch noch die Beine spreizen. Im Augenblick war sie noch mit Krechting zu eng verbunden, aber es würde die Zeit kommen, wo er sie einmal kosten würde. Ganz sicher. So ein Weib wie die Hebamme ehelichte ohnehin keiner, vielleicht würde sie sich glücklich schätzen, einmal einen echten Kerl auf sich liegen zu haben. Dudernixen gefiel sich in der Rolle als Weiberheld.

Im Augenblick war der Bader recht zufrieden. Er konnte die Frauen, die er begehrte, kaufen. So viele er wollte, so viele er beglücken konnte. Magda würde es nicht wagen, dagegen aufzubegehren. Denn sie war die Hülle für seinen Samen, das konnten die Huren ihm nicht bieten. Er war ein wohlhabender Mann, und wenn er alsbald seinen Sohn gezeugt hatte, wäre er der reichste Mensch der Welt.

»Ich grüße Euch, Kaufmann Lübbert Jans Kremer, und freue mich, dass Ihr gekommen seid, um die Geschicke der Herrlichkeit mit uns zu lenken«, sagte Hebrich von Knyphausen, nachdem sie die Juristen Krechting und Schemering begrüßt hatte. Im Raum der Herrscherin war es wegen der dicken Burgmauern angenehm kühl.

»Wie ist der Stand der Baumaßnahmen?«, leitete Hebrich das Gespräch ein, während sie das Dienstmädchen mit einem Winken aus dem Raum schickte. Sie nippte am Bier, das sie in die grünen Gläser hatte gießen lassen. Grünes Glas gab es nur auf der Burg, es stammte aus den Niederlanden.

»Der Weg zum neuen Siel ist geebnet, der Siedlungsweg zum alten Hafen angelegt und bereits gepflastert. Die Waren transportieren wir noch über den Weg am Deich, der aber auch bald stärker befestigt werden muss. Außerdem planen wir dorthin einen weiteren Zubringer. An der Siedlungsstraße stehen die ersten Häuser. Dudernixen hat das Badehaus aufgebaut, und der Bäcker backt sein erstes Brot«, berichtete Krechting. »Weiter lebt dort die Marketenderin Anneke und bietet ihre Waren feil.« Er griff ebenfalls nach seinem Bier, das er auf der Burg immer gern zu sich nahm, da das mit Hopfen gebraute Gesöff, das über den Seeweg zu ihnen kam, wesentlich besser schmeckte als das Dünnbier, mit dem sie sonst vorliebnehmen mussten.

Hebrich nickte. »Klappt der Nachschub der Steine aus Tichelboe? Und wie sieht es mit den Ziegeln aus Panneboe aus?«

»Keine Nachschubschwierigkeiten«, sagte Wolter Schemering, der Landrichter. »Ich bin heute noch dort gewesen und habe mich davon überzeugt, dass alles weiter reibungslos gehen wird.«

Hebrich schien zufrieden. »Wir bauen eine Stadt, wie man sie nicht überall kennt. Sie wird vielen wie ein Fremdkörper erscheinen, denn wir verwenden keinen Lehm und Stroh, wir mauern mit den Steinen, die in der Herrlichkeit hergestellt werden. Daraus wird eine Planstadt entstehen, die mit fest gebauten Häusern und großen Flächen für die Bleiche und den Gemüseanbau besticht. Ich wünsche, dass in jedem Haus eine Manufaktur Einzug hält mit Waren, die wir dann über das neue Siel und das Schwarze Brack über die Nordsee hinaus nach Emden, Amsterdam, Bremen, Hamburg und bis in die Ostsee verschiffen. Wir werden zu großer Handelsbedeutung kommen.« Sie hielt kurz inne. »Ich möchte kein Bauerndorf aus der Neustadt machen. Ich will einen florierenden Flecken, dessen Bedeutung bis weit über die Grenzen Ostfrieslands hinausreicht.« Sie blickte die Männer an. »Außerdem möchte ich, dass wir eine Lösung für die Abfälle finden, damit der Unrat nicht auf der Straße landet und Ratten und Ungeziefer anzieht.«

Wolter Schemering warf bei den Worten einen zweifelnden Blick zu Hinrich Krechting, der, im Gegensatz zu ihm, bei den Worten der Häuptlingswitwe merklich an Haltung gewonnen hatte. »Das alles ist auch unser Ziel, Herrin. Deshalb ist Lübbert Jans Kremer angereist. Er kennt sowohl das Siel in Oldersum als auch Appingedam. Mit seinem Wissen werden wir die Neustadt nach Euren Vorstellungen aufbauen. Und für die Abfälle habe ich bereits zusammen mit Kremer Ideen, die wir noch weiter erörtern müssen.«

Hebrich nickte und ließ einen Schluck Bier im Mund kreisen, bevor sie weitersprach. »Es muss schnell gehen, ich will, dass alle Leute von meinem Hof verschwinden, weil ich den Schmutz und die Krankheiten satthabe. «

»Wir werden uns bemühen, Eure Vorgaben so rasch es irgend geht umzusetzen«, beeilte sich Krechting zu sagen.

»Das nächste Problem sind die Mennisten.« Die Häuptlingswitwe war zu dem allgemeinen Schimpfwort für die Mennoniten übergegangen. »Sie müssen in ihre Schranken gewiesen werden. Das Täufertum aus Münster ist tot, und die Mennisten aus Holland haben kein Recht, den Menschen, die hier seit Jahrhunderten leben, die Zügel aus der Hand zu nehmen. Was habt Ihr in dieser Richtung vor? Ich will keine Toten mehr. Der Mord am Lokator Cornelius von Ascheburg war schon zu viel. Die nun herrschende Ruhe muss unbedingt«, Hebrich hob das Kinn an, nagelte Krechting und Schemering mit ihren Blicken fest, »unbedingt erhalten bleiben!«

Krechting kniff kurz die Lippen zusammen. Er wollte widersprechen, eine Bresche für seine ehemaligen Brüder und Schwestern schlagen, aber er vermochte es nicht. Eine Weile herrschte Stille, und Krechting erkannte, dass auch Kremer an sich halten musste, war er doch ein überzeugter Mennonit.

»Ich weiß, dass sie ein Bethaus möchten«, wagte Krechting schließlich einzuwenden. Dabei übersah er das entsetzte Kopfschütteln seines Neffen und auch die Stirn der Häuptlingswitwe, die sich mit jeder Silbe, die er anführte, ein bisschen stärker in Falten legte. »Ein Bethaus«, wiederholte sie. »Mit welchem Recht, Krechting? Die Menschen haben hier Asyl, keiner tut ihnen etwas zuleide. Ein Bethaus ist in der Neustadt nicht vorgesehen.«

»Sie müssen ihren Glauben ausüben können, Herrin«, sagte Kremer.

Hebrich überlegte. »Sie könnten einen Zins abführen.«

»Ihr wünscht Schutzgeld?«, fragte Krechting.

»Ich muss an das Wohlergehen der Herrlichkeit denken. Jahrelang haben diese Menschen ohne Zins auf meinem Hof gelebt, mir ein unruhiges Leben beschert. Nun gebe ich ihnen eine Stadt nach holländischem Vorbild; wenn sie ein Bethaus wollen, dann müssen sie zahlen.«

Krechting schluckte. Das Gespräch nahm eine Wendung, die ihm nicht gefiel. Die Zinsforderung würde die Mennonitengemeinde an ihre Grenzen bringen.

Hebrich dachte kurz nach und schüttelte dann den Kopf. »Sie können eigentlich vorerst in Scheunen zusammenkommen, hier hat ihnen mein Keller auch genügt. Aber auch dafür möchte ich eine Abgabe. Das Bethaus muss warten. Es gibt einfach vordringlichere Ziele.«

Kremer atmete tief ein, er hatte sich eine andere Auskunft erhofft. Vielleicht würde es die Zeit bringen.

Hebrich klingelte und ließ etwas Käse und Brot aus geweißtem Mehl bringen. Dazu gab es Trauben, gebratenes Huhn, Muscheln und ein paar Äpfel. Hebrich hatte wahre Delikatessen aufgetischt, womit sie sich ihr Leben angenehm gestaltete. Als das Dienstmädchen verschwunden war, langte sie zu und bot auch ihren Gästen an, sich zu bedienen. Erst dann führte sie das Gespräch weiter und wandte sich an Krechting. »Ich möchte in der Neustadt ein gutes Armenwesen einführen, dafür seid Ihr im Amt. Die Fürsorge ist für einen Flecken am Hafen unerlässlich.« Sie fixierte den Juristen mit scharfem Blick. »Wir dürfen unsere Augen vor der Armut nicht verschließen. Ihr seid streng, habt das Hurenwesen unterbunden, jegliche Kurzweil eingeschränkt. Aber für das Los der Armen habt Ihr keine weitreichenden Maßnahmen ergriffen. Das muss anders werden. Es gibt viele Dinge in dieser Richtung, die Ihr noch nicht genügend bedacht habt.«

Hinrich zuckte unter der harschen Kritik zusammen, suchte nach Worten. »In Emden haben sie ähnliche Probleme, weil sich dort auch so viele Flüchtlinge aufhalten.«

Hebrich nickte. »Ihr reist in naher Zukunft dorthin und seht Euch an, was da für die Armen getan wird. Die Reise dauert mit diesen neuen Schiffen nicht mehr lange. Danach setzt Ihr das, was machbar ist, hier auf der Stelle um.« Sie zögerte. »Weiter haltet Ihr Euch an Garbrand oder wie dieser merkwürdige Gefährte Jan Valkensteyns, den er aus England hier eingeschleppt hat, auch heißen mag. Er weiß, wie das Armenwesen umzusetzen ist. Wie auch immer man die katholischen Klöster bewerten mag: Ihre Erkenntnisse in der Heilkunst und der Armenfürsorge sind ausgezeichnet.«

Krechting setzte für einen kurzen Moment das Herz aus, und er erkannte, dass es Kremer ebenso ging. Es dauerte eine Weile, bis er sich gefasst hatte. »Herrin, Ihr wisst, dass ich aus Münster komme und an der Seite Jan van Leydens gedient und gegen den Katholizismus und den Fürstbischof von Waldeck mit dem Schwert gekämpft habe. Ihr wisst, worin meine innere Gesinnung besteht. Um des Friedens willen habe ich meinen täuferischen Glauben zugunsten des reformierten aufgegeben und alles getan, damit die Ruhe in der Herrlichkeit gewahrt bleibt. Aber nun verlangt Ihr von mir, dass ich mit einem katholischen Mönch zusammenarbeite? Mit einem Mann des Glaubens, den ich zutiefst verabscheue?«

Hebrich gab sich ungerührt. »Krechting! Ihr seid mit einem bischöflichen Freibrief aus der Stadt gekommen, nun gebt Euch nicht moralischer, als Ihr seid. Ihr werdet mit diesem Mönch zum Nutzen der Herrlichkeit zusammenarbeiten, wenn Ihr aus Emden zurück seid.«

Krechting sackte in sich zusammen. Was musste er noch erdulden? Wie viele Prüfungen wegen seiner Gesinnung bestehen? Nur – würde er sich weigern, wäre das nicht zum Vorteil seiner Glaubensbrüder, sie würden sein Versagen ausbaden müssen, und das konnte er nicht verantworten.

»Einen Punkt habe ich noch«, begann Hebrich, nachdem sie das Bierglas geleert hatte. »In der Herrlichkeit herrscht das Marschenfieber. Es sind schon viele Kinder und Alte daran verstorben. Was gedenkt Ihr dagegen zu tun?«

Nun meldete sich Wolter Schemering zu Wort. »Ich habe Jan Valkensteyn aus Emden kommen lassen. Er hat in den vergangenen Jahren intensiv an der Seite des Emder Stadtarztes Jacobus Cornicius geforscht, und ich hoffe, er kann der Hebamme nun echte Unterstützung gewähren.«

Hebrichs Lippen verzogen sich zu einem Strich. »Eine Hebamme soll Kinder auf die Welt holen, es wird Zeit, dass ein Arzt in der Herrlichkeit sesshaft wird und den Quacksalber Dudernixen und diese Hebamme ablöst. Sorgt dafür, dass er bleibt.« Hebrich erhob sich und verließ grußlos den Raum.

Klaas Krommenga hatte schlecht geschlafen, seine Glieder schmerzten stärker als sonst, doch er durfte nicht rasten, nicht aufgeben, denn wenn er der Schwäche nachgab, wäre er schneller in der Hölle als ihm lieb war.

Er holte ein Stück Pökelfleisch aus seinem Beutel. Er hatte es in Leinen gewickelt, doch es war zu heiß, als dass die Nahrungsmittel nicht verdarben. So roch auch dieses Fleisch unangenehm und war von einem grünlichen Flaum überzogen. Aus einer Pore kringelte sich eine Made. Klaas wischte sie ab, roch ein weiteres Mal daran und schleuderte das Fleisch ins Wasser. Er wühlte in seinem Beutel und förderte einen Kanten Brot zutage. Er war steinhart, aber wenn er ihn im Wasser einweichte, war er doch genießbar. Besser als das gammelige Stück Fleisch, das ihm den Magen nach außen gestülpt hätte.

Klaas kaute auf dem eingeweichten Brot herum, schob es im Mund von rechts nach links. Schließlich ließ das schlimmste Magenknurren nach, und er fühlte sich in der Lage, seine Reise fortzusetzen.

Welch Glückes Geschick, dass er diesem Mann begegnet war, der ihm Hiske Aalkens Aufenthalt verraten hatte. Auch wenn der nicht wusste, in welches Unheil er das Weib damit stoßen würde. Aber was für ein Schicksal konnte eine Toversche auch erwarten. Freunde hatten die allenfalls auf der dunklen Seite des Lebens, wenn sich nicht einmal Menschen wie er mit ihnen einließen. Alle, die sich je für Hiske eingesetzt hatten, lebten nicht mehr. Dafür hatte er gesorgt.

Klaas ruderte weiter in die beginnende Nacht hinein. Immer mit dem Strom des Gewässers. Orientierung fand er an den Sternen und dem Mond. Es war, als ziehe ihn ein unsichtbares Band in Richtung Gödens. Ein Band, das genau wusste, wo sein Opfer ahnungslos wartete, und das ihm vermutlich dessen Hals unwissentlich auf den Henkersblock legen würde, wenn er ankam. Über Klaas' Gesicht glitt ein Lächeln. Er konnte es kaum erwarten, ihr Blut an den Händen zu haben. Er griff zu seinem Oberschenkel, der sich nach unten hin in ein Nichts verlor.

Sie war schuld. Hiske Aalken, die Hexe von Jever, war schuld an all seinem Unglück.

Friso van Heek verschwamm die Welt vor Augen. Es war schon spät. Der Wirt schien nicht sehr erfreut darüber zu sein, den Gast eine weitere Nacht zu beherbergen. Auch als van Heek ihm einen echten Gulden in die Hand gedrückt hatte, war seine Miene versteinert geblieben.

Friso hätte jetzt Lust auf eine Hure gehabt, denn er langweilte sich. Auf seinen Reisen war das immer die beste Art zu entspannen. »Mein Gemächt ist noch immer gut gefüllt nach der langen Fahrt«, murmelte er.

Je mehr Branntwein und Dünnbier er in sich hineinkippte, desto mehr verlangte Friso nach Erleichterung. Nach dem fünften Becher Bier hatte ihn eine solche Wut gepackt, dass er am liebsten die Bänke des Wirtshauses an die Wand geworfen hätte. Doch er musste sich zusammenreißen, schließlich wollte er seine Waren in der Herrlichkeit verkaufen und auch wiederkommen dürfen. Obgleich die Menschen hier seltsam waren. Kein bisschen Freude, überall ernste, verschlossene Mienen und eine Demut, wie er sie noch nie irgendwo gesehen hatte. Leben könnte er hier nicht.

Ihm waren auch die begehrlichen Blicke nicht entgangen, die so mancher auf das Medaillon geworfen hatte. Meist trug er es unter seinem Wams oder der Robe, doch hin und wieder wanderte es darunter hervor und erregte Aufsehen. Das war Friso durchaus gewohnt, aber hier war ihm nicht verborgen geblieben, wie erstarrt besonders ein Augenpaar daraufgeblickt hatte. Fast so, als habe es den Meerkristall schon einmal gesehen.

Friso stürzte noch einen Becher Dünnbier herunter. Sein Bedürfnis nach einem Weib wurde immer unkontrollierbarer. Nur selten hatte er eine solche Begehrlichkeit in sich gespürt, und das hing mit diesem kleinen dunklen Weib zusammen, das Augen von einer Farbe hatte, die nicht von dieser Welt zu sein schienen. Er hatte schon vor seiner Reise hierher von ihr gehört, man hatte nicht zu viel versprochen.

»Ich möchte noch Käse und Genever. Der Branntwein und das Dünnbier schmecken zum Würgen!«, pöbelte Friso und überlegte, ob es nicht besser wäre, sich in seine Bettstatt zurückzuziehen. Er verlor immer mehr die Kontrolle über seine Triebe. Eine gefährliche Sache. Es wäre nicht das erste Mal, dass er danach nur mittels seiner Spitzfindigkeit den Kopf aus der Schlinge ziehen konnte.

Der Wirt knallte ihm einen weiteren Branntwein vor die Nase. »Genever muss ich erst besorgen. Gibt es vielleicht morgen. Musst das saufen oder es lassen.« Damit wandte er sich ab und verkroch sich hinter seinem Ausschanktisch. Der Wirt war klein und untersetzt, überragte die Kante gerade mit seiner Brust.

Friso bemerkte an seinem mürrischen Blick und an seiner Körperhaltung, dass er sehnlichst darauf wartete, sein Gast möge sich endlich zurückziehen. Der Alkohol löste Frisos Zunge. »Wenn du keine Lust mehr hast, mich zu bewirten, dann sag mir einfach, wo ich zu solch später Stunde noch ein Weib herkriege. Ohne in die Neustadt laufen zu müssen. Sonst werde ich weiter dieses Teufelszeug in mich reinkippen, damit ich die Nacht überstehe!«

Der Wirt blickte zu Friso, näherte sich mit ein paar Schritten, bis er direkt vor ihm stand. Dort verschränkte er die Arme vor der Brust und wartete den nächsten Wortschwall ab.

»Hast du keine geheime Empfehlung für mich, werter Mann? Du bist doch auch ein Kerl!«

»Die Mennisten und das ganze Loegenpack haben hier keine Huren. Die sind rein«, höhnte der Wirt. »Die machen so was nicht. Und wir Reformierten brauchen das auch nicht. Also: Hier müsst Ihr es Euch selbst machen!« Die mächtige Pranke des Wirts sauste auf Frisos Schulter nieder. »Es gab mal eine Marketenderin auf dem Burghof, aber der haben sie ihr Gewerbe verboten. Die macht das nun nicht mehr.« Der Wirt lachte laut auf.

Friso sah ihn an und lallte: »Da weiß ich wohl mehr als Ihr, aber ich schweige wie ein Grab, um Euch frommes Gesocks nicht in Unruhe zu versetzen. Gibt es noch was anderes? Meine Beine tragen mich heute nicht mehr so weit. Komm, unter uns Männern muss da doch was zu machen sein!«

Der Wirt lehnte sich jetzt zu Friso herunter. Auch sein Atem war alkoholgeschwängert. »Das Weib des Baders hebt gern mal die Röcke für ein Schäferstündchen. Zumindest war sie dem Lokator, der kurz darauf sein Leben gelassen hat, zu Willen.« Er zuckte mit den Schultern. »Aber die wohnt in der Neustadt, werter Kaufmann. Da müsst Ihr Euch auf den weiten Weg machen, ob es Euch gefällt oder nicht. Hier gibt es nicht viele Möglichkeiten, wenn man kein eigenes Weib hat.« Über das Gesicht des Wirtes kroch plötzlich ein breites Grinsen. »Ihr könnt ja die vermaledeite Hebamme nehmen. Die müsst Ihr danach aber ehelichen. Die ist bestimmt noch Jungfrau! Aber sie wohnt nicht weit von hier.« Als hätte er einen guten Witz gemacht, hieb sich der Wirt auf den Oberschenkel und begab sich wieder hinter den Tresen. Von dort sah er noch einmal zu Friso herüber. »Aber seid vorsichtig, man sagt ihr nach, sie sei eine Toversche, eine Hexe. Wer weiß, was die einem Mann alles wegzaubert.« Er trocknete die letzten Becher ab und stellte sie auf die Ablage. »Ich habe Euch gewarnt. Ihr müsst jetzt gehen, ich schließe, und es gibt nichts mehr zu trinken.«

Friso van Heek nippte am restlichen Branntwein. »Den darf ich mir wohl noch zu Gemüte führen, oder?«

Der Wirt nickte. »Beeilt Euch!«

Frisos Gedanken sprangen wild durch seinen benebelten Kopf, als er an die Worte des Wirtes dachte. Die Hebamme nehmen und anschließend ehelichen, das war keine so schlechte Idee. Ein Weib an seiner Seite könnte ihn wohl versorgen, und dazu wäre sie nicht die Hässlichste. Tag für Tag würde er in diesen Augen ertrinken. Eine Vorstellung, die ihn rasend machte. Er müsste sich nicht ständig nach neuen Weibern umsehen, wenn er auf Reisen war, weil er sein Weib gleich dabeihatte. Warum war er nicht von allein auf diese Idee gekommen? Eine Ehe war bislang immer etwas gewesen, das er für sich ausgeschlossen hatte, doch nun sah er, wohin das führte. Er war allein und kein Weib bei ihm, um ihm zu Willen zu sein.

»Ich geh noch mal raus«, lallte Friso. »Ich hab noch zu tun.« Er warf dem Wirt ein paar Schap hin, hoffte, dass die Bezahlung richtig war. Danach stolperte er zur Tür.

»Den Schlüssel lege ich unter den losen Stein der Fensterbank!«, rief der Wirt ihm hinterher.

Friso stand vor der Tür der *Krocht* und fühlte sich von der lauen Sommernacht beinahe erschlagen. Er erleichterte sich im nahen Schlot und steckte sich anschließend den Finger in den Hals. Danach war sein Kopf etwas klarer, seine Laune besser. Er würde Hiske Aalken ehelichen. Friso wusste ungefähr, wo das Haus der Hebamme zu finden war. Die Geburt hatte sie bestimmt schon hinter sich gebracht und weilte wieder zu Hause.

Er schlich sich zu der Kate, die wie geduckt hinter ein paar Bäumen und Sträuchern versteckt lag. So klein sie war, strahlte sie doch eine Gemütlichkeit und Wärme aus, die Friso beinahe anrührte. Durch das Fenster sah er einen Lichtschein, in der Küche flackerte eine Unschlittkerze. Friso drückte die Nase an die Scheibe. Am Küchentisch saßen der bekloppte Knabe und ein Mann von dicklicher Gestalt. Sie schienen in ein Gespräch vertieft. Friso fragte sich, über was man sich mit diesem Irren unterhalten konnte. Der Raum selbst wirkte behaglich und sauber. Friso wunderte sich durchaus, weshalb ihm solche Dinge plötzlich wichtig waren. Nur eines störte ihn, und zwar erheblich: Der Irre schien bei der Hebamme zu wohnen. Das würde er als Ehemann ändern, der musste, so rasch es ging, verschwinden. Zumal Hiske mit ihm reisen sollte, da gab es ohnehin keinen Platz für einen Knaben wie ihn. So schwer es auch sein würde, diese Kate musste Hiske Aalken aufgeben.

Friso starrte weiter ins Innere des Hauses, doch solange er auch wartete und hoffte: Die Hebamme tauchte einfach nicht auf. Sein Plan, sie unter einem Vorwand aus dem Haus zu locken oder sich ungehört in ihre Kammer zu schleichen, ging nicht auf. Er musste sie sich aber zu eigen machen, denn wenn sie sich ihm hingegeben hatte, würde sie wohl oder übel in die Ehe einwilligen müssen. Vor allem wenn er dabei seinen Samen in ihren hübschen Bauch pflanzte. Wer würde dem Weib schon abnehmen, dass sie nicht freiwillig mit ihm das Lager geteilt hatte. Dazu war Friso van Heek ein viel zu stattlicher Mann. Er strich sich über den Bart, dann über den Bauch, der flach und muskulös war. Ja, er konnte sich sehen lassen. Noch nie hatte ein Weib ihm widerstanden. Nur – heute musste er handeln, er hatte weiß Gott keine Lust, Süßholz zu raspeln. Er wollte eine Frau, also nahm er sie sich. Die Auswahl war nur gering, und doch befand sich in dieser Einöde ein Weib, das ihn anrührte, das er besitzen wollte, und zwar für immer. Je länger der Kaufmann mit seinem benebelten Hirn darüber nachsann und sich ein Leben an der Seite Hiskes ausmalte, desto mehr regte es sich zwischen seinen Lenden. Nicht nur, dass er die Hebamme seit der ersten Begegnung begehrte, sie lief auch noch jungfräulich durch die Gegend. Wie lange hatte er kein unbenutztes Weib mehr gehabt! In Friso frohlockte es. Nur musste er sie erst einmal finden, um seine Pläne umzusetzen. Er dachte nach. Hiske hielt sich vermutlich noch in der Neustadt auf. Er würde sie auf dem Weg hierher abfangen. Das war allemal besser, als sie im Haus, in der Nähe des Irren, zu nehmen. Der brachte es fertig, ihm eins mit einem Holzscheit über den Schädel zu ziehen. Wenn er schon so aufgebracht gewesen war, bloß weil Friso ihr ein paar Schritte gefolgt war. Er nickte sich selbst lächelnd zu, beglückwünschte sich zu seinen großartigen Einfällen und zog sich vom Fenster zurück.

Friso ortete kurz, in welche Richtung er laufen musste, und wandte sich dann in Richtung Schwarzes Brack. Vergessen war, dass er nicht mehr so weit laufen wollte. Er wurde nur noch von einem Ziel getrieben. Es dürfte nicht allzu schwer sein, herauszufinden, in welchem der neu erbauten Häuser gerade ein Balg das Licht der Welt erblickte. Davor würde er warten, sie dann verfolgen, bis sie auf dem freien Feld war, und dann, dann endlich würde er Erleichterung finden.

Friso war erst ein paar Schritte gegangen, als er etwas rascheln hörte. Sollte Hiske ihm als Geschenk direkt in die Arme getrieben werden? Er verschwand hinter einem Busch, stierte in die Nacht und sah ein Weib zum Haus der Hebamme huschen. Sie hatte sich ein Tuch um den Kopf geschlungen, das sie aber abnahm, als sie klopfte. Das Weib war ausnehmend hübsch, hatte rundliche Hüften und wohlgeformte, kräftige Brüste, die weit mehr hergaben als die seiner zukünftigen Ehefrau. Lediglich ihre Haltung wirkte gebückt, als würde sie von einer unendlich schweren Last erdrückt. Sie erinnerte ihn an jemanden, er konnte sich aber nicht erinnern an wen. Es kam ihm einfach so vor, als habe er diese Frau irgendwann schon einmal gesehen, aber nachts waren ja alle Katzen grau.

Die Tür wurde rasch von dem Alten geöffnet, der sie jedoch nicht gerade freundlich empfing. »Was wollt Ihr?« Seine Stimme dröhnte unwirsch.

»Ich muss mit der Hebamme reden. Schnell!«

»Die ist bei einer Geburt. Kann ich etwas ausrichten? Die Nacht ist noch lang, denke, sie wird erst im Morgengrauen zurückkommen.«

Das Weib senkte den Kopf. »Nein, Ihr könnt nichts ausrichten. Ich muss selbst mit ihr sprechen. Unter vier Augen. Ich brauche Hilfe. Es ist dringend, es geht um Leben und Tod!« Ihre Stimme hatte etwas Flehendes.

Nun wurde Friso hellhörig. Es versprach immer aufregender zu werden. Hier lebten nicht nur ungewöhnliche und hübsche Weiber, hier herrschte unterschwellig ein Sodom und Gomorrha, von dem die Bibel nur träumen konnte. Er war in noch keine Gegend geraten, in der Moral, Anstand und Askese so sehr gepredigt wurden wie hier. Darunter musste es brodeln und kochen, vermutlich genügte es, lediglich den Deckel anzuheben. Eine Idee, die Friso ausnehmend gut gefiel.

Der alte Mann hatte kein Erbarmen. »Ihr seid hier nicht erwünscht, das wisst Ihr. Also geht! Wenn Ihr etwas von Hiske Aalken wollt, klopft an die Tür des Bäckers und bittet dort um Einlass. Vielleicht schenkt die Hebamme Euch Gehör.«

Als das Weib sich zurückzog, folgte Friso ihr. Doch sie bemerkte ihn und schnellte herum, als er auf einen kleinen Ast trat, der in der Abendstille lauter knackte als sonst.

»Wer ist da? Hallo? Ist da wer?«, hallte die Stimme des Weibes durch die Nacht. Die Worte zitterten, jede Silbe schien einzeln aus ihrem Mund zu fallen.

Friso verhielt sich still. Diese Situation veränderte seine Pläne völlig. Zumindest für heute. Er konnte sich den Weg in die Neustadt sparen. Er wartete einen Moment, kam sich vor wie ein Raubtier, das auf seine Beute lauerte. Er fuhr schon die Krallen aus, bleckte die Zähne. Warum sollte er heute auf Hiske Aalken warten, wenn sich hier in diesem Augenblick eine so viel günstigere Gelegenheit bot. Um die Hebamme würde er sich ein anderes Mal kümmern. So rasch würde sie ihm keiner wegschnappen. Alle Worte, die er über Hiske Aalken gehört hatte, bündelten sich in eine Richtung: Das Weib war den Menschen hier unheimlich, selbst wenn sie so taten, als sei sie eine von ihnen. Einmal Hexe, immer Hexe. Den Makel war sie nie losgeworden. So schnell würde sich kein Bewerber finden, selbst wenn sie als Heilerin großen Respekt genoss.

Er war müde, hatte dem Branntwein kräftig zugesprochen, der Weg in die Neustadt war weit und unwegsam. Heute hatte er keine Lust mehr zu warten, heute wollte er seine Erfüllung so rasch es ging.

Friso folgte dem Weib, das seine Schritte merklich beschleunigte und dadurch seinen Jagdinstinkt anfachte. Als sie bereits rannte, war es so weit. Er krallte seine Finger an ihren Kragen und riss sie zu Boden. Endlich würde er das tun, wonach ihn schon den ganzen Abend gelüstete.

Die Nacht neigte sich dem Ende zu, als sich das kleine Boot durch das Schwarze Brack schlängelte. Klaas Krommenga trieb seine Ruder leise in die Wasseroberfläche, zog aber mit kräftigen Armbewegungen durch. Er würde bald in der Neustadt sein. Dort war sie. Das Weib, das er mehr hasste als alles, was ihm je unter die Augen gekommen war.

Während seiner Reise von Jever ins Schwarze Brack hatten ihn seine Erinnerungen eingeholt und auf unerträgliche Weise drangsaliert. Mit jedem Ruderschlag waren seine bösen Gedanken stärker geworden und hatten ihm noch schlimmere Fantasien geschenkt. Wie viele Folterungsmöglichkeiten ihm durch den Kopf geschossen waren, konnte Klaas nicht mehr sagen. Hiske Aalkens Schreie jedoch würden lauter und grausamer sein als alles, was er in seinem Leben vernommen hatte. Sie, die ihm mit ihrem Fluch die Hölle auf Erden beschert und ihm so einen Vorgeschmack auf das verschafft hatte, was ihn im Jenseits an der Seite des Teufels erwartete.

Zusammen mit Remmer von Seediek hatte er nach dem Verschwinden der Toverschen Reiter losgeschickt, doch die Hebamme war mit einer Schläue gesegnet, die gefährlich war. Vermutlich aber hatte ihr der Teufel geholfen, sodass sie es schaffen konnte, sich auf dem nur karg bewachsenen Weg im Silland zu verstecken. Den Reitern war es jedenfalls nicht gut bekommen, dass sie ohne sie zurückgekehrt waren. Klaas hatte Remmer von Seediek dahin gehend gelenkt, den Zorn Fräulein Marias anzuheizen, und so waren die beiden als Warnung im Höllenfeuer gelandet. Er selbst hatte ihnen den Kopf vom Rumpf gefegt.

Doch seine eigene Rechnung mit Hiske Aalken war noch offen. Dieses Weib hatte ihn damals verdammt. In dem Augenblick, als er ihr die Backsteine an die Füße band, um sie der Hexenprobe zu übergeben, waren ihr die bösen Worte herausgerutscht. »Ihr werdet dafür büßen, was Ihr mir antut. Ihr dürft diese Probe nicht machen!« Sie hatte leise gesprochen, es war fast ein Flüstern, aber deutlich genug. Dabei war er von ihrem Hexenspeichel getroffen und vergiftet worden, denn ihre Verwünschungen waren rascher eingetreten, als Klaas es befürchtet hatte. Kurz nach der Hinrichtung der beiden Reiter war er nämlich unter das Hinterrad einer Kutsche gekommen. Während er daran dachte, fiel Klaas sofort dieser unerträgliche Schmerz an. Pfeile waren durch seinen Körper geschossen, abgeprallt und hatten ihren Weg ein zweites und auch ein drittes Mal gefunden, bis eine gnädige Dunkelheit ihn eine Weile umhüllt hatte. Sein Bein war nicht zu retten gewesen. Es grenzte an ein Wunder, dass er noch lebte. Er konnte dieses Martyrium noch immer spüren. Der Wundarzt hatte ihm zwar ein mit Sand gefülltes Stück Leinen zum Draufbeißen in den Mund gesteckt, doch der hatte nichts von der Tortur abhalten können. Und so kamen ihm das Geräusch der Säge und die Qualen der Stunden, in denen er sein Bein verlor, Tag für Tag, Nacht für Nacht, besuchen, setzten sich ihm gegenüber und trieben ihn zu dem grausamen Erleben zurück. Hatte er das überstanden, drängte sich der Geruch des verbrannten Fleisches in die Nase, als sie ihm die Blutgefäße verödeten. Für all das aber war diese Hebamme verantwortlich. Niemals sonst wäre er dermaßen unaufmerksam gewesen und hätte eine Kutsche übersehen. Nach der Amputation hatte ihn das Fieber heimgesucht. Es war lange nicht klar, ob er den Höllenritt überleben würde.

Klaas musste innehalten, die Luft wurde ihm knapp, weil er in seiner Wut ein wenig zu schnell gerudert war. Seine Kurzatmigkeit hatte in der letzten Zeit zugenommen, hin und wieder gesellte sich auch ein bedrohliches Stechen in der linken Brusthälfte dazu. Klaas ignorierte beides. Er warf einen Blick zu den Sternen, über die sich lediglich ein paar dünne Schleierwolken legten. Er würde Hiske Aalken zu fassen bekommen, und sie würde um ihr Leben winseln. Er wusste, wie ihre Augen aussahen, wenn sie sich vor Todesangst weiteten. Er wusste, wie sie sprach, wenn ihr die Unausweichlichkeit ihres Schicksals klar wurde. Denn er, Klaas Krommenga, hatte sie dabei erlebt. Er war kurz davor gewesen, diesem Weib das Leben auszuhauchen, und nichts hätte ihm schon damals mehr Genugtuung bereitet. Er zweifelte nicht daran, dass Hiske mit dem Teufel stärker im Bunde war als alle Weiber, die ihm in seinem Dasein als Scharfrichter unter die Augen gekommen waren.

Aber er fürchtete sie nicht mehr, hatte das Weib ihm doch schon alles genommen. Die Unehrenhaftigkeit, die ihm allein durch den Beruf des Scharfrichters anhaftete, war durch den Verlust des Beines zu einer Vernichtung seiner selbst geworden. Er hatte nicht einmal mehr ein Einkommen und war zum Betteln verurteilt gewesen. Dennoch hatte Klaas nicht aufgegeben, hatte sich etwas anderes einfallen lassen, um an Geld zu kommen. Er war ein guter Spieler geworden und konnte sich so über Wasser halten. Mehr schlecht als recht, denn die Gefahr, dass er aufflog, war riesengroß. Aber er hatte sein Auskommen, kam zurecht und konnte zumindest seine schäbige Kammer in der Petersilienstraße behalten.

Klaas Krommenga ruderte weiter, so lange, bis er das Ufer der Neustadt erkannte. Er steuerte gegen, zog das Boot kurz vor dem neuen Siel an Land. Es kostete ihn einiges an Kraft, sich mit dem einen Bein aus dem Boot zu hieven. Aber in den letzten beiden Jahren hatte er eine Behändigkeit entwickelt, die den Verlust wettmachte.

Sein Hass entfachte in ihm eine Glut, die durch nichts mehr gelöscht werden konnte. Er war zum Töten geboren, und Hiske Aalken würde unter seinen schwieligen Händen sterben. Dieses Mal konnte sie ihm nicht entkommen. Dieses Mal würde das Leben in ihren Augen verlöschen. Und wehe, auch nur einer stellte sich ihm in den Weg. Das würde derjenige nicht überleben.

»Was wollte Weib?«, fragte der Wortsammler.

»Zur Lebenspflückerin.« Garbrand fuhr sich mit der Hand über die Tonsur, die nie wieder zugewachsen war und ihn auf ewig als Mönch kennzeichnete, weshalb er auch nie ohne Kopfbedeckung auf die Straße trat.

»War Badersfrau?«

Garbrand nickte. »Die bringt nur Unheil. Hat den falschen Mann. Ein Mann, der ein Mörder ist, und keiner weiß es«, setzte er leise nach. Der Mönch wirkte zerstreut, er schien wegen der Abweisung Magda Dudernixens ein schlechtes Gewissen zu haben.

Der Knabe betrachtete seinen alten Freund. Sie hatten sich den ganzen Abend über den bösen Mann unterhalten. Garbrands Versuch, den Wortsammler ein wenig zu beruhigen, war gescheitert, und so versuchte er noch immer, auf den Knaben einzuwirken. »Er wird bald wieder über das große Meer fahren, und die See wird ihn nicht zurückbringen«, sagte der Mönch und leerte die Flasche Genever weiter. »Für Kaufleute gibt es hier nichts, was sie lange halten könnte. Noch nicht. Wenn das Siel und die Neustadt erst fertig sind, wird es anders sein.«

Anschließend erzählte Garbrand von Jan Valkensteyn, der wieder da war und wie sehr das sein Herz berührte. »Er ist extra zu meinem Wagen auf die Burg gekommen. Müde, wie er war, der Gute!«

Der Wortsammler aber hörte ihm nicht zu, sondern kippte etwas Sand, den sie immer zum Scheuern des Tisches verwendeten, quer über die hölzerne Platte. »Badersfrau krank?«, fragte er dann und fuhr mit dem Zeigefinger im Sand herum.

Garbrand nickte. »Sie meint, sie sei krank. Seit ihr Kind tot ist, meint sie das. Krank sind aber solche Leute wie der Kaufmann, der meint, ihm gehöre die Welt.«

Der Wortsammler atmete heftiger, seine vereinzelt gemalten Linien vertieften sich. Dann wurde sein Finger schneller und schneller, bis der Sand in alle Richtungen spritzte. Wenn der Junge so war wie jetzt, wusste auch Garbrand nicht, wie er damit umgehen sollte, und so ließ er den Knaben vorerst gewähren. Nach einer Weile hatte der sich beruhigt und säuberte Tisch und Boden, als sei nichts gewesen.

»Alles gut, alter Freund?«, fragte Garbrand.

Der Wortsammler nickte. »Alles gut. Badersfrau, Bader und neuer Mann böse.«

Der Knabe war nun ganz ruhig, er hatte mit diesem Ausbruch seine Welt wieder zurechtgerückt. Er setzte sich an den Tisch, schloss die Augen und wankte mit dem Oberkörper leicht vor und zurück.

Garbrand schenkte sich noch einen Genever ein. So schwiegen sie beide, hingen ihren Gedanken nach und lauschten dem Prasseln des Feuers. Mit einem Mal schnellte der Kopf des Wortsammlers hoch. Er verharrte einen Augenblick in dieser Lauerstellung, sprang dann auf, stürzte zur Haustür und riss sie auf.

»Was ist denn los?«, fragte Garbrand. Er erhob sich wesentlich langsamer und schwerfälliger, aber ihm steckte schließlich auch der Genever in den Knochen. Er stellte sich hinter seinen jungen Freund, legte ihm die Hand auf die Schulter und fragte ein zweites Mal. »Was ist denn los?«

Der Knabe winkte ab und lauschte in die Dunkelheit. Dabei kniff er die Augen zusammen, als könne er so besser orten, was er zu hören glaubte. »Katzenweinen«, sagte er nach einer Weile. »Katzenweinen … Weib Katzenweinen.« Danach horchte er noch einmal. Im Gesicht des Knaben vollzog sich eine Wandlung. Der eben noch konzentrierte Ausdruck veränderte sich. Er wirkte gehetzt. »Böser Mann, Katzenweinen!«

Garbrand ahnte, was der Knabe vorhatte, und griff nach seinem Arm. Der wischte die Hand seines Freundes jedoch ab und stürzte in die Dunkelheit. Garbrands Rufe verhallten in der Nacht, als seien sie in Watte gepackt. »Wortsammler, komm zurück!«

Amsterdam 1524

Die Witwe erwacht von einem Kratzen an der Tür. Es ist spät am Abend, nur der Nachtwächter dreht seine Runden, stört die Stille, wenn er die Stunden ausruft und kontrolliert, ob die Feuerstellen gelöscht sind.

Dieses Geräusch aber passt nicht in die Nacht. Die Witwe steht auf, wirft einen Blick auf ihr Kind, das im Nebenzimmer mit seiner Magd schläft. Es atmet ruhig. Immer wenn sie es ansieht, sieht sie ihn. Den Mann, den es eigentlich gar nicht gibt und der dennoch ihr Herz besetzt, sodass es kaum zu ertragen ist. Das Kind ist sein Geschenk an sie, doch er hat es von Beginn an als Fluch empfunden. Sein Leben ist gottgeweiht. Gott und dem Papst. Gott und der Kirche.

»Ich darf keine Kinder haben. Ich bin dem Herrn befohlen, alles Weltliche ist mir fremd.« Dennoch kam er zu ihr, so oft es ihm erlaubt war. Flüsterte ihr warme Worte ins Ohr, war ihr mehr Mann, als der, dem sie anvertraut war.

Der hatte nebenan geschlafen, alt, dem Tod geweiht und fern aller Lust. So lange, bis sein Herz endgültig aufgehört hatte zu schlagen.

Die Witwe schleicht zur Tür. Das Kratzen hat aufgehört. Es ist still wie eh und je. Vorsichtig dreht sie den Schlüssel im Schloss, drückt die Klinke herunter und zieht die Tür einen Spalt breit auf. Zu ihren Füßen liegt eine kleine Schachtel, die mit einer Schleife umwickelt ist. Der Witwe rast das Herz. Sie ahnt, von wem das Geschenk ist, und sie weiß, warum es dort liegt. Mit zitternden Händen hebt sie das Präsent an, schließt die Tür und lehnt sich von innen mit dem Rücken dagegen, während sie das Paket an ihr Herz drückt. So steht sie eine lange Zeit, bevor sie es wagt, zurück in ihre Kammer zu gehen und es im Schein des Mondes, der sich heute in seiner vollen Größe zeigt, zu öffnen.

Die Gravur auf dem Medaillon ist so schön, dass ihr Atem stockt. Das Schmuckstück muss mit großer Inbrunst und viel Herzblut gearbeitet sein. So als fürchtete der Erschaffer zu sterben, wenn er auch nur einen Strich an die falsche Stelle setzte. Die Witwe klappt das Medaillon auf und erkennt die ewige Träne darin.

Er aber ist fort. Für immer.

4. Kapitel

Hiske konnte sich erst in den frühen Morgenstunden auf den Weg zurück nach Hause machen. Die Geburt hatte sich endlos hingezogen, bis die Frau schließlich völlig erschöpft das kleine Wesen in die Welt entlassen hatte. Hiske war nicht sicher, ob es lange auf Gottes Erde weilen würde, denn es war schwach, zeigte nur wenig Überlebenswillen. Hinzu kamen die geringe Körpergröße und das mangelnde Gewicht. Das Mädchen schien schon im Mutterleib nicht mehr ausreichend versorgt worden zu sein. Es grenzte an ein Wunder, dass es überhaupt lebte.

Hiske war sehr müde und hoffte, der Wortsammler würde sie gleich ein wenig schlafen lassen. Trotz seiner zwölf Lenze und der wachsenden Manneskraft benahm er sich oft wie ein Kleinkind. Er würde den Mangel an Zuwendung und Nahrung in den ersten Lebensjahren nie wirklich aufholen können. So sehr sich Hiske auch bemühte: Er war und blieb ein Sonderling, dessen Gedanken und Verhaltensweisen ihr oft undurchschaubar bleiben würden. Dennoch empfand sie für ihn eine Art Liebe, die der einer Mutter sicher sehr ähnlich war.

Hiske und Garbrand waren die einzigen Menschen, denen der Knabe bedingungslos vertraute, wie auch immer der Mönch das fertiggebracht hatte. Vermutlich war es wirklich so, dass sich zwei einsame Wölfe gefunden hatten, die sich auf diese Weise gegenseitig stützen konnten.

Hiske schlug sich ihr Tuch um die Schulter und trat vor die Tür. Es war noch immer unerträglich warm, die Nacht brachte schon seit Wochen keinerlei Abkühlung mehr.

Auf der Straße war es unruhig. Ihr kamen die ersten Deicharbeiter entgegen, die aber nur noch Restarbeiten zu verrichten hatten, da der Deich fertiggestellt war. Es waren überhaupt schon ungewöhnlich viele Menschen auf den Beinen, sie erkannte unter ihnen auch den Wortsammler und Garbrand, was auch immer sie zu solch früher Stunde hier trieben. Auch Dudernixen und der Landrichter Wolter Schemering sowie Jan Valkensteyn eilten mit großen Schritten in Richtung des neuen Siels. Schlagartig war Hiske hellwach und folgte dem Aufmarsch. Es musste etwas Außergewöhnliches geschehen sein, wenn sich die Leute um diese Zeit zum Hafen bewegten. Hiske vermutete, dass wieder ein Hulk angelegt hatte.

Über der See waberte eine dünne Schicht Nebel, in die sich vereinzelt ein paar Sonnenstrahlen bohrten. Es würde eine Weile dauern, ehe sie den Kampf gegen den Dunst gewinnen würden. Ein Schiff aber war nicht angelandet.

Am neuen Siel hatte sich eine Menschentraube gebildet. Hiske bahnte sich einen Weg durch die Menge, blieb dann erschrocken stehen, als sie sah, was die Leute hierhergetrieben hatte. Auf der Wasseroberfläche trieb ein Toter. Er dümpelte sacht hin und her, sein Arm pendelte auf und nieder, als winke er allen einen Abschiedsgruß zu.

»Das ist Friso van Heek, dieser Kaufmann!«, sagte eine schrille Stimme, die Hiske nicht zuordnen konnte. Sie sah sich nach Jan um, der sie jetzt auch erkannt hatte und sich zu ihr durchkämpfte.

»Weißt du schon, wie er verstorben ist?«, fragte Hiske und verzichtete auf die morgendliche Begrüßung.

Jan hingegen nahm ihre Hand, was sie zusammenzucken ließ. »Moin, Hiske. Ja, es scheint tatsächlich, als sei er ertrunken, aber wir wissen erst Näheres, wenn sie ihn herausgefischt haben und ich ihn genau untersuchen kann. Bin auch erst kurz vor dir hier angekommen.«

Ein paar Männer waren eben dabei, die Leiche mit Stecken ans Ufer zu ziehen. Es gelang ihnen aber erst nach mehreren Versuchen, dann bekamen sie sein Wams zu fassen und konnten ihn an Land hieven. »Dass Tote immer so schwer sein müssen«, stöhnte einer der Männer. Es war ein Deicharbeiter, der Hände wie Schaufeln und Oberarme wie Baumstämme hatte, doch auch ihm machte der stämmige Körper des Toten zu schaffen. Endlich lag Friso van Heek im Gras, das Haar hing ihm strähnig in der Stirn, aus der Nase tropfte mit Wasser verdünntes Blut. Ein paar der Umstehenden mussten sich abwenden.

»Warum der wohl tot ist?«, fragte ein Weib. »Er war eine so stattliche Erscheinung!«

»Ist aber bestimmt einer, der gern anderen Röcken nachgestellt hat«, mutmaßte ein anderes Weib, woher auch immer sie diese Eingebung haben mochte.

Die meisten der Frauen nickten. Solche Männer waren in der Neustadt weiß Gott nicht gern gesehen, denn auf was die Frauen stolz waren und was sie mit Achtung trugen, waren ihre Moral und ihre schlichte Lebensweise. Auch wenn Hiske Krechtings Maßnahmen oft für übertrieben hielt: Die meisten Menschen hier hatten sich bewusst für diese Lebensform entschieden und empfanden sie als Berufung, nicht als Opfer. Trotzdem wird es ihnen bestimmt irgendwann zu viel, das Leben ist doch nicht nur trist und grau, dachte Hiske. In den paar Jahren, die sie hier lebte, hatte sie aber gelernt, solche Dinge besser nicht laut zu sagen. Sie hatte sich hier eingelebt, sich Respekt verschafft und verspürte keine Lust, das alles mit ein paar dummen Bemerkungen zu zerstören. Die Herrlichkeit Gödens bot ihr Sicherheit, sie wurde nicht mehr als

Toversche verfolgt. Wenn man von ihren Gefühlen für Jan Valkensteyn absah, hatte sie sich noch nie so angekommen gefühlt wie in ihrer Zeit am neuen Siel. Krechting hatte ein eindeutiges Machtwort gesprochen, was die Hexenverfolgungen in Gödens anging. Das war nach ihrer Zeit in Jever mehr, als sie vom Leben hatte erwarten können. Sicherheit war etwas, das sie viele Jahre ihres Lebens nicht gekannt hatte und das sie hier einhüllte wie ein warmes Tuch. Und jetzt war auch Jan wieder zurück.

Der untersuchte nun Friso van Heek. Er drehte ihn auf den Bauch, tastete den Haaransatz ab, sah ihm in die Augen, die leer und weit aufgerissen in den Himmel blickten. Als Jan aufstand, hatte er Blut an der rechten Hand. Er wandte sich zum Schwarzen Brack und wusch es im dunklen Wasser ab. Danach trat er auf Wolter Schemering zu. »Ich tippe auf Erschlagen. Er hat eine Wunde am Hinterkopf. Vermutlich ist er anschließend ins Wasser geworfen worden. Wir müssen noch eine richtige Leichenschau durchführen, dann kann ich vielleicht mehr sagen.«

Der Landrichter nickte. »Machen wir gleich im Anschluss. Wir bringen den Toten auf die Burg. Ich gebe meinem Ohm Hinrich Krechting Bescheid.«

Hiske trat einen Schritt zurück und erblickte die Marketenderin Anneke, die arg übernächtigt aussah. Sie schien mehr unter ihrer Armut zu leiden, als sie zugeben wollte. In den letzten drei Jahren war sie dünn geworden, winzige Falten kerbten nicht nur ihre Augenregion, sondern auch ihre Wangen und die Partie unterhalb des Mundes. Am heutigen Tag sah sie jedoch zum Fürchten aus. Es war, als hätten sich sämtliche Schatten der Nacht in ihren Gesichtszügen verfangen. Hiske musste Krechting recht geben: Die Marketenderin sollte sich einen Mann suchen. Nur sollte es ein Fremder sein, in der Herrlichkeit wussten alle, welchem Gewerbe sie im Burghof nachgegangen war. Ein solches Weib würde kein Mann neben sich liegen haben wollen; die Mennoniten und Täufer schon gar nicht.

»Sei gegrüßt, Anneke«, sagte Hiske. »Kanntest du den Toten?«

Die schüttelte den Kopf. »Nein, er ist mir fremd.« Sie zog Hiske von der Menschenmenge fort. »Jan Valkensteyn ist wieder da.« Ein Lächeln zog sich über ihr Gesicht.

Hiske zuckte zusammen. Dass Anneke sich dermaßen darüber freute, behagte ihr nicht. Die Erinnerung daran, wie sehr sie Jan schon vor drei Jahren umgarnt hatte, schmerzte immer noch. Und da ihre wirtschaftliche Situation sich nicht deutlich verbessert hatte, würde sie ihm erneut schöne Augen machen. Jan war ein Mann, den ihr ehemaliges Gewerbe vielleicht nicht stören würde, wenn sie es fortan unterließ.

»Ja, er ist gestern mit der Kraweel gekommen«, bestätigte Hiske und konnte den Triumph in ihrer Stimme nicht ganz unterbinden, weil Jan sich offensichtlich noch nicht bei Anneke gemeldet hatte.

»Gestern schon. Gestern schon«, wiederholte die, und ein Funken Enttäuschung huschte über ihr müdes Gesicht.

»Hat er dir noch keine Aufwartung gemacht?« Hiskes Stimme hatte etwas Lauerndes. Sie musste es sicher wissen. Welchen Stellenwert hatte Anneke in Jans Leben?

»Nein, das tut er aber sicher noch.« Die Marketenderin schob sich an Hiske vorbei und drängelte sich zu Jan Valkensteyn durch, der noch immer in eine Unterhaltung mit Wolter Schemering vertieft war.

Als er Anneke erblickte, lachte er übers ganze Gesicht und begrüßte die junge Frau herzlich. Ihr rotes Haar leuchtete in der Morgensonne, die sich wie von Zauberhand ihren Weg durch den Nebel gebahnt hatte. Dabei blühte ihr eben noch gealtert wirkendes Gesicht auf, als habe man einer welkenden Blume Wasser gegeben.

Hiske drehte sich um. Es war besser, wenn sie jetzt ging.

Als Jan schließlich aufsah, konnte er Hiske nirgendwo mehr entdecken. Er ärgerte sich, weil er zu lange mit Anneke gesprochen und die Hebamme so aus den Augen verloren hatte. Er empfahl sich, denn Friso van Heek wurde eben auf einen Wagen geladen und Richtung Burg Gödens transportiert. Er musste dem Tross folgen. Seine Aufgabe war es, die genaue Todesursache herauszufinden, denn so war es erheblich leichter, den Täter einzugrenzen. Falls es einen gab und der Mann nicht beim Sturz ins Wasser mit dem Kopf gegen etwas Hartes geschlagen und durch eine darauffolgende Ohnmacht ertrunken war.

Als der Zug über die Deichkrone kroch, weil es dort einfacher als auf dem Trampelpfad war, den Leichnam zu transportieren, standen viele finster dreinblickende Menschen am Wegesrand.

»Schon wieder ein Toter, dabei konnten wir endlich ungestört unsere Fußwaschungen vornehmen«, hörte Jan. Es war Dudernixens Stimme, die das von sich gegeben hatte. Mit dem Bader stand der Arzt seit jeher auf Kriegsfuß. Zu viele Dinge waren geschehen, die ihn vor einer näheren Bekanntschaft mit dem Bader warnten.

»Ich wusste gar nicht, dass Euch das so wichtig ist, werter Freund«, konnte es sich Jan nicht verkneifen zu sagen. Die Fußwaschungen der Täufer waren immer nur dann möglich, wenn kein Unfriede in der Gemeinde herrschte, und der Bader war stets einer der Ersten, die genau dafür sorgten.

Allerdings achtete er darauf, dass es nicht allzu offensichtlich war; nur Männer wie Jan oder Frauen wie Hiske durchschauten ihn.

»Ich bin ein gläubiger Mann, Medicus, und das Wohl der Gemeinde ist mir das Wichtigste, das könnt Ihr mir glauben.«

»Wer reinen Herzens ist …«, begann Jan, aber Dudernixen winkte ab. Er hatte keine Lust, sich mit dem Arzt zu streiten. Jan suchte vergeblich nach dessen Weib Magda.

Der Bader hatte seine unausgesprochene Frage bemerkt. »Sie ist im Haus, hat zu tun.« Die Antwort kam rasch, fast entschuldigend, und Jan war sich sicher, dass der Bader versuchte, etwas zu verbergen. Er blieb stehen und sah dem Mann direkt in die Augen. Sie flackerten unter dem stechenden Blick des Arztes. »Wo wart Ihr eigentlich in der vergangenen Nacht?«

»In meinem Bett. Bei meinem Weib. Wo sonst? Ich muss schließlich arbeiten und früh raus. So ein Badehaus führt sich nicht von allein. Schon gar nicht, wenn ein neues Schiff angelandet ist.«

Jan nickte, runzelte aber die Stirn. Etwas in Dudernixens Blick sagte ihm, dass der Mann log. Da Lügen zu seinem üblichen Gebaren gehörten, war es allerdings schwer, das mit absoluter Bestimmtheit zu behaupten. »Bei deinem Weib also …«, begann Jan.

»Wo sonst? Ein Duuvkehuus gibt es in der Neustadt ja nicht.« Er sah flüchtig zu Anneke herüber.

»Ihr habt also mit Friso van Heeks Tod nichts zu tun?«

»Ich kannte den Mann kaum. Er hat bei mir lediglich ein Bad genommen. Was auch nötig gewesen war.«

Jan sah skeptisch zu Dudernixen, der seinen Blick der Schubkarre mit dem Toten hinterherschickte. Er erkannte darin nur eines: Hass.

Friso van Heek war tot. Wie ein Sack hatte sein Leichnam im dunklen Wasser des Bracks getrieben. Mit dem Gesicht nach unten, sodass man die Visage nicht ertragen musste.

Als Klaas in der Nacht sein Boot an Land gehievt hatte und er sich ein wenig erholen wollte, stand ihm plötzlich der Kaufmann gegenüber. Wie eine Botschaft des Teufels war er aus dem Nachtnebel aufgetaucht und hatte ihn mit seinen Augen festgenagelt. Es war nur ein winziger Moment vergangen, ehe das Erkennen über Frisos Gesicht geglitten war. Erkannt hatte Klaas darin die nackte Angst, auch wenn seine Worte anders klingen sollten. »Mein werter Krommenga, der Hurensohn. Bist du gekommen, um mir die fehlenden Gulden in der Herrlichkeit persönlich abzuluchsen? Gib dir keine Mühe. Falschspielern schuldet ein Friso van Heek gar nichts.«

Klaas schüttelte sich, als er an den alkoholgeschwängerten Atem des Kaufmannes dachte. Obwohl Friso van Heek dem Alkohol offensichtlich mehr zugesprochen hatte, als ihm guttat, waren ihm erneut all die Dinge über die Lippen gekrochen, die dazu geführt hatten, dass die beiden seit ihrer Begegnung im letzten Jahr in Jever keine Freunde waren. Ein paar der Worte aber waren Klaas zu viel gewesen. Seine Faust war vorgeschnellt und hatte sich in die Mitte des muskulösen Bauches des Kaufmanns platziert. Den Blick Friso van Heeks würde er nie vergessen.

Klaas Krommenga rieb sich die Hände. Das Schicksal meinte es seit seiner Abreise aus Jever gut mit ihm. Friso van Heeks Tod würde zu Verwirrung führen, und das war genau das, was ihm für sein Vorhaben äußerst gelegen kam. Woher hätte er auch wissen sollen, dass ihm dieser Mann noch einmal über den Weg laufen würde? Bei dessen Lebenswandel wäre es dem Scharfrichter lieber gewesen, der Mann hätte seinen Gang ins Höllenfeuer schon längst hinter sich gehabt. Es schien, als träfe Klaas an diesem Ort all seine Feinde, als hätten sie sich versammelt, um sich seiner Rache hinzugeben. Es ging nur darum. Um sonst nichts.

Das Problem Friso van Heek hatte sich also erledigt, schneller als erhofft. Klaas war noch immer unschlüssig, wie genau er die Hebamme zur Strecke bringen wollte. Eines aber war ganz sicher: Er würde sie peinigen. Sie sollte am eigenen Leib verspüren, wie es war, wenn man solche Schmerzen erleiden musste wie er. Viele böse Gedanken hatten ihn auf der Reise hierher begleitet, doch alle erschienen ihm nicht böse genug für das, was Hiske Aalken erdulden sollte.

Hin und wieder fiel ihn eine Stimme an, die ihm zuraunte, er habe Hiske doch auch in Jever im Kerker schon leiden lassen. Er war es, der den Strohhaufen so weit von ihr entfernt platziert hatte, dass sie ihn wegen der Kürze der Ketten nicht erreichen konnte. Ihm war es weiter ein Vergnügen gewesen, die Metallschellen so fest um ihre Handgelenke zu schrauben, dass sie sich tief in ihr Fleisch schnitten und sie deshalb bestimmt noch Narben dort hatte. An Letzteren würde er sie ewig erkennen. So wie er Friso van Heek an dem eigenartigen Medaillon und der hässlichen Narbe auf dem Unterarm überall auf der Welt erkannt hätte.

Er würde schon bald Hiske Aalken ihrem gerechten Schicksal überantworten. Noch war das Weib ihm nicht unter die Augen gekommen, aber das Schicksal würde sie ihm früher oder später in die Arme spülen. So groß waren die Neustadt und die Herrlichkeit Gödens nicht. Spätestens, wenn ein Weib in Not war, würde sie aus ihrem Loch kommen und er konnte beginnen, sie einzukreisen. Immer enger würde er sie umrunden, einer Spinne gleich. So lange, bis sie sicher in der Falle saß und es kein Entkommen mehr gab.

Noch wagte der Scharfrichter es nicht, sich unter das Volk zu mischen, wollte sich lieber zurückhalten und abwarten, bis nicht mehr allzu viele Menschen am Hafen waren. Wenn man ihn nämlich genau jetzt zum ersten Mal sah, war die Gefahr zu groß, dass man ihn mit dem Ermordeten in Verbindung brachte oder ihn sogar am Ende verdächtigte. Er hatte es gelernt, unsichtbar zu sein, sich hinter seiner Maske zu verstecken.

Schon als kleiner Junge war es für Klaas Krommenga besser gewesen, sich zu ducken, wenn die anderen Knaben kamen. Sein Narbengesicht, das ihn von Kindesbeinen an verunstaltete, wurde in späteren Jahren zusätzlich von eitrigen Pusteln übersät. Hinzu kamen seine deformierte Beinform und sein daraus resultierender schwankender Gang, der nun mit dem Fehlen des einen Beines seine Vollendung gefunden hatte. Während die anderen jungen Männer sich damit brüsteten, wie oft sie ein Weib zwischen ihre Lenden pressten und sich an ihnen erleichterten, wagte Klaas sich wegen seiner offensichtlichen Hässlichkeit nicht einmal zu einer Duuvke. Und als er es endlich gewagt hätte, schlug er längst im Namen Fräulein Marias von Jever den Mördern und Dieben mit dem Schwert den Kopf von den Schultern, ließ die Scheiterhaufen lodern oder ergötzte sich am Wehklagen der gefolterten Seelen. Da ließ ihn nicht einmal mehr eine Hure an sich heran. Weil sich ihm kein Weib freiwillig hingab, hasste er jede Frau mit einer Inbrunst, wie es nur ein Mensch konnte, der so abgelehnt wurde wie Klaas Krommenga. Aber auch auf Männer wie Friso, die nur mit dem Finger schnippen mussten, um eine Frau aufs Lager zu bekommen, durchtrieb ihn eine Wut. Es war ihm immer eine besondere Freude gewesen, wenn er einen von ihnen ins Jenseits schicken konnte. Später, als diese Männer in ihrer Arroganz ihr ganzes eingesetztes Geld an ihn verloren, klopfte er sich stets heimlich auf die Schulter.

Die Menschenmenge löste sich auf, nachdem der Tote abtransportiert worden war. Die Leute der Neustadt würden nun ihrem Tagwerk nachgehen, sich noch ein paar Stunden oder Tage die wildesten Gerüchte zuraunen, bevor sie das Leben wieder in seiner eintönigen Geschäftigkeit nahmen wie es war. Trist, schwer und unvorhersehbar. Immer mit der Sichel des Todes im Rücken, immer mit der Furcht, den nächsten Tag vielleicht nicht mehr erleben zu dürfen, weil sich eine Krankheit des Körpers bemächtigt hatte oder ein Unfall dem Dasein ein vorschnelles Ende bereitete.

Auch jetzt flogen noch wenige Worte zwischen den Menschen hin und her, aber tief berührte der Mord an dem Kaufmann niemand. Friso van Heek war keiner von ihnen gewesen. Sie würden den Mörder nicht finden. Niemals würden sie das. Er, Klaas Krommenga, wusste warum, und er würde seine Kenntnis nutzen. Nun war es an der Zeit, sich in der Neustadt umzusehen. Harmlos, beiläufig und unauffällig.

Für seine Mission hatte sich der Scharfrichter eigens ein neues Wams und neue Beinkleider schneidern lassen. Dort, wo das Holzbein das echte ersetzte, umschlang eine gut gearbeitete und unterlegte Socke das Manko. Ein geschickter Schuster hatte ihm dazu den perfekten Schuh angepasst. Man musste schon genau hinsehen, damit man sein Gebrechen auf den ersten Blick erkannte. Nur dass er dieses Bein nachzog, ließ sich einfach nicht verbergen.

Auch der Schuster hatte gegen Klaas im Spiel verloren, genau wie der Fischer, dem er das Boot abgeluchst hatte, mit dem er von Jever erst in die Jade, dann ins Schwarze Brack geschippert war. Das Spiel mit gezinkten Karten hatte ihn schon in kürzester Zeit zu einem der besten Spieler Jevers gemacht, und er war in allen Wirtshäusern gefürchtet. Mit dem notwendigen Geld hatte er dennoch nicht erreicht, sich innerhalb der Stadtmauern niederlassen zu dürfen. Also lebte er weiter dort, wo in Jever das unehrenhafte Volk wohnte. Obwohl leben übertrieben war. Unter Leben verstand Klaas Krommenga ein stattliches Dasein. So eines, wie Remmer von Seediek es hatte oder wenigstens die Kaufleute. Die, die schwarze Samtroben auf ihrer Haut trugen. Die, die sich mit weißen Kragen schmückten. Die hohe lederne Stiefel ihr Eigen nannten und deren spitzenbesetzte Manschetten bis weit über die Handgelenke hinausragten. Sein Besitz bestand aber immerhin aus einer heruntergekommenen Kammer, während die meisten der Huren und Bettler sich in schmutzigen Holzverschlägen niedergelassen hatten.

Klaas stolzierte am neuen Siel entlang, nachdem er sich das Wams zurechtgerückt und das Barett tief ins Gesicht gezogen hatte. Eine Frau mit ausladenden Hüften und einem Weidenkorb, der mit allerlei Broten gefüllt war, drängelte sich an ihm vorbei. Der Duft des frisch Gebackenen zog verführerisch in Klaas' Nase und machte ihm deutlich, wie hungrig er war. Er musste sich wohl oder übel bald etwas zu essen besorgen. Das wenige gammelige Brot, das er in seinem Boot verstaut hatte, würde ihm nicht mehr lange reichen. Er brauchte Kraft für sein Vorhaben. Vielleicht konnte er irgendwo das Gekröse eines Hammels oder eines Bullen auftreiben. Es war nicht besonders schmackhaft, aber wenn er dazu noch eine Zwiebel hätte, könnte er es scharf anbraten, um den seltsamen Geschmack zu übertünchen. Als die Magd ihn bemerkte, hielt sie kurz an und musterte ihn. Über ihr Gesicht tanzte unverhohlene Neugierde. Aber als ihr Blick weiter nach unten bis zum Holzbein wanderte, erlosch ihre Aufmerksamkeit augenblicklich. Sie hatte sein Gebrechen erkannt, so gut er es auch getarnt hatte. Das Weib lief weiter, als habe sie Klaas Krommenga nicht bemerkt.

Der wartete noch kurz, versicherte sich, dass sie ihm wirklich keine Beachtung mehr schenkte, und begab sich zum Deich, um dort weiter über sein Vorhaben nachzudenken. Erst musste er etwas zu essen auftreiben, dann würde er die Hebamme suchen. Und finden, daran gab es keinen Zweifel. Irgendwo in dieser gottverdammten Einöde hielt sie sich versteckt. Und sie wusste nichts davon, dass er Witterung aufgenommen hatte.

Amsterdam 1529

Das Kind betrachtet das Schmuckstück am Hals der Mutter. Es schaukelt hin und her, während sich das Sonnenlicht in dem eingravierten Kristall spiegelt, als sei er tatsächlich mit all seinen Facetten vorhanden. Das Kind darf das Medaillon nicht berühren. Niemand darf das. Es gehört zu seiner Mutter, seit das Kind denken kann. Die legt es nicht einmal beim Schlafen ab. »Der Kristall ist mein Schutz vor allem Bösen. Und die Erinnerung an etwas, das hätte sein können, wenn die Welt eine andere wäre.«

Das Kind versteht die Worte nicht, vergisst sie auch rasch wieder. Es hat so viel verstanden, dass es ihnen gut geht, solange die Mutter das Medaillon trägt. Das Kind nennt das Schmuckstück den Meerkristall, weil er im Meer schwimmt und glitzert. Hineinsehen darf es aber nicht. »Dieser Anblick gehört nur mir, weißt du?«

Trotzdem wird die Suppe dünner, das Brot wird schmaler geschnitten. Bald gibt es keine Butter mehr und auch kein neues Paar Schuhe. Das Kind rennt in Lumpen herum, die es um die Füße wickelt.

»Gott der Herr schützt uns, passt auf uns auf. Sorge dich nicht! Dafür hat er mir ja den Meerkristall geschenkt. Wer uns Böses tut, wird bestraft, dafür sorgt der liebe Gott.« Mutter sagt es oft. Das Kind glaubt an diesen Gott, der im Himmel sitzt, auf sie herabblickt und seine Augen überall hat. Wenn Mutter das sagt, stimmt es.

Eines Tages müssen sie das große Haus verlassen und in eine dunkle Kammer am Rande der Stadt ziehen. Die Magd, die das Kind von klein auf kennt und mit der es in einer

Kammer schläft, darf nicht mit, verschwindet wehklagend, und es sieht sie nie wieder.

»Wir kommen schon zurecht, dann eben mit etwas weniger«, sagt Mutter. Ihre Stimme aber klingt schon lange nicht mehr froh, und es gibt auch kein Leuchten in ihren Augen. Nicht einmal, wenn sie den Meerkristall ansieht.

Es ist kalt in der neuen Kammer, es gibt keinen Kamin, den sie am Abend anzünden können. Und die Feuerstelle in der Ecke des Raumes muss nach dem Kochen immer erlöschen, weil das Holz zum Feuern fehlt.

»Warum schützt uns der Kristall nicht?«, fragt das Kind. »Und Gott?«

»Sie schützen uns, aber anders, als du denkst. Wir haben ja immer noch uns«, sagt Mutter.

Wenn das Kind vor die Tür tritt, muss es durch knöcheltiefen Schlamm waten, der stinkt, weil sich darin die Essensreste und Exkremente der Bewohner zu einer undefinierbaren Masse vereinigt haben. Das neue Zuhause ist nicht schön.

Nacht für Nacht kriecht das Kind zur Mutter unter die Decke, weil sich die Männer in der Straße prügeln, weil die Weiber in den anderen Kammern laut sind und komische Geräusche von sich geben, die dem Kind Angst machen.

»Du musst dich nicht fürchten. Wir haben das Medaillon, und es schützt uns vor denen, die rings um uns herum so sind, wie sie sein müssen, damit sie nicht hungern.« Die Stimme der Mutter zittert, wenn sie all das sagt. Sie glaubt es eben selbst nicht.

Dann darf das Kind nicht mehr unter Mutters Decke, muss auf der Küchenbank schlafen, während die Bettstatt mit einem Laken abgehängt wird. »Du bist jetzt groß, du musst allein liegen.«

Nachts ist es besonders kalt, und das Kind will nicht allein schlafen. Mutter tut es auch nicht. Das sieht das Kind, weil das Laken sich bewegt und aus der Ecke nun genau die Geräusche kommen, die es von den anderen Kammern her kennt. Mutter hört nicht das lautlose Weinen, merkt nicht, dass das Kind auch von dem Wenigen kaum isst. Wenn der Tag die Nacht ablöst, sitzt Mutter am wackeligen Tisch, stiert auf den Rest der rußigen Unschlittkerze.

Das Kind stromert immer öfter durch die Gassen Amsterdams. Steht vor den Wagen auf den Märkten, schaut den Gauklern zu, fürchtet sich vor dem Bären mit dem Ring in der Nase oder vor dem großen Affen, der Grimassen macht wie das Kind und den Menschen so ähnlich sieht.

Manchmal steht es vor dem Wagen des Seifensieders, der duftende Seifen verkauft. Einmal hat das Kind eine gestohlen. Es konnte nichts dafür, die dünnen Finger haben von ganz allein danach gegriffen. Das Stück Seife bewahrt es nun unter dem Strohkissen auf. Wenn es groß ist, will es ganz viele davon haben. Nie wieder den Schmutz um sich spüren, der es nun umhüllt.

5. Kapitel

Krechting war von der Neustadt aus auf dem Weg zu Hebrich von Knyphausen. Die neuerlichen Ereignisse, die ihm sein Neffe vorhin mitgeteilt hatte, waren höchst unerfreulich und konnten das Leben in der Neustadt wieder nachhaltig zum Schlechten beeinflussen. Die Häuptlingswitwe würde außer sich sein. Er erinnerte sich mit Schaudern an den Mord an Cornelius von Ascheburg vor drei Jahren. Krechting gab der Sache von damals einen großen Teil der Schuld daran, dass er sich in seinem Glauben so verbiegen musste. Wer wusste schon, was der Herrin nun wieder einfallen würde. Hatte er nicht Last genug zu tragen? Hinrich war sich bewusst, dass er undankbar war, denn Hebrich von Knyphausen galt als gerechte und starke Herrin. Sie hatte es ihm erlaubt, die Täufer ins Land zu holen, sie hatte die Neustadt geplant und sich immer von ihm beraten lassen. Im Gegensatz zum Grafen von Oldenburg, der ihn später doch in die Verdammung geschickt hatte, nachdem die Versöhnung mit Bischof von Waldeck aus Münster wichtiger geworden war als die Unterstützung für ein neues Täuferreich. Diese Wunde schmerzte Krechting noch immer zutiefst. Oldenburg war nach Münster sein großer Traum gewesen. Aus. Vorbei.

Nun musste er in der Herrlichkeit mit dem vorliebnehmen, was man ihm als Almosen zuwarf, und das war von Hebrichs Seite nicht wenig, wenn auch lange nicht das, was er sich eigentlich erhofft hatte. Er hatte viele Einschränkungen hinnehmen müssen, viele Dinge konnte und durfte er nicht so leben, wie es sich für einen Täufer ziemte. Er musste das Beste aus allem machen und wurde dabei immer in sich gekehrter. Seine Frau Elske klagte nicht, aber er sah ihr an, wie sehr sie unter seinen Launen und seiner Unbeherrschtheit litt. Zumindest würde er seinen Kindern ein ansehnliches Erbe hinterlassen können, und das war für einen Mann wie ihn wahrlich eine Lebenserfüllung. Dennoch war ihm nicht wohl vor der Unterredung mit der Häuptlingsfrau. Wenigstens war er nicht allein. Auch Wolter würde dort sein, und Jan Valkensteyn. Sie hatten die Leichenschau bereits durchgeführt.

Krechting stürmte über den Burghof, beachtete weder den Dreck noch den Gestank, der ihm dort entgegenwehte, weil sich noch immer etliche Menschen in ihren Wagen und in den Stallungen aufhielten. Menschen, die darauf warteten, dass sie endlich ein Haus oder eine Kammer in der Neustadt bekamen. Eine Zusage, die sie ihnen vor langer Zeit gemacht hatten und die es nun schnell einzulösen galt. Er durfte sich durch nichts abhalten lassen, dieses Vorhaben so rasch es irgend ging umzusetzen.

Jan Valkensteyn und Wolter Schemering warteten schon am Aufgang. Krechting ließ sich vom Dienstmädchen den Umhang abnehmen. Er war froh, ihn ablegen zu können, es war viel zu heiß für solch dicke Kleidung, aber er in seiner Position musste immer und in jeder Situation die Haltung wahren. Dazu gehörte auch das entsprechende Auftreten vor der Herrscherin.

Hebrich von Knyphausen saß bereits am Tisch, ihr Blick war starr, sie hatte die Lippen fest zusammengepresst. Sie trug wie immer ihre weiße Haube, die hinten von einer teuren Spitze umfasst war. Die Häuptlingswitwe nickte den Männern zu, wies mit der Hand auf zwei hochlehnige Eichenstühle und ließ Bier servieren. Mit dem letzten Schiff war wieder eine neue Ladung von ordentlich Gebrautem angekommen.

Hebrich hielt sich nicht mit Höflichkeiten auf, sondern kam gleich zur Sache. »Wir haben also wieder einen Toten. Kaum glaubt man, es herrsche Ruhe, geschieht so etwas.«

Es klopfte, und der Prediger Dr. Westerburg trat ein. Er trug wie immer seinen goldenen Ring am rechten Zeigefinger und wirkte wie auch sonst sehr gesetzt. Er war vor einiger Zeit aus Zürich zurückgekommen, wo er im Auftrag von a Lasco Heinrich Bullinger getroffen hatte. Sein Plan, einige reformatorische Schriften an die Kölner Theologen zu schicken, hatte ihm mehr Feindschaft als Verständnis eingebracht. Nun wollte er in der Herrlichkeit ein wenig Kraft tanken und anschließend versuchen, nach Köln zurückzukehren.

Er verneigte sich vor Hebrich. »Guten Tag, werte Herrin!« Den anderen nickte er grüßend zu. »Ich habe von der Unbill gehört und dachte, ich könne Euch mit meinem Wissen zur Seite stehen. Ich werde ja noch eine Weile in Ostfriesland bleiben.«

»Bleibt ganz in der Herrlichkeit, reist nicht wieder fort. Ihr könnt die Pfarrstelle in Dykhusen innehaben, solange es Euch beliebt«, sagte Hebrich zur Begrüßung.

»Ich habe auch schon darüber nachgedacht, ganz zu bleiben. Ich möchte regelmäßig zum Coetus der ostfriesischen Prediger reisen. Ihr wisst, dass er einmal wöchentlich stattfindet, und es ist gut, wenn ich möglichst oft zugegen bin. Auch plane ich, in Kürze a Lasco aufzusuchen.«

»Trefft Ihr ihn auf seinem Gut in Loppersum?«, hakte Hebrich nach, aber Dr. Westerburg verneinte. »Nein, er kommt nach Emden. Es ist wichtig, dass wir in Gödens dem Coetus der reformierten Prediger Ostfrieslands entsprechen. Es wäre sehr günstig, wenn a Lasco, vor allem beim Streit um das Abendmahl, eine Einigung für ganz Ostfriesland erzielen könnte, doch im Augenblick sieht es nicht gut aus. Trotz seiner Visitationen, durch die er prüfen lässt, ob auch alle Priester dem rechten Glauben angehören, schleppt sich der Vorgang dahin.«

»Tut, was Ihr für richtig haltet, Dr. Westerburg. Ich sehe, dass Ihr Euer Amt als Prediger in Dykhusen seit zwei Jahren sehr umsichtig ausführt. Mir kommt da gerade ein Ansinnen, das ich gleich vortragen werde, wenn wir das andere unleidige Thema beendet haben.« Sie wandte sich erneut Krechting, Schemering und Valkensteyn zu: »Wie ist der Kaufmann ums Leben gekommen? Kann man ein Fremdverschulden ausschließen?«

Jan Valkensteyn schüttelte den Kopf. »Leider nicht, Herrin. Der Mann ist eindeutig erschlagen und anschließend ins Wasser befördert worden, damit es aussieht, als sei er ertrunken.« Er zögerte, suchte sich dann doch ein paar Worte zusammen. »Ganz genau könnte ich alles darlegen, wenn … wenn ich ihn obduziere.«

Hebrich zuckte zurück. »Leichenfledderei? Ich bitte Euch! Nicht in meiner Herrlichkeit!«

Jan sog die Luft scharf ein. Er schien das befürchtet zu haben. »Ich dachte, Ihr unterscheidet Euch von den Papisten, die es nicht dulden, auch wenn es dem Fortschritt dient«, erzürnte er sich. Dennoch konnte er nun offensichtlich nicht zurück und musste erklären, was genau ihn dermaßen aufbrachte, dass er es wagte, in diesem Ton mit der Häuptlingswitwe zu reden. »Ich habe in Emden mit Cornicius die Schriften des Arztes Vesalius studiert. Er weiß so viel mehr, nachdem er hinter das Fleisch sehen konnte.«

»Ich möchte es nicht«, sagte Hebrich in einem Ton, der keinerlei Widerspruch zuließ. Für Obduktionen war man auch in der Herrlichkeit noch nicht so weit. Selbst wenn mit den daraus resultierenden Erkenntnissen Menschenleben gerettet werden konnten.

Krechting wusste nicht, wie er selbst dazu stand.

Hebrichs Miene nach wollte sie nicht weiter über diesen Punkt reden. »Wieder zurück zum Stand der Dinge.« Sie hob die rechte Braue und musterte Jan Valkensteyn. »Was macht Euch so sicher, dass es kein Unglück, sondern Mord war? Der Mann kann sich den Kopf doch auch an einem Schiff oder Boot aufgeschlagen haben, als er ins Wasser gefallen ist.«

Jan schüttelte vehement den Kopf. »Er ist mit einer Schaufel getroffen worden. Der Abdruck am Hinterkopf ist ganz eindeutig.«

»Also doch wieder Mord«, sagte Hebrich und trank den Becher Bier in einem Zug aus. Sie atmete tief ein. »Dieses Mal haben wir aber kein Täuferproblem. Die Mennisten habe ich in ihre Schranken verwiesen, die Täufer aus Münster verhalten sich still. Es könnte sich um einen Mord aus Habgier handeln. Fehlt dem Mann etwas? Geld oder Ähnliches? Ich denke, er wird als Kaufmann wohlhabend gewesen sein.«

Jan zuckte mit den Schultern. »Das kann ich nicht sagen, Herrin.« Er hielt kurz inne, schien den noch immer zu scharfen Ton, den er Hebrich von Knyphausen gegenüber angeschlagen hatte, zu bemerken. Er würde sich vorsehen müssen. »Der Mann kam aus Amsterdam«, sagte er schließlich ruhig. »Ich weiß nicht, ob er einigen der Mennoniten von dort bekannt war.«

»Die Mennisten behaupten doch, sie seien ein friedliches Volk. Also werden sie sich schon nicht gegenseitig die Köpfe einschlagen.«

»Er ist ein weit gereister Mann«, mischte sich Krechting ein, denn Friso van Heek eilte sein Ruf als angesehener Kaufmann, der schon fast ganz Europa gesehen hatte, voraus. »Ihn könnten viele Menschen kennen.«

Hebrich ging auf die Bemerkung nicht ein. »Ich frage mich nur, was der Mann mitten in der Nacht am neuen Siel gemacht hat.«

»Ich habe schon ein paar Erkundigungen eingeholt. Er wohnte in der *Olden Krocht*«, mischte sich Wolter Schemering ein. »Dort hat er mit dem Wirt ordentlich gebechert. Branntwein und Dünnbier, sagt der. Er hat nach Weibern gefragt, aber damit konnte der Wirt nicht dienen, weil es bei uns ja kein Duuvkehuus gibt. Als aber das Gespräch auf die Hebamme kam, ist er hellhörig geworden und aufgesprungen. Angeblich hat er behauptet, dass er sie heiraten wollte.«

Jan war bei den Worten merklich zusammengezuckt. »Was wollte Friso van Heek?«

»Diese Hebamme heiraten«, wiederholte Wolter. Ein breites Grinsen zeigte sich auf seinem Gesicht. »Er war auf der Suche nach einem Weib, und Hiske Aalken hat keinen Ehemann. Wenn Ihr mich fragt: Wäre der Kaufmann nicht tot, es wäre eine gute Lösung gewesen, denn es ist nicht von Vorteil, hier unverheiratete Weiber rumlaufen zu lassen. Sie sind Freiwild und immer eine Gefahr.«

Jan sog die Luft ein. »Die Männer, die ihre Finger nicht von diesen Frauen lassen wollen, sind eine Gefahr.«

»In jedem Fall hat er wohl kaum um ihre Hand angehalten«, mischte sich nun Krechting ein. »Hiske Aalken war die ganze Nacht bei der Frau des Bäckermeisters, hat dort ein Kind auf die Welt geholt. Sie hat das Haus erst verlassen, als der Tote bereits im Siel trieb. Darum habe ich mich schon gekümmert.«

»Das erklärt, warum sich Friso van Heek in der Neustadt aufgehalten hat«, sagte Jan Valkensteyn. »Er wollte vermutlich auf sie warten.«

»Und wenn sie zwischendurch mal rausgegangen ist? Einen Menschen zu erschlagen, geht schnell. Sie könnte dem Kaufmann begegnet sein, er hat ihr den Hof gemacht, und da ist sie durchgedreht. Vielleicht war er etwas forsch. Sie ist ein unerfahrenes Weib, was die Liebe angeht. Und sie ist kräftig genug, auch wenn es auf den ersten Blick nicht so scheint.« Wolter verschränkte die Arme vor der Brust, er schien mächtig stolz auf seinen Einfall.

Jan presste die Lippen aufeinander. Er sah aus, als wolle er in die Luft gehen, doch da mischte sich Krechting schon wieder ein. Er schüttelte vehement den Kopf. »Hiske Aalken hat das Haus des Bäckermeisters in der Mordnacht nicht einen Augenblick verlassen. Ganz sicher.«

»Dann ist ihm jemand bei seiner Suche nach ihr in die Quere gekommen«, vollendete Westerburg. »Wer hat denn noch Interesse an dem heilkundigen Weib?«

Sein Blick schweifte zu Valkensteyn, der nicht reagierte. In der Hinsicht konnte man ihm nichts nachsagen, er hatte sich immer zurückhaltend gezeigt. »Ich glaube, der Bader könnte dahinterstecken«, lenkte er ab. »Er hatte Streit mit seinem Weib, die war in der Nacht unterwegs. Das erzählt man sich in der Neustadt. Er hat ziemlich herumgebrüllt. Und er benimmt sich so wie jemand, der etwas zu verheimlichen hat.«

»Dudernixen bringt keine Menschen um. Er ist unangenehm und sehr willensstark, aber er mordet nicht«, sagte Krechting, erkannte aber an Jan Valkensteyns Gesicht, dass der Arzt davon nicht überzeugt war. »Er ist Mennonit!«, setzte der Jurist nach. Er fragte sich allerdings, was der Medicus wusste und ihm, Krechting, nicht erzählte? Er würde schon noch dahinterkommen.

Hebrich sah versonnen zwischen den Männern hin und her. »Viel ist es nicht, was Ihr mir sagen könnt. Es wäre aber in unser aller Interesse, die Sache möglichst bald vom Tisch zu haben.« Sie stand auf und blickte aus dem Fenster. »Wie gut, dass sich mein Hof Tag für Tag leert. Kümmert Euch bitte darum, dass der Bau des Fleckens weiter vorangetrieben wird, auch wenn die Umstände gerade ungünstig sind.« Sie wandte sich um. »Und nun zu Euch, Krechting und Dr. Westerburg.«

Krechtings Herz schlug unwillkürlich schneller. Jedes Mal, wenn Hebrich von Knyphausen diesen geschäftigen Ton anschlug, folgten Beschlüsse, die sie sich seit Langem durch den Kopf hatte gehen lassen und die so durchdacht waren, dass sie unwiderruflich schienen. Er musste dann immer sehen, wie er es mit sich und seinem Gewissen vereinbaren konnte. Bislang war ihm das stets gelungen. Krechting war mit den Jahren ruhiger geworden, hatte sich sogar mit all diesen Dingen angefreundet. Wichtig war ihm einzig und allein, das Vertrauen der Herrin nicht zu enttäuschen, denn dann würde er in einem Maße an Macht und Ansehen verlieren, dass es für ihn nicht zu ertragen war. Seine ganzen Opfer für die Täuferbewegung waren nur dann sinnvoll, wenn er weiter die Geschicke der Herrlichkeit lenken und auch Einfluss darauf nehmen konnte.

»Ich habe Euch vor drei Jahren zum Armen- und Kirchenvorstand ernannt, und bislang habt Ihr Eure Sache gut gemacht. Mit den Einschränkungen, auf die ich Euch im letzten Gespräch schon hingewiesen habe. Dafür spreche ich Euch meine volle Hochachtung aus. Nun ist mir gerade zu Ohren gekommen, dass Dr. Westerburg nach Emden reisen will. Ich denke, es ist ein guter Gedanke, wenn Ihr Euren alten Freund sofort begleitet und diese Reise nicht aufschiebt. Bringt alles dortige Wissen über die Armenfürsorge mit! Danach werdet Ihr Euch, wie abgesprochen, mit Valkensteyns Freund zusammentun und hier ein florierendes Armenwesen umsetzen.« Sie seufzte. »Wie ich Euch beneide! Ich wünschte, ich könnte nach Emden reisen. Ich plane übrigens, dort ein Stadthaus zu errichten, damit wären mir die Wege dorthin besser geebnet, und ich könnte meine Geschäfte in der Stadt einfacher erledigen. Das Gödenser Haus in Emden! Auch darum könnt Ihr Euch schon kümmern.« Sie sah noch einmal in die Runde. »Ich glaube, das wäre es fürs Erste, meine Herren!«

Hiske saß in ihrer Küche, sie konnte trotz der durchwachten Nacht nicht schlafen, obgleich der Tag sich schon bald dem Ende zuneigte. Zum einen gingen ihr Jans und Annekes Blicke nicht aus dem Kopf, zum anderen war sie entsetzt über den Tod Friso van Heeks. Er hatte einen merkwürdigen Eindruck auf sie gemacht. Warum hatte er so nachdrücklich versucht, das Medaillon unter seinem Hemd zu verbergen, und warum war es war ihm ganz und gar nicht recht gewesen, dass Hiske es bemerkt hatte. Zu schnell war sein Griff gewesen, zu oberflächlich die Antwort. Hinzu kam diese tiefe und breite Narbe. Die Angelegenheit sei lange vergessen, hatte er gesagt. Konnte man eine solche Verletzung einfach beiseiteschieben? Hiske zweifelte daran.

Sie betrachtete die Narben an ihren Handgelenken. Auch sie waren für jedermann sichtbar, und nicht selten wurde sie von den niederkommenden Frauen nach der Ursache für diese Verletzungen gefragt. Sie reagierte ähnlich wie Friso van Heek. »Das ist lange vorbei und vergessen.« Und doch gab es nichts, was vergessen war. Gar nichts. Jede Nacht wurde sie von den Bildern heimgesucht. Wie sie hilflos im Kerker auf dem kahlen Boden lag, von ihrem eigenen Urin durchnässt, weil der Fäkalieneimer zu weit entfernt stand.

Des Morgens kam der Wächter und goss kaltes Wasser über sie, damit sie nicht vor Dreck erstarrte. Vermutlich auch, weil er den Geruch nicht ertragen konnte. Die offenen Stellen, wo die Metallschellen sich tief in ihre Haut gefressen hatten, brannten, als halte der Wächter stetig seine Fackeln daran. Oh nein, Hiske konnte das nicht vergessen.

Im Kerker von Jever hatte sie jeglichem Glauben abgeschworen und einen Abscheu empfunden, den sie damals nicht mehr steuern konnte, sodass sie wüste Beschimpfungen auf ihre Peiniger losgelassen hatte, als sie glaubte, es ginge zu Ende mit ihr. Dieser Groll bestimmte nun nicht länger ihr Leben, sie wollte es nicht mehr. Hiske war froh, dass es ihr gelungen war, auch wenn sie nie vergessen würde. Aber sie konnte keinem mehr trauen, war vorsichtig wie eine Maus geworden.

In den Augen Frisos jedoch hatte, neben seiner nach außen hin freundlichen Art, genau das gelegen: Der Mann hasste mit jeder Faser seines Lebens. Sein Hass fokussierte sich allerdings nicht auf einen Menschen oder eine Sache. Friso van Heek lehnte die ganze Welt ab. Er konnte nur deshalb bestehen, weil er, wie ein Gaukler, vorspielte, alles sei in Ordnung und er sei ein freundlicher und ausgeglichener Mensch.

»Der Mann hatte dieses Medaillon nicht rechtmäßig bei sich«, sagte Hiske leise zu sich selbst. »Er hat es jemandem weggenommen, und für denjenigen war es von unschätzbarem Wert!« Die Gedanken machten ihr Angst. »Es ist ein Kristall darauf abgebildet, und der schützt vor dem Bösen.« Hiske kannte Eltern, die ihren Neugeborenen einen Kristall in die Wiege legten, damit ihnen nichts Böses geschah. »Es muss aber alles nichts mit dem Mord zu tun haben«, sann sie weiter. »Er kann aus ganz anderen Gründen ums Leben gekommen sein. Und: Was sollte der Kristall mit uns allen zu tun haben?«

Hiske war nur froh, dieses Mal keinesfalls als Mörderin in Betracht zu kommen. Sie hatte ein Kind auf die Welt geholt und die Frau des Bäckers nicht einen Augenblick allein gelassen. Das war aber auch das einzig Gute. Hiske überlegte angestrengt. Friso war in der Neustadt ums Leben gekommen, gewohnt hatte er aber in der *Krocht*, das war nicht weit von ihrer Kate entfernt. Sie schrak zusammen. Wo waren der Wortsammler und Garbrand in der Nacht gewesen? Sie hoffte, im Haus und in ihrer Bettstatt. Wenn sie sich draußen herumgetrieben hatten, dann konnte nur Gott seine schützende Hand über die beiden legen. Wie schnell die Menschen mit Vorverurteilungen dabei waren, wenn sie einen Schuldigen brauchten, hatte sie oft genug erlebt.

Hiske beruhigte sich wieder. Garbrand war unvorsichtig gewesen, hatte vergessen, den Krug Genever wieder zu verstecken. Also hatte er hier gezecht, während er auf den Wortsammler aufpasste. Sie waren folglich im Haus gewesen. Doch gerade, als sie sich entspannt zurücklehnen wollte, zuckte sie zusammen. Ihr fiel es ihr wie Schuppen von den Augen. Garbrand war nicht nachlässig gewesen. Er hatte nicht vergessen, den Genever vor ihr zu verstecken. Irgendetwas war geschehen, was ihn dazu veranlasst hatte, ihr Haus überstürzt zu verlassen. Erst danach hatte er entweder nicht mehr daran gedacht, den Krug zu verbergen, oder es nicht mehr vor ihrem Eintreffen geschafft, ihn verschwinden zu lassen. Sie musste dringend mit dem alten Mönch reden. Sie befürchtete, dass er eine Menge über den Abend wusste, was sie besser auch wissen sollte.

Als es klopfte, zuckte Hiske zusammen. Jan steckte den Kopf zur Tür herein. Hiske ordnete rasch ihr Haar, wusste aber gleichzeitig, dass es nichts zu ordnen gab. Sie war völlig übernächtigt, und das sah man ihr an.

»Du siehst müde aus. Hast du noch gar nicht geschlafen?«, fragte Jan und setzte sich zu ihr an den Küchentisch. Sie hatte es nicht einmal geschafft, sich zu erheben. Seine Stimme klang warm und besorgt.

Hiske schüttelte den Kopf. »Mir gehen so viele Sachen durch den Kopf. Ich kämpfe gegen dieses Marschenfieber an, mir sterben die Kinder und Alten unter den Händen weg. Dann der Tote im Siel.«

»Weißt du, dass er sich auf den Weg zu dir gemacht hat?«, stieß Jan hervor.

Hiske sah ihm die Empörung an. Sie schüttelte den Kopf. »Wer? Friso van Heek?«

»Ja, genau der«, bestätigte Jan.

»Er war mir«, Hiske machte eine Pause, »unangenehm. Was sollte er auch schon von mir wollen? Ein Kind wird er kaum unter dem Herzen getragen haben, dem ich auf die Welt helfen sollte.« Sie lachte leise auf, aber es klang nicht fröhlich.

Jan zog die Brauen hoch. »Er war auf dem Weg zu dir, weil er dir die Ehe anbieten wollte.«

»Die Ehe?« Hiske lachte nun doch laut auf. »Das ist jetzt nicht dein Ernst. Der Mann wollte mich heiraten? Mich, das Kräuterweib, die freigesprochene Hexe? Das ist ein schlechter Witz, Jan. Mich heiratet niemand, und schon gar kein wohlhabender Mann wie Friso van Heek. Er hat ganz andere Möglichkeiten, die sicher auch seinen Reichtum mehren würden. Das ist doch solchen Männern das Wichtigste überhaupt.« Hiske hatte sich in Rage geredet, so, als ob ihre vielen Worte die Aussage des Arztes ad absurdum führen könnten. Es konnte, es durfte nicht sein, denn wenn das die Runde machte, stände sie wieder im Mittelpunkt der Ermittlungen, und sie wollte nur eines: ihre Ruhe.

Jan aber schüttelte den Kopf und ergriff Hiskes Hand. »Das hat er dem Wirt der *Krocht* erzählt. Friso van Heek wollte dich suchen und dir einen Antrag machen.«

»Ich fasse es nicht. Ich hätte abgelehnt.«

»Ich weiß«, sagte Jan, kam ihr aber nicht näher.

Hiske schien es, als wären ihm diese beiden Worte, worin so viel mitschwang, herausgerutscht und als bereue er sie bereits wieder.

Jan ließ ihre Hand los, stand auf und sah aus dem Fenster. Die Sonne stand schon tiefer, und doch würde es noch lange dauern, bis die Nacht über die Herrlichkeit hereinbrach.

»Er war ziemlich betrunken, als er die *Krocht* verlassen hatte«, grübelte Jan.

Hiske lief es kalt den Rücken herunter. »Betrunken«, wiederholte sie. Betrunkene Männer hatten für die Hebamme allesamt etwas Abstoßendes. »Was hätte ein Mann wie er getan, wenn ich Nein gesagt hätte? Vor allem, wenn er wirklich sehr viel Alkohol getrunken hatte?« Hiske setzte sich auf, war plötzlich hellwach. Sie konnte sich genau vorstellen, was passiert wäre. Sein Blick, seine Berührung waren deutlich genug gewesen. »Er hätte mich zur Ehe gezwungen«, stieß sie hervor. »Mit allem, was dazugehört, um ein unverheiratetes Weib zu entehren. Ein Mann wie Friso van Heek ist zielstrebig, und Niederlagen, vor allem bei Frauen, gehören ganz bestimmt nicht zu seinem Weltbild.«

Jan drehte sich jetzt zu ihr um und kraulte nachdenklich sein Kinn. Noch immer ließ er sich keinen Bart stehen, was Hiske sehr mochte, denn es unterschied ihn von den meisten Männern hier. »Da magst du recht haben. Aber er hat dich nicht angetroffen. Wer ist ihm begegnet, der so wütend auf ihn war, dass er ihm mit einer Schaufel eins über den Kopf gegeben hat?«

Hiske grub ihre Zähne in die Unterlippe. Hatte van Heek vor ihrer Tür gestanden und um Einlass gebeten? Wie hatten der Wortsammler und Garbrand auf ihn reagiert? War Friso wütend geworden, als sie nicht im Haus war? In Hiske türmten sich die Fragen. Aber egal wie wütend der Mönch und der Wortsammler auch gewesen sein mochten: Zu einem Mord waren sie nicht fähig. Es sei denn, der Kaufmann hatte ihr eigenes Leben bedroht. Was nur war in der Nacht geschehen?

Hiske brach der Schweiß aus, denn alles, was sie nun wusste, passte viel zu gut zusammen. Aber sie schwieg, denn es bestand noch die Möglichkeit, dass alles ganz anders war, als es aussah. »Warum ist Friso van Heek wirklich in die Herrlichkeit gekommen, Jan? Geschäfte können doch wohl kaum der Grund gewesen sein, da gibt es Städte, die sich für ihn mehr lohnen. Ich habe das Gefühl, dass das nur ein Vorwand war.«

»Das ist eine vage Mutmaßung, wenn du bedenkst, wie viele Kaufleute hier ständig anlanden.«

»Ich weiß, aber gerade bei ihm mutet es seltsam an. Er schien mir kein Mensch zu sein, der ohne Ziel ein abgelegenes Siel anfährt.«

Jan sah, dass sie noch immer über etwas nachgrübelte. »Was beschäftigt dich?«

Hiske sortierte ihre Gedanken. »Friso van Heek trug ein merkwürdiges Medaillon um den Hals, und er hatte eine große Narbe am Unterarm. Hat er das Ding nach seinem Tod noch umgehabt?«

Jan schüttelte den Kopf. »Als ich ihn untersucht habe, war da kein Medaillon. Er könnte es im Wasser verloren haben.«

»Oder der Mörder hat es ihm abgenommen. Ich würde zu gern wissen, was für ein Bild darin versteckt war und was dieser Kristall im Meer bedeutete? Und woher Friso eine so gewaltige Verletzung hatte? Ich glaube, wenn wir das wissen, haben wir den Mörder.«

»Das sind auf jeden Fall zwei Anhaltspunkte, aber ebenfalls sehr vage«, sagte Jan.

Hiske nickte. »Ich halte mich an allem fest. Der Mord soll und darf einfach nichts mit mir zu tun haben. Denn dann kommen nur zwei Menschen infrage, die mich bis aufs Blut verteidigen würden.«

»Drei«, sagte Jan. »Es wären drei. Aber nicht einer von ihnen war es, und das weißt du genau.«

»Ich weiß es«, sagte Hiske. »Und du weißt es. Hoffen wir, dass es den anderen auch so klar ist.«

Jan nickte, und Hiske erkannte den Zweifel auch in seinen Augen.

Da polterte es, und Anneke stand in der Tür. Blitzschnell sah sie von Jan zu Hiske, dann wieder von Hiske zu Jan. Sie erfasste die Situation, dabei glitt ein Lächeln über ihr vom Rennen errötetes Gesicht. »Hiske, du sollst zur Weberin kommen. Das Balg hat die Hitze.«

»Ich komme mit«, sagte Jan. »Ich hole nur rasch meine Tasche von Schemering, dann folge ich dir.«

Anneke griff ziemlich grob nach Hiskes Ärmel. »Du sollst keine Zeit verlieren, sagen sie. Also lauf schon vor!«

Hiske war klar, dass es Anneke einzig darum ging, sie loszuwerden, doch ihr fiel auch kein Grund ein, ihren Gang hinauszuzögern. Sie griff nach ihrem Bündel, verschwand kurz in ihrer Kammer, um die nötigen Kräuter und Salben einzupacken, und machte sich auf den Weg.

Jan versprach, ihr bald zu folgen.

Anneke lächelte den Arzt an. Endlich war sie mit ihm allein, auch wenn es im Haus der Hebamme war. »Ich freue mich, dass du zurück bist«, sagte sie mit rauchiger Stimme. »Ich habe fast nicht mehr damit gerechnet.« Sie hatte sich vor ihrem Treffen gewaschen, ihre Haare zurechtgemacht und ein frisches Kleid angezogen. Das konnte dem jungen Arzt nicht verborgen geblieben sein. Sie trat einen Schritt näher, doch Jan wich augenblicklich zurück.

»Ich habe versprochen zurückzukehren, aber meine Geschäfte und Forschungen haben mich länger in Emden gehalten, als ich es gedacht habe.«

»Bleibst du?« In Annekes Stimme lag ein Flehen. Sie war eine einsame, arme Frau und hätte einen Mann an ihrer Seite bitter nötig, das wusste er vermutlich genauso wie sie. Anneke musste sich zusammenreißen, denn ihr Gesicht zuckte nervös, drohte sie zu verraten. Sie war sehr angespannt, denn wenn sie den Arzt dieses Mal nicht für sich gewinnen konnte, hatte sie verloren. Nur wäre es besser, wenn er nicht bemerkte, wie schlecht es ihr im Moment wirklich ging. Sie ertappte sich dabei, dass ihre Gesten viel zu übertrieben waren und die Unruhe mehr unterstrichen, als ihr lieb war.

Jan aber versuchte abzulenken. »Du hast jetzt einen Laden? In der Neustadt?« Er wollte ihr offensichtlich keinerlei Versprechungen machen.

»Ja, ich habe das andere«, Anneke schluckte, »aufgegeben. Krechting hat es ohnehin unterbunden, ich möchte es auch nicht mehr. Hoffe, so gut überleben zu können. Es ist schwer, ich darbe oft.« Ihre Hand griff nach der des Arztes, der sie rasch zurückzog, was ein Blitzen über ihr Gesicht gleiten ließ. Doch die Marketenderin hatte sich schnell wieder in der Gewalt. »Komm doch mal bei mir vorbei. Ich werde dir alles zeigen.«

»Im Augenblick muss ich mich um den Toten kümmern«, sagte Jan.

Und um Hiske Aalken, schoss es Anneke durch den Kopf. Sie merkte, dass Jan nach einer Ausflucht suchte, möglichst rasch hinter der Hebamme hereilen zu können. »Ich möchte dich nicht aufhalten«, lächelte Anneke den Arzt an, wohl wissend, dass er nicht so unhöflich sein würde, sie nun einfach stehen zu lassen.

»Na gut, einen Augenblick habe ich. Wir haben uns ja schließlich ewig nicht gesehen.« Jan wies mit der Hand auf einen der Stühle.

Anneke setzte sich, merkte aber, dass er es wirklich nur aus Höflichkeit tat und mit seinen Gedanken schon wieder bei der Hebamme war. Was haftete diesem Weib nur an? Anneke strich aufreizend durch ihr rotes Haar, das das Feuer in ihr widerspiegelte, vor allem, als sich das Licht der Abendsonne darin brach.

Jan aber blieb unbeeindruckt. »Ich möchte Hiske helfen, dieses Marschenfieber zu besiegen. Es ist ein großes Problem in Zeiten wie diesen. Aber ich schaue gern bei Gelegenheit einmal bei dir vorbei und sehe mir deinen Laden an.«

»Dann hast du jetzt in der Tat keine Zeit.« Anneke erhob sich.

»Sei nicht böse, aber das ist wirklich so. Ich möchte Hiske nicht länger warten lassen. Das habe ich ihr versprochen.«

Anneke rührte sich noch immer nicht von der Stelle. Sie streckte ihren Rücken durch und stellte sich ihm so in den Weg, dass er nicht umhin konnte, einen Blick auf ihr Dekolleté werfen zu müssen. Einen winzigen Augenblick verhielt Jan dabei in seiner Bewegung, einen winzigen Moment streifte sein Blick das, was andere Männer an Anneke unwiderstehlich fanden. Dann hastete er davon, als sei der Leibhaftige persönlich hinter ihm her.

»Ich kriege dich noch, Medicus. Du wirst das Bett mit mir teilen und nicht mit dem Kräuterweib. Warte es nur ab!«

Magda Dudernixen saß in der Ecke ihrer Kammer auf der Bettstatt und stierte seit Stunden auf ein und dieselbe Stelle an der Wand. In der Hand hielt sie ein Medaillon. Es brannte förmlich zwischen ihren Fingern. Das Schmuckstück faszinierte sie und stieß sie zugleich ab. So schön und geheimnisvoll es auch war, mit ihm stimmte etwas nicht, und das lag nicht nur daran, dass es Friso van Heek gehört hatte. Warum sie genau wusste, dass es seins war, konnte sie nicht sagen. Magda drehte es unablässig hin und her, sie wusste nicht, wie es in ihre Hände geraten war. Immer wieder rief sie sich die vergangene Nacht vor ihr inneres Auge, aber sie sah nur Dunkelheit, Nebel und roch Atem, der mit Branntwein oder Ähnlichem geschwängert war. Dazwischen mischte sich der Mond, der sich ständig hinter den Wolken verkroch oder wie mit zarten Nebelschleiern umwoben war. Er hatte nur in halber Pracht am Himmel gethront.

Irgendwann war sie zu Hause angekommen, irgendwann hatte sie auch wieder in ihrem Bett gelegen, nachdem Melchiors Faust sich in ihrem Gesicht ausgetobt hatte. Ihre Lippen waren noch immer dick angeschwollen, sie konnte kein einziges Wort sagen. Das rechte Auge war klein, aber es gelang ihr, die Umgebung wenigstens schemenhaft zu erkennen. Magda konnte nicht sagen, wie lange sie schon auf ihrer Bettstatt verharrte. Sie hatte weder gegessen noch getrunken, das wäre mit ihrem geschundenen Mund eine Tortur gewesen. Magda beobachtete eine Spinne, die ihr Netz spann, und wie sich eine Fliege darin verfing. Die Spinne wickelte sie ein und wartete auf ein weiteres Opfer. Die Badersfrau fühlte sich beinahe selbst wie die Fliege. Sie saß inmitten von klebrigen Fäden gefangen und hatte keinerlei Möglichkeiten, sich daraus zu befreien.

Der Tag neigte sich dem Ende zu, es würde zwar noch lange nicht dunkel werden, aber auf der Straße waren die Geräusche des beginnenden Abends zu vernehmen. Die unangenehmen Gerüche aus den Abtrittgossen ließen mit der beginnenden Kühle des Abends nach, sodass Magda es nun wagte, das Medaillon abzulegen, aufzustehen und ein Fenster zu öffnen. Sie lehnte sich hinaus, sog die Luft ein und versuchte sich zu entspannen. In ihre Nase kroch der Geruch von frisch Gebratenem und gekochtem Gemüse. Darunter mischte sich unverkennbar der des Wattenmeeres. Es duftete nach Sommer, und es hätte ein friedlicher Geruch sein können, wäre da nicht die letzte Nacht gewesen. Die Nacht mit ihrem Schrecken, die Nacht, die alte Wunden aufgerissen hatte.

Magda versuchte, einen Blick aufs Schwarze Brack zu erlangen, aber der Bau der Neustadt war mittlerweile so weit fortgeschritten, dass ihr die Nachbarhäuser die Aussicht verwehrten. Zu gern aber hätte sie sich jetzt den Seewind um die Nase wehen lassen. Nur konnte sie sich in ihrem Zustand nicht auf die Straße wagen. Sie fürchtete, jeder könnte erahnen, was in ihrem Kopf vorging, auch wenn sie das ganze Ausmaß selbst nicht erkannte. Magda kniff die Augen zusammen, lauschte dem Rollen der vorbeischiebenden Karren, hörte hin und wieder Hufgetrappel und die Stimmen der Menschen, die in der Neustadt noch zu tun hatten. Sie konzentrierte sich voll darauf. Es verhinderte, dass ihre Erinnerungen zurückkamen, Gedanken, die sie nicht zulassen wollte. Sie kniff die Augen fester zu, doch auch das half bald nichts mehr. Nach und nach erklommen ihre Erinnerungen die Barrieren, lugten dahinter hervor und kletterten schließlich darüber hinweg. Sie begehrten Einlass, klopften an. Hinter Magdas Schädel wurde das Pochen stärker und stärker, sie knallte das Fenster zu, warf sich zurück auf die Bettstatt und presste die Hände auf ihre Ohren.

Nach einer Weile beruhigte sich der Lärm, und sie wagte, sich aufzusetzen und das Medaillon erneut in die Hand zu nehmen. Ihr Zeigefinger glitt über die Oberfläche. Das Bild des Kristalls war schön. Jeder Strich war sorgfältig gearbeitet, kein Stück zu lang oder zu kurz. Es musste ein wahrer Meister gewesen sein, der das Schmuckstück hergestellt hatte. Obgleich Magda die Hände zitterten, fasste sie nach dem Verschluss und ließ das Medaillon aufklacken. Es war innen mit dunkelblauem Samt ausgekleidet, in den mit goldenen Fäden ein Sternenhimmel gestickt war, der in Wellen aus Gold badete. In der Mitte aber fehlten sie. Dort befand sich lediglich ein tropfenförmiger Abdruck.

Das Medaillon war leer.

Nun fielen sie ihre Erinnerungen an wie hungrige Wölfe, rissen alle Absperrungen ein. Sie wollte die Bilder verdrängen, es gelang ihr nicht. Magda wälzte sich auf die Seite, die Spitze des Verschlusses bohrte sich schmerzhaft in ihre Handfläche.

Wäre sie doch gestern am späten Abend nicht noch hinausgelaufen, weil sie, wie so oft, von der Angst geplagt wurde, das Fieber könne sie ereilen. Ihr eigenes Kind war sehr rasch verstorben, aber sie hatte die heißen Köpfe der anderen gesehen. Deren Fieberträume, deren Qualen. Es war ein grausamer Tod, den sie nicht erleiden wollte. Ihre Furcht trieb sie immer wieder zu der Hebamme. Diese hatte Kräuter, Tinkturen und Salben. Magda wollte vorsorglich alles haben, schlucken oder sich einreiben. Hauptsache, sie wurde nicht krank. Hauptsache, sie ereilte nicht das Schicksal ihres Kindes.

Sie war mitten in der Nacht zur Kate der Hebamme gelaufen. Die aber war nicht dort gewesen. Als Garbrand ihr gesagt hatte, dass sie bei der Bäckersfrau war, hatte auch Magda sich erinnert, doch nun musste sie in der Dunkelheit den ganzen Weg von der roten Kate zurück in die Neustadt laufen. Hoffen, noch vor Melchior zurück zu sein, der vermutlich seine Gelüste wieder im Duuvkehuus auslebte. Magda hatte sich beeilen wollten, doch kaum war sie ein paar Schritte gegangen, stand Friso van Heek vor ihr. Alles Weitere bekam Magda nicht mehr zusammen. Sie war dankbar, dass es so war und sich erneut die große Dunkelheit auftat. Nicht weiterdenken.

Friso van Heek war tot, hatte Melchior gesagt. Aber sie hielt sein Medaillon in der Hand. Warum auch immer. Der Verschluss hatte mittlerweile ihre Hautoberfläche durchstochen, und ein Rinnsal warmen Blutes lief an ihrem Arm herunter. Dieser Schmerz hatte zur Folge, dass sich die Dunkelheit nun unausweichlich beiseiteschob und weitere Bilder vor ihren Augen tanzten. Ihr Herz begann zu galoppieren, zu stolpern. Magda bekam kaum Luft.

Sie wusste nicht, ob sie jemand gesehen hatte, als sie völlig aufgelöst nach Hause gerannt war. Das Haar hatte sich aus dem Knoten gelöst, ihr Rock war am Saum zerrissen. Sie hatte ausgesehen wie ein Weib, dem Schlimmes angetan worden war.

»Nein!«, rief Magda, drückte ihr Gesicht ins Kissen. Sie wurde wie von einer Woge überrollt, die genau über ihr brechen und sie unter sich begraben würde. Doch die Erinnerungen kamen ein weiteres Mal, ließen sich nicht unterdrücken.

Es war nass gewesen, und ein Grashalm hatte sie im Nasenloch gekitzelt, ein böser Schmerz ihren Leib durchzuckt, gefolgt von einem Brennen. Sie hatte kaum Luft bekommen, als sich eine kräftige Hand über ihren Mund und die Nase legte.

Plötzlich waren Stimmen da gewesen. Stimmen, die dem Brüllen des Stieres ähnelten und die van Heek hatten innehalten lassen. Er war noch einmal kräftig in sie eingedrungen, hatte einen urwüchsigen Laut von sich gegeben, ihr danach ins Ohr geraunt, er würde sie abstechen, wenn sie auch nur einen Ton von sich geben würde. Magda hatte geschwiegen, vor Angst wie erstarrt dagelegen. An ihrem Versteck war der Irre vorbeigestürmt, kurz darauf der alte Mönch, der noch immer glaubte, keiner wüsste von seiner Vergangenheit. Beide waren in Richtung der Neustadt gerannt.

Friso van Heek hatte sie schließlich losgelassen. »Hau ab und halte dein Schandmaul, sonst jage ich dir schneller ein Messer zwischen die Rippen, als du es dir vorstellen kannst!«

Magda war losgestolpert, einfach nur los. Sie konnte sich an den Weg nicht mehr erinnern, nicht daran, ob ihr Garbrand und der Irre ein weiteres Mal über den Weg gelaufen waren. Sie wusste auch nicht, wann sie nach Hause gekommen war. Ein Hauch von Erinnerung zeigte ihr einen aufgehenden roten Ball, doch es war auch möglich, dass es nur ihren Gedanken entsprang.

Melchior hatte bereits in der Bettstatt auf sie gewartet. Er roch nach der Duuvke, die er zuvor bestiegen hatte. »Wo kommst du her um diese Zeit?« Seine Stimme glich dem drohenden Grollen eines wütenden Hundes. Sie kam ganz tief aus dem Kehlkopf. »Deine Kleidung ist völlig zerfetzt, Weib.«

Magda hatte Melchior nicht antworten können. Sie zitterte, ihre Beine gaben nach, vor allem, als Melchiors Faust ihre rechte Wange traf. Sie glaubte sich daran erinnern zu können, dass sie »van Heek« ausgestoßen hatte, doch sicher war sie nicht. Ihr Mann aber war aus dem Haus gestürmt und erst eine ganze Weile später zurückgekehrt.

»Werter Valkensteyn, Ihr seid auch noch zu solch später Stunde auf den Beinen? Der Tag neigt sich bald dem Ende zu.« Krechting trat wie eine Nebelgestalt aus dem Halbdunkeln und baute sich vor dem Arzt auf.

»In der Neustadt ist das Kind der Weberin am Marschenfieber erkrankt. Ich will der Hebamme zur Hand gehen. Der Seuche muss Einhalt geboten werden. Wir müssen wissen, woher es kommt und wie wir es behandeln können.«

Krechtings Pranke legte sich auf Jans Oberarm und umschloss ihn wie mit einer Zange. »Wir haben einen Toten, Valkensteyn. Und Ihr habt die Leichenschau durchgeführt. Es gibt wahrlich größere Probleme als das Fieber.«

»Es kommt sicher immer darauf an, was man als wichtiger erachtet. Viele tote Kinder sind für mich durchaus ein Grund, auch zu später Stunde noch meiner Arbeit nachzugehen. Darf ich mich empfehlen?«

Krechtings Hand umklammerte Jan heftiger. »Ich muss Euch leider bitten, mir zu folgen. Schon bald werde ich mit Dr. Westerburg die Herrlichkeit in Richtung Emden verlassen, vor allem jetzt, wo Lübbert Jans Kremer die Bauaufsicht übernehmen kann. Doch selbst wenn mein Neffe Wolter als Landrichter für Dinge wie den Mord zuständig ist, so liegt es mir doch am Herzen, werter Medicus, dass die Angelegenheit schnell geklärt wird. Es ist immer ein großes Problem, wenn jemand keines natürlichen Todes stirbt, sodass ich doch glaube, der Mord ist das wichtigste Anliegen. Die Häuptlingswitwe ist schon sehr ungehalten. Das werden wir alle zu spüren bekommen.«

»Was wollt Ihr von mir?« Jan verstand nicht so ganz, welche Rolle er bei der Aufklärung spielen konnte.

»Ihr sollt Augen und Ohren offen halten, mich über alle Dinge sofort informieren. Als Arzt habt Ihr Zugang zu sehr vielen Häusern, und Ihr steht der Hebamme nah. Also bekommt Ihr mehr mit, als Euch vielleicht lieb ist.«

»Krechting! Kein Mensch wird mir erzählen, dass er jemanden getötet hat.« Jan löste sich aus der Umklammerung.

»Und wenn doch?« Der Jurist hauchte Jan jetzt fast ins Ohr. »Und wenn es Euer alter Freund, der Mönch, war?«

Jan zuckte zurück. »Wie kommt Ihr darauf?«

»Er ist in der Nacht am Siel gesehen worden, zusammen mit dem Irren. Und der hat wiederum am Nachmittag zuvor Streit mit Friso van Heek gehabt.« Über das Gesicht Krechtings glitt ein selbstzufriedener Ausdruck. Er glaubte, den Mörder bereits zu kennen.

»Ihr nehmt doch nicht im Ernst an, dass die beiden etwas damit zu tun haben? Garbrand ist mein Freund. Der beste. Und keiner der beiden bringt einen Menschen um. Niemals!«, setzte Jan voller Überzeugung nach. Er musste dringend mit Garbrand sprechen. Diese Anschuldigungen konnten für ihn und den Knaben unglaublich gefährlich sein.

Krechting hatte sich noch immer vor dem Arzt aufgebaut, die Arme vor dem Wams verschränkt. »Garbrand ist in erster Linie ein katholischer Mönch, der bestimmt mit den Kirchenreformern noch eine Rechnung offen hat. Nach dem, was ihm in diesem englischen Kloster widerfahren ist.«

»Friso van Heek aber war Kaufmann und kein gläubiger Mensch. Ich bitte Euch, keine voreiligen Schlüsse gegen meine Freunde zu ziehen.«

»Es reicht oft, dort für Missstimmung zu sorgen, wo man es brauchen kann. Das Opfer kann in dem Augenblick unerheblich sein.«

»Ich denke, wir sollten reden«, sagte Jan. Hiske musste warten, so schwer es ihm auch fiel. Krechting hatte seinen besten Freund als Mörder in Verdacht, und da der Wortsammler auch in der Nacht dabei gewesen war, würde es nicht lange dauern, bis sie auch ihn anschuldigten. Es blieb Jan nichts anderes übrig, als sich darum zu kümmern. Die Epidemie, Hiske … beides musste warten, ob es ihm gefiel oder nicht.

Hiske saß am Bett des kleinen Mädchens. Sie flößte ihr ein Gebräu aus Katzenminze, Eisenkraut und Wasserdost ein. Das hatte bei dem letzten erkrankten Jungen gewirkt und die Hitze rasch gesenkt. Auch jetzt zeigten sich bei der Kleinen große Schweißperlen auf der Stirn, und in kürzester Zeit war deren gesamte Kleidung völlig durchnässt. »Der Schweiß senkt das Fieber«, erklärte sie der Mutter, die vor Sorge kaum ansprechbar war. Sie drehte die gelb glasierte Keramikrassel in den Händen, so als hoffte sie, das Spielzeug ihrem Kind bald wieder in die Hand drücken zu können. »Sie soll leben, Herrgott im Himmel. Ich flehe dich an, bei allem, was mein ist. Sie soll leben!«, betete die Mutter.

Hiske kleidete das Mädchen um, wechselte das Bettzeug. Dann holte sie lauwarmes Wasser und umwickelte die Unterschenkel mit feuchten Tüchern. Das Mädchen schlug die ganze Zeit mit dem Kopf, stieß wirre Laute aus und verdrehte die Augen. Doch nach einiger Zeit wurde sie ruhiger und fiel in einen tiefen Schlaf, der sie fast wie tot erscheinen ließ, aber nur die Erschöpfung widerspiegelte.

»Es sieht aus, als wäre sie vorerst über den Berg.« Hiske schluckte. Das Fieber würde zurückkommen. Nach einer kurzen Zeit der Beruhigung war es wieder da. Den dritten Schub überlebten viele nicht mehr. Aber dieses Mädchen war von starker Natur; sie konnte es schaffen.

Draußen war es mittlerweile stockdunkel. Ein leiser Wind strich ums Haus und blähte den Vorhang, als Hiske das Fenster einen Moment öffnete. Sie brauchte dringend frische Luft. Jan Valkensteyn war, trotz seiner Zusage, nicht mehr gekommen. Hiske versuchte, die Eifersucht auf Anneke zu verdrängen, denn nur sie konnte der Grund sein, warum er sein Versprechen gebrochen hatte. Anneke wusste nur zu gut, wie sie einen Mann lenken musste.

Hiske atmete die warme Luft einmal tief ein, ließ das Fenster einen Spalt breit offen und lenkte ihre Aufmerksamkeit wieder auf das Mädchen. Ihr war von Beginn an bewusst gewesen, dass sie Jan nicht halten konnte, er wollte sich einfach nicht binden. Hiske glaubte nicht mehr daran, dass er ihr den Grund dafür jemals nennen würde. Und nun war er ohnehin mit Anneke beschäftigt. Hiske schluckte den aufkommenden Kloß im Hals herunter. Sie war die ganzen Jahre ohne Jan ausgekommen und würde das auch jetzt tun.

Amsterdam 1529

Gegen Abend, aber oft auch am Tag, ist der Vorhang vor der Bettstatt der Mutter zugezogen. Das Laken schaukelt in einer rhythmischen Bewegung hin und her, und die Geräusche ähneln denen aus den anderen Kammern des Hauses.

Das Kind soll neuerdings aus der Wohnung verschwinden. Mutter braucht nur zu nicken, dann geht es. Es will die Männer nicht sehen. Sie machen ihm Angst. Aber draußen, in der Dämmerung, fürchtet es sich auch. Die Geräusche sind anders als am Tag, die Gesichter der Menschen mürrischer, ihre Körperhaltung gebückter.

In der Dämmerung wagen sich auch die Geschöpfe der Nacht aus ihren Löchern. Jeder Schritt wird vom Fiepen der Ratten begleitet, ein paar der Tiere huschen über die Füße. Ein leichtes Kribbeln, dazu das sachte Streicheln eines behaarten Bauches. Noch nie hat eine Ratte dem Kind etwas getan, dennoch findet es die langen dunklen Leiber mit dem unbehaarten Schwanz unheimlich. Sie sind so etwas wie dunkle Vorboten auf eine Zeit, die ihm noch bevorsteht. Jedes Jahr ist es schlechter geworden, jedes Jahr ist etwas in das kleine Leben getreten, das es nicht versteht.

Auch jetzt steht es bis zu den Knöcheln im Unrat der Straße, in der sich die Leute schlagen. Es dämmert schon, als sich das Kind vom Haus entfernt, denn der Mann ist gerade erst gekommen, und es wird dauern.

Das Kind läuft, an die Häuserwände geduckt, in Richtung Marktplatz. Dort werden die letzten Stände gerade abgebaut. Ein paar der Marktbeschicker zählen ihre Münzen, bevor sie sie endgültig in ihren Säckchen verschwinden lassen. Andere fegen ihre Wagen aus, wieder andere schlurfen mit gesenktem Blick, den Karren hinter sich herziehend, in die Richtung, wo das Kind ihr Zuhause vermutet. Ein Seifenhändler ist nicht mehr da. Sonst hätte es sich dorthingeschlichen, um wenigstens den Duft in die Nase zu bekommen und die ganze Nacht davon zehren zu können.

Mit einem Mal spürt es eine Hand auf dem Kopf. Sie umfasst ihn fest. Das Kind wagt nicht, sich zu bewegen, denn die Stimme am Ohr klingt scharf. »Wie kommt es, dass sich solche Wichte hier herumtreiben? Ich habe dich kürzlich beobachtet, als du dem Seifensieder das Stück Seife gestohlen hast. Und ich habe beobachtet, wie du ihm gefolgt bist. Immer mit der Nase in der Luft wie ein witterndes Tier!«

Das Kind zuckt zusammen. Stehlen darf man nicht, das weiß es. Es war aber so einfach, so verführerisch. Das Stück Seife hat einfach dort gelegen, und es hat gut gerochen. Nicht nach einfachem Talg, sondern nach Gras und Blüten. Der Seifensieder musste Rosenblätter und Ähnliches in den Sud eingerührt haben.

»Du hättest das Ding in jedem Fall benutzen sollen. So dreckig, wie du aussiehst, weißt du gar nicht, wozu man so etwas braucht.«

Es riecht einfach gut, denkt das Kind. Es riecht einfach gut. Und eines Tages werde ich immer in diesen Seifen baden. Ich werde unendlich davon haben. Sie werden nach Honig duften und nach Rosen, nach Frühling oder Herbst. Es bewegt die Lippen, doch kein Ton verlässt sie.

»Bist du eigentlich ein Junge oder ein Mädchen?« Die Hand krallt sich fester um den Kopf, zieht am Haar. Das Kind presst die Lippen zusammen, damit es nicht aufschreit.

»Hast Schiss in der Büx?«, lacht der Junge. Seine Zähne sind gelb, die Haut dreckig. Ihm hätte ein Stück Seife auch nicht geschadet. Die Mutter hat das Kind immer vor diesen Jungen gewarnt. »Es sind Gossenjungs. Nimm dich vor ihnen in Acht. Sie haben keinerlei Moral und Anstand, sehen nur zu, dass sie überleben, egal wie.« Das war aber noch vor der Zeit gewesen, als sich das Bettlaken vor Mutters Bett zugezogen hat. Jetzt sagt Mutter solche Dinge nicht mehr.

»Was bist du denn jetzt, Rotzgöre? Junge oder Mädchen?«

Das Kind schüttelt den Kopf. Es sieht sich um, will zu seiner Mama. Auch, wenn der laute Mann noch da ist, das Laken wackelt und komische Geräusche die Kammer fluten. Das ist weniger schlimm als das hier. Das hier ist auch schlimmer als die Ratten mit ihren fetten Bäuchen. Fast wünscht das Kind, eine käme und würde dem Jungen in die Füße beißen.

Das Kind bewegt die Augen, den Kopf muss es stillhalten, zu sehr zerrt der Junge an seinem Haar. Es kann nicht entkommen, hinter den Wagen tauchen immer mehr Jungen auf, die schnell einen festen Ring um das Kind bilden.

»Junge oder Mädchen?«, wiederholt er zum dritten Mal die Frage. »Sag es uns oder müssen wir das selbst herausfinden?«

Das Kind fliegt mit dem Gesicht voran in den Dreck. Der Kopf wird in den undefinierbaren Unrat gedrückt, der sich sofort in die Nase arbeitet und das Gesicht weich umschließt. Das Kind hält die Luft an, japst, als der Junge es kurz loslässt, damit es Luft bekommt. Es wagt nicht zu schreien, als er ihm die Sachen vom Leib reißt.

6. Kapitel

Die Sonne stand bereits hell am Himmel, als Anneke von einem lauten Schrei geweckt wurde. Sie sprang aus dem Bett und steckte den Kopf aus ihrer Kammer, um zu sehen, wo der Ruf herkam. Sie hörte ein Stöhnen, das eindeutig von Lina, der jungen Duuvke, stammte. Anneke betrat deren Kammer und sah mit Entsetzen, dass das Mädchen in einer Lache von Blut lag. Sie wälzte sich von einer Seite auf die andere, hielt sich den Bauch und weinte. »Ich bin in Hoffnung, Anneke. Einer der Männer hat es mir hinterlassen.« Grieta, die andere Hure, die sich mit Lina die Kammer teilte, saß wie versteinert hinter ihrem Tuch.

Anneke riss Lina herum. Sie war von zarter Statur, mit feinen Gliedmaßen, und besaß eine überaus dunkle Haut. Ihr kindliches und fremdländisches Aussehen zog ganz bestimmte Männer an.

»Hast du nicht verhütet, wie ich es dir gesagt habe?«

Lina nickte. »Doch. Ich habe Blätter mit Honig beschmiert, alles hinterher ausgewaschen und bin in die Hocke gegangen und habe geniest. Und doch ist sie jetzt da, diese Frucht, die ich nicht will.«

In Annekes Gesicht musste die Wut geschrieben stehen, denn Lina war bei jedem ihrer Worte ein Stück mehr in sich zusammengesackt.

»Was hast du jetzt getan? Du blutest, als habe man einer Sau die Lanze in den Hals gerammt«, stieß Anneke hervor. Bemüht, nicht zu laut zu werden, denn niemand auf der Straße durfte von diesem Unglück erfahren. Lina musste es überleben, egal wie.

Anneke verschränkte die Arme vor der Brust und überlegte, was sie tun sollte. Dann griff sie zu einem Stück Leinen und presste es Lina vor den Unterleib. »Was verdammt hast du getan, dass du dermaßen viel Blut verlierst?«

»Petersilienwurzel«, schluchzte das Mädchen. »Ganz viel Petersilienwurzel. Und den Sud der Samen.«

Anneke wechselte das Leinen. Lina blutete viel zu stark, sie brauchte Hilfe. Zuerst fiel ihr Jan ein, aber da bestand die Gefahr, dass er ihre Lüge, sie sei keine Hure mehr, durchschaute. Jan war nicht dumm und konnte sich rasch zusammenreimen, dass das hier doch ein Duuvkehuus war und Anneke durchaus noch Männer empfing. Das musste sie um jeden Preis verhindern. Jan sollte sie ehelichen, und nun machte ihr Lina einen Strich durch die Rechnung. Und wenn Krechting gewahr wurde, dass sie ein Hurenhaus betrieb, würde er sie mit Schimpf und Schande davonjagen.

»Du musst was tun. Sie stirbt!«, sagte nun auch Grieta, die sich endlich hinter ihrem Laken hervorgewagt hatte.

»Ihr sollt doch beide achtgeben, euch nicht schwängern zu lassen! Verdammt«, zischte Anneke. »Jetzt gibt es nur einen Weg.« Sie wandte sich an Grieta. »Los, hole die Hebamme. Entweder sitzt sie noch bei dem fiebernden Kind der Weberin oder sie ist schon wieder in ihrer Kate. Beeil dich und mach keinen Lärm. Die Menschen sind schon wach und sollen nicht misstrauisch werden. Wenn du Hiske Aalken Bescheid gegeben hast, stellst du dich vorn in den Laden und tust, als sei nichts geschehen. Genau das mache ich nämlich jetzt auch.«

»Und ich?«, wimmerte Lina.

»Du bleibst da liegen und bist still. Wenn auch nur irgendwer erfährt, womit wir hier unser Geld verdienen, dann jagen sie uns aus der Neustadt, und es wird ihnen egal sein, ob du gerade krepierst oder nicht. Wir haben gegen die obersten Regeln der Mennoniten, Täufer und Reformierten verstoßen!« In Annekes Stimme schwangen Sorge, aber auch Angst mit. Lina warf sie einen sauberen Lappen zu. »Hier, da kannst du draufbeißen. Wenn der Schmerz zu heftig wird.«

»Und was soll ich der Hebamme sagen, wenn es doch so gefährlich für uns ist?«, fragte Grieta.

»Die Wahrheit. Wir haben keine Wahl. Wenn dich aber jemand anders fragt, behauptest du, wir haben das Fieber. Das, was aus den Mooren kommt.«

Grieta machte sich auf den Weg.

Anneke sorgte sich, ob die Duuvke ihrer Aufgabe gewachsen war. Grieta war ebenfalls noch jung, zählte keine sechzehn Lenze, war bei den Kunden aber sehr beliebt. Dennoch, egal, wie das hier ausging: Anneke würde beide Huren fortschicken müssen. Sie musste schauen, ob sich auf dem nächsten Schiff eine Mitfahrgelegenheit bot. Die Mädchen konnten sich in Emden anbieten oder als Wanderhuren weiterziehen. Männer, die Weiber wie sie brauchten, gab es genug.

Anneke öffnete den Laden. Normalerweise wäre sie heute gern ihrem Tagwerk nachgegangen, denn sicher würde Jan Valkensteyn vorbeisehen. Er hatte es versprochen, und dem Blick nach zu urteilen, als er sie gestern im Türrahmen gestreift hatte, war eine gewisse Begehrlichkeit in ihm geweckt worden. Sie wollte das weiter vorantreiben. Nicht mehr lange, und der Arzt würde ihr aus der Hand fressen. Wenn er erst bei ihr gelegen hatte, konnte sie von ihm die Ehe fordern, und er war Ehrenmann genug, sie dann nicht zurückzustoßen. Männer waren einfach zu lenken. Und sie wusste, wie man es machte.

Anneke sortierte ihre Waren, bediente eine Kundin, die etwas Nähseide benötigte. Anschließend scheuerte sie die

Holztheke mit Sand und fegte den Laden aus. Ständig sah sie hinaus, wartete auf das Auftauchen der Hebamme, doch diese kam nicht.

Mittlerweile war der Ort erwacht, die ersten Ausdünstungen legten sich über die Straßen. Das war im Sommer nicht immer angenehm. Zunächst hatte Krechting geplant, Abfallgruben wie in Münster anzulegen, damit der Dreck nicht einfach auf die Straße geworfen wurde. Doch dann war einer der Holländer auf die Idee gekommen, das ausgeklügelte System der Abfallentsorgung aus Amsterdam zu übernehmen. Dort hatte man nämlich, wegen des vielen Drecks in den Straßen, kürzlich begonnen, Abfallbehälter aufzustellen und regelmäßig zu leeren. Müll gab es ohnehin kaum in der Neustadt, vieles wurde weiterverwendet. Lediglich die Fäkalien wanden sich in unendlicher Langsamkeit in den Kanälen der schmalen Gänge zwischen den Häusern und stanken bei der momentanen Hitze bestialisch.

Anneke streckte dennoch den Kopf zur Tür hinaus, um zu sehen, ob die Hebamme endlich in Sichtweite war. Wenn Grieta erst bis zur Kate, die nahe der Burg Gödens lag, laufen musste, würde es lange dauern. Womöglich war Lina bis dahin verblutet. Warum zum Teufel hatte das dumme Ding auch eigenhändig versucht, die Frucht aus dem Körper zu vertreiben? Die Abmachung war, in solchen Fällen einen Deicharbeiter zu freien. Die hatten oft keine Weiber und waren froh, wenn sie eines abbekamen, da sie einer Frau nicht mehr bieten konnten als ein löchriges Dach über dem Kopf. Bei diesen Männern gehörten Schmutz und Armut zum Alltag. Das wollte Lina offensichtlich umgehen, wollte nicht den Rest ihres Lebens mit Heu- oder Wollresten ausgekleidete Klumpen tragen, weil die Münzen nicht für andere, feine Lederschuhe reichten. Deshalb nahm sie lieber in Kauf zu sterben, als für den Rest ihres Lebens an einen grobschlächtigen Mann gebunden zu sein.

Endlich kam Hiske um die Ecke, Grieta hetzte hinterher. Die Hebamme wirkte blass und ziemlich übermüdet. Vermutlich hatte sie die ganze Nacht um das Leben des fiebernden Kindes gekämpft. Zumindest konnte sie in der Zeit nicht Jan bezirzt haben.

Hiske hob fragend die Brauen, und die Marketenderin geleitete sie nach hinten in die Kammer Linas. Die Blutlache hatte sich merklich vergrößert, das Mädchen war nicht mehr bei Bewusstsein.

»Sie ist schwanger?« Hiske erfasste die Lage sofort. »Was hat sie genommen?«

»Petersilienwurzel und einen Sud aus Samen«, erklärte Anneke.

Hiske hob die Decke und erschrak, als sie das viele Blut sah. »Das kommt nicht nur von der Petersilie«, flüsterte sie. »Ich weiß nicht, ob ich sie retten kann. Das sieht gar nicht gut aus.«

»Du musst«, bestimmte Anneke und schloss die Tür. Draußen lehnte sie sich an die Wand. Was würde die Hebamme tun? Hiske wusste von Annekes Tätigkeit auf dem Burghof, und sie hatte mit Sicherheit auch vom heimlichen Duuvkehuus gehört. Nur war es da ein Gerücht gewesen. Ein Gerücht, dem man nicht nachgehen musste. Jetzt aber steckte die Hebamme mittendrin, war eine heimliche Mitwisserin. Sie war zu einer Gefahr für Anneke geworden.

Klaas Krommenga wusste nun genau, wo die Hebamme lebte. Es war ein Stück Fußmarsch dorthin, was ihn mit seinem Holzbein vor eine gewaltige Aufgabe stellte, doch das war kein Hinderungsgrund. Er hatte sich sogar in der ersten

Nacht bis zur Burg und ein Stück weiter durchgeschlagen, war dann aber umgedreht. Es war wichtig für ihn, die Lage genau zu orten, sicher zu wissen, wohin eine Flucht möglich war oder wo sich ein Versteck bot.

Außerdem musste er einen Ort finden, an den er das verhasste Weib verschleppen konnte. Einen Ort, der es ihm ermöglichte, seinen Fantasien, die ihn seit drei Jahren begleiteten, freien Lauf zu lassen. Er freute sich darauf, ihre dunkle Haut zu entblößen, die so glatt war, als habe man Milch darübergegossen. Er würde sie beschädigen. Stück für Stück. Dort weitermachen, wo er in Jever begonnen hatte. Da, wo die Metallschellen auf ewig ihre Spuren hinterlassen hatten.

Doch bevor es so weit war, galt es, sich kundig zu machen, damit er dieses Mal durch nichts, aber wirklich durch gar nichts gestört wurde. Einen Schritt nach dem anderen würde er tun, sich Zeit lassen und die Vorfreude genießen.

Klaas Krommenga war, seit er in der Neustadt weilte, ruhiger geworden. Sogar das ständige Stechen in der Herzgegend hatte nachgelassen, meldete sich aber dennoch immer mal wieder. Hiske Aalken würde ihm nicht davonlaufen. Sie war eine Gefangene dieses Ortes, den sie nicht so einfach verlassen konnte und sicher auch nicht wollte. Denn sie wiegte sich in einer Sicherheit, die keine war, weil sie nicht wusste, dass er in ihrer Nähe weilte und welche Gefühle ihn bis hierher getrieben hatten. Vermutlich verschwendete sie keinerlei Gedanken mehr an ihn, ihren Peiniger, hatte ihre Zeit im Kerker Jevers längst verdrängt. Er würde sich ihr in Erinnerung rufen. Und wie er das tun würde.

Das Beste war, dass sie ihn nicht erkennen konnte, wenn er vor ihr stand, denn in Jever hatte er eine Maske getragen – und noch beide Beine gehabt. Es würde Klaas eine besondere Freude sein, wenn er ihr begegnete und sie nichts ahnend an ihm vorbeieilen würde. Vielleicht träfe ihn noch ihr arroganter Blick, der bald brechen würde, wenn er sie erst in der Gewalt hatte. Den ersten Schritt für all das hatte er bereits getan. Alles, was sich ihm in den Weg stellte, würde er beiseitefegen wie diese Mücken, wenn er sie erwischte. Alles war so leicht, jetzt, wo sich das Schicksal auf seine Seite geschlagen hatte.

Klaas wischte sich den Schweiß von der Stirn. Weil der Weg so beschwerlich war, hatte er sich erkundigt, ob vielleicht ein Wasserlauf in Richtung Burg führte, denn dann hätte er die Strecke mit seinem Boot zurücklegen können. Aber die Schlote dorthin waren unwegsam und nicht dafür geeignet hindurchzufahren, zumal wegen der anhaltenden Trockenheit der Wasserstand sehr niedrig war und er Gefahr lief, auf Grund zu laufen. So hatte er sich vorgenommen, in der kommenden Nacht den ganzen Weg bis zu ihrer Kate zu gehen. Es war wichtig, genau zu wissen, wie lange er für die Strecke brauchte.

Jetzt wollte er sich um eine Bleibe kümmern, denn die Nächte im Boot waren unbequem. Nachdem er die Neustadt und ihre Bewohner genau beobachtet hatte, war er zu dem Entschluss gekommen, dass er sich den Bader zum Freund machen würde. Er wirkte verschlagen und falsch, genau der richtige Mann.

Klaas Krommenga hatte den unehrenhaftesten Beruf gehabt, den sich ein Mensch vorstellen konnte. Wer so viele Menschen im Todeskampf und in der gnadenlosen Furcht um ihr Leben gesehen hatte, dem konnte keiner mehr etwas vormachen. So war es ihm in all der Zeit ein Leichtes geworden, in den Gesichtern der Leute zu lesen und ihre Gedanken zu erkennen. Darin war er hier allen überlegen, und sie wussten es nicht.

Klaas Krommenga konnte sich unter allen Neustädtern frei bewegen. Wie eine Schlange saß er versteckt in der Heimat der Toverschen und würde sein Gift in ihr junges Fleisch spritzen und sie anschließend genüsslich verspeisen.

Jan war gleich am Morgen zu Garbrand auf den Burghof gelaufen, nachdem er die halbe Nacht endlos mit Krechting diskutiert hatte. Sein Freund schwebte in großer Gefahr. Um nichts in der Welt wollte er ihn am Galgen hängen sehen. Vielleicht würde es vielen in der Herrlichkeit eine Freude sein, ihn tot zu wissen. Ihn, den ehemaligen Mönch und Papisten. Es war überhaupt nicht gelungen, diese Tatsache geheim zu halten. Für Krechting mochte es gar eine glückliche Fügung sein, Garbrand unter Verdacht zu sehen, denn wenn er ihn als Mörder überführen konnte, würde er nicht mit ihm zusammen die geplante Diakonie in der Neustadt aufbauen müssen, sondern konnte, mit seinem in Emden erworbenen Wissen, ganz allein wirken und glänzen – etwas, das ihm bestimmt sehr wichtig war. Folglich war Jan sehr daran interessiert, was genau Garbrand mit Friso van Heek zu schaffen hatte. Der war nach Ansicht Krechtings ein rechtschaffener Mann gewesen, selbst wenn er nicht der Täufergemeinde angehörte und deshalb nicht den Stellenwert eines Lübbert Jans Kremers hatte. Aber er war Kaufmann, und allein dieser Stand machte ihn für den Juristen vertrauenswürdig. Von daher würde er die Schuld immer zuerst bei den anderen suchen.

Die Begrüßung zwischen Jan und Garbrand fiel recht knapp aus. »Was hast du in der Mordnacht mit dem Wortsammler in der Neustadt gemacht?«

»Nichts, was erwähnenswert wäre«, sagte Garbrand. Er war nüchtern und seine Stimme klar, ebenso wie sein Verstand.

»Aber warum warst du mit dem Wortsammler dort, werter Freund?«

Garbrand wand sich. »Wir haben uns so viele Jahre nicht gesehen, Jan Valkensteyn. Und schon zweifelst du an meinem Wort. Unser neuerliches Treffen hatte ich mir anders ausgemalt.«

Jan legte seinem alten Freund die Hand auf die Schulter. »Wohl wahr, Garbrand. Wohl wahr. Aber ich habe auch nicht geglaubt, dass ich gleich wieder auf einen Toten stoße. Es scheint fast, als bringe ich mit meinem Erscheinen Mord und Verdammnis in die Herrlichkeit, wobei Letzteres ja genau das ist, an was die Menschen hier nicht glauben wollen.«

»Friso van Heek war kein guter Mensch«, begann Garbrand und erzählte Jan, wie er den Wortsammler nach Frisos Attacke auf dem staubigen Weg aufgegabelt hatte.

Jan wurde mit jedem Wort, das der Mönch sprach, wütender. Nicht auf Garbrand, sondern auf die Menschen hier, die sich einen Dreck darum scherten, einem Jungen wie dem Wortsammler, der keinem von ihnen ein Haar gekrümmt hatte, zu helfen.

»Der Wortsammler war also sehr böse auf Friso van Heek?«, hakte Jan nach. Er musste alles wissen, sonst würde er vor Krechting nicht bestehen können.

Garbrand kniff die Lippen zusammen. Er nickte, sehr bedächtig, als wolle er den Knaben nicht anklagen, aber er konnte nicht verhehlen, wie aufgebracht der Wortsammler wegen Friso van Heek gewesen war.

»Und was ist nachts geschehen? Mensch, Garbrand, lass dir doch nicht alles aus der Nase ziehen!«

Der Mönch erzählte stockend von dem Wimmern, das der Knabe gehört hatte, und dass der kurz drauf hinausgestürmt und er, Garbrand, dem Jungen gefolgt war.

»Und du weißt nicht, von wem es kam?«

Garbrand schüttelte den Kopf. Eine Spur zu heftig. Jan vermutete, dass der Mönch ihm noch etwas verschwieg, war sich aber sicher, dass aus Garbrand jetzt nicht mehr herauszubekommen war.

»Wir sind kein Stück weiter. Überall erzählen sie, dass du dich mit dem Wortsammler nachts am Siel aufgehalten hast. Wie können wir das widerlegen?«

Garbrand zuckte mit den Schultern. »Gar nicht, Jan. Weil es stimmt. Wir waren dort. Du weißt, wie gern der Wortsammler auf die See stiert, wie sehr ihn das Wasser beruhigt. Ich bin oft mit ihm auf dem Deich oder am Siel. Er liebt es, wenn unverhofft ein Segel am Horizont auftaucht, er liebt es, wenn die Sterne sich in der Wasseroberfläche spiegeln. Und er liebt die Schiffe, wenn sie am Siel festgetaut sind. Das sind die Momente, in denen ich das Gefühl habe, er ist eins mit sich. Es war also nichts Besonderes, auch in der Nacht ans Wasser zu gehen, wo ihn der Tag mit dem, was die Menschen ihm mal wieder angetan haben, so verschreckt hat.«

»Deine Worte berühren mich, Garbrand. Mir scheint, der Knabe hat in dir einen guten Freund und Weggefährten gefunden.«

»Das hat er. Ich verstehe ihn. Meistens.«

Magda Dudernixen saß noch immer auf ihrer Bettstatt und hielt das Medaillon umklammert. Sie hatte es die ganze Nacht nicht aus der Hand legen können. Sie verband mit dem Schmuckstück etwas, konnte nur nicht sagen, was es war. Obwohl sie hoffte, dass die Erinnerungen nicht zurückkamen, lauerte sie gleichzeitig darauf. Immer wieder kreisten ihre Gedanken um das Medaillon, sprangen sie an, tanzten miteinander, ohne zuzulassen, dass sich ein Gedanke festigte. Magda schaute auf das Schmuckstück. Das Licht spiegelte sich in den eingearbeiteten Linien. Es brach sich, als handele es sich nicht um ein Bild, sondern um einen wahren Kristall. »Ein Meerkristall«, sagte sie, und das Wort kam ihr bekannt vor. Sie verband es jedoch mit schlimmen Erinnerungen, mit Schmerz, mit Weinen. »Weg«, sagte sie. »Haut ab! Ich will es nicht wissen.«

Aber mit einem Mal hielt Magda inne, denn an dem Schmuckstück fehlte etwas. Die Kette war nicht da. Sie warf sich zurück aufs Kissen, hatte den Meerkristall wieder mit der Hand umschlossen, als ihr Mann Melchior hereinkam.

»Was hältst du da fest?« Er öffnete ihre Handflächen und wollte ihr das Schmuckstück entreißen. Weil Magda sich wehrte, riss er ihr mit dem Verschluss ein weiteres Mal die Wunde in der Hand auf. Das heraustropfende Blut ließ ihn kalt, sein Blick klebte einzig an dem Medaillon. Er besah es von allen Seiten. »Das gehört dem Toten«, stellte er fest, und Magda erkannte Schweißperlen auf seiner Oberlippe. »Und es fehlt die Kette«, stellte er ebenso wie seine Frau fest.

»Dem Toten«, wiederholte Magda. In dem Augenblick schob sich ein weiteres Bild vor ihr Auge. Jenes, als der Schmerz in ihrem Schoß beinahe unerträglich geworden war und sie vom alkoholgeschwängerten Atem Friso van Heeks wie betäubt war. Und als er sich über sie beugte. Dabei hatte dieses Medaillon vor ihrem Gesicht hin und her gebaumelt, vor und zurück. Warum war das Ding jetzt hier, bei ihr, warum war es leer, und warum bewegte es sich nicht mehr?

Melchior betrachtete derweil die Oberfläche des Medaillons, fuhr darüber, verharrte an der Spitze des Kristalls. »Es ist wertvoll«, sagte er, öffnete den Verschluss und starrte auf den blauen Samt. »Leer.«

Das wusste er doch, schoss es Magda durch den Kopf. Er wusste doch vorher, dass es leer war. Ihr schien es, als habe sie diese Geste schon einmal gesehen. Irgendwann in ihrem Nebel. Da war das Medaillon auch geöffnet worden. An ihr Ohr drang ein Heulen. Es klang wie der Ruf eines Wolfes.

Vermischte sie gerade wieder etwas? Magda versuchte, ihre Gedanken zu ordnen, aber immer wieder schoben sich die Bilder übereinander. Zwischendurch sah sie klar, wusste genau, was passiert war, und dann wieder verschwamm alles zu einem zähen Brei.

Melchior klappte das Medaillon mit einem Knacken zu. »Es muss hier weg«, bestimmte er. »Oder wir verstecken es, denn wenn Gras über die Sache gewachsen ist, kann man sicher ein paar Gulden dafür bekommen.«

Magda setzte sich auf und stopfte das Kissen in den Rücken. Sie konnte jetzt ganz klar denken. »Woher hast du das Medaillon?«, fragte sie ihren Mann. »Woher hast du es? Es hat mit der Sache von damals zu tun, und das weißt du auch.«

Ihr Mann redete nie über früher. Er wandte sich ab und gab Magda keine Antwort.

Hiske tat alles, um Linas Leben zu retten. Der Tag neigte sich bereits dem Ende zu, als sie aufatmen konnte. Das Mädchen war über den Berg. Hiske hatte ihre Gerätschaften schon gereinigt, damit Lina sie nicht länger vor Augen haben musste. Diese lag schwach und zitternd in ihrer Bettstatt. Es hatte alles sehr wehgetan, was die Hebamme mit ihr gemacht hatte, und es waren Dinge, die sie vorher für unvorstellbar gehalten hatte.

»Eine Brühe würde ihr sicher guttun und sie kräftigen«, schlug Hiske Anneke vor. »Kinder wird sie vermutlich keine mehr bekommen können.«

Anneke machte sich sofort daran, Wasser aufzusetzen. Sie tat sehr geschäftig. Hiske wusste nur zu gut, was in der Duuvke vor sich ging. Sie trieb die Furcht um, die Hebamme könne reden. Und genau die Furcht, Anneke könne das von ihr denken, bereitete Hiske Kopfzerbrechen. Sie überlegte, ob sie die Marketenderin ansprechen sollte, entschied sich dann aber, es auf sich beruhen zu lassen. Warum sollte sie Anneke beunruhigen? Die Hebamme hatte getan, was sie tun musste. Das, was sie hier trieben, sollten sie mit sich selbst, ihrem Glauben und der Obrigkeit wie Krechting ausmachen. Sie war keine Engelmacherin, die Frucht wäre auch ohne ihr Zutun abgegangen. So aber hatte sie wenigstens das Leben des Mädchens retten können. Zumindest hoffte sie sehr, dass es so war.

»Lina wird von hier fortgehen müssen«, sagte Anneke, als Hiske ihr Bündel schnürte. »Ich kann sie nicht behalten. Die Gefahr ist zu groß, dass herauskommt, warum sie in Umständen war. Und Grieta geht gleich mit.«

Hiske sah auf die bleiche junge Frau, die in ihrem Kissen alt wirkte, obwohl sie die ersten fünfzehn Jahre ihres Lebens bestimmt noch nicht hinter sich hatte. »Ich werde schweigen wie ein Grab. Es ist für mich nicht von Interesse, das Geschehen weiterzutragen. Sieh zu, dass sie sich ausruht.« Hiske strich Lina übers Gesicht. »Und wenn du sie fortschickst, dann warte noch so lange, dass sie es auch überleben kann.« Sie zog Anneke aus der Kammer. »Ihr müsst ganz dringend anders verhüten. Honig auf Blättern, dieses Niesen in der Hocke hinterher … das hilft alles nichts.«

»Ich nehme einen mit Essig getränkten Schwamm und habe noch nie empfangen. Den habe ich auch den Mädchen gegeben. Wenn sie auf andere Dinge schwören, was soll ich machen?«

»Es gibt etwas ganz Neues«, setzte Hiske an. »Dazu musst du zu den Fischern oder Schlachtern gehen.«

Anneke verzog angewidert das Gesicht.

»Ich habe von Därmen gehört, die der Mann sich übers Gemächt zieht, damit sein Nass nicht ins Innere der Frau kommt. Kümmert euch darum!«

Anneke war blass geworden. »Dann kommt kein Kerl mehr.«

Hiske schüttelte den Kopf. »Es geht nicht anders. Du kannst Fischblasen reinigen oder den Blinddarm eines Schafes. Auch der Magen von einem Schwein soll gute Dienste leisten. Schneide es auf die Größen zurecht und probiere es aus!«

»Es darf doch keiner wissen, was ich hier mache!«, wand die Marketenderin ein.

»Sag, du brauchst es zum Aufbewahren für verschiedene Dinge. Sollte aber doch das Nass eines Mannes in euch gedrungen sein, dann habe ich einen Kräutersud, der besser hilft als alles andere. Du kannst ihn dir bei mir abholen.«

Anneke stand noch immer unschlüssig da. Sie schien über die unerwartete Hilfe Hiskes sehr überrascht.

Die wandte sich nun zur Tür. »Und bitte: Lass Lina ihre Ruhe.«

»Du hast gut reden, Hiske. Dir fällt alles zu, alle Welt schätzt dich, und du hast dein Auskommen.« Anneke drückte ihr einen Schap in die Hand. »Ich hingegen weiß oft nicht, wie ich an einen Scheffel Mehl oder ein paar Ellen Stoff für neue Kleidung kommen soll. Die Geschäfte gehen nicht gut. Was meinst du, warum ich das hier mache?«

»Vergiss bitte nicht, dass man mich vor drei Jahren der Zauberei angeklagt hat, nicht dich. Du bist eine von ihnen, sie werden immer zu dir stehen, dich unterstützen, wenn du es nicht schaffst. Sogar dieses Haus hat Krechting dir gegeben.«

»Damit ich nicht mehr als Duuvke arbeite!«

»Du hast ein Haus, Anneke! Als alleinstehende Frau! Das ist mehr, als andere erwarten können. Befolge Krechtings Geheiß, und du wirst zur Ruhe kommen. Vielleicht findet sich ja auch ein Gemahl, dem nicht bekannt ist, was du gemacht hast.«

Anneke lachte auf. »Und das aus deinem Munde, Hebamme. Selbst allein, selbst unverheiratet. Du bist älter als ich, und um dich hat auch noch keiner gefreit. Nicht mal Jan Valkensteyn.«

Hiske zuckte zurück, als habe Anneke ihr mit einer Peitsche übers Gesicht geschlagen. Sie zog es jedoch vor, dazu nichts zu sagen. Jetzt war nicht der Zeitpunkt, sich um einen Mann zu streiten. Zumal Anneke ja recht hatte. Er war gestern bei ihr geblieben und nicht mit Hiske gegangen. »Belaste dein Leben jetzt nicht, indem du ein Mädchen wie Lina in den sicheren Tod schickst, um dich selbst zu schützen!«, sagte sie nach einer kurzen Zeit betretenen Schweigens.

Annekes Mundwinkel glitten nach unten. »Du spielst immer die Heilige, nicht wahr? Dabei hast du mir auch noch die Liebe des Jungen gestohlen. Er hört nicht einmal auf seinen echten Namen. Er heißt Balthasar, das weißt du. Balthasar, nicht Wortsammler! Was für ein unchristlicher Name!«

Hiske drückte Anneke den Schap zurück in die Hand und versuchte, ihren Ärger nicht allzu deutlich zu zeigen. »Behalte ihn.« Sie wandte sich zur Tür. »Du weißt genau, dass er auf seinen richtigen Namen nicht hört. Es ist, als habe er seine Vergangenheit abgestreift, so wie ein Schmetterling aus dem Kokon klettert. Lass ihm sein neues Leben, auch wenn du darin keine Rolle spielst. Ich weiß aber, was du für den Knaben getan hast.«

»So, weißt du das?« Annekes Stimme klang traurig. »Er würde ohne mich nicht mehr leben. Und der Dank ist, dass er so tut, als gäbe es mich nicht. Du machst es dir leicht, Hebamme.«

Hiske trat einen Schritt zurück und nahm Anneke in den Arm. Die wand sich zunächst, sodass sie sich einmal im Kreis drehten. »Manchmal muss man im Leben loslassen. Schau nach vorn. Die Neustadt wird größer und reicher, immer mehr Menschen strömen ins Land, und so wird es auch dir bald besser ergehen.« Sie sah über Annekes Schulter zur Tür hinaus. »Sieh nur, eben werden neue Steine und Dachpfannen gebracht. Sie wollen jetzt die Straße zum Siel anlegen. Das Leben hält immer weiter auch gute Seiten bereit.«

Anneke löste sich aus Hiskes Umarmung. »Was weißt du schon vom Leben? Warst du je allein?«

»Ja, wenn du dich recht erinnerst, bin ich von einer anderen Hebamme, der Wangerin, aufgezogen worden. Ich kenne keine heile Familie, keinen Mutterschoß, in den ich mein Haupt legen konnte, wenn mir alles zu viel war.«

Anneke zögerte. »Aber dennoch möchte ich sagen, dass du nichts von dem weißt, was mich bewegt. Du hast deine Zaubereiprozesse als alte Last, mich quälen andere Erinnerungen. Mein Flüchtlingsdasein ist etwas anders geprägt als deins. Ich habe meine Heimat verlassen müssen, wir wurden in Holland wegen unseres Glaubens auf Leib und Leben verfolgt. Ich bin hierhergekommen, wo man nicht mal unsere Sprache spricht und es zunächst war wie beim Turmbau zu Babel. Jeder sprach anders, jeder verstand ein bisschen etwas, bis wir alle gelernt haben. Aber lassen wir die alten Geschichten.« Sie wies Hiske mit der Hand zur Tür. »Und du bist sicher, dass du schweigst, dass kein Mensch erfährt, was du gesehen und gehört hast?«

»Ganz sicher. Solange du sorgsam mit Lina umgehst und ihr Leben nicht aufs Spiel setzt. Wenn du sie fortschickst, soll sie stark und gesund sein, denn sie muss es mindestens bis Emden schaffen, vielleicht weiter. Das geht nicht, wenn sie so schwach ist. Warte wenigstens diese Zeit ab.« Hiske ging hinaus. Sie musste sich beeilen, denn wenn sie nicht bald ins Bett kam, würde sie zusammenbrechen. Das Gespräch mit Anneke war fast über ihre Kräfte gegangen. Die Marketenderin hatte schon den Wortsammler an Hiske verloren, wie viel mehr Kraft würde sie nun daransetzen, Jan für sich zu gewinnen?

Als sie die Neustadt verlassen hatte, glaubte Hiske, Schritte hinter sich zu hören, doch als sie sich umwandte, war niemand zu sehen. Sie setzte sich erneut in Bewegung, hielt die Luft an, verlangsamte ihren Schritt. Sie war sicher, nicht allein zu sein.

Amsterdam 1529

Dem Kind tut alles weh. Es weiß nicht, was genau sie mit ihm getan haben, nur, dass es nicht mehr leben will. Es kann kaum aufstehen, jede Bewegung ist eine Qual. Mittlerweile hat sich die Dunkelheit über die Stadt gelegt, es ist ruhig geworden. Jeder Karren, jeder Wagen hat den Marktplatz verlassen. Aus den Häusern dringt der Duft von Essen, die Kerzen hinter den Fenstern malen helle Rechtecke in die dunklen Mauern.

Das Kind will nach Hause und weiß doch den Weg nicht. Es hat das Gefühl, ein anderer Mensch zu sein als der, der vor kurzer Zeit in den Dreck geworfen wurde. Nichts wird je wieder so sein wie zuvor. Schon scheint es ihm, als sei es aus seiner alten Haut geschlüpft und verkrieche sich nun in eine dickere. Eine, die es schützt vor dem, was eben mit ihm passiert ist. Oder wenigstens den Schmerz in der Mitte des Bauches nicht heranlässt. Denn der tobt noch heftiger als der zwischen den Beinen. Das Kind schaut zum Himmel, der sich mit den ersten Sternen schmückt. Er sieht lebendig aus, fast zu schön, als dass es zu dem passt, was eben unten auf der Erde geschehen ist. »Wo bist du, Gott? Hast du geschlafen?«, fragt das Kind. Es bekommt keine Antwort.

Das Kind wickelt die zerfetzten Sachen um sich, schleicht sich im Schutz der Häuser durch die Gassen, sucht nach dem richtigen Weg. Es wendet sich nach links und nach rechts, kommt nach einer Weile wieder genau dort an, von wo es losgelaufen ist. Dort lehnt es sich mit dem Rücken an die Hauswand, atmet tief ein und versucht sich zu orientieren.

Schließlich weiß es, in welche Richtung es gehen muss, und so schleicht es ein weiteres Mal los.

Niemals darf es jemandem sagen, was die Jungen mit ihm getan haben, dann werden sie es beim Seifensieder verpfeifen, und Dieben hackt man die Hand ab. Es will seine Hand aber behalten, die Mutter nicht beschämen, die hat es schwer genug. Eines weiß das Kind sicher: Das, was mit ihm passiert ist, ist eine große Schuld, über die es niemals reden wird.

Erst heute hat wieder einer der Priester auf dem Markt gestanden und gepredigt, was sie alles nicht dürfen. Sogar die Gaukler sind Sünde. Jeder Besitz ist Sünde, wenn er nicht der Kirche gehört. Sicher auch das Stück Seife. Das sowieso, weil es gestohlen ist. Spaß ist Sünde. Spaß hat das Kind nur wenig, da ist es rein. Lachen tut es nicht. Worüber auch.

Als es in die Straße einbiegt, wo sich die Kammer befindet, steht das Fenster offen, der Mann ist also weg. Mutter wird schon warten, hat vielleicht ein kleines Stück Brot und etwas Milch auf dem Tisch. Das hat sie manchmal, wenn ein Mann gegangen ist.

Das Kind kriecht die Treppen hoch, jeder Schritt ist eine Qual. Es fühlt sich nass zwischen den Beinen an, und es will gar nicht wissen, was das ist. In der Kammer ist das Laken vor der Bettstatt der Mutter beiseitegeschoben, sie sitzt am Küchentisch und flickt ihren Rock im Schein der rußigen Unschlittkerze.

»Wo hast du das Medaillon? Es muss uns schützen«, flüstert das Kind.

»Du meinst den Meerkristall?« Mutter steht auf, durchwühlt eine Truhe und zaubert das Medaillon hervor. Jetzt klappt sie es auf, und das Kind sieht darin einen glasklaren Stein auf blauem Samt.

Sieht aus wie eine Träne, denkt das Kind.

Mutter legt das Schmuckstück zurück, häuft Stoffe darüber und setzt sich wieder an ihre Näharbeit. »Ich habe ihn versteckt. Hier sind jetzt viele Fremde in der Kammer.«

Das Kind nickt, während die Mutter weiterspricht. »Ich streichle die Männer ein bisschen, ihnen fehlt das. Dafür bekommen wir ein Stück Brot. Aber es ist besser, wenn sie das Medaillon nicht sehen. Es hat viel Kraft und schützt uns auch so. Mit Gottes Hilfe.« Sie sieht das Kind die ganze Zeit nicht an, so als schäme sie sich dessen, was sie tut. Das Kind aber weiß jetzt, warum das alles geschehen ist. Das Medaillon hat nur Kraft, wenn es Mutters Haut berührt.

»Möchtest du etwas essen und trinken?«, fragt Mutter und sieht das Kind zum ersten Mal richtig an. In dem Augenblick gleitet ein Erkennen über ihr Gesicht. Sie springt auf, lässt sich aber wieder auf den Stuhl fallen. Ihre Hände zittern, der Rock gleitet mit einem leisen Rascheln zu Boden.

Das Kind steht da. Rührt sich nicht vom Fleck. Es tropft noch immer aus ihm heraus.

Die Mutter schweigt, schluckt. Fragt nicht. Streicht dem Kind kurz übers Haar. »Ich muss dir was zum Anziehen suchen. Du läufst nicht herum, wie es sich ziemt.« Sie springt auf, stürzt wieder zur Truhe, stützt sich dort mit beiden Händen an der Wand ab und würgt.

Das Kind sagt: »Die wollten nur wissen, ob ich ein Junge oder ein Mädchen bin.«

Die Mutter wendet sich dem Kind zu, ihre Augen wirken zu groß in den dunklen Höhlen. »Dann ist ja gut«, lächelt sie, zerrt ein paar Beinkleider aus der Truhe, die sie einfach mit einer Schere kürzt. Anschließend zieht sie dem Kind die verschmutzten Sachen aus und wäscht ihm das Blut ab, das sich nach wie vor nicht stillen lässt und auf dem Boden eine kleine rote Lache bildet.

7. Kapitel

Hinrich Krechting hatte sich die ganze Nacht von einer Seite auf die andere gewälzt und war froh, mit dem ersten Hahnenschrei aufstehen zu können. Zu sehr hallte noch das Gespräch mit Hebrich von Knyphausen in ihm nach. Er war gestern ein weiteres Mal zu ihr auf die Burg gegangen, wollte diese Schmach, dass er mit einem ehemaligen Mönch arbeiten sollte, abwenden. Er hatte so viel erduldet in den letzten Jahren. Dies aber wollte und konnte er nicht mehr ertragen.

Hebrich war kalt zu ihm gewesen, sehr entschlossen und schon gar nicht gewillt, auf sein Ansinnen einzugehen. »Im Morgengrauen wird eine Kraweel in Richtung Emden in See stechen, und Ihr werdet mit Dr. Westerburg fahren. Ich habe Johannes a Lasco mit dem letzten Schiff bereits eine Depesche zukommen lassen. Er erwartet Euch in Emden auf der Burg.«

Krechting hatte geschluckt. Hebrichs Beschluss war damit unumstößlich, es würde zu einem Affront mit dem Superintendenten kommen, wenn er sich nicht fügte.

»Es wird Zeit«, hatte Hebrich weitergesprochen. »Den Mord können Wolter und Valkensteyn samt Kremer aufklären. Für mich hat er keine große Bedeutung, wir kannten Friso van Heek nicht. Er war keiner von uns, kam noch nicht einmal aus Ostfriesland. Vermutlich ist es ein Streit mit einem der Seeleute gewesen, denn warum sollte einer von uns den Kaufmann ermorden? Es gibt keinen triftigen Grund, dass Ihr länger in der Herrlichkeit weilt, wo es doch in Emden so viele wichtigere Dinge zu erledigen gibt.«

Krechting fand die Schlussfolgerungen seiner Herrin nur bedingt logisch, wagte aber nicht, ihr zu widersprechen, zumal er keine anderen Argumente vorbringen konnte.

Auf dem Weg zurück zur *Olden Krochtwarft*, wo er mit seiner Frau Elske lebte und eine Hofstelle nebst Bienen bewirtschaftete, hatte er versucht, sich mit dem Gedanken, die Herrlichkeit eine Weile zu verlassen, anzufreunden. Hier ging doch alles seinen gewohnten, langsamen Trott, Veränderungen gab es nur, wenn er sie selbst anschob, so wie den weiteren Bau der Neustadt. Emden würde ihm ganz andere Möglichkeiten bieten, seinen Horizont erweitern. Es tat ihm bestimmt gut, mal wieder unter andere Menschen zu kommen, mit ihnen zu diskutieren, Gespräche über den Glauben zu führen. Immerhin sprach man bereits vom Genf des Nordens und davon, dass Emden neben Wittenberg und Genf drittes reformatorisches Zentrum werden könnte.

Mit jedem Schritt, den Krechting gemacht hatte, war bei diesen Gedanken der Reiz, in die Stadt zu fahren, gewachsen, und als er schließlich vor seinem Hof stand, war er davon überzeugt gewesen, dass Hebrich mit dieser Entscheidung doch die richtige für ihn getroffen hatte.

Diese Erkenntnis hatte sich in der vergangenen Nacht manifestiert, und nun schlug das Herz des Juristen ein wenig höher, weil er in wenigen Stunden in See stechen und die Herrlichkeit seit vielen Jahren einmal wieder verlassen würde. Er musste zwar auch in Emden weiter äußerst vorsichtig sein, auch wenn er kein Täufer mehr war. Aber niemand konnte ihm Gespräche mit anderen über die Religion untersagen. Er sollte sich auch um das Stadthaus kümmern, das die Häuptlingswitwe errichten lassen wollte. Mit dem Bau dieses Hauses würde er immer wieder Gründe haben, nach Emden zu reisen. Auch wenn seine Pläne für das Neue

Jerusalem gescheitert waren, weil in der Neustadt die Mennoniten mehr Macht als die Täufer aus Münster hatten und alles, wirklich alles anders gelaufen war, als er gedacht hatte, war er nun wieder voll Unternehmungsgeist, voll Schwung und Zuversicht, dass sein Leben eine gute Wendung nehmen würde. All die Unbill hatte sich gelohnt.

Krechting sprang auf, schlüpfte in die am Abend zurechtgelegten Beinkleider, seine fußlosen Hosen mit ausgeprägter Schamkapsel, die seine Frau Elske extra mit neuen Schleifen versehen hatte. Dazu wollte er das neue Wams anziehen, darunter ein weißes Männerhemd samt Mühlsteinkragen und einen ganz neu gearbeiteten Rock mit ausladender Zierborte. Das alles war zwar nicht bequem, aber dem Stand angemessen, wenn er in Emden den wichtigen Persönlichkeiten gegenübertrat.

Er hörte in der Küche Elske hantieren. Sie sprach mit der Magd, die ihm das Frühstück bereitete und einen Beutel mit Marschverpflegung zusammenstellte. Als Hinrich den Kopf zur Tür hereinstreckte, glitt ein Lächeln über das Gesicht seines Weibes. »Du freust dich auf die Reise«, stellte sie fest. Sie hatte sich, dem Abschied gemäß, heute besonders zurechtgemacht und trug ein Kleid, über das sich bunte Kassetten in verschiedenen Rottönen verteilten, darüber schaukelten kleine Troddeln aus Goldbrokat. Ihr Haar hatte sie unter einer dezent bestickten kleinen Haube versteckt. Doch die Aufmachung konnte nicht über ihren traurigen Gesichtsausdruck hinwegtäuschen. Hinrich glaubte zu erkennen, wie gern sie ihn begleitet hätte, denn auch für Elske war das Leben auf der *Olden Krochtwarft* alles andere als einfach und bequem. Stets hatten sie mit der großen Feuchtigkeit zu kämpfen und zu dieser Zeit besonders mit den Mücken, die aus dem Moor kamen und in großen Schwärmen über die Bewohner der

Herrlichkeit herfielen. Im Winter war es meist ungemütlich. Bei Schnee und Eis gelang es kaum, der Kälte Herr zu werden; regnete es, waren die Wege schlammig und unpassierbar. Und immer wieder gab es an der See Sturm. Mit lauten Böen fegte er über die karge, flache Landschaft, ließ kaum einen Menschen aufrecht gehen. Dabei bestand die Gefahr, dass die neuen Deiche nicht hielten und das Wasser das gerade dem Meer neu abgetrotzte Land überflutete. Hinrich wusste, dass Elske so dachte, aber sie war eine gutmütige Frau, die nie klagte. Sie würde ihn nicht fragen, ob sie mitkommen konnte, denn sie musste sich um die Familie und das Gesinde kümmern, damit Vieh und Hof versorgt waren.

Hinrich trank den Becher kuhwarme Milch, den die Magd, zusammen mit einem Stück Brot aus geweißtem Mehl, auf den Tisch gestellt hatte. Die Kuh war also bereits gemolken worden.

»Ich habe das Brot beim Bäcker gekauft. Seit der neue Hafen von immer mehr Schiffen angelaufen wird, gibt es besseres Mehl«, sagte Elske und wandte sich zum Herd, wo sie in einem Topf Milch erwärmte und die Magd anwies, sich um das Feuer zu kümmern.

»Es wird vieles besser. Warte noch zwei Jahre, dann ist alles fertig. Das neue Siel, die neuen Straßen. Sie beginnen ja bereits mit der zweiten Zuwegung. Möchtest du später in die Neustadt umziehen?« Krechting tunkte das Brot in die Milch. Es schmeckte köstlich.

Elske schüttelte den Kopf. »Nein, es wird mir dort zu eng sein. Zu laut.« Über ihr Gesicht glitt nun ein bedauerndes Lächeln, als schäme sie sich, das Folgende zu sagen: »Seit Münster«, sie stockte, »seit Münster kann ich viele Menschen auf einem Haufen nicht mehr ertragen. Es macht mir Angst. Ich rieche Blut und Schweiß, höre die Schreie …« Sie brach ab, von den Erinnerungen überwältigt, und Hinrich fragte sich, ob er seiner Frau und seinen Kindern vielleicht doch etwas zu viel zugemutet hatte. Nur: Hätten sie eine andere Wahl gehabt?

»Wir können gern auf der *Olden Krochtwarft* bleiben, wenn du dich hier wohler fühlst.«

»Das tue ich, Liebster. Ich mag die Bienenstöcke und das Summen der Tiere im Sommer. Weißt du, ich bin in der letzten Zeit oft müde und nicht immer dem gewachsen, was ich leisten muss. Und in den letzten Tagen denke ich manchmal, ich verfalle dem Wahn.«

Krechting sah seine Frau fragend an, doch sie wandte den Kopf nicht um.

»Es liegt bestimmt an dem Toten im Siel. Das bedrückt mich.« Elske rührte gequetschten Hafer in die kochende Milch, nahm kurz den Topf vom Feuer und gab etwas Salz daran. »Ich denke, es wird dir munden.«

Hinrich war hinter seine Frau getreten. »Lenk bitte nicht ab. Was genau ist los? Was weißt du von dem Toten?«

Elske rührte den Haferbrei heftiger, dass er überspritzte und auf der Herdplatte zischte. »Geschwätz eines Weibes. Der Brei ist gleich fertig, ich habe dir auch gepökeltes Fleisch und gekochte Eier einpacken lassen.«

Hinrich ließ nicht locker, war nicht willens, sich mit ihrem Gerede abspeisen zu lassen. »Elske«, er drehte sie zu sich herum. »Was genau hast du gesehen? Nun lass den Brei die Magd kochen, das ist nicht deine Aufgabe.«

Elske bedeutete der Magd mit einem Nicken, sich weiter um das Essen zu kümmern. »Ich war in der Nacht, an dem dieser Holländer umgebracht wurde, noch mal draußen, brauchte frische Luft. Ich habe ein Weib wimmern gehört. Und die Stimme von dem Mönch, der nach dem Wortsammler gerufen hat. Er schien sehr aufgebracht zu sein. Aber das fand ich nicht beunruhigend, weil der Mönch das öfter tut.«

»Sondern?«

»Da war eine Gestalt. Sie war«, Elske suchte nach den passenden Worten, »sie war merkwürdig. Obwohl sie offensichtlich nicht gesehen werden wollte, lief sie aufrecht, fast als habe sie einen Besenstiel verschluckt.«

»Wer war das? Der Kaufmann? Dieser Friso?«

Elske schüttelte heftig den Kopf. »Nein, den Kaufmann habe ich tags zuvor am Siel gesehen. Er war auch eine stattliche Erscheinung, aber er war nicht so steif. Ich bin mir sicher, dass es nicht Friso van Heek war. Zumal«, Elske sah Hinrich direkt in die Augen, »zumal ich diesen anderen Menschen auch gestern Nacht wieder hier gesehen habe. Und Friso van Heek ist tot. Es wird kaum sein Geist sein.«

Hinrich hieb mit der Faust auf die Kante des Herdes, spürte den Schmerz aber nicht. »Verdammt, ich kann nicht fahren, wenn das alles nicht geklärt ist. Was soll ich nur tun?«

»Ich verriegle die Tür immer fest. Du kannst Hebrich von Knyphausen nicht widersprechen. Wenn sie dich nach Emden schickt, wirst du gehen. Es ist ja nicht für lange. Mache deine Geschäfte, finde heraus, was du benötigst, damit der Wohlstand und der Friede in der Herrlichkeit sich weiter festigen, denn das allein ist deine Aufgabe.«

Elske schob die Magd vom Herd beiseite und füllte den Haferbrei in eine Holzschale, sodass der süßliche Duft durch die Küche zog. Hinrich aß mit abwesender Miene und erhob sich anschließend mit einem sehr unguten Gefühl.

»Steine abladen!«, tönte Lübbert Jans Kremers Stimme durch den frühen Morgen. Er hatte Krechting und Dr. Westerburg verabschiedet und mit einem wehmütigen Blick den gesetzten

Segeln am Horizont hinterhergeblickt. Ihm fehlten seine weiten Reisen schon jetzt, aber er hatte sowohl Hebrich von Knyphausen als auch Krechting versprochen, sich um den Bau der Neustadt zu kümmern. In den letzten Tagen und Nächten seit seiner Ankunft hatte er die alten Pläne von Ascheburgs studiert und die Ideen auf seine übertragen, mit denen Oldersums und Appingedams verglichen und alles angepasst. Nun stand der Grundriss der Neustadt endgültig fest. Die erste Straße zum alten Siel war fast fertiggestellt, danach würde der Bau einer weiteren zum neuen Siel erfolgen. Geplant waren ein Weg unterhalb des Deiches und eine Stichstraße von der Hafenstraße dorthin. Damit waren die Grundlagen für die Planstadt festgelegt, Krechting hatte wertvolle Vorarbeit geleistet. Kremer würde ihn hier vermissen und hielt die Entscheidung der Häuptlingswitwe, ihn wegzuschicken, zu diesem Zeitpunkt für äußerst ungünstig. Erst sollte der Flecken stehen, dann konnte sie über ein diakonisches Wesen nachdenken. Aber wenn die Herrin sich etwas in den Kopf gesetzt hatte, dann war es sinnlos, dagegen zu argumentieren. Lübbert wurde das Gefühl nicht los, dass es der Häuptlingswitwe eher um den Bau des Stadthauses ging und sie Krechting deshalb gedrängt hatte, schnell nach Emden zu reisen. Nun musste Lübbert mit Wolter Schemering vorliebnehmen.

Es polterte, als die Arbeiter die Steine abluden. Sie waren schon früh unterwegs gewesen, um sie aus Tichelboe abzuholen. Trotz der Hitze des Tages mussten sie die trockene Zeit zum Bau nutzen, denn wenn erst der Regen wieder eingesetzt hatte, würde alles wesentlich langsamer vorangehen. Zwar stöhnten alle über die Wärme, aber darauf konnte er keine Rücksicht nehmen.

Der Mord an dem holländischen Kaufmann hatte die Gemüter nur kurz beunruhigt, zumal er keiner von ihnen gewesen war. Ein Teil der Menschen war davon überzeugt, dass der Arzt Jan Valkensteyn sich geirrt haben mochte und der Kaufmann doch betrunken ins Siel gestürzt war. Andere wiederum gingen davon aus, dass ihm einer der Seeleute eins über den Schädel gezogen haben musste und bald darauf mit einem der auslaufenden Schiffe wieder verschwunden war. Keiner wusste, warum der Mann sterben musste, und es schien den meisten auch egal zu sein.

Lübbert Jans Kremer war sich sicher, dass dem Mord zu einem anderen Zeitpunkt mehr Beachtung geschenkt worden wäre. Im Augenblick aber waren die Menschen der Neustadt so sehr mit sich selbst und den Veränderungen ihrer Lebensbedingungen beschäftigt, dass sie keine unnötigen Gedanken an etwas zuließen, das sie auch nur ein winziges Stück von ihrem Ziel abbringen würde. Die Menschen verband trotz aller Entbehrungen ein großes Zusammengehörigkeitsgefühl. Das erleichterte viele Dinge, dennoch glaubte Kremer unter alldem ein Brodeln zu verspüren, das er allerdings nicht zuordnen konnte.

Er wies die Arbeiter an, wohin sie die Steine bringen sollten, und teilte die Bauarbeiter ein, die sie verarbeiten mussten. Er bemühte sich um einen freundlichen Ton, es war gut, die Arbeiter bei Laune zu halten, brauchte er doch jeden Mann mit seiner vollen Leistung.

»Der hat ein Holzbein, wenn ich es dir doch sage. Er ist aber so kräftig, mich wundert, dass es ihn hält«, kicherten zwei Weiber, als sie an Lübbert vorbeiliefen.

»Von wem sprecht ihr?«, rief er den Frauen nach, die augenblicklich innehielten und den Blick senkten. Es waren zwei Mägde, die sicher etwas für ihren Hausstand auftreiben sollten. Beide hielten einen Korb in der Hand.

»Wer?«, hakte Lübbert nach.

»Da ist so ein Kerl angekommen, sicher mit dem letzten Schiff. Ich habe ihn aber nur kurz gesehen. Er ist ein Mann, der was hergibt, auch wenn er pockennarbig ist. Und er läuft anders, ich denke, er hat ein Holzbein«, erklärte das Weib. »Warum wollt Ihr das wissen? Ist das der Mörder?« Wieder kicherten die beiden und trollten sich, ohne Lübberts Antwort abzuwarten.

»Dumme Gänse«, murmelte der und versuchte, sich an einen Mann mit einem Holzbein zu erinnern. Doch der war ihm während der gesamten Reise und auch in der Neustadt nicht untergekommen. Er konnte den Gedanken jedoch nicht weiter verfolgen, weil eben eine neue Fuhre mit Steinen kam.

Grieta sah hinaus. Sie hatte in der Nacht nicht geschlafen. Auch wenn sie hier unter den Täufern und Reformierten lebte, so war sie doch tief im Innern der Ansicht geblieben, es gäbe ihn, den Satan. Man musste ihn nur reizen, dann käme er aus seinem Höllenfeuer, zog sie mit sich und würde sie alle schmoren lassen. Zwei Dinge waren geschehen, die nicht hätten passieren dürfen.

Die eine Sache hing mit Friso van Heek zusammen, die andere mit dem, was gestern mit Lina geschehen war. Beides war ein Gruß aus der Hölle, weil sie in diesem Haus Dinge taten, die Gott im Himmel wirklich nicht gefallen konnten. Er wollte Keuschheit, nicht die Gier der Männer, die über die Huren herfielen, weil sie ausgehungert nach körperlicher Liebe waren. Kaum einer nahm die Mädchen als Menschen wahr. Sie stiegen über sie hinweg wie der Eber über die Sau oder der Stier über die Kuh.

Wenn der Herrgott ihnen nur genug Brot und Mehl geben würde, dann hätten sie das alles nicht nötig, könnten sich einen Mann suchen, der ein Auskommen hatte und den sie umsorgen konnten. Aber diese Dinge ließ er nur auf die Herrschenden regnen, die im Gegenzug ihren Untertanen verboten, sich über Wasser zu halten, weil sie sie ausnahmen wie die geschlachteten Gänse an Festtagen. Es war eben nicht jeder der geborene Kaufmann mit dem nötigen Guldenpolster, und auch Anneke zeichnete sich ihren Glaubensbrüdern und -schwestern gegenüber nur durch einen sehr schlechten Geschäftssinn aus. Ständig ließ sie sie anschreiben und trieb nur selten die fehlenden Schap ein, wusste sie doch um deren Armut. Anneke war zu weich für das Geschäft. Wenn es nach Grieta ginge, würde im Laden ein ganz anderer Ton herrschen, aber die Marketenderin fragte sie nicht. Sie hielt Grieta und Lina für dumm. Eine böse Unterschätzung, die Anneke schon noch zu spüren bekommen sollte.

Grieta biss sich auf die Lippen, als ihr der gestrige Tag erneut in den Sinn kam. Diese Hebamme hatte Lina zwar fürs Erste gerettet, aber was sie getan hatte, war jenseits aller Göttlichkeit. Hiske Aalken war eine Handlangerin des Teufels, eine Toversche, und sie tat gut daran, sich unter den Täufern zu verstecken, die ihr nicht einmal die Hand abhacken würden, egal, welch Teufelswerk sie vollbrachte. Doch die Täufer verloren an Einfluss, die Reformierten gewannen an Macht. Grieta hatte gehört, dass Gräfin Anna von Ostfriesland die Hexenfeuer durchaus lodern ließ und das nicht selten. Es bestand also die Möglichkeit, dass Hiske Aalken das Handwerk doch eines Tages gelegt werden würde.

Grieta hörte Schritte, schnell ließ sie sich aufs Kissen zurückfallen, stellte sich schlafend. Anneke sah kurz darauf zur Tür herein. »Du sollst dich um Lina kümmern, warum schläfst du?« Ihre Stimme klang schneidender als sonst. »Und lass mal frische Luft rein, hier riecht es wie in der Abtrittgosse.«

Grieta rieb sich die Augen, als sei sie eben erst erwacht. »Ich musste mich mal kurz ausruhen, ich kann ihr Weinen nicht mehr ertragen.«

»Sie hat Schmerzen, das ist normal. Das wirst du als Freundin wohl ertragen können.«

»Sie hat Angst, Anneke. Weil du sie fortschicken willst. Lina taugt nicht zur Wanderhure.«

Anneke nickte. »Du hast ja recht. Wenn die Hebamme ihr Maul hält, dann können wir überlegen, ob ihr bleiben könnt.«

»Ihr?«, fragte Grieta erstaunt. »Ich soll auch fort?«

Anneke räusperte sich. »Kommt drauf an, ob die Hebamme schweigt. Tut sie es nicht ...« Sie machte eine bedeutungsschwere Pause.

»Meinst du wirklich, sie wird ihr Schandmaul halten?« Grieta hielt kurz inne. »Ich misstraue ihr. Nach dem, was sie mit Lina getan hat. Nach dem, was man ihr seit langer Zeit immer wieder vorwirft. Du musst dafür sorgen, dass sie schweigt!«

Anneke nickte. »Wir sind in den Fängen dieser Toverschen, ob es uns gefällt oder nicht.«

Grieta schlug tiefer in die Kerbe. »Es wäre für Hiske Aalken ein Leichtes, dich auf diese Weise aus der Herrlichkeit und von Jan Valkensteyn wegzubekommen«, sagte sie. Wohl wissend, dass sie nun Öl in eine Glut kippte, die augenblicklich zu lodern anfing, sobald Anneke die Worte vollkommen erfasst hatte. Ihre Ankündigung, auch sie, Grieta, fortzuschicken, hatte sie tief getroffen. Ihr Schicksal war seit gestern eng mit dem einer Handlangerin des Teufels verknüpft, und nur, wenn Anneke der Hebamme das Maul endgültig stopfte, würden sie bleiben und weiterarbeiten dürfen.

»Das wird sie nicht wagen. Sie wird mich nicht bei Krechting anschwärzen. Das wagt sie nicht!« Annekes Stimme klang verunsichert. »Nicht nach allem, was uns verbindet.«

»Sie wäre dich dann los.«

»Sie ist nicht Valkensteyns Weib. Und soweit ich weiß, hat er auch noch nicht um sie gefreit.« Anneke sah Grieta scharf an. »Und jetzt rüber zu Lina. Ich wünsche, dass du ihr Lager nicht mehr verlässt, bis ich es sage.«

Grieta sprang auf und huschte zu ihrer Gefährtin, die mit geschlossenen Augen und flacher Atmung in ihrer Bettstatt lag und wirkte, als würde sie schon bald die Erde verlassen.

»Ist er weg?« Lina fantasierte. Nur Grieta wusste, warum. Es ging um Friso van Heek, diesen Bastard. Es war gut, dass seine Seele sich nun im Höllenfeuer drehen musste wie das Ferkel über dem Feuer. Lina war zu jung und zart, um einen Mann wie ihn zu ertragen, und doch hatten sie ihn ihr nicht ersparen können. Friso van Heek war nach der langen Enthaltsamkeit nicht zimperlich vorgegangen.

Lina war von dem Augenblick an überzeugt davon gewesen, dass sie in jener Nacht vom Teufel geritten worden war und seine Frucht empfangen hatte. Auch wenn das natürlich keinesfalls möglich war, da die Schwangerschaft ja schon länger bestand. So ganz wies dennoch auch Grieta die Gedanken ihrer Freundin nicht von sich, denn noch nie hatten sie einen Kunden gehabt, der sich so gebärdete wie Friso van Heek. Fast so, als sei er tatsächlich der Satan in Menschengestalt. Wer wusste schon, was die bösen Mächte wirklich ausrichten konnten. Als der Kaufmann aus dem Haus gegangen war, hatte Grieta sich in ihre Bettstatt zurückgezogen, die Hände gefaltet und den Herrgott angefleht, dass sie dem Mann nie zu Gefallen sein musste. Lieber würde sie sterben oder aber ihm ein Messer zwischen die Rippen stoßen und selbst am Galgen enden. Sie hatte befürchtet, er würde spätestens in der nächsten Nacht zurückkehren, denn selbst, als er fertig gewesen war und alles verrichtet hatte, glaubte Grieta, in seinen Augen noch immer ein begehrliches Glühen zu entdecken.

Es war gut, dass der Kaufmann nicht mehr unter den Lebenden weilte. Grieta würde aber den Teufel tun und jemandem erzählen, dass Friso van Heek in der Nacht vor seinem Todestag bei ihnen gewesen war. Sollten sie doch nach seinem Mörder jedes Staubkorn der Herrlichkeit umdrehen, davon gab es ja im Augenblick genug. Sie würde schweigen wie ein Grab. Denn wenn die Neustädter gewahr wurden, dass der Satan persönlich in ihrem Haus gewesen war und er dabei seinen Samen in Lina gepflanzt hatte, würde der Teufel mit ausgestrecktem Finger auf Grieta, Lina und Anneke zeigen. Und diesen Fingerzeig würde keine von ihnen überleben.

Jan klopfte an Hiskes Tür. Es dauerte eine Weile, bis die Hebamme öffnete. Sie musste eben erst aus dem Bett gekommen sein, obwohl die Sonne schon recht hoch am Himmel stand.

»Ich möchte mich entschuldigen, weil ich dir nicht helfen konnte.« Jan hatte sein Barett in der Hand und drehte es verlegen hin und her. »Und weil ich erst jetzt komme.«

Hiske musterte den jungen Arzt und runzelte dabei die Stirn. Sie schien zu überlegen, wie sie reagieren sollte. »Ist gut, Jan. Du wirst Gründe dafür haben, einen ganzen Tag verstreichen zu lassen, ehe du zu mir kommst.« Noch immer war ihr Blick nicht von der freundlichen Tiefe gezeichnet, die ihre Augen zu etwas ganz Besonderem machten. Jan versuchte, die Situation ein wenig zu entspannen, und trat die Flucht nach vorn an. »Du redest von Anneke?«

Hiske nickte. »Sie hat dich bei meinem Fortgang schließlich in Beschlag gelegt. Und du warst nicht sehr abgeneigt, ihr zu widersprechen. Was dich danach abgehalten hat, weiß ich nicht, und ich glaube, es geht mich auch nichts an.«

»Sie war nicht der Grund.« Er griff nach Hiskes Hand, die sie aber sofort wegzog und auf dem Rücken mit der anderen verschränkte.

Jan räusperte sich. »Krechting hat mich angesprochen. Er verdächtigt Garbrand. Ich war gestern den ganzen Tag damit beschäftigt, seine Unschuld und die des Wortsammlers zu beweisen. Bevor Krechting abreist. Nun ist er auf dem Weg nach Emden.«

Hiske schrak sichtlich zusammen. »Garbrand? Wie kommt Krechting darauf?« Sie trat jetzt zur Seite und winkte Jan herein.

Er ließ sich auf der Küchenbank nieder, während sie einen Kessel mit Wasser anstellte. Ihr Gram schien für den Augenblick verschwunden. »Ich braue uns einen Kräutertrank. Dann können wir in Ruhe reden.«

Jan war erleichtert, dass Hiske nun wesentlich versöhnlicher klang. Obwohl es ihn rührte, dass sie offensichtlich eifersüchtig auf Anneke war, wollte er das nicht. Es war zu gefährlich, wenn sich ihre Gefühle zueinander vertieften, womöglich sogar Liebe daraus wurde. Er machte Frauen unglücklich, und das war etwas, was er Hiske nicht antun wollte. Sie war die Frau, die ihm nach Lieke am meisten bedeutete, aber Lieke war tot. Durch seine Schuld. Er würde das nie verwinden und Hiske nicht der Gefahr aussetzen, ihn zu nah an sich herankommen zu lassen.

Während Hiske den Kräutersud ansetzte, erzählte Jan, was man Krechting über die Nacht des Mordes zugetragen hatte, und er stellte die Aussage des Mönchs dagegen. »Ich bin überall in der Neustadt herumgelaufen, habe nach Menschen gesucht, die Garbrand und den Knaben entlasten können.«

»Es gab niemanden, stimmt's?« Hiske fuhr sich durchs Haar. Ihre Wangen waren leicht gerötet, sie war von den Ereignissen tief getroffen.

Jan schüttelte den Kopf. »Leider nein. Alle haben nur von dem Streit berichtet, den van Heek und der Wortsammler gehabt hatten. Und wie wütend der Wortsammler war.«

»Garbrand ist nie und nimmer ein Mörder«, sagte Hiske. »Er nicht und der Wortsammler schon gar nicht. Hast du sonst etwas herausgefunden?«

Jan nickte. »In der kurzen Zeit, die Friso hier war, hat er sich nicht sehr beliebt gemacht. Äußerlich hat er sich zwar sehr galant benommen, den Mann von Welt gegeben, aber hinter vorgehaltener Hand munkelt man, er sei ungestüm und sehr rechthaberisch aufgetreten. Aber ganz direkt ist niemand geworden.«

»Das ist nicht viel.« Hiske klang resigniert.

»Doch, ich hab noch was: Die Magd vom Bäcker glaubt, Dudernixen in der Nacht in Richtung Siel eilen gesehen zu haben. Er habe mächtig wütend gewirkt. Und dann treibt sich ein Fremder hier herum, den aber keiner kennt. Ich muss noch herausfinden, wer das sein soll.«

Hiske nickte und nahm einen Schluck von dem Kräutersud. »Jan, wir müssen das Medaillon finden. Es ist wertvoll und spurlos verschwunden! Ganz sicher wird es uns auf die richtige Spur führen.«

»Da hast du recht. Und es wäre gut herauszubekommen, woher Friso van Heek die große Narbe haben könnte. Wer weiß, was für eine alte Rechnung da noch offen war.«

Klaas Krommenga genoss das warme Wasser auf seinem Rücken und die kräftigen Hände, die den Badeschwamm darübergleiten ließen. Dudernixen war ein Meister seines

Fachs. So grobschlächtig und unansehnlich er auch wirkte: Er hatte den richtigen Schwung, der für diese Tätigkeit notwendig war.

»Kennt Ihr die Hebamme Hiske Aalken näher?«, fragte Klaas beiläufig.

»Dieses Weibsbild sollte längst in der Hölle schmoren. Wenn es die gäbe, gehörte sie in jedem Fall dorthin.«

»Dahin gehört sie in der Tat«, bestätigte Klaas.

Klaas lächelte. In dem Bader hatte er einen Menschen gefunden, der ihn in seiner Abneigung, vielleicht sogar in seinem Hass auf Hiske unterstützen würde. Was war es für eine gute Idee gewesen, hierherzukommen! »Hättet Ihr eine Kammer für mich? Ich möchte nicht in der *Krocht* schlafen, man sagt, es sei dort nicht reinlich.«

Dudernixen nickte. »Ich habe tatsächlich noch eine Kammer, die Magda herrichten könnte. Ihr gefallt mir als Mitbewohner! Vielleicht, weil Ihr über die Hebamme ähnlich denkt. Ich spüre es an Euren Worten, die durchaus eine gewisse Missbilligung deutlich werden lassen.«

Der Fremde nahm den Faden gleich auf. »Warum denkt Ihr so schlecht über das Weibsbild? Hebamme ist doch ein angesehener Beruf in diesem Landstrich? Auch wenn diese Heilerinnen viel zu viel über den Weiberkram wissen«, hakte er nach in der Hoffnung, mehr über die Gründe der Abneigung des Baders gegen Hiske zu erfahren.

Dudernixen drückte den Schwamm über Klaas Krommengas Gesicht aus und reinigte dessen Ohrmuschel. »Hiske Aalken macht Scherereien, seit sie in der Herrlichkeit angekommen ist. Gleich bei ihrer Ankunft ist unser Lokator abgeschlachtet worden. Und nun der Kaufmann. Mein Weib sagt, er sei in der Nacht seines Todes noch an ihrer Tür gewesen. Zu der Zeit hielten sich zwar nur ihre Handlanger, dieser

Mönch und der Irre, dort auf, aber der Kaufmann war dennoch am nächsten Tag tot. Seid ehrlich, werter Geselle. Das geht doch nicht mit rechten Dingen zu!«

»Wohl wahr, Bader. Aber dagegen muss man doch etwas tun können. Ich komme aus Jever, da hat das Weib auch gewirkt, ist sogar zweimal als Toversche verhaftet worden.«

Der Bader schwieg beeindruckt. »Es gibt noch mehr Menschen, die sie gern fort wüssten. Aber was nützt es, wenn unser Jurist Krechting sie schützt?«

Klaas Krommenga grinste hämisch. Der Bader war etwas schwer von Begriff, aber das machte nichts, er konnte die Drecksarbeit verrichten, es war ohnehin besser, wenn nur er selbst dachte und lenkte. »Krechting, werter Bader, Krechting weilt in Kürze in Emden. Er ist schon auf dem Weg dorthin.« Damit tauchte er mit dem Kopf unter Wasser.

Hinrich Krechting schaute beunruhigt zurück zu dem sich immer weiter entfernenden Landstrich. Nach dem, was er von Elske über den geheimnisvollen Fremden erfahren hatte, konnte er sich nun nicht mehr vorbehaltlos über die Reise nach Emden freuen. In der Herrlichkeit waren zu viele Dinge ungeklärt. Wie sollte er sich in Ruhe um das Armenwesen kümmern, wenn ein Mörder in der Herrlichkeit herumlief und womöglich um sein eigenes Haus schlich? Er glaubte nicht, dass sein Weib wirr wurde, sondern, dass sie in der Tat den Mörder gesehen hatte und vielleicht sogar in Gefahr schwebte. Sie war die Frau des Juristen, der rechten Hand der Häuptlingswitwe, wer wusste schon, was den Kaufmann wirklich in die Herrlichkeit getrieben hatte und wer seiner, Krechtings, Familie schaden würde. Er teilte Hebrichs Meinung nicht, dass der Mörder einer der Seemänner gewesen sein könnte, der nun längst wieder fort war. Eine innere Stimme sagte ihm, dass der Mord an Friso van Heek tiefere Beweggründe hatte als Habgier oder einen banalen Streit mit tödlichem Ausgang. Nach allem, was er gehört hatte, war Friso van Heek eine schillernde Figur gewesen. Ein solcher Mensch ließ sich sicher nicht zu einem Streit mit einem einfachen Seemann hinreißen. Auf der anderen Seite sollte er ja ziemlich betrunken gewesen sein, da waren auch gefestigte Personen nicht mehr zurechnungsfähig. Es war alles so verworren, er hätte erst diese Dinge aufklären und anschließend reisen sollen.

Der einzige Vorteil dieser Reise zum jetzigen Zeitpunkt war, dass ihm mit etwas Abstand bestimmt eine andere Möglichkeit einfallen würde, wie er das Armenwesen ohne den Mönch umgesetzt bekam. Eine Zusammenarbeit mit einem katholischen Geistlichen war etwas, das ihm während seiner Zeit in Münster noch unmöglich erschienen wäre, selbst wenn er den bischöflichen Freibrief tatsächlich für seine Flucht und die seiner Familie genutzt hatte. Das aber war Mittel zum Zweck, war die einzige Möglichkeit zu überleben gewesen, also eine völlig andere Voraussetzung als das, was Hebrich von Knyphausen nun von ihm erwartete. Er empfand es als Gotteslästerung, denn weiter im Denken voneinander entfernt als ein Täufer aus Münster und ein katholischer Mönch konnte man kaum sein. Wie tief war er mit seinen Idealen gesunken, wie weit von seinen Visionen entfernt. Das Täuferreich, das Neue Jerusalem, war weiter weg denn je. Er würde in seinem irdischen Leben keine Möglichkeit mehr haben, diesen Traum in die Wirklichkeit umzusetzen. Und das schmerzte ihn mehr, als er zugeben wollte. Nach außen hin bewahrte er stets die Haltung, die ihm von der Bevölkerung den Respekt zuteilwerden ließ, der ihm als Jurist und rechte Hand der Herrscherin zustand. Doch wenn

Hebrich ihn mal wieder geknechtet und mit ihren neuerlichen Ideen gedemütigt hatte, fühlte er sich so klein und unbedeutend wie die Ameise am Wegesrand.

In den Nächten, in denen er sich von einer Seite auf die andere wälzte, haderte er mit sich und seinem Leben, haderte mit Gott, dass der den Prediger Rothmann zu sich gerufen hatte, bevor er in der Herrlichkeit wirken konnte. Wollte Gott den wahren Glauben nicht? War es ihm gefällig, dass die anderen Strömungen an Einfluss gewannen und die Täufer mehr und mehr schwächten? Dass selbst die Mennoniten zukünftig Zins zahlen sollten, wenn sie ein Bethaus bauten? Was war es für eine Welt, in die er hineingeboren worden war? Wie sollte sie die Wahrheit je erfahren, wenn sich alle aufgestoßenen Tore nach und nach verschlossen?

Linker Hand sah Krechting die letzte Landmarke, den Kirchturm von Minsen, als sie die Jade verließen. Er wusste nicht, was ihn in Emden erwartete, er wusste auch nicht, wie er in der Herrlichkeit und der Neustadt weiter vorgehen sollte. Krechting wusste nur eines: Er war unglaublich müde.

Amsterdam 1530

Das Kind zeigt sich nur ungern auf der Straße, hält immer Ausschau nach den Jungs. Es hat große Furcht, ihnen wiederzubegegnen. Einmal sieht es den großen von ihnen. Nicht weit von ihrer eigenen Kammer entfernt. Er kniet vor einem Priester, in einer Gasse dicht an die Hauswand gedrängt. Der Gottesmann hat die Augen geschlossen, den Mund gespitzt und den Blick zum Himmel geneigt. Die Hand liegt am Kopf des Jungen und schiebt ihn auf und nieder. Die Bewegung wird immer schneller, bis er den Jungen in den Dreck stößt, seinen Rock um den Bauch schlägt und wie ein Schatten zwischen den Häuserzeilen verschwindet. Der große Junge schluchzt laut und kehlig.

Das Kind verschwindet, besser, es wird nicht gesehen. »Gott bestraft sofort«, hat Mutter gesagt. Ändern tut es für das Kind nichts.

Drei Tage musste es im Bett liegen, bevor die Schmerzen erträglich wurden. Drei Tage, in denen die Angst kaum auszuhalten war. Noch immer tanzen die Bilder vor den Augen, noch immer riecht es den Schlamm, der sich tief in die Nase gefressen hat und nur Stück für Stück bereit ist, sich von dem kleinen Körper zu lösen.

Es wagt sich nicht gern hinaus, aber wenn die Männer kommen, will es die Mutter so. »Du musst nur achtgeben, dich in die Häuserecken zu drücken«, sagt sie. »Lauf nicht zum Markt, nicht zu weit fort. Dann ist es ungefährlich.« Ihre Stimme ist dünn, und wieder spürt das Kind, dass die Mutter nicht das sagt, was sie wirklich denkt. Sie hat genauso viel Angst wie das Kind, und doch kann sie nicht erlauben, dass es da bleibt, wenn sie die Männer streichelt. Die Männer tun der Mutter weh, weil sie danach weint, und das soll das Kind nicht merken.

Es versucht, den Kristall mitzunehmen und wegzuwerfen. Er schützt sie nicht mehr. Es wird Zeit, ihn aus dem Haus zu verbannen, bevor noch Schlimmeres geschieht als das, was die Jungs mit dem Kind getan haben. Wenn der Meerkristall nicht schützt, dann schadet er. Aber es findet ihn nicht. Mutter hat ihn gut versteckt. Sie schlägt das Kind ins Gesicht, als sie bemerkt, dass es den Kristall sucht. »Er ist mir wichtig, und kein Mensch außer mir wird die Träne berühren. Und tut es doch jemand, wird denjenigen das Unheil verfolgen. Der Meerkristall ist nur für mich gemacht. Für mich ganz allein.« Sie spricht nicht mehr von Gott. Nur noch vom Kristall.

Das Kind bekommt Angst, als Mutter all das sagt. Sie ist ihm unheimlich, weil ihre Augen rot unterlaufen sind, weil ihre Hände zittern. Und immer häufiger riecht sie süßlich aus dem Mund. Immer dann, wenn auf dem Tisch die leeren Krüge stehen, die einen ähnlichen Geruch verströmen.

Ein Stein fliegt an die Scheibe. Die Mutter packt das Kind am Kragen und zerrt es vor die Tür. Kaum ist es an der unteren Treppe, kommt der Mann herein. Er lacht rau, tritt nach ihm wie nach einem räudigen Hund. Dabei blitzen seine goldenen Augen, die so aussehen, wie sich das Kind die des Teufels vorstellt. Diese Augen, dieses Lachen wird es sich merken. Sein Leben lang.

Der Wind pfeift heute um die Ecken, es ist kalt. Die Lumpen an den Füßen des Kindes sind zerfetzt. Wenn es zu schlimm ist, wickelt es neue Tücher darum, nur sind die ebenso schnell zerschlissen.

»Bis die Turmuhr fünf schlägt«, hat Mutter gesagt. »Dann kommst du zurück, wartest aber, bis der Mann weg ist. Die Vorhänge sind wieder offen, daran erkennst du es.«

Das Kind ist es gewöhnt. Wenn die Uhr den letzten Schlag gemacht hat, stellt es sich an die Straßenseite und wartet. Manchmal kann es gleich hinauf, manchmal sind die Vorhänge noch geschlossen, manchmal steht ein anderer Mann unten, der den, der in der Wohnung ist, ablöst. Dann kann das Kind noch dreimal um den Block laufen. Meist ist die Zeit dann um.

Es hat sich noch nicht wieder auf den Markt gewagt, denn die Jungen werden dort warten. Das haben sie gesagt. Weil sie lustig finden, was sie getan haben. Dem Kind zieht sich noch immer alles zusammen, wenn es nur daran denkt. Es konnte ganz lange nicht auf den Topf gehen, weil alles gebrannt und immer wieder geblutet hat. Mutter hatte ihm eine Salbe gegeben, die aber nicht wirkte. Vielleicht, weil die Schmerzen im Bauch, im Herz viel zu groß sind. Sie sind auch nach all der Zeit nicht weniger geworden. Das Kind taugt nichts mehr, ist nichts mehr wert. Wird nie etwas wert sein.

Die Turmuhr schlägt ein Mal. Dann noch ein Mal. Bis die fünf Schläge verklungen sind. Das Kind hastet zur Straßenecke und wartet. Die Zehen sind fast erfroren, es zittert am ganzen Leib. Hofft, die kalten Füße zumindest in warmes Wasser tauchen zu dürfen. Den Eimer stellt Mutter immer hin, wenn es lange draußen warten musste.

Die Turmuhr schlägt die Viertelstunde, doch noch immer kommt kein Mann aus dem Haus und die Vorhänge bleiben verschlossen. Das Kind wagt nicht hineinzugehen, will die Mutter nicht verärgern. Nach einer Weile weiß es nicht mehr ein noch aus, weint vor Schmerzen und geht doch hinein. Es ist viel zu still. »Mutter?«, ruft das Kind. »Mutter?«

Die Laken vor der Bettstatt sind zugezogen. Aber sie sind nicht mehr weiß. Ein breiter roter Streifen frisst sich am unteren Rand entlang und verliert sich in einer blutigen Spur bis auf den Fußboden.

8. Kapitel

Hiske saß mit Jan, dem Wortsammler und Garbrand in ihrer Küche. Sie hatten eine ganze Zeit geschwiegen. Keiner von ihnen wusste mit der Situation umzugehen. Schließlich durchbrach Hiske die Stille, die nur von den hereindringenden Geräuschen des Tages unterbrochen wurde und denen alle dankbar lauschten, weil sie ein Stück Normalität vermittelten. »Wer könnte gesehen haben, ob der Kaufmann an dem Abend, als er starb, das Medaillon noch am Hals hatte?«

»Der Wirt der *Krocht*«, sagte Jan, »aber den habe ich schon gefragt. Er kann sich nicht erinnern.«

»Wahrscheinlich war er selbst zu betrunken. Außerdem achten Männer wie er nicht auf solche Dinge, dazu ist er viel zu einfältig. Na, immerhin weiß der Kerl noch, dass er Friso auf die glorreiche Idee gebracht hat, mich zu ehelichen«, stieß Hiske düster hervor.

Jan legte seine Finger auf ihr Handgelenk. Sie lächelte ihm zu. Über Garbrands Gesicht glitt allerdings ein dunkler Schatten. Er sah rasch weg.

Der Wortsammler saß schweigend daneben und wiegte den Kopf, als denke er über etwas nach. Hiske behauptete stets, dass er diese Geste machte, um seine Gedanken durchzuschütteln und in Ordnung und in eine gewisse Reihenfolge zu bringen, denn es war durchaus nicht untypisch, ihn so zu sehen.

Alle vier nippten am Kräutersud, den Hiske ihnen gebraut hatte. Sie hatte einen beruhigenden Trank hergestellt, eine Mischung aus Hopfen, Blasentang und Johanniskraut. Es schmeckte gewöhnungsbedürftig, zumal das moorige Wasser bei der Hitze noch ungenießbarer war als sonst. Dennoch empfanden es alle als willkommene Abwechslung zum Dünnbier, mit dem sie sonst vorliebnehmen mussten.

»Meerkristall. Meerkristall am Hals«, stieß der Wortsammler mit einem Mal aus. »Großer Messerstich.«

Hiske wusste sofort, wovon der Knabe sprach. Er hatte sowohl das Medaillon als auch die große Narbe am Unterarm von Friso gesehen. Sie beugte sich zum Wortsammler, entzog Jan für einen Moment die Hand und legte sie auf die des Jungen. »Hatte er den Meerkristall auch um, als du ihn in der Nacht verfolgt hast?«

»Nebelschlucker. Finstere Nebelschlucker.« Der Wortsammler zog die Schultern hoch. Er hatte Friso also in der Nacht nicht mehr gesehen, weil ihn die Nacht mit ihren Nebelschleiern verschluckt hatte. Hiske lächelte und sah zu Garbrand und Jan hinüber. Erst jetzt fiel ihr auf, dass sie unbewusst doch Angst gehabt hatte, der Knabe könne etwas mit dem Mord zu tun haben. »Der Wortsammler kann nicht der Mörder sein. Er hat den Kaufmann im Nebel aus den Augen verloren, wie ihr soeben gehört habt.«

Die beiden Männer nickten. Ihnen ging es ebenso wie der Hebamme. Sie waren zwar überzeugt gewesen, dass der Wortsammler unmöglich jemanden umbringen konnte, waren aber jetzt doch erleichtert über die Worte des Jungen.

»Das Medaillon kann natürlich beim Sturz ins Wasser vom Hals des Kaufmanns abgeglitten sein, aber es besteht eben auch die Möglichkeit, dass der Mörder es an sich genommen hat«, sagte Hiske.

»Und ich habe eine Idee, wer es haben könnte«, wandte Garbrand ein, dessen Blick noch immer finster, fast verletzt schien.

»Und?«, fragte Jan mit hochgezogenen Augenbrauen.

Garbrand druckste herum. »Ich hätte es schon eher erzählen sollen, ich weiß. Denn Magda Dudernixen stand in der Nacht vor diesem Haus. Ich habe sie abgewiesen. Kurz darauf ertönte der Schrei, der den Wortsammler und anschließend mich aus dem Haus getrieben hat. Ich denke, es ist fast sicher, dass er von der Badersfrau kam, vermutlich, weil sie Friso van Heek begegnet ist. Denn wenn er sich tatsächlich von der *Krocht* auf den Weg in die Neustadt gemacht hat, müssten sich ihre Wege gekreuzt haben.«

Jan bestätigte das. »Da hast du recht, werter Freund. Vor allem damit, dass du genau das längst hättest erzählen sollen. Magda wird ihm begegnet sein. Wir wissen nicht, ob er ihr etwas getan hat, was ich allerdings kaum glaube. Magda Dudernixen ist ein hysterisches Weib, das sich durchaus zu wehren weiß. Sie wird sich lediglich erschrocken haben. Doch sie könnte zumindest wissen, ob er das Medaillon noch getragen hat.«

»Warum glaubst du nicht, dass er ihr etwas angetan haben könnte? Der Wirt der *Krocht* sagte, der Kaufmann sei auf der Suche nach einem Weib gewesen.« Hiske machte eine bedeutungsschwere Pause. »Du warst lange nicht da, Jan. Magda Dudernixen hat sich verändert, ist seit dem Tod ihres Kindes nur noch ein Schatten ihrer selbst. Ich bin mir nicht sicher, inwieweit sie sich wehren würde und auch könnte.«

Jan zog die Stirn in Falten. »Mag sein. Aber er war auf der Suche nach dir, Hiske.«

Die Hebamme schwieg und dachte sich ihren Teil. Männer waren, was das anging, doch oft recht blauäugig. Sie war in der Nacht ein Gedankenblitz, ein Notnagel für die angeblich nicht vorhandenen Huren gewesen. Nicht mehr und nicht weniger. Wenn sich van Heek eine andere Möglichkeit geboten hätte, hätte er sie genutzt, da war sie sich vollkommen sicher.

»Sie könnte aber auch seine Mörderin sein«, wandte Garbrand ein. »Gesetzt den Fall, er hat ihr wirklich etwas angetan.«

»Aber Friso van Heek lag tot im Schwarzen Brack. Ob sie den Mann bis zum Siel hätte zerren können? Außerdem ist er eindeutig mit einer Schaufel erschlagen worden, und wo sollte sie die so rasch hergehabt haben?« Jan war enttäuscht, weil diese Spur sich ebenso wie die anderen ins Leere verlor.

»Eine Schaufel«, wiederholte Hiske. »Könnte es doch einer der Deicharbeiter getan haben? Friso van Heek verhielt sich sehr von oben herab. Vielleicht hat er einen der Arbeiter angepöbelt.«

Jan schien nicht überzeugt.

Hiske kam erneut auf Magda zu sprechen. »Bitte, überlegt doch noch einmal. Friso van Heek war betrunken und hatte sich in den Kopf gesetzt, noch in derselben Nacht ein Weib haben zu wollen. Und wenn er dafür eine Ehe erzwingen musste, war ihm das auch egal. Da kam Magda. Wie ein Geschenk, und alle Probleme waren für ihn gelöst. Auch ohne, dass er anschließend heiraten musste.«

»Vielleicht wollte er aber gerade das. Mit einem Weib würde er, egal wohin er reiste, nicht wieder in solche Bedrängnis geraten«, gab Jan zu bedenken. »Vielleicht hat er mit seinem betrunkenen Hirn einen für sich weitreichenden Entschluss gefasst.«

Garbrand nickte. »Ihr habt beide recht. Aber nehmen wir an, Hiskes Annahme stimmt. Magda könnte geflohen sein, weil er sie doch überfallen wollte. Der Wirt der *Krocht* meinte wortwörtlich, der Kerl sei spitz gewesen wie der Rüde vom Nachbarshof. Er ist dann zum Siel gehastet, war vermutlich wütend, weil ihm kein Weib zu Willen war, und er hat sich aus Frust mit einem der Deicharbeiter oder Seeleute angelegt.«

Jan nahm einen Schluck vom Kräutersud und dachte nach. Schließlich schüttelte er den Kopf. »Ich persönlich glaube, es ist Folgendes passiert: Friso van Heek hat Magda Dudernixen tatsächlich etwas angetan. Der Bader sieht seine Frau nach Hause kommen, und vermutlich war sie arg derangiert. Er bekommt heraus, wer das getan hat, stürzt los und begegnet am Siel Friso van Heek, der sich, betrunken wie er war, vermutlich auch noch über den gehörnten Mann lustig gemacht hat. Dudernixen ist zu allem fähig, das wissen wir«, sagte Jan. Leise fügte er hinzu: »Und er ist nie belangt worden für das, was er getan hat. Er gewinnt immer.«

»Ich gehe zu Magda«, schlug Hiske vor. »Immerhin wollte sie in der Nacht etwas von mir. So kann ich sie aufsuchen und aushorchen.«

Garbrand und Jan nickten, der Wortsammler stierte auf den Tisch. Er war mit seinen Gedanken ganz weit weg.

Klaas Krommenga fühlte sich nach dem Bad bei Dudernixen erfrischt. So konnte er den restlichen Tag weiter begehen und seine Pläne schmieden.

Gestern war er Hiske gefolgt. Sie war unruhig geworden, als Schritte hinter ihr erklungen waren, doch sie hatte ihn nicht entdeckt. Das würde er bald ändern. Er freute sich darauf, an ihr vorbeizuschlendern, ihr direkt in das eigentümliche Gesicht zu sehen, von dem sicher einige Männer behaupten würden, dass es schön sei. Das war es auch. Viel zu schön. Lippen, die einen Mann nahezu herausforderten, sie mit den seinen zu umschließen, eine hohe Stirn, die immer wieder von ihren dunklen, widerspenstigen Locken überdeckt wurde und ein Körper, der verlockender kaum sein konnte, wenn man weibliche Rundungen mochte. Lediglich die seltsamen Augen waren gewöhnungsbedürftig und würden sicher manchen Werber abschrecken. Wenn sie denn welche hätte, denn um Hebammen freiten nur wenige. Obwohl es sich durchaus lohnen würde, wenn sie ein normales Weib wäre. Nicht mit dem Satan im Bunde, nicht von diesem seltsamen Tun beseelt, das den Heilweibern zu eigen war und das sie zu einer Toverschen stempelte.

Klaas Krommenga kannte jeden Zentimeter ihrer Haut, hatte er sie damals doch genüsslich geschoren und auf Muttermale untersucht. Nackter würde sie nie wieder sein. Trotzdem würde sie ihn nicht erkennen. Sie hatte nur seine Statur und seine Augen gesehen, nie hatte er die Maske vom Gesicht genommen. Einzig die Stimme könnte ihn verraten, doch damals hatte er laut und schneidend mit ihr gesprochen, in einem Befehlston, der zu seiner Arbeit passte. Heute aber war er einen Ton tiefer gegangen, ließ seine Stimme in weichem Bass erklingen. In Jever selbst war er ihr auch nie begegnet, Männer wie er waren unehrenhaft und zeigten sich nicht in der Stadt. Und wenn sie in der Petersilienstraße zu tun gehabt hatte, war er entweder im Kerker bei seinen Gefangenen gewesen oder hatte sich auf dem Strohlager in seiner Kammer ausgeruht. Sie würde ihn nicht erkennen. Nicht wissen, dass ihr Peiniger vor ihr stand und ihr Tod so nah war wie noch nie. Gut duftend und gepflegt aufzutreten, dazu in der teuer anmutenden Gewandung, war die beste Tarnung. Das passte nicht zu dem Dreck und der Pein, die sie ewig mit ihm in Verbindung bringen würde.

Früher, als sein Dasein einzig darin bestand, Menschen ins Jenseits zu befördern oder sie so zu quälen, dass sie das gestanden, was der Kanzler Fräulein Marias, Remmer von

Seediek, gern hören wollte, war er eine armselige Kreatur gewesen. Allein die Lust am Töten, dieses unbegreifliche Gefühl der Macht über Leben und Tod, hatte ihn mit Kraft getränkt. Doch nach seinem Unfall und dem Absturz war Klaas deutlich geworden, dass er eine andere Seite hatte. Eine tiefe, eine gefährliche, und dass er durchaus in der Lage war, Menschen zu manipulieren. Es gab Augenblicke, da empfand er sich sogar als überaus weise. Wenn man ganz unten ist, dachte Klaas, findet man Dinge in der Seele, von denen man keine Ahnung gehabt hatte, dass man sie in sich trug.

Sein Spiel mit gezinkten Karten hatte ihm in Jever einen gewissen Ruhm eingebracht. Da er sich nie hatte erwischen lassen, war es eine Art Herausforderung für viele Jeveraner und Durchreisende gewesen, sich mit ihm zu messen. Reich war Klaas zwar nicht geworden, aber er hatte sein Auskommen und erspielte sich immer wieder Dinge und Vorteile, die ihm nützlich waren. So war es auch Friso van Heek im letzten Jahr ergangen. Großspurig hatte sich der Kaufmann mit dem bestickten Wams vor ihm aufgebaut, die Daumen seitlich im weichen Stoff vergraben. »Du behauptest, du kannst alle schlagen? Mich nicht, Klaas Krommenga. Mich nicht.«

Klaas aber hatte gegen Friso van Heek gewonnen. Problemlos. An diesem Abend hatte es sich ergeben, dass der Kaufmann auf eine Hebamme aus Jever, eine Zauberin, zu sprechen gekommen war. Wie ihm auf einem der Märkte zugetragen worden war, sollte sie jetzt in der Herrlichkeit Gödens weilen. »Sie muss von unglaublicher Schönheit sein«, hatte der Kaufmann geschwärmt. »Ich werde einmal dorthin reisen und einen Blick in die seltsamen Augen werfen. Darin soll sich ja das Feuer des Teufels spiegeln, und ich wollte schon immer mal vom Irdischen aus einen Blick in die Hölle werfen.« Friso van Heek hatte gelacht. »Mal sehen, ob es da unten nicht doch ganz reizvoll ist. Und ich will wissen, ob von der Toverschen tatsächlich eine solche Gefahr ausgeht, wie es die Legende der Jeveraner über sie verbreitet. Scheint ein interessantes Weib zu sein. Kennt Ihr sie?«

Krommenga hatte den Kopf geschüttelt, aber gleichzeitig den Schmerz erneut zu spüren geglaubt. Den Schmerz, als sie ihm das Bein abgesägt hatten, und den Gestank, als sie die Gefäße verödeten. »Von dem Weib habe ich lediglich gehört, Kaufmann. Wer hat das nicht? Die Hexe, die zweimal vom Teufel befreit wurde. Etwas, das nicht mit rechten Dingen zugeht, wie Ihr Euch selbst zusammenreimen könnt. Und sie lebt jetzt in der Herrlichkeit Gödens?«

»So sagt man.«

Was hatte Klaas Krommenga in dem Augenblick sein Zittern verdrängen müssen! Er war sogar kurz davor, Friso van Heek die Schulden zu erlassen. Der hatte ihn schließlich seinem Ziel nähergebracht. Doch das durfte er dem Kaufmann keinesfalls zeigen. Niemand durfte wissen, was für eine Rechnung er mit dem Teufelsweib noch offen hatte. Friso van Heeks Schuld war also mit dieser Aussage nicht getilgt worden. Er schuldete ihm bis heute eine Menge Gulden. Es wäre besser für ihn gewesen, er wäre dem alten Scharfrichter nicht gleich als Erster in der Neustadt in die Arme gelaufen und schon gar nicht dermaßen betrunken. Jetzt hatte Klaas zumindest einen Teil des Geldes zurück.

Gerade als Hiske sich auf den Weg zu Magda machen wollte, erhielt sie vom Knecht des Schmiedes die Nachricht, dass dessen Kind die Hitze habe. Da Jan noch da war, wollte er die Hebamme unbedingt begleiten. »Ich muss die Kranken sehen«, erklärte er. »Nur dann kann ich auch Rückschlüsse ziehen. Und dieses Mal wird auch nichts dazwischenkommen.«

Sie suchten ihre Sachen zusammen und machten sich auf den Weg in die Neustadt. Die Sonne war schon auf dem Rückzug und malte mit ihrem Rot einen breiten Streifen an den Horizont, der sich in immer helleren Farbnuancen zu beiden Seiten hin auflöste. Es würde aber noch ein bisschen dauern, bevor sie mit dem aufkommenden Nebel in den Wiesen und im Moor versank.

Hiske und Jan liefen nebeneinander her, doch die Hebamme hatte das Gefühl, dass der Arzt sich Zeit ließ. Er blieb ungewöhnlich oft stehen, besah sich Dinge, die Hiske nicht besonders bestaunenswert fand. »Kann es sein, dass du es nicht eilig hast, die Neustadt zu erreichen, auch wenn dort ein fieberndes Kind wartet?«, fragte Hiske schließlich, denn dieses Trödeln passte nicht zu Jan.

Der blieb stehen und wirkte mit einem Mal merklich angespannt. Er fuhr sich mit der Hand durchs Haar, kaute mit den Zähnen auf der Unterlippe. »Es riecht süßlich, findest du nicht? Wie ein Sommer riechen sollte. Es kommt mir vor, als sei die Luft mit Pollen geschwängert, und die verleihen allem das zarte Aroma.«

»Jan, es geht nicht um die Sommerluft, oder?«

»Du hast recht, aber es gibt Dinge, über die ich nur schwer reden kann und will.«

Hiskes Blick suchte seine Augen, die unsicher wirkten. »Du musst mir nichts sagen oder erklären, wenn du nicht willst!«, sagte sie.

Jetzt schaffte es der Arzt, Hiskes Blick standzuhalten. »Ich möchte es dir aber sagen. Du fragst dich bestimmt oft, was mich so anders sein lässt als andere Männer. Ich meine, warum ich nie um eine Frau geworben habe.« Das Licht der sinkenden Sonne brach sich in Jans Haar, das wüst abstand und ihm ein verwegenes Aussehen verlieh. Es passte nicht zu seinem ruhigen und gesetzten Auftreten, das er normalerweise an den Tag legte. Sein Ausdruck jetzt wirkte auf Hiske verletzlich und offenbarte ihr einen tiefen Blick in sein Innerstes, den sie vermutlich nie wieder bekommen würde.

Er wand sich, rang nach Worten. »Ich möchte es dir sagen, Hiske. Ich möchte dir etwas erzählen, was nur ein Mensch auf dieser Welt von mir weiß, weil ich sonst noch keinem so vertraut habe.«

»Garbrand weiß es?«, schlussfolgerte Hiske.

Jan nickte. »Garbrand weiß es. Es ist eine alte Geschichte aus Amsterdam. Die Geschichte eines viel zu stolzen Arztes und einer sehr verletzlichen Frau.«

Hiske sog die Luft ein. Jan hatte also doch ein Weib in Amsterdam. Deshalb konnte er sich nicht auf sie einlassen. Deshalb warb er um keine Frau. »Ich dachte immer, du bleibst auf Distanz, weil ich eine Heilkundige bin mit dem Makel der Toverschen.«

Jan strich Hiske mit der Außenkante des Zeigefingers über die Wange. »Natürlich ist das nicht der Grund.« Noch während er das sagte, hielt er in der Bewegung inne und fuhr zurück, als habe er sich an ihr verbrannt. »Entschuldige.«

Hiske rieb mit der Fußspitze ihres Lederschuhs über die staubige Erde, sodass sich vorn ein grauer Fleck bildete. Sie wartete ab, dabei klopfte ihr Herz zum Zerspringen. Was wollte Jan ihr sagen? Was belastete ihn?

»Ich war verlobt in Amsterdam«, hob er leise an. »Lieke schien mir die Liebe meines Lebens.«

Hiske tat es weh, als er das sagte. Doch sie schwieg. Er hatte »schien die Liebe meines Lebens« gesagt. Es klang, als sei es vorbei.

»Lieke ähnelte der Marketenderin. Sie hatte ebensolches Haar, das dem Feuer glich. Ihre Augen waren grün wie die einer Katze.« Jan machte eine Pause und betrachtete Hiske, anscheinend wollte er sehen, wie diese Worte auf sie wirkten.

Die zuckte zurück, als habe die Spitze eines Schwertes sie durchbohrt. Doch Hiske zwang sich, ruhig zu bleiben. Keinesfalls wollte sie ihm zeigen, dass seine Worte sie trafen. Was wollte Jan ihr sagen? Dass sein Herz längst dieser Duuvke gehörte, weil sie seiner Verlobten glich?

»Ich glaube, wir sollten nun gehen, das kranke Kind braucht unsere Hilfe«, sagte Hiske und hoffte, er bemerke das leichte Wackeln ihrer Stimme nicht. Sie würde sich von keinem Mann mehr verletzen lassen, weder körperlich noch seelisch. Nach Remmer von Seediek und dem Scharfrichter von Jever hatte sie diesen Gedanken fest in sich verankert. Es hatte bislang nicht einen Mann gegeben, der wirklich gut zu ihr war, und der, von dem sie es gehofft hatte, machte ihr gerade eine solche Offenbarung. Sie würde sich jetzt auf den Weg machen und das Kind retten. Das war ihre Aufgabe, und Jan … Jan sollte doch tun und lassen, was ihm beliebte.

Sie lief los, ließ den Arzt stehen und drehte sich auch nicht um, als er ihr nachrief: »Bleib stehen, Hiske, du hast das ganz falsch verstanden! Hiske, ich bin noch nicht fertig, so warte doch!«

Die Hebamme aber wartete nicht.

Garbrand sah Hiske und Jan nach, als sie in den beginnenden Abend verschwanden. Er wusste, dass er Jan verloren hatte, aber eben nur auf die Art und Weise, wie er ihn ohnehin nie hätte haben können. Von daher blieb alles beim Alten, selbst wenn Jan irgendwann um Hiske freien würde, woran der Mönch nicht zweifelte. Er spürte, wie sehr Hiske dessen Herz angerührt hatte, und er konnte es dem Arzt nicht verdenken, hielt er doch so große Stücke auf die junge Frau, dass er sich, wenn die Umstände anders wären, vielleicht sogar selbst um ihre Gunst bemüht hätte.

Garbrand war aber auch nicht verborgen geblieben, wie sehr die Marketenderin ein Auge auf Jan geworfen hatte, und diese Frau war Lieke sehr ähnlich. Aber das war rein äußerlich, Anneke Hollander war aus ganz anderem Holz geschnitzt, hatte nur wenig Ehre im Leib. Das schloss Garbrand nicht nur daraus, dass sie ihren Körper und den ihrer beiden Mädchen verkaufte, sondern auch aus der Art und Weise, wie sie stets versuchte, den größtmöglichen Vorteil aus jeder Lebenslage zu ziehen. Nur bei den Mennisten machte sie eine Ausnahme, verlangte nie den vollen Zins. Aber auch das gereichte ihr zum Vorteil in der Gemeinde, so wagte keiner, ihr auch nur das Geringste nachzusagen. Garbrand rechnete Anneke höchstens zum Guten an, dass sie sich einst um den Wortsammler gekümmert hatte, aber mehr fiel dem Mönch nicht ein, was er an dieser Frau schätzte. Zumal sie den Knaben am Ende genauso schändlich behandelt hatte wie alle anderen. Er glaubte nicht daran, dass Jan Valkensteyn so blind war, was Anneke anging. Nur, letztendlich konnte er auch dafür seine Hand nicht ins Feuer legen. Er selbst war eben kein Mann, den Frauen berührten. Weder in der Seele noch körperlich. Auf die meisten Männer jedoch hatte Anneke eine große Anziehungskraft, auch wenn sie von Jahr zu Jahr an Schönheit einbüßte und für seine Begriffe eher an eine welkende Blume erinnerte. Gerade in der letzten Zeit war sie merklich gealtert. Ihr Blick war unstet geworden, um ihre Augen lagen Schatten, und ihre Haltung wirkte gebeugt. Immer mehr Furchen zierten ihre sommersprossige Haut, zwischen den Brauen hatten sich zwei tiefe Gruben gebildet. Für Garbrand war all das ein Zeichen, dass mit der Duuvke etwas nicht stimmte; wahrscheinlich wurde ein Weib so, das den eigenen Körper verkaufte. Garbrand seufzte. Wenn er Jan Valkensteyn schon mit einem Weib teilen sollte, dann bitte nicht mit einem wie Anneke.

Der Wortsammler stellte sich neben ihn. »Gedankenflüge. Garbrand Wolkentänzer«, sagte er und griff nach der Hand des Mönchs.

»Da hast du recht, Wortsammler. Meine Gedanken tanzen bis zu den Wolken. Es gibt viel, über das ich nachdenken muss.«

»Garbrand Herzklopfentanz wegen Jan«, stellte der Wortsammler fest, ohne weiter darauf einzugehen. Garbrand stutzte nur ein wenig, er hätte nicht gedacht, dass ihm seine Gefühle für den Arzt so sehr ins Gesicht geschrieben waren. Aber vielleicht war das auch gar nicht der Fall. Ihn und den Wortsammler verband nur einfach etwas, das ein gegenseitiges Begreifen auch ohne Worte möglich machte. Vermutlich konnte das kein anderer Mensch erkennen.

Garbrand betrachtete den Knaben neben sich. Er war im letzten Jahr sehr in die Höhe geschossen und verlor nach und nach seine kindlichen Züge. Der Wortsammler war auf dem besten Weg, ein Mann zu werden, und der Mönch fragte sich immer häufiger, wie es gelingen würde, seine Triebe im Zaum zu halten. Er hielt es für unwahrscheinlich, dass ihn ein Weib erhören würde, denn er galt als wirr und krank. Er war ungefähr zwölf Lenze alt, jünger, als sie zunächst angenommen hatten, doch würde seine Mannwerdung voranschreiten, und dann mussten sie tätig werden. So manches Mal hatte Garbrand überlegt, den Jungen in religiöse Riten einzuweisen, die es ihm ermöglichen konnten, diese menschlichen Bedürfnisse zu verdrängen, ganz so, wie man es mit den jungen Mönchen versuchte; doch er wagte es nicht. Er befand sich in einer Gegend, in der der reformierte Glauben vorherrschend war, in einer Gegend, in die sich Täufer aus Münster und Mennoniten zurückgezogen hatten. Es war gefährlich, hier Dinge aus dem Katholizismus zu predigen, auch wenn es hinter verschlossenen Türen geschah. Wer wusste schon, was der Wortsammler doch nach außen tragen würde.

Garbrand überkam ein Gefühl der Unzulänglichkeit, wie immer, wenn ihm bewusst wurde, wie hoch der Preis für seine Sicherheit und seine Nähe zu Jan war. Er musste sich verbiegen, schlimmer als es Hinrich Krechting je getan hatte. Weil er kein katholischer Mönch sein durfte, weil er die Mutter Marias nicht anbeten durfte. Hier, wo sich alle damit rühmten, dass es nicht einen Papisten mehr im Herrschaftsgebiet gab. Wenn Garbrand das hörte, krampfte sich in ihm alles zusammen. Dann kamen die Bilder aus England hoch. Die Bilder der Nächte, in denen sie angegriffen wurden, bis die Eindringlinge es endlich geschafft hatten, in die Klostermauern vorzurücken und alle Mönche und Siechenden auf die Straße zu treiben. Wen sie erwischten, dem wurde der Kopf vom Körper getrennt oder das Schwert in die Eingeweide getrieben. Mitleid gab es weder für die Kranken, die zuhauf an den Wegrändern starben, noch für die Mönche, die um ihr Leben flehten.

Garbrand drehte sich abrupt um, hebelte die Bodendiele heraus und schenkte sich etwas von dem Giftwasser ein, sonst konnte er nicht ertragen, was sich immer quälender vor sein inneres Auge schob. Als er sich damals völlig verarmt und halb verhungert durch die Straßen Londons getrieben hatte, war ihm ein Mann entgegengekommen. Er trug einen Rock aus kostbarem Stoff, hatte gut gearbeitete Schuhe an, die seine Füße ausreichend vor Schmutz und Nässe schützten. Seine Beinkleider waren aus feinstem Leinen, das Wams war kunstvoll bestickt, und am Barett wippte eine Feder. Dazu war ein breites Lächeln in sein Gesicht gemalt, das an Arroganz nicht zu überbieten war.

Garbrand hatte gewagt, sich dem Mann zu nähern, denn der sprach mit einem anderen darüber, dass er nach Holland reisen wolle und das Schiff am nächsten Morgen ablegen würde. Am Hals des Mannes hatte ein silbernes Medaillon gehangen, in dessen Mitte ein Kristall im Meer eingearbeitet war. Doch als Garbrand um eine Auskunft bat, hatte der Mann ihn weggestoßen und ihn einen faulen Lumpensack genannt. »Verzieh dich zurück in die Gosse und spiel weiter mit den Flöhen deiner Ratten!«, waren seine Worte gewesen. Garbrand erinnerte sich noch sehr gut an jede einzelne Silbe. Auch daran, dass er, als er sich in der Nacht dem Schiff genähert hatte, um es als blinder Passagier zu besteigen, dem Mann ein weiteres Mal begegnet war. Plötzlich hatte der Mönch eine Klinge am Rücken gespürt. Er hatte sich blitzschnell umgedreht, dem Mann das Messer entwunden und es mit einer unkontrollierten Bewegung in das fremde Fleisch gerammt. Garbrand erinnerte sich an warmes Blut, das ihm über die zerfetzte Kleidung geschossen war, an den Aufschrei und die lange Wunde, die die weiße Haut wie eine tiefe, rote Schlucht teilte. Anschließend war das kalte Wasser der Themse über seinem Kopf zusammengeschlagen, denn der Mann hatte nicht eine Sekunde gezögert, ihn in den Hafen zu stoßen. Bevor ihn das Gewicht der nassen Kleidung nach unten zog, schaffte er es mit letzter Kraftanstrengung, den Kopf aus dem Wasser zu bekommen und sich irgendwie an eines der Schiffstaue zu klammern. Es grenzte an ein Wunder, dass er aus dem Wasser herauskam. Als er schließlich völlig ermattet den Kopf auf das Hafenpflaster gelegt hatte, war ihm ein einziger Wunsch über die Lippen gekrochen: »Lass mich diesem Ungeheuer nie wieder begegnen.« Gott hatte ihn nicht erhört.

Klaas Krommenga hatte sich den Nachmittag über am Siel aufgehalten, seinen bösen Fantasien nachgehangen und sich darüber gefreut, wie gut das Schicksal es nun mit ihm meinte. Zum ersten Mal in seinem Leben war er eins mit sich und konnte den Moment genießen. Wenn da nicht dieses Stechen im Herzen wäre, das sich immer wieder meldete und zwischenzeitlich so stark war, dass es ihm die Luft nahm.

Es war ihm ein Vergnügen, die kleinen einlaufenden Schiffe zu betrachten, zuzusehen, welche Ladung sie löschten. Zwischendurch schloss er die Augen, gab sich den Geräuschen und Düften hin. Vom Schwarzen Brack her roch es fischig. Die Fischer schoben polternd ihren Fang auf Karren an ihm vorbei. Hinzu kam der Duft von Safran und Pfeffer, wenn eine Kiste mit Gewürzen die Schiffsplanken verließ, und der von Seife, als ein Behälter davon abgeladen wurde. Dazwischen drängten sich die unterschiedlichen Sprachen der Menschen. Sie sprachen deutsch, holländisch, flämisch und immer wieder platt. Ein Wirrwarr, und doch kamen sie alle miteinander zurecht. Was immer gleich klang, war das Lachen der Männer. Und es fiel auf, weil es nur selten vorkam.

Als Krommenga genug hatte, machte er sich auf den Rückweg, um ein kurzes Schläfchen in seiner Kammer beim Bader zu halten. Schon von Weitem sah er die Hebamme durch die Straße eilen. Ihre Mimik war so starr, als habe man ihr mitten ins Gesicht geschlagen. Ihre Zähne hatten sich in ihrer Unterlippe vergraben, ihr Kinn zitterte, als versuche sie verzweifelt, nicht zu weinen. Krommenga grinste. Er liebte es, wenn sie litt. Nun würde er es wagen, sich ihr in den Weg zu stellen. Er wollte sehen, ob sie ihn erkannte, wollte ihr nah sein, sie riechen. Das würde seine Vorfreude erhöhen. Es war wunderbar, dass er Zeit hatte. Klaas beschleunigte seinen Schritt und war froh, trotz des fehlenden Beines so beweglich zu sein.

Genau an der Kreuzung trafen sie aufeinander. Zuerst sah Hiske nicht auf, zu tief hing sie ihren Gedanken nach. Doch Krommenga stellte sich ihr so in den Weg, dass sie nicht umhin kam, ihn zu bemerken.

»Moin«, sagte sie und wollte sich an ihm vorbeiwinden, doch das ließ Klaas nicht zu.

»Moin, junges Weib. Wohin des Weges?«

»Kennen wir uns?« Hiskes Blick wanderte an seiner Brust aufwärts, verharrte einen Moment an seinen Augen. Ihr Körper spannte sich an wie die Sehne eines Bogens. Sie trat einen Schritt zurück, bemerkte das fehlende Bein, und ihre Anspannung wich merklich.

Klaas rührte sich nicht vom Fleck. Wartete, lauerte.

Immer noch taxierte Hiske ihn. Klaas bemerkte, dass sie die Luft anhielt, sah das Flackern in ihrem Blick. Er lächelte, denn sie erkannte ihn nicht. Es war nur ein Ahnen, und das genügte ihm vorerst. Er tippte sich mit dem Zeigefinger an die Stirn und ließ die Hebamme vorbei, die sofort weitereilte. »Einen schönen Tag noch!«, rief er ihr nach.

Hiske wandte sich nicht mehr um. Sie beschleunigte ihren Schritt, und Klaas erkannte, dass sie fürchtete, den Teufel im Rücken zu haben.

Amsterdam 1530

Das Kind muss ins Findelhaus«, hört es eine Stimme sagen. »Ist es ein Junge oder ein Mädchen? An der Kleidung kann man es nicht erkennen.«

Das Kind kann nicht antworten, will nicht antworten.

»Wie alt mag es sein?«, fragt eine andere Stimme.

Es wird gezerrt und gezogen, jeder will etwas wissen.

»Das Medaillon. Mutters Medaillon, der Meerkristall«, flüstert es, aber das hört keiner. Das Kind sieht, wie sie die Mutter wegbringen. Zugedeckt, und doch kann es die Grausamkeit sehen. Mutters Arm schiebt sich unter dem Laken hervor. Kleine rote Tropfen sind daran herabgeronnen, haben Punkte und Linien auf der Haut hinterlassen.

Als keiner achtgibt, steht das Kind auf und sucht nach dem Meerkristall. Es hat keine Ahnung, wo Mutter ihn aufbewahrt hat. In der Truhe liegt er nicht mehr. Das Kind weiß selbst nicht genau, was es mit dem Medaillon will, weiß nicht, ob er Gutes oder Böses bringt. Vielleicht gibt der Kristall ein Zeichen und hat Erbarmen mit dem kleinen Kind, das nun durch die Welt treibt wie ein dünner Grashalm, der von einer Windböe abgerissen wurde und keine Wurzeln mehr hat. Ich muss ihn finden, finden, finden …, dröhnt es durch den Kopf des Kindes.

Das Medaillon aber bleibt verschollen. Das Kind ahnt, was geschehen ist. Der Mann hat es. Der letzte Mann, der ihm auf der Treppe entgegengekommen ist und der dieses böse Grinsen im Gesicht hatte. Mutter ist für den Kristall gestorben. Für den Kristall und die Eisträne, die ihr Leben hatten schützen und vor allem Bösen bewahren sollen.

»Komm, Kind, für dich gibt es hier nichts zu holen. Deine Mutter war nichts und hatte nichts!« Verachtung macht sich in den Worten breit.

Das Kind wird am Arm gezerrt, fast gerissen. Keiner kümmert sich um die Tränen, die über sein Gesicht laufen. Keiner macht sich die Mühe, sie abzuwischen, sodass sie schließlich festtrocknen und auf der Haut spannen.

»Wie heißt du denn überhaupt?« Wieder eine Frage, die es nicht beantworten will. Es sieht die Frau aber an, die sie das fragt. Ihre Augen sind grau, ohne Glanz, und sie sieht aus, als habe sie lange aufgehört, an das Gute im Leben zu glauben. »Willst du es nicht sagen? Dann eben nicht.«

Das Kind schweigt. Es hat keine Mutter mehr. Es hat kein Zuhause mehr. Es hat keinen Namen mehr.

9. Kapitel

Anneke knetete ihre Hände. Immer wieder fanden sich ihre Finger zu einem Spiel zusammen. Ein Spiel, das nicht harmlos war, ein Spiel, das ihre Gelenke knacken ließ. Anneke hatten die letzten Tage sehr deutlich gemacht, auf welch dünnem Eis sie sich bewegte. Erst dieser Satan, der mit dem Schiff angelandet war und seine Feuerkrallen sofort nach ihnen ausgestreckt hatte, bis die schließlich im Wasser des Schwarzen Bracks erloschen waren. Dann Linas Schwangerschaft. Das Mädchen war so dumm. Warum hatte sie Anneke nichts gesagt, sondern war selbst zu Werke gegangen, hatte nicht einmal die Engelmacherin zurate gezogen. Anneke wusste, wo sie lebte, und sie hätte Lina dorthin geschickt. Es war ein Stück des Weges, es hätte sie ein paar Schap und etliches mehr gekostet, aber sie selbst und ihr Gewerbe wären nicht in Gefahr geraten. Die Engelmacherin lebte weit draußen im Hammrich, kurz vor Schortens, alles wäre nicht schwierig gewesen.

Annekes Fingerglieder waren weiß verfärbt, ihr Handballen hingegen zeigte blutig rote Halbmonde, weil ihre Fingernägel sich schmerzhaft in die Haut pressten. Sie war alle Möglichkeiten durchgegangen, die sie hatte, dann war ein Entschluss in ihr gereift. Sie wollte Hiske noch einmal auf den Zahn fühlen, ob sie sich an ihr Versprechen hielt. Linas Zustand schien sich zu verbessern, sie konnte es wagen, für eine Weile aus dem Haus zu gehen. Grieta hatte sie verboten, in den nächsten Tagen Männer zu empfangen, es war gefährlich, das unter diesen Umständen zu tun. »Lasse niemanden ein!«, befahl sie. »Wir müssen äußerste Vorsicht walten lassen, ich will nicht, dass herauskommt, was mit Lina geschehen ist.«

Grieta war nicht damit einverstanden. »Ich habe gehört, dass Krechting nach Emden gereist ist, da kann uns doch keiner auf die Schliche kommen. Wir brauchen jeden Schap, das weißt du selbst.«

»Es ist zu gefährlich. Womöglich kommt noch wer darauf, dass der Kaufmann sich eine Nacht vor seinem Tod bei uns aufgehalten hat. Dann sind wir, vor allem du und Lina, geliefert. Er war bei euch in der Kammer, ihr habt ihn bedient!«

»Er ist über Lina gestiegen, nicht über mich. Aber wer sollte schon vermuten, dass er sich bei uns Huren erleichtert hat?«

Anneke schüttelte den Kopf über so viel Dummheit. »Hör mir gut zu, Grieta: Auch wenn Krechting fort ist, so gelten doch seine Gesetze. Wolter Schemering ist jetzt verantwortlich, und er ist in der Hinsicht wie ein geifernder Köter. Gerade jetzt, wo sein Ohm nicht da ist, wird er sich damit hervortun wollen und ganz besonders streng sein. Weiter hat Krechting diesen Lübbert Jans Kremer, einen Reformer, wie Hebrich es sich wünschen kann, bestellt. Was glaubst du wohl, was los ist, wenn sie von unserem Treiben Wind bekommen?«

Grieta verzog sich schmollend in die Ecke.

»Gib du auf Lina acht. Ich bin bald zurück.« Anneke schlug sich das Tuch um den Hals und trat zur Tür hinaus.

Die meisten Bewohner der Neustadt hatten sich bereits zurückgezogen, lediglich zwei Häuser weiter klopfte der Zimmermann noch einen letzten Sparren an das Dachgerüst. In den nächsten Tagen würden drei weitere Häuser fertig werden. Der Burghof leerte sich Tag für Tag, während die Neustadt wuchs und sich schon bald zu einem beachtlichen

Handelsflecken mausern sollte, wenn man der Obrigkeit Glauben schenken durfte. Bis zur endgültigen Fertigstellung des neuen Siels dauerte es auch nicht mehr ewig, und damit würde sich das Leben in der Neustadt ändern und lebendiger werden.

Doch im Augenblick war all das nebensächlich. Sie musste sich zunächst darum kümmern, dass Hiske Aalken ruhig blieb, denn sonst würde sie, Anneke, diesen Aufschwung bestimmt nicht mehr erleben.

Gerade, als sie um die Ecke bog, lief sie einem Mann in die Arme, der mit gutem Tuch bekleidet war, aber ein Bein nachzog. Sein Gesicht war von Narben übersät. Anneke kannte ihn nicht, musterte ihn aber interessiert, als er sich vor ihr aufbaute.

»Anneke Hollander, wenn ich nicht irre?«, fragte er, und seine Stimme war merkwürdig weich und angenehm. Doch sie wirkte verstellt, nicht so, wie sie eigentlich zu dem Mann passen würde.

»Ihr irrt nicht, werter Herr«, antwortete Anneke. »Wie kann ich Euch helfen?«

»Der Bader nannte mir Euren Namen und gab kund, wo ich Euch in der Neustadt finde.«

Anneke zuckte innerlich zusammen. Sie war auf der Hut, denn wenn der Bader ihr einen Mann schickte, waren das meist Kunden. »In welcher Mission seid Ihr auf dem Weg zu mir?«

Über das Gesicht des Mannes glitt ein Grinsen, das man durchaus als teuflisch bezeichnen konnte. »Ich komme wegen der Hebamme.«

Anneke zog fragend die Brauen hoch. »Was habt Ihr mit Hiske Aalken zu schaffen, und wie ist überhaupt Euer werter Name?«

»Der tut nichts zur Sache. Ich möchte Euch einen Handel vorschlagen, weil ich sicher bin, dass wir ähnliche Ziele verfolgen.«

»Welche sollten das sein?« Annekes Anspannung wuchs. Was wollte der Fremde?

»Nun, ich habe gehört, dass Ihr der Hebamme nicht wohlgesonnen seid, weil sie Euch den Mann stiehlt, der Euch zustehen sollte.«

»Was genau ist Euer Anliegen? Bitte beeilt Euch, ich habe heute noch etwas vor.« Wie zur Bestätigung zupfte sie das Tuch zurecht und machte Anstalten zu gehen.

Der Mann aber folgte ihr synchron mit seiner Bewegung und ließ sie nicht an sich vorbei. Er betrachtete Anneke, und ihr war in dem Augenblick klar, dass er von ihrem Nebenerwerb wusste. Sein Blick schoss ihr durch Mark und Bein. Er kennt Weiber wie mich, dachte sie. Er erkennt uns allein an der Art, wie wir gehen und sprechen und riechen, egal, wie sehr wir versuchen, es zu verbergen.

»Ich glaube, Ihr werdet durchaus Zeit haben, mir in Ruhe zuzuhören, Anneke Hollander. Eine Duuvke wie Ihr hat nicht viel Wahl im Leben, wenn sie erst einmal so tief unten ist. Und«, er machte eine kleine Pause, in der er Anneke Stück für Stück taxierte, »ich weiß genau, wie sich dieses ›ganz unten sein‹ anfühlt. Ich kenne den Dreck der schmutzigsten Gassen, ich weiß um den Gestank aus der Gosse. Das Fiepen der Ratten war lange meine Nachtmusik. Ich glaube, du hast keine Lust, genau da zu landen, wo dir Krechting doch erst dieses kleine Haus mit deinem Laden hat bauen lassen. Oder?«, zischte er hinterher. »Oder?«

Anneke wich zurück. Es war kein Angebot. Der Mann erpresste sie, machte sie zu seiner Handpuppe, weil er wusste, womit er sie kriegen konnte. Er war tausendmal gefährlicher, als es Hiske Aalken je sein würde. Anneke musste tun, was er verlangte. »Sprecht, was verlangt Ihr?«

»Wir werden gemeinsam dafür Sorge tragen, dass die Hebamme die Herrlichkeit Gödens verlässt und nie zurückkommt. So ähnlich wie Friso van Heek. Wie gefällt Euch das?« Der Blick des Mannes war verschlagener und doppeldeutiger denn je. Es ging ihm nicht darum, Hiske zu vertreiben. Es ging ihm darum, sie zu vernichten.

Anneke bekam es mit der Angst zu tun, denn in seinen Augen lauerte noch etwas, und das kam dem Wahnsinn recht nahe. Nicht einmal der Wortsammler schaute so, wenn er sich in seine Welt zurückzog.

»Ich fragte, wie Euch das gefällt, Anneke Hollander?«

»Was habt Ihr vor?«, quetschte Anneke heraus.

»Hiske Aalken wird gehen, das sagte ich doch bereits!« Der Mann erhob seine Handflächen gen Himmel.

Anneke war klar, dass es besser war, ihn nicht weiter zu reizen, also tat sie neugierig, indem sie den Mann anlächelte und seiner weiteren Worte harrte.

»Zunächst setzen wir eine kleine Warnung als gezielt gesetzten Nadelstich. Die Vorstellung, sie in Angst und Schrecken zu versetzen, gefällt mir. Bevor sie geht, soll sie leiden wie noch nie in ihrem Leben.«

Anneke schluckte. »Ich könnte mich weigern. Was tut Ihr, wenn ich Euch Schemering melde?«

Der Mann lachte auf. »Damit ich dem Landrichter gleich stecken kann, auf welche Weise Ihr Eure zusätzlichen Schap verdient und noch vieles mehr, was besser unter uns beiden bleibt? Mir entgeht nichts, weil mir nichts Menschliches fremd ist.«

Anneke knickte ein. Was sollte sie auch tun? Sie hatte nicht das Rückgrat, sich einem solchen Druck zu widersetzen. »Welche Rolle spiele ich in Eurem Plan?«, flüsterte sie.

»Das klingt schon besser.« Wieder huschte das teuflische Grinsen über das Gesicht des Mannes. »Ich will das Toversche Weib bibbern und wehklagen sehen! Denkt Euch was aus, Ihr kennt Hiske lange genug und wisst, wo ihr wunder Punkt ist. Damit reicht mir Euer Entgegenkommen fürs Erste.« Der Mann nickte Anneke kurz zu und fummelte gleichzeitig an seiner Tasche herum. »Hier ist noch etwas, das Ihr besser gut verwahrt!«

In Annekes Hände glitt eine silberne Kette, deren Verschluss gerissen war. Sie nahm sie an und erstarrte. Ihre Hände zitterten, als sie über die feinen Glieder glitten. Sie ahnte, was das für eine Kette war. Wer war dieser Mann?

Magda Dudernixen stand am Herd und rührte den Topf mit den Graupen um, als Melchior eintrat. Er sah sehr zufrieden aus, so als habe er einen guten Tag hinter sich. »Bist ja aufgestanden«, sagte er.

Magda rührte die Graupen schneller.

»Ich rede mit dir, Weib! Antworte gefälligst!«

»Wo ist das Medaillon?«

Dudernixen riss seiner Frau den Kochlöffel aus der Hand und drehte sie mit einer gezielten Bewegung zu sich herum. »Das Ding ist an einem sicheren Ort. Und bei deiner Dummheit ist es auch besser, du weißt nicht, wo genau es ist.«

»Wirf es weg! Melchior, wirf es weg, bevor es uns zum Verhängnis wird. Es gehörte dem Toten, das weißt du wohl besser als ich. Und außerdem wirkt er unheimlich. Dieser Kristall im Meer. Das ganze Schmuckstück ist eine Mischung aus Liebe und Tod.«

Dudernixen begann zu lachen. Es klang kehlig, und Magda hörte am Klang, dass ihr Mann bereits zu viel getrunken hatte. Das kam in der letzten Zeit häufiger vor. »Du redest so viel dummes Zeug, Weib, dass zwei Mistkarren nicht dafür ausreichen würden. Besser, du hältst zukünftig einfach deine Klappe.« Er stieß Magda von sich, sodass sie mit der Hüfte gegen die Kante des Herdes stieß. Sie unterdrückte den Schmerzenslaut, diese Genugtuung wollte sie Melchior nicht geben.

Manchmal wusste Magda selbst nicht, warum sie sich immer wieder schützend vor ihren Mann stellte. Sie hasste ihn bis aufs Blut, und doch konnte sie nie umhin, ihn für seine Boshaftigkeit, seine Gemeinheiten tief im Inneren zu lieben und zu bewundern. Dennoch lag sie oft in ihrem Bett wach und haderte mit ihrem Schicksal. Sie hätte einen besseren Mann verdient, warum nur hatte sie seinem Werben so schnell nachgegeben? Nach allem, was sie von ihm gewusst, nach all dem Schmerz, den er nicht nur ihr zugefügt hatte. Melchior war kein guter Mann. Das Einzige, was er beherrschte, waren seine Bäder, und er kannte sich mit den Seifen aus wie kein Zweiter. Im Haus selbst war er faul, überließ alles seinem Weib. Lief es nicht nach seinen Vorstellungen, rutschte ihm auch schon mal die Hand aus. Dazu demütigte er Magda mit Worten, die sie hinterher schnell verdrängte, weil sie so verletzend waren. Sie neigte dazu, sich von Männern in den Schmutz treten zu lassen, auch Cornelius hatte nichts anderes getan. Dennoch würde sie Melchior schützen, wann immer es nötig war.

»Du hast Friso van Heek in der Todesnacht angetroffen«, sagte Magda ihrem Mann auf den Kopf zu.

»Du doch auch, was soll die Frage?« Melchior nahm die Graupen vom Feuer, es roch merklich angebrannt. »Kümmere du dich lieber darum, dass ich etwas Schmackhaftes auf den Teller bekomme. Wenn du dir ständig den Kopf über Dinge zerbrichst, die dein Weiberhirn überfordern, habe ich nichts Anständiges zu essen.«

»Du hast das Medaillon genommen. Von dem Toten! Was hast du dem Kaufmann angetan, Melchior?«

Dudernixen lachte. »Das, was ihm zugestanden hat. Genau das habe ich mit ihm gemacht.« Er schlug mit der Faust auf den Tisch. »Was hätte ich denn tun sollen, wenn er seine dreckigen Pfoten nicht von meinem Weib lässt?«

Hiske wischte dem kranken Jungen den Schweiß von der Stirn. Auch nach der langen Nacht war keine Besserung in Sicht, vielleicht würde das Kind sterben. Immer wieder sterben, dachte Hiske. Sie hatte Mühe, sich auf den Kleinen zu konzentrieren, darauf, ihre Sache wirklich gut zu machen. Zu sehr hatten sie Jans Worte getroffen. Seine große Liebe ähnelte also Anneke. Wie dumm war sie gewesen, auch nur zu hoffen, der Arzt könnte mehr als Freundschaft für eine Frau wie sie empfinden. Sie war eine Hebamme, der sich bislang nur zwei Deicharbeiter in dieser Absicht genähert hatten, denn für ein Eheweib haftete ihr zu viel an. Der Makel der Toverschen, der Makel der Heilkundigen, die Dinge tat, die unheimlich waren. Auch wenn Jan es abstritt, so dachte er doch genauso wie die anderen Menschen. Er konnte es nicht verleugnen. Was war sie dumm gewesen. Anneke war vielleicht eine Duuvke, aber sie war immer noch eine von ihnen. Eine mit demselben Glauben. Eine, zu denen Jan sich dazugehörig fühlte. Sonst hätte er es vor drei Jahren niemals unter dem Einsatz seines Lebens gewagt, eine Botschaft des Vermahners Rothmann in die Herrlichkeit Gödens zu schmuggeln. Anneke war Holländerin, war von seinem Schlag. Sie, Hiske, hingegen …

Der Kleine stöhnte auf. Hiske verabreichte ihm eine Tinktur, die sie eigens mit Garbrand entwickelt und die auch schon gute Dienste geleistet hatte. Zumindest wirkten die

Kranken danach erheblich kräftiger. Bei einem so kleinen Kind hatte sie es allerdings noch nie versucht. Nur war es immer noch besser, als nichts zu tun. Das Leben des Kindes hing an einem seidenen Faden, würde bald erlöschen, wenn kein Wunder geschah.

Die Mutter war unfähig, etwas zu tun, saß wehklagend in der Ecke, der Schmied räumte die Werkstatt auf und tat, als ginge ihn alles nichts an. Männer waren so. Noch nie hatte Hiske erlebt, dass auch nur einer von ihnen einen Hauch von Gefühl gezeigt hatte, wenn es um das Leben der Kinder gegangen war. Sie verkrochen sich meist hinter ihrem Handwerk und lenkten sich dadurch ab, damit keiner bemerkte, wie sehr sie litten. Auch jetzt hörte Hiske das Schlagen des Ambosses, das die weinenden Töne der Mutter wie Hintergrundmusik unterstrich.

Hiske schickte die Frau hinaus, ihre Verzweiflung beunruhigte das Kind. »Bringt mir noch etwas lauwarmes Wasser!« Die Hebamme wollte die Wickel erneuern, die sich bereits wieder aufgeheizt hatten. Das Weib erhob sich und schlich aus der Kammer. Sie wirkte, als würde sie jeden Augenblick unter der Last des Kummers zusammenbrechen.

Hiske strich dem Jungen übers Haar. Wie gern hätte sie auch selbst ein Kind gehabt, wie gern hätte sie eine Familie versorgt. Der einzige Mann, der dafür je infrage gekommen war, hieß Jan Valkensteyn, und dessen Herz war an eine holländische Frau vergeben. Eine Lieke, die nun von der Marketenderin Anneke abgelöst wurde. Hiske hätte nicht geglaubt, dass diese Erkenntnis sie so treffen würde. Es war, als trockne ihr Herz seit gestern Abend ein und würde bald zu Staub zerfallen. Hiske kämpfte mit Übelkeit.

Es war stickig und heiß in der Kammer. Das würde sich im Laufe des Tages noch verstärken, wenn erst die Sonne das

Land mit einer Heftigkeit umarmte, die kaum auszuhalten war. Hiske wagte aber nicht, ein Fenster zu öffnen, aus Angst, der Kleine könnte Zug bekommen und sich womöglich eine zusätzliche Erkältung einfangen, die er dann mit Sicherheit nicht mehr überleben würde. Hiske stand lediglich einen Moment von der Bettstatt auf, stellte sich ans Fenster und sah dem morgendlichen Treiben in der Straße zu. Jeden Tag sah es ein bisschen anders aus, denn die Menschen arbeiteten hart, damit die Neustadt fertig wurde. Sie konzentrieren sich auf das Wesentliche, dachte Hiske. Sie fokussieren all ihren Willen darauf, gemeinsam ihr Ziel zu erreichen. Mit dem Bau des neuen Handelsfleckens würden sie die Unabhängigkeit erreichen, die sie für eine ganze Weile aufgegeben hatten. Ihres Glaubens wegen war für viele von ihnen eine Flucht aus ihrer Heimat notwendig gewesen, aber auch wenn das Leben in der Herrlichkeit fremd war, hatten sie ihre Ziele doch stets im Blick behalten und so die große Unbill ertragen können. Das Wort »aufgeben« gab es nicht in ihrem Wortschatz.

»Ich bin Hebamme und ein Teil von ihnen, auch wenn ich den Glauben der Holländer und Münsteraner nicht teile. Aber ich habe meinen Platz hier. Ich bin Hebamme und stehe unter dem besonderen Schutz Hinrich Krechtings. Er hält große Stücke auf mich, meine Art zu heilen und die Kinder auf die Welt zu holen. Ich bin Hebamme und Heilkundige, es ist das Einzige, was ich gelernt habe. Das Einzige, was ich richtig gut beherrsche, also werde ich genau darauf mein Leben ausrichten und mich nicht mehr von anderen Dingen ablenken lassen. Auch nicht von Menschen wie Jan Valkensteyn, der meine Liebe nicht verdient hat. Ich werde herausfinden, woher das Fieber kommt, und werde es bekämpfen, bis kein Kind und kein alter Mensch mehr daran stirbt.«

Hiske wandte sich wieder dem Jungen zu, der nun in einen unruhigen Schlaf gefallen war.

Sie nahm die Schale mit dem Wasser aus der Hand der Mutter entgegen, die eben wieder eingetreten war und angewidert die Nase rümpfte angesichts des Gestanks im Krankenzimmer. »Geht ruhig hinaus«, schlug Hiske vor. »Ihr könnt hier ohnehin nichts tun, es ist besser, wenn Euer Sohn Ruhe hat.«

Die Frau des Schmiedes zog sich sofort zurück, sie schien dankbar über das Angebot zu sein.

Hiske hob das Leinen an, unter dem das Kind lag, wickelte die Tücher von den Unterschenkeln. Der Atem des Jungen ging viel zu schnell, noch hatten alle Bemühungen keinen Erfolg gezeigt. Es war eher, als steigere sich die Hitze noch. Hiske hatte vor allem die kleinen Kinder dabei schon krampfen gesehen. Was nur löste diese grausame Krankheit aus? Sie wusch das Kind, betrachtete die vielen Mückenstiche, die die Haut rot erblühen ließen. Trotz der Apathie hatte der Knabe etliche Stiche aufgekratzt. Da das Tageslicht nicht ausreichte, zog Hiske die Unschlittkerze näher an die Haut heran, damit sie die Stiche besser erkennen konnte. Ein paar der Pusteln eiterten, andere hatten schon Krusten gebildet. Ob das Fieber etwas mit den Wunden zu tun hatte, die sich auf der Haut entzündeten? Hiske nahm eine Salbe und bestrich sie damit. Vermutlich war aber auch das vergebene Liebesmüh. Es musste der Sommer mit seinem Nebel, seinen Dämpfen sein. Die Gifte, die das Fieber verursachten, kamen aus dem Moor, verteilten sich unter ihnen und rissen die Kranken, Schwachen und Kleinen in den sicheren Tod. Es war die Geißel der Menschen aus der Marsch, und sie wurden von der Krankheit jeden Sommer aufs Neue heimgesucht. Was nur konnte sie tun?

Hiske wickelte die Beine des Kindes erneut in die Tücher. Sie würde alles versuchen, um das Fieber zu besiegen. Jan war nicht mehr wichtig, hier galt es, ein Leben zu retten. Was waren dagegen ihre Gefühle, die nicht erwidert wurden? Sie hatte bereits drei Jahre mit Hoffen und Warten vergeudet, jetzt war Schluss. Jan brauchte ihr nicht mehr unter die Augen zu kommen.

Anneke schlich sich zum Haus Hiskes. Sie hatte sich gestern nicht mehr losgewagt, zu sehr war ihr das Gespräch mit dem Fremden unter die Haut gegangen. Die Glieder der Kette hatten sich in ihren Handballen gebrannt, eine kleine Rundung neben der anderen zeichnete sich dort ab. Die ganze Nacht waren wilde Gedanken durch ihren Kopf getanzt, hatten verschiedene Reigen gebildet, Kreationen vorgeschlagen, und doch war danach alles wieder in sich zusammengefallen. Es gab kein Bild, das Bestand hatte, keine Idee, die zuträglich war. Anneke wollte Hiske nicht quälen, und sie wollte schon gar nicht diesem Fremden zuarbeiten, damit er sein teuflisches Werk vollenden konnte. Am Ende hatte sie einen Kompromiss geschlossen, von dem sie hoffte, dass er keine zu großen Schäden anrichten würde. Mit etwas Glück war sie den Mann danach los. Anneke wagte allerdings nicht, darauf zu hoffen, denn er wusste zu viel von ihr, als dass er es nicht nutzen würde. Ihr blieb keine andere Wahl, als sich auf den Weg zur Hebamme zu machen. Noch kämpfte die in der Neustadt um das Leben des Kindes, und Anneke konnte tun, was sie tun musste. Ihr größtes Problem war Garbrand, der wie ein Geier über seinen Schützling wachte und ihr die Augen auskratzen würde, wenn sie ihm zu nahe trat oder ihm gar ein Haar krümmen wollte. Das jedoch war gar nicht ihre Absicht. Sie hatte sich überlegt, den Wortsammler ins Moor zu schicken. Dort würde er zwar unauffindbar, aber sicher sein. Denn wenn sich jemand in den Tiefen des Sumpflandes auskannte, dann war es der Knabe, dessen Wiege dort gestanden hatte. Hiske wäre allerdings außer sich vor Angst, denn der Wortsammler war ihre verwundbarste Stelle neben Jan.

Vor Hiskes Küchenfenster waren die Vorhänge zugezogen, die kleine Kate wirkte verschlafen und nicht so, als sei jemand zu Hause. Der Schornstein rauchte nicht, kein Duft nach Haferbrei oder Suppe umzog das Haus. Nichts wies darauf hin, dass jemand ein Frühstück zubereitete. Anneke drücke die Klinke herunter. Es war nicht abgeschlossen. Furcht vor Einbrechern kannte man in der Herrlichkeit Gödens kaum, aber wenn sich immer mehr Schiffe mit Fremden in den Hafen wagten, würde sich das sicher bald ändern.

Anneke trat vorsichtig in den Flur, der sauber gefegt und ordentlich aussah. Sie schlich in die Küche, sah den Wortsammler allein am Tisch sitzen, den Kopf in die Hände gestützt. Er döste vor sich hin, nahm ihr Erscheinen nicht zur Kenntnis. Sie versuchte Garbrand auszumachen, doch hörte sie nur sein Schnarchen. Nachdem sich ihre Augen an die Dämmerung gewöhnt hatten, sah sie ihn in der Ecke vor dem Ofen liegen, eine dünne Decke über die Beine gebreitet, als Kissen diente ein Holzscheit, über dem ein Tuch lag. Er ist also mal wieder betrunken und schläft seinen Papistenrausch aus, dachte Anneke. Das passt gut, dann habe ich ein leichtes Spiel. Ich muss nur das Vertrauen des Knaben erlangen, sonst dreht er gleich durch. Sie wusste, dass sie die frühere Vertrautheit verspielt hatte. Leicht würde ihr Unterfangen nicht sein.

Als Anneke den Wortsammler an der Schulter berührte, sprang er sofort auf. Sie hatte nichts anderes erwartet, legte den Zeigefinger an die Lippen und bedeutete dem Knaben so, sich still zu verhalten. Mit dem Kopf nickte sie in Richtung Garbrand, der im Schlaf immer wieder grunzte. Der Wortsammler rannte ein paarmal im Zimmer auf und ab, schlug ein wenig mit dem Kopf, ehe er sich beruhigte. Danach nahm er die schwarze Katze auf den Schoß und strich ihr das Fell glatt. Er bohrte seine Nase hinein und schien so verschwunden.

Tiere liebt er also immer noch, dachte Anneke. Das hat er stets getan, früher hatte sie sogar geglaubt, er verstehe ihre Sprache. Der Wortsammler war und blieb seltsam. Da er jetzt mit dem Tier beschäftigt war, blieb ihr nichts anderes übrig, als zu warten, denn er würde ihr ohnehin nicht zuhören, wenn sie auf ihn einsprach. Es dauerte eine Weile, ehe seine Augen aus dem Fell auftauchten und er die Marketenderin ansah. Seine Augen waren groß und dunkel, es spiegelte sich eine unterschwellige Furcht darin. Er rührte sich nicht, sondern verharrte in dieser Lauerstellung. Anneke bewegte sich langsam auf ihn zu, so würde er weiter ruhig bleiben. Sie berührte ihn jedoch kein zweites Mal. Die Beinkleider des Knaben waren hochgerutscht, und Anneke konnte seine Fußgelenke betrachten, die tiefe Narben von den Schellen zeigten, die man ihm damals angelegt hatte. In der Marketenderin keimte so etwas wie Mitleid auf. Sie schob es beiseite, konnte dieses Gefühl jetzt nicht zulassen. Sie musste ihre eigene Haut retten und die ihrer Mädchen. Der Fremde würde nicht zögern, sie ins Unglück zu stürzen. Man konnte in Zeiten wie diesen keinerlei Rücksicht nehmen. Anneke hatte sich schon vor langer Zeit für das Ich entschieden, sonst wäre der Knabe vielleicht nicht das, was er nun war. Früher hatte sie geglaubt und auch gehofft, der Wortsammler würde eines Tages von einem fahrenden Gaukler eingefangen und fortan in einem Käfig auf den Märkten ausgestellt werden.

Mit seinem Brüllen und seinen unkontrollierten Bewegungen hätte er bestimmt eine Menge Zuschauer angezogen. Wenn Hiske sich seiner nicht angenommen hätte, wäre es bestimmt genau so gekommen, und sie, Anneke, wäre nicht Tag für Tag mit seinem grausamen Schicksal und ihrem Anteil daran konfrontiert worden.

Hiske, immer wieder Hiske, ging es Anneke durch den Kopf. Seit dieses Weib den Boden der Herrlichkeit betreten hatte, schien sich die ganze Welt nur noch um die Hebamme zu drehen. Sie hatte überall ihre Finger drin, und trotz ihrer Vergangenheit brachte man ihr großes Ansehen entgegen. Nicht so formell und offensichtlich wie Hinrich Krechting gegenüber, aber hinter vorgehaltener Hand lobte man das Weib in höchsten Tönen. Hiske Aalken umgab zwar eine gewisse Unnahbarkeit, aber wenn sie zu den Müttern oder Kindern gerufen wurde, legte sie eine solche Herzlichkeit und ein Wissen an den Tag, dass man ihr die Kühle, die sie außerhalb der Krankenkammern zeigte, gern verzieh. Zumal sie ein größeres medizinisches Wissen hatte als das des Baders; es konnte sich fast mit dem eines Arztes messen.

Anneke beneidete Hiske. Das machte ihre Mission leichter. Neid war ein guter Anlass, Böses zu tun.

»Wortsammler?«, fragte sie. Leise, sanft. Nur diesen Knaben nicht erschrecken.

Er hob den Kopf nun ganz, blieb aber in leicht gebückter Haltung. Anneke streckte die Hand aus, sprach zu ihm wie zu einem Hund. »Komm! Komm zu mir rüber!«

Der Wortsammler schüttelte den Kopf.

»Du musst verschwinden. Das sagt die Lebenspflückerin. Sie hat gesagt, ich soll zu dir gehen. Dir sagen, was ich weiß. Und das ist nicht gut für dich und den Mönch, das ist dir schon klar, oder?«

Im Gesicht des Knaben erwachte ein Hauch von Interesse, was sich daran zeigte, dass er sich ein Stück weiter aufrichtete. »Lebenspflückerin?«, hakte er nach.

Anneke nickte. »Du sollst ins Moor gehen, du bist in Gefahr. Wegen des Ermordeten. Wenn du bleibst, wirst du totgemacht. Du bist dabei gewesen!«

Der Wortsammler zog die Stirn in Falten. »Moorwiege? Toterbösermann?«

Anneke verstand zwar nicht, was das Gestammel sollte, aber sie nickte.

»Anneke Steinwerfer Wortsammler«, stieß der Knabe schließlich aus. »Böse Steinwerferin.« Er krempelte sein Hemd hoch und zeigte der Marketenderin ein paar Narben, die vermutlich von ihren Attacken gegen ihn herrührten. »Böses Feuerweib haut.«

»Wortsammler jetzt Annekes Freund«, versuchte sie es wieder. Es fiel ihr schwer zu lächeln; auch wenn sie einst viel mit diesem Kind verbunden hatte, so war er ihr nun doch fremd. »Die Lebenspflückerin sagt, du musst in die Moorwiege! Und du darfst nicht zurückkommen, dann kommt noch ein böser Mann wie der, der im Siel lag. Er wird der Lebenspflückerin den Hals abschneiden. Und dir und Garbrand auch. Du darfst erst zurückkommen, wenn sie das sagt!«

»Wortsammler Hilfemann von Lebenspflückerin. Nie gehen!«

Anneke legte ihren Zeigefinger an die Lippen. Als sie den Jungen so entschlossen, so voller Sorge und Liebe vor sich sah, überkam sie ein schlechtes Gewissen, und sie begriff, wie viel Wärme und Zuneigung die Hebamme dem Knaben – aber er auch ihr – entgegenbrachte. Ich kann das nicht, schoss es ihr durch den Kopf. Ich werde mich nicht zu solchen Intrigen missbrauchen lassen. Auch nicht, wenn Jan dann frei für mich ist. Doch der letzte Anstand schwand, als sich das Gesicht des Fremden vor das ihre schob und sie seine Drohungen erneut im Ohr hatte. Anneke griff in die Rocktasche und umschloss die Glieder der Kette. Sie brannten noch immer wie Feuer. Er wusste zu viel. Der Fremde hatte einen stechenden Blick gehabt, und Anneke war unsicher, ob Grieta, die immer wieder behauptete, es gäbe den Satan, nicht doch vielleicht recht hatte.

»Du musst gehen, Wortsammler. Bitte!«, hörte sie sich sagen. »Du musst ins Moor, die Lebenspflückerin hat es mir extra gesagt! Du hilfst ihr nicht, wenn du hierbleibst! Du musst fort, verstehst du? Fort! Denk an den bösen Mann in der Nacht. Er kommt wieder, wenn du nicht gehst!«

Der Wortsammler sprang so abrupt auf, dass die Katze mit einem Kreischen von seinem Schoß huschte und unter dem Tisch verschwand. »Moorwiege, Mondlichtlampe, Loegenpack, Gotteszorntreffer«, stieß er hervor. Er suchte seinen Überwurf, warf einen Blick auf Garbrand, der nichts mitbekommen hatte und mit offenem Mund schnarchte.

Der Knabe sah Anneke gar nicht mehr an, als er an ihr vorbeistürmte. Anneke war erstaunt. Er hatte ihr jedes Wort geglaubt.

Amsterdam 1531

Ein Jahr ist das Kind nun schon im Findelhaus. Es spricht nicht, denkt aber viel. Mehr als die anderen Kinder. Es hat Zeit dazu. Weil keiner mit ihm redet, es ist den anderen unheimlich. Die spielen, lachen, weinen. Schlagen sich, haben Hunger. Das Kind nicht. Es sitzt in der Ecke, beobachtet die Menschen, hält Ausschau nach bösen Jungen, nach bösen Männern.

Die Frau mit den kalten Augen hat ein noch viel kälteres Herz. Als sie gemerkt hat, dass das Kind nicht reden will, beachtet sie es einfach nicht mehr. Das Kind tut, was sie von ihr verlangt, putzt, fegt und reinigt auch die Latrine, denn das will kein anderer tun. Ihm ist jeder Ekel fremd. Dieses Gefühl gibt es seit dem Erlebnis mit den Jungen nicht mehr. Nicht einmal, als Mutter in ihrem Rot dalag, hat es etwas Derartiges empfunden.

Nachts träumt es vom Meerkristall und sucht ihn. Immer wieder schieben sich die Augen des Mannes im Flur in seine Träume. Am Finger hält er das Medaillon. Es baumelt hin und her, aber wenn es danach greifen will, lacht er, wie er im Treppenhaus gelacht hat, und verschwindet.

Das Kind ist nur froh, dass es nicht mehr auf die Straße muss, im Findelhaus bleiben darf. Hier fühlt es sich sicher. Sicher vor den Jungen, sicher vor dem Messer, das die Mutter zerteilt hat.

Das Medaillon mit der Kristallträne ist weg und kann nicht mehr schützen, wobei es den Schutz schon vorher verloren haben muss. Vielleicht, weil Mutter Dinge getan hat, die dem Herrgott nicht gefallen haben. Mutter hat die Männer nicht nur gestreichelt, darüber hat das Kind schon viel nachgedacht. Die Jungen haben genauso geklungen, als sie ihm wehgetan haben. Hinterher hat Mutter nicht nur geweint, sondern sich auch übergeben. »Manche Männer riechen nicht gut, weißt du?«, hat sie gesagt, als das Kind sie trösten wollte.

Es hat ihr das Stück Seife geschenkt, damit sie sich hinterher waschen kann. Die Seife, die dem Kind der kostbarste Besitz war. Erst hat sie ihm ins Gesicht geschlagen, sie aber dann doch angenommen. Das Kind hat die Seife aber nicht mitnehmen dürfen. Die Frau mit den kalten Augen riecht nun danach.

»Wisch den Boden im Speiseraum!«, hört es deren Stimme. Die kann es überall heraushören, weil sie scharf ist wie ein Messer und die Luft zerteilt.

Die anderen haben viel Dreck gemacht. Es ist ihnen egal, weil sie wissen, dass es alles reinigt. Manchmal pinkeln sie extra auf den Gang, damit es den Urin wegwischen muss. Die Hände sind wund, weil das Wasser sie rissig macht, es aber keine Salbe, nicht einmal Talg bekommt, damit sie nicht schmerzen. Es kniet, tunkt den stinkigen Lappen in das dunkle Wasser, fährt damit über den Steinboden.

»Wer bist du?« Eine warme Stimme ergießt sich über das Haupt des Kindes, es ist die erste Wärme, die es seit dem Tod der Mutter verspürt.

Es schüttelt den Kopf.

»Bist du ein Junge oder ein Mädchen?«

Bei der Frage zuckt das Kind zurück, lässt den Putzlappen fallen und stürzt davon.

10. Kapitel

Krechting stieg, zusammen mit Dr. Westerburg und dessen Tochter Bente, die von ihrer Zofe begleitet wurde, in Emden von der Kraweel und sog die Luft ein, die nicht so stickig war wie in der Neustadt, weil vom Dollart her eine frische Brise wehte. Die Reise mit den neuen Schiffen, die nun das fast fertiggestellte Siel anlaufen konnten, war viel bequemer und ging erheblich schneller als noch zu der Zeit, als die Herrlichkeit fast ausschließlich mit den flachen und kleineren Knorren angefahren werden konnte. Das neue Siel brachte durchaus viele Vorteile. Die Neustadt würde erblühen, wenn es ganz fertiggestellt war. Wenigstens dieser Teil seiner Vorstellungen würde Wirklichkeit werden.

Die Sorgen hatten Hinrich in den letzten Jahren zerfressen, es war an der Zeit, den Blick nach vorn zu richten. Wenn Hebrich wollte, dass er sein Amt als Armen- und Kirchenvorstand voll ausfüllte, dann würde er das tun. Seine Visionen der Vergangenheit waren abgelöst worden von einem Erkennen der Wirklichkeit. Für ein Täuferreich gab es auch in der Herrlichkeit Gödens keine Zukunft. Er musste sich damit abfinden, dass es das Neue Jerusalem nicht geben würde. Nie. Diese Erkenntnis war ihm schwerer gefallen als alles andere in seinem bisherigen Leben. Auf der Reise hierher hatte er schließlich beschlossen, sich diesem Schicksal zu ergeben und für sich das Beste daraus zu machen. Er würde seine Position zu nutzen wissen und Hebrich zu Diensten sein, wie er einst Jan van Leyden in Münster ergeben gewesen war.

Am Hafen an der Ratsdelft, wo die Kraweel angelegt hatte, herrschte rege Betriebsamkeit. An den Ufern befanden sich

Packhäuser, in deren Speicher die Waren mittels Winden vom Schiff verladen wurden. Es gab zwei Ecken am Hafen, wo der Unrat sich hoch türmte und von riesigen Fliegenschwärmen umkreist wurde. Der Gestank von Fäulnis, Fäkalien und Vergärung war dort unerträglich und fast schlimmer als er es je auf dem Hof der Burg Gödens gewesen war. Krechting hatte gut daran getan, in der aufblühenden Neustadt für ein geordnetes Abfallsystem zu sorgen. Das zeigte sich immer wieder. Er wollte keine solchen Zustände wie in Hamburg, denn die sanitären Verhältnisse der Stadt galten überall als schlecht. Obwohl es eine Verordnung gab, landete doch ein Großteil der Fäkalien und des Mülls noch auf der Straße und im nächsten Fleet. All das wollte Krechting in der Neustadt verhindern, und er war auf einem guten Weg.

Das Volk an der Ratsdelft war bunt gemischt. Gut gekleidete Menschen flanierten dort genauso, wie sich in Lumpen gekleidete Gestalten an den Pollern oder in Ecken der Speicherhäuser herumdrückten. Emden selbst schien unter dem Zustrom der vielen Flüchtlinge ähnlich zu leiden und gleichzeitig zu profitieren wie die Herrlichkeit Gödens. Krechting durchzuckte diese Erkenntnis wie ein Blitzschlag. Natürlich waren auch wohlhabende Kaufleute, Reeder und Handwerker in die Stadt gekommen und würden Emden langfristig ein ganz anderes Gesicht geben, aber die meisten hatten ihres Glaubens wegen alles Hab und Gut zurückgelassen und waren auf die Wohltätigkeit der Emder Bürger angewiesen.

Dr. Westerburg rümpfte die Nase. »Es riecht unangenehm, werter Krechting. Lasst uns eine Kutsche rufen, die uns zu Johannes a Lasco auf die Emder Burg bringt. Er erwartet uns dort.«

Krechting schrak zusammen, als es hinter ihm krachte. Von einer der Winden hatte sich die Ladung gelöst und war mit einem heftigen Knall zu Boden gegangen. Die Menschen im näheren Umkreis sprangen beiseite, glücklicherweise hatte sich keiner verletzt. Wie ein Haufen Ameisen wuselten nun die Hafenarbeiter um die Ladung, versuchten, sie erneut an die Winde zu hängen.

»Ein buntes Treiben, Westerburg. So erhoffe ich mir das Leben am Siel in ein paar Jahren auch!«

Der Pfarrer nickte. »Die Emder haben viel Verhandlungsgeschick. Und sie haben das Stapelrecht. Noch.«

Krechting sah ihn fragend an. »Noch?«

»Im Moment ist es so, dass alle Schiffe, die auf der Ems an Emden vorbeifahren, hier die Niederlage halten und ihre Waren für drei Tage den Emder Bürgern zum Kauf anbieten müssen. Ein Erlass von 1494 vom damaligen König Maximilian. Die Groninger haben das lange bekämpft. Und tun es noch. Nun scheint ihr Vorhaben von Erfolg gekrönt.«

Krechting hörte dem Prediger aufmerksam zu. Von dieser Wendung war ihm noch nichts zu Ohren gekommen.

Dr. Westerburg hielt Ausschau nach einer Kutsche, was kein leichtes Unterfangen war. Während er den Hals reckte, sprach er weiter. »1541 hat Emden erst die Zollrolle verdoppelt, das Geld wurde immer weniger wert. Aber die Groninger wollten all das nicht hinnehmen, sind sie doch dadurch arg belastet worden. Sie haben sich immer wieder beklagt. Selbst Maria von Ungarn, die Statthalterin der Niederlande und Schwester Kaiser Karls, hat versucht, mit Gräfin Anna eine Einigung zu erreichen.«

Jetzt näherte sich eine Kutsche, und Dr. Westerburg winkte wild. Sie hielt aber nicht, sondern raste an ihnen vorbei.

»Hat Gräfin Anna diese Einigung erreicht?«, hakte Krechting nach. Die Suche nach einer Kutsche war für ihn gerade zweitrangig.

Dr. Westerburg schüttelte den Kopf. »Der Kaiser hat Emden oft gemahnt, und im April dieses Jahres sind die Groninger auf dem Reichstag von Augsburg erneut an ihn herangetreten.«

»Der Kaiser hat ihnen Gehör geschenkt?«, fragte Krechting. Er war in den letzten Monaten so sehr mit den Belangen der Herrlichkeit beschäftigt gewesen, dass ihm dieses wichtige politische Ereignis tatsächlich entgangen war.

»Nun ja, der Kaiser ist nicht erbaut über den Umgang mit der Religion in Emden. Es gibt viele Täufer hier, anderswo sind sie vogelfrey, dazu ist die Stadt reformiert. Das muss dem Kaiser böse aufstoßen.«

Krechting kniff die Lippen fest zusammen. »Er hat alles gekippt?«

»Ja, sowohl die Zoll- als auch die Stapelgerechtigkeit. Aber erst vor ein paar Wochen, am 30. April.«

»Und die Emder halten sich daran?«

Dr. Westerburg begann zu lachen. »Natürlich nicht. Da ist das letzte Wort nicht gesprochen. Noch ist es nicht veröffentlicht, sie wollen erst das ostfriesische Interim abwarten. Ich denke, da wird noch viel Zeit ins Land gehen, und die Groninger werden sich nicht durchsetzen. Niemals werden die Emder weichen.« Dr. Westerburg hatte es endlich geschafft, eine Kutsche heranzuwinken. Zuerst halfen sie der Tochter Westerburgs hinein, die, vom Gespräch gelangweilt, einen mürrischen Gesichtsausdruck aufgesetzt hatte.

Dr. Westerburg ließ die Kutsche zur Burg lenken, dabei konnten sie einen flüchtigen Blick auf die Außenmauern des Franziskanerklosters Faldern werfen. »Wird Zeit, dass die Papisten ganz aus Emden verschwinden. Dieses Haus könnte man hervorragend für die Armenfürsorge als Gasthaus nutzen.«

»Es ist das letzte Kloster in Emden?«, fragte Krechting und reckte bei der Frage seinen Kopf zum Fenster hinaus.

Dr. Westerburg nickte. »Johannes a Lasco hat alle Schätze daraus räumen lassen, das Feiern der katholischen Messe wird schon bald nicht mehr erlaubt sein.«

Krechting war erfreut, wie nachhaltig a Lasco seine Reform umsetzte. Wenn er den Mönchen die Schätze nahm und die Einnahmequellen, weil sie keine Taufen mehr zelebrieren oder keine Testamente ausstellen durften, bluteten sie langfristig aus, zumal a Lasco es nicht duldete, dass neue und jüngere Mönche nachrückten. »Zumindest hat es unter Gräfin Anna keine blutige Jagd auf die Papisten gegeben, wie man es zum Beispiel aus England von den Anglikanern gehört hat«, bestätigte Dr. Westerburg, als habe Krechting laut gedacht. »Blut ist genug geflossen, und dort ist es besonders grausam zugegangen. Leider ist dabei auch ein florierendes Armenwesen zerstört worden.«

Da musste Krechting dem Pfarrer recht geben. So sehr ihm das papistische Getue verhasst war, hier hatte es durchaus Vorteile gegeben. Hebrich von Knyphausen war das bewusst, und deshalb sollte er mit Garbrand zusammenarbeiten.

Kurz darauf kamen sie in den südlichen Teil Emdens, der aus Schutz gegen das Hochwasser mit einer aus Stein befestigten Mauer gesichert war. Das war schon immer so gewesen, während man die anderswo üblichen Erdwälle erst während der Sächsischen Fehde mit Sand- und Backsteinen befestigt hatte. Dazwischen gab es immer wieder Wachtürme. Emden war durchaus eine interessante Stadt, deren Besuch sich lohnte.

Es dauerte nicht lange, bis sie vor der Tür der Emder Burg standen, die sich am südwestlichen Zipfel der Stadt befand.

Dort war das Treffen mit dem Superintendenten geplant. Dr. Westerburgs Tochter wurde von ihrer Zofe in das Gemach geführt, das sie für die Dauer ihres Besuchs hier bewohnen sollte. Die Männer wollten sich währenddessen im Saal treffen.

Sie wurden bereits erwartet. Der Bote der Häuptlingswitwe hatte ihr Kommen angekündigt. »Seid gegrüßt, werter Krechting und Dr. Westerburg.« Johannes a Lasco war bei ihrem Erscheinen augenblicklich aufgestanden und schüttelte Krechting die Hand. »Gräfin Anna lässt sich entschuldigen, andere Geschäfte halten sie fern. Aber sie grüßt herzlich und bittet Euch, ihre Gäste zu sein.« Johannes a Lasco wies zu einem großen Tisch, der vor Köstlichkeiten überzuquellen drohte. Gebratene Hähnchen wechselten sich mit Entenkeulen und Wildschweinbraten ab, dazu gab es frisches Brot und Rotwein.

Die Männer ließen sich nieder und genossen von diesem Platz aus den atemberaubenden Blick auf die Ems und die vorbeifahrenden Schiffe. Zunächst taten sie sich an den Speisen gütlich, genossen den Wein, der ihnen aus grünbauchigen Karaffen in Gläsern serviert wurde. »Glas aus Holland«, sagte a Lasco. Krechting wollte ihn nicht brüskieren und verschwieg, dass auch Hebrich solche Kostbarkeiten ihr Eigen nannte.

Schließlich lehnte sich a Lasco zurück. »Die Schwierigkeiten sind nicht weniger geworden in den letzten Jahren«, hob er an. »Ich kümmere mich um die Kirchenzucht und den Kirchenrat, setze mich mit den praktizierenden Täufern und Mönchen auseinander und habe erst vor zwei Jahren das alte Kloster Abbingwehr bei Loppersum von der Gräfin erworben. Dort versuche ich, im Schoße meiner großen Familie ein wenig Entspannung zu finden.«

In Krechting krampfte sich etwas zusammen. Johannes a Lasco lebte sehr gut in Emden und in seinem alten Kloster. Auch wenn a Lasco ein Reformer war, so hatte er, Krechting, es doch ihm und Gräfin Anna zu verdanken, dass es das Neue Jerusalem nie geben würde. Er war es, der das Täufertum in Schach halten wollte. Doch der Jurist besann sich auf seine Vernunft. Er wollte das Beste aus der Situation machen, und das würde er auch tun. »Dann habt Ihr ja Großes geleistet in der vergangenen Zeit«, brachte Krechting hervor und versuchte ein Lächeln. Verdammt, was fiel es ihm schwer! Wenn er standhaft, aber gehorsam blieb, gab es für ihn die besten Möglichkeiten, etwas für seine ehemaligen Glaubensbrüder zu tun. Nur wenn er Einfluss und Macht hatte, konnte er die zukünftige Gestaltung der Herrlichkeit Gödens lenken. Hinzu kam, dass er ein anständiges Erbe für seine Kinder hinterlassen musste. Für viele der Mennoniten in der Neustadt galt er als Schwächling, weil er keiner ihrer Brüder mehr war. Sie erkannten einfach nicht die Notwendigkeit seines Handelns und unterstellten ihm einzig wirtschaftliche Gründe für sein Tun. Dieses Misstrauen sah er als Strafe, die er zu ertragen hatte.

Johannes a Lasco hatte, während Hinrich seinen Gedanken nachhing, weitergesprochen, doch Krechting war so abgelenkt gewesen, dass er dem Gespräch nicht mehr hatte folgen können. Glücklicherweise schien Dr. Westerburg aufmerksamer gewesen zu sein. »Das sind schwierige Aufgaben, die Ihr Euch stellt. Wir sind hier, um das Armenwesen der Stadt zu studieren und es vielleicht auf unseren neu gegründeten Flecken zu übertragen. Die Armut ist groß, und es muss dringend etwas geschehen.«

Johannes a Lasco lächelte. »Wie sagt das calvinistische Denken so wunderbar: Sozial ist nicht, wer das Geld anderer

Leute verteilt, sondern wer dafür sorgt, dass es überhaupt etwas zu verteilen gibt. So kann man es auch sehen.«

Krechting nickte. »Welche konkreten Pläne aber habt Ihr?«

»Die Armut soll, so weit es geht, eingeschränkt werden. Das alles in einer Gemeinde, die durchaus gut geordnet ihren Aufgaben nachgeht. Bettler wollen wir nicht.«

»Aber wie wollt Ihr diese Dinge umsetzen?«, hakte Krechting nach. So ganz klar war ihm das nicht.

»Irgendwann in den nächsten Jahren möchte ich eine ›Diaconie der Fremdlingen Armen binnen Emden‹ gründen, aber dazu bedarf es noch einiger Vorbereitungen.«

»Wie können wir uns so etwas vorstellen?« Dr. Westerburg beugte sich interessiert vor.

»Diese Diakonie soll von der Kirche unabhängig sein, aber durchaus kirchlich orientiert. Genaueres muss ich noch erarbeiten. Aber – es stehen noch so viele andere Dinge an, ich fürchte, es werden noch etliche Jahre ins Land gehen, bis ich diese Visionen umsetzen kann. Ganz oben auf meinem Papier steht eben noch der Coetus der reformierten Prediger, das füllt meine ganzen Tage.« Er fixierte Westerburg: »Und ich würde es sehr begrüßen, wenn Ihr bei den wöchentlichen Zusammenkünften sehr häufig zugegen wärt.«

Der Nachtisch wurde serviert, und die Männer genossen die aufgetragenen Süßspeisen und das Obst. Anschließend erhoben sich Krechting und Dr. Westerburg. »Wir empfehlen uns vorerst, werden aber während unseres Aufenthaltes sicher noch öfter das Vergnügen haben.«

»Das hoffe ich doch! Es ist immer wieder ein Genuss, auf Gleichgesinnte von hohem Geist zu treffen.«

Hiske saß am Küchentisch, den Kopf in die Hände vergraben.

Als sie vor zwei Tagen völlig erschöpft nach Hause gekommen war, hatte Garbrand betrunken vor dem Herd gelegen, war überhaupt nicht wach zu bekommen gewesen. Das Einzige, was sie ihm entlocken konnte, war wirres Gerede. Er hatte etwas vom Hafenbecken und einer großen Armwunde gefaselt. Hiske hatte den Mönch gerüttelt und durchgeschüttelt, weil der Wortsammler spurlos verschwunden war. Das hatte er nie wieder getan, nachdem er Hiskes Kate als sein Zuhause angenommen hatte. Er verließ das Haus nur selten ohne Garbrand oder sie. Wenn, tobte er im Garten herum oder machte sich dort sogar nützlich. Der Wortsammler hatte unglaubliche Fähigkeiten entwickelt, die Kräuter und Pflanzen großzuziehen. Nicht eine davon ließ den Kopf hängen oder verdörrte, wenn er sich ihrer angenommen hatte. Hiske hatte ihn dabei beobachtet, sie wollte sein Geheimnis ergründen. So groß und stämmig er auch war, so zart ging er mit den jungen Pflanzen um. Er sprach mit ihnen, während er die Erde um sie anhäufte, sang die Lieder, die Hiske ihm beigebracht hatte und die er mühelos in ganzen Sätzen singen konnte. Es war ungewöhnlich, dass er einfach so verschwand.

Aber auch nachdem Garbrand wieder einen klaren Kopf hatte, konnte er sich an nichts mehr erinnern. Er wusste absolut nicht, wohin der Knabe gegangen sein könnte. »Es ist mir sehr unangenehm, Hiske. Aber ich weiß nichts. Das Giftwasser hat mir mein Hirn vernebelt und mich bis in den späten Morgen schlafen lassen.« Er hatte geweint und getobt, wollte sich augenblicklich auf die Suche nach dem Jungen machen. »Er ist bestimmt auf dem Deich und beobachtet das Kommen und Gehen der See. Er kontrolliert noch immer, ob sie wiederkommt. Lass mich gehen, Hiske!« Doch er hatte dem Alkohol so heftig zugesprochen, dass er schon bei diesen

Worten auf die Knie gefallen war und dabei deutlich wurde, wie unmöglich seine Suche umzusetzen war.

»Bleib hier, Garbrand. Ich gehe los. Wenn er nicht am Schwarzen Brack ist, kann er nur an eine Stelle gegangen sein, und ich hoffe, dass ich ihn dort finde. Es muss aber jemand im Haus sein, falls er zurückkommt.«

Hiske war sofort aufgebrochen. Sie war sicher, dass der Knabe nicht an den Deich, sondern ins Moor gegangen war. Er hatte in den letzten Tagen eine Unruhe an den Tag gelegt, die sicher mit dem Tod Friso van Heeks zu tun hatte. In solchen Augenblicken bedurfte es nur eines geringen Anlasses, um eine Überreaktion bei ihm hervorzurufen. Er verhielt sich nicht so wie andere Menschen.

Hiske war zuerst zum Siel und zum Deich gelaufen, hatte überall gefragt, aber dem Knaben war keiner begegnet. Danach war sie geradewegs ins Moor gelaufen und, trotz der Trockenheit, teilweise bis zu den Knöcheln im Schlamm stecken geblieben. Den ganzen Tag war sie durch die Einsamkeit geirrt, hatte sich gegen riesige Mückenschwärme wehren müssen. Doch der Wortsammler war nicht auffindbar gewesen. Vermutlich war er tiefer ins Moor gegangen, hielt sich dort versteckt, gut bekannt mit den Bäumen und Büschen, den Fröschen und dem Knacken des Bodens. Wie sollte sie ihn dort ausmachen? Hiske wagte es nicht, zu weit in das Gebiet vorzudringen. Die Gefahr, sich zu verlaufen oder gar im ewigen Moor zu versinken, war groß. Am Moorsee hatte sie haltgemacht, laut gerufen und war schließlich unverrichteter Dinge wieder umgekehrt. Ihr blieb nichts anderes übrig, als zu warten, dass der Knabe von allein wieder auftauchte.

Gestern war Anneke bei ihr aufgekreuzt, hatte plötzlich in ihrem Garten gestanden, als Hiske ihre Kräuter erntete. Sie hatte die Stirn gerunzelt, und in ihrem Blick lag nichts als Kälte. »Kann ich mich darauf verlassen, dass du schweigst?«

»Ja, das habe ich doch längst gesagt. Was hätte ich davon, dich und die Mädchen zu verraten? Nenn mir einen Grund! Ich gehöre eurer Gemeinde nicht an, ich habe nicht euren Glauben und so auch nicht die Maßstäbe, an denen ihr gemessen werdet und ihr euch selbst messt und kasteit. Ich akzeptiere eure Regeln, aber ich lebe sie nicht. Ich verhalte mich also völlig neutral, Anneke. Bitte glaube mir und kümmere dich gut um Lina.«

Die Marketenderin war blass gewesen, ihr setzte etwas zu, was Hiske nicht einschätzen konnte. Ihr Gesicht wirkte verhärmt, und in ihren Augen loderte jetzt Wut. Hiske konnte sich nicht vorstellen, dass es nur die Sorge war, sie könne sie und ihre Arbeit als Duuvke melden. Die Marketenderin belastete noch etwas anderes, und Hiske hoffte, dass es nicht die Sehnsucht nach Jan war, die ihr solchen Kummer bereitete. Hiske war froh gewesen, als sie gegangen war.

Hiske erhob sich vom Tisch. Sie konnte im Augenblick nichts tun. Jan hatte sich seit ihrem Streit nicht mehr gemeldet, aber so, wie Anneke wirkte, war er auch bei ihr nicht vorstellig geworden. Vielleicht wäre das selbst ihm pietätlos vorgekommen. Dennoch litt Hiske darunter, dass sie nichts mehr von ihm hörte und sie offensichtlich recht mit ihrer Vermutung gehabt hatte. Diese Erkenntnis war wie ein Messer, das sich durch ihre Eingeweide schnitt. Hiske war froh über jede Arbeit, die sie von alldem ablenkte. Die Sorge um den Wortsammler trug ebenfalls nicht dazu bei, dass es ihr gut ging. Und genau diese Angst zermürbte sie, weil die Liebe zu diesem Kind in den letzten drei Jahren so groß geworden war, als ob sie ihn selbst auf die Welt gebracht habe. Hiske war oft erstaunt darüber, wie tief ihre Gefühle waren.

Da sie nicht untätig herumsitzen wollte, beschloss sie, nun zu Magda zu gehen und sie nach der Nacht, als diese sie aufsuchen wollte, zu fragen, so wie sie es seit Tagen vorhatte. Wenn sie etwas Licht ins Dunkel brachte, würde bestimmt auch der Knabe wieder auftauchen. Wer weiß, was ihm zu Ohren gekommen und mit welcher Angst er geflüchtet war. Man konnte ihm so leicht Furcht einjagen. Er war ein Kind, auch wenn die Menschen das nicht verstanden und ihn als irren Erwachsenen betrachteten. Irgendetwas in Hiske sagte ihr, dass die Lösung aller Dinge bei den Dudernixens zusammenlief. Der Bader hatte seine Finger schon so oft in krummen Geschäften gehabt, es würde sie nicht wundern, wenn er auch mit dem Tod des Kaufmanns zu tun hätte.

Sie schlug sich das Tuch um den Kopf, damit sie gegen die noch immer unerträglich heiße Sonne geschützt war. Als sie den Kopf gen Westen wandte, sah sie am Himmel Wolken aufziehen, die nichts Gutes verhießen.

Klaas Krommenga genoss seine Unterkunft beim Bader, gab sie ihm doch die Möglichkeit, sich weiter zu hegen und zu pflegen. Eine solch bequeme Bettstatt hatte er noch nie gehabt. Und seine Haut durfte noch nie so viel Wasser und duftende Seifen erleben. Hin und wieder kam er sich vor wie im Paradies; von ihm aus konnte das Leben noch eine Weile so weitergehen.

Die Marketenderin hatte gute Arbeit geleistet und den Irren ins Moor geschickt. Die Hebamme bei ihren Gefühlen zu packen, sie dort zu treffen, wo es am meisten schmerzte, war eine sehr gute Idee gewesen. Klaas ergötzte sich an Hiskes mutlosem Gesicht, wenn sie durch die Neustadt eilte. Sie ahnte nicht, welch schlimmere Qualen er noch für sie bereithielt. Aber all dieses Wissen beflügelte ihn. Er reckte sich gerade auf dem Bett, als er eilige Schritte von der Straße her hörte und es unten an der Tür klopfte. Er hatte sich nicht getäuscht. Die Stimme, die nach Magda fragte, gehörte eindeutig zu Hiske Aalken. Sein Herz klopfte unwillkürlich schneller. Die Beute kam zur Schlange.

Klaas Krommenga öffnete die Tür und lauschte.

»Hallo Magda«, begann Hiske unverblümt, wie sie war, als sie vor der Badersfrau stand. Sie bat nicht einmal um Einlass. »Ich habe mir sagen lassen, dass du in der Nacht, als Friso van Heek ermordet wurde, bei mir an der Tür warst.«

»Das ist viele Tage her«, winkte Magda ab, ließ die Hebamme aber ein. Das hörte Klaas an den Schritten, die nun eindeutig von der Diele heraufschallten.

Magda bat Hiske in die Küche und schloss die Tür hinter ihnen. Klaas konnte nicht mehr verstehen, über was die Weiber redeten. Aber es war interessant zu erfahren, dass sich die Badersfrau in der Mordnacht bei der Hebamme herumgetrieben hatte. Wer wusste schon, ob das für ihn noch einmal wichtig sein würde. Während die Hebamme in der Küche Magdas weilte, wusste Klaas mit einem Mal, wie er vorgehen würde. Und während seine Fantasie ihm Hiskes Schreie zuspielte, wurde dem alten Scharfrichter warm ums Herz.

Jan lief in seiner Kammer auf und ab, hatte die Hände auf dem Rücken verschränkt. Er war wie schon beim letzten Mal beim Landrichter Wolter Schemering untergekommen. Wie dumm konnte man sein, ein Gespräch dermaßen unüberlegt zu führen. Hiske musste nun denken, er mochte Weiber wie die Marketenderin. Es war in der Tat eine weise Entscheidung, weiter allein zu bleiben. Mit seiner ungeschickten, manchmal etwas polterigen Art hatte er damals auch Lieke verletzt. Ein Wort gab das andere, bis sie sich am Ende gar nichts mehr zu sagen hatten, obwohl die wahren Sätze in ihren Herzen schlummerten. Und irgendwann war es zu spät gewesen.

Nun war er dabei, Hiske gegenüber denselben Fehler zu machen. Er war feige, gestand sich seine Gefühle nicht ein. Auf der einen Seite dürstete es ihn danach, sie endlich in den Arm zu nehmen, einmal ihre Lippen zu berühren. Auf der anderen Seite fürchtete er die Gefühle und die Zwänge, die das auslösen würde. Er war ein freier Mann, und, wie er erst wieder unter Beweis gestellt hatte, keiner, der einem Weib wirklich gerecht werden konnte. Dennoch musste er zu ihr. Vermutlich würde sie ihm die Tür vor der Nase zuschlagen. Hiske besaß einen großen Stolz, und den hatte er mit seiner unbedachten Art tief verletzt. Er hatte bereits zwei Tage verstreichen lassen.

Jan brauchte dringend frische Luft. Er sagte Wolter Schemerings Weib kurz Bescheid und trat anschließend vor die Tür. Die drückende Hitze schlug ihm entgegen und erweckte in ihm den Wunsch, sofort wieder ins Haus zurückzukehren. Doch er wollte, musste mit Hiske reden. Jetzt sofort.

Als Jan seinen Blick wandte, sah er die dunklen Wolken, die sich drohend im Westen aufbauten. So sehr er die kommende Abkühlung begrüßte, so besorgt sah er aber auch der Gewitterfront entgegen. Bei der anhaltenden Hitze und der Schwärze dieser Wolkenberge würde vermutlich ein Unwetter über sie hereinbrechen. Es war wie ein böses Omen, das deutlich machte, was sich hier gerade abspielte. Jan beschleunigte seinen Schritt, die Wolken verdunkelten bereits die Sonne, und erste heftige Böen ließen die Äste der Bäume auf und nieder tanzen, die Blätter schüttelten sich dabei in alle Richtungen und knisterten ein bedrohliches Lied.

Jan stand lange unschlüssig vor Hiskes Kate, wagte nicht zu klopfen. Vielleicht würde sie ihn gar nicht anhören. Er hob die Hand, war kurz davor, gegen das Holz zu schlagen, ließ sie dann aber wieder sinken. Er wollte keinen weiteren Fehler machen. »Ich gehe besser. Am besten zurück nach Emden«, sagte er zu sich. »Ich werde mit Jacobus Cornicius weiterforschen, so lange, bis ich sterbe. Das ist mein Leben. Nicht das hier! Das kann ich nicht. Obwohl ich es mir doch so sehr wünsche.«

Gerade, als er von der Kate zurücktrat, knallte eine der Dachpfannen aufs Pflaster und zersprang in unzählige Teile. Jan schrak zusammen und drückte sich an die Hauswand. Auch Hiske hatte das Scheppern der heruntergerutschten Pfanne gehört und öffnete mit erschrockenem Blick die Tür. Sie sah Jan sofort, zog die Brauen hoch und ging wortlos ins Haus.

»Warte!« Jan schoss hervor und folgte Hiske in die Kate.

Sie wandte sich ihm zu und blitzte ihn an. »Was willst du, Jan Valkensteyn? Mir noch mehr wehtun? Du weißt, was in mir vorgeht. Ich kann dir keinen Vorwurf machen, du hast mir nie Hoffnungen oder Versprechungen gemacht. Und doch schlägt mein Herz für dich, und ich bin mir sicher, dass du das genau weißt. Du erwiderst meine Gefühle nicht, schon deshalb bitte ich dich, mich zukünftig nicht mehr aufzusuchen. Es wird besser sein, du gehst zurück nach Emden. Ich glaube, dort wirst du glücklicher sein als hier. Du wolltest immer forschen, bitte mache das. Und verschwende deine Zeit nicht mit einem toverschen Weib wie mir. Anneke wird dir sicher gern folgen.«

»Anneke ist eine Duuvke«, hob Jan an. Leise fügte er hinzu: »Ich hatte nur einmal in meinem Leben eine Hure, und ich will es nicht wieder tun. Es gibt mir nichts. Und ein Weib, das … so eines will ich nicht.«

Hiskes Blick ruhte noch immer skeptisch auf dem jungen Arzt. »Dennoch glaube ich, dass du ein Mann bist, der seine Freiheit braucht. Für all das, was ihm wichtig ist. Ich habe dich beobachtet, viel über dich nachgedacht.«

Jan sah Hiske fragend an.

»Du liebst die Forschungen, du musst oft allein sein. Wäre ich dir wichtig, hättest du dich nicht drei Jahre in Emden verkrochen, und auch jetzt wohnst du so, dass deine Abreise täglich möglich ist.« Hiske hielt kurz inne und flüsterte dann: »Du hattest von Beginn an nicht vor, dir eine feste Bleibe in der Neustadt oder in Dykhusen zu suchen!«

Jan sah betreten zu Boden. Er konnte nichts erwidern, weil Hiske recht hatte. Er konnte sich nicht entscheiden zwischen der Liebe zu ihr und seiner Freiheit. Deshalb machte er einen Fehler nach dem anderen.

Hiske aber war noch nicht fertig. Er bewunderte sie für diese Stärke, ihm all das sagen zu können, während er wie ein Schwächling vor ihr stand und sie ihm sagen musste, wie es war.

»Ich weiß nicht, was mit dir und Lieke geschehen ist. Da du nicht darüber reden willst, muss es dir sehr nah gegangen sein. Aber ich weiß, dass du sie nicht vergessen kannst, und mit einem solchen Schatten würde ich ohnehin nicht leben wollen. Allein wie du ihren Namen ausgesprochen hast, wie du erwähnt hast, dass sie so schön wie Anneke war …« Hiskes Stimme brach. Es lag kein Stolz mehr in ihren Augen, lediglich großer Schmerz. »Bitte geh, Jan. Mein Leben kippt gerade völlig um. Der Wortsammler ist weg, ich weiß nicht mehr ein noch aus. Und ich will nicht, dass man mir das Herz bricht. Auch du nicht! Noch kann ich es verschmerzen; kämst du mir näher, wäre es unmöglich. Bitte geh!«, wiederholte sie und stürzte aus der Küche.

Jan glaubte das Vibrieren der Tür förmlich zu sehen, weil Hiske sie schwungvoll hinter sich zugeschlagen hatte. »Du hast das alles ganz falsch verstanden«, flüsterte er, immer noch auf die Tür starrend, die nun unwiderruflich verschlossen war.

Hiske hatte ihm ihre Gefühle gestanden, was ihm einmal wieder deutlich machte, wie sehr sie sich von allen Weibern unterschied, denen er je begegnet war. Sie war selbstsicher, wusste stets, was sie tat. Aber sie wollte sich nicht verletzen lassen, und dazu machte sie sich ihm gegenüber verletzlich. Trotz allem zeugte das von sehr großem Vertrauen.

Jan sah hinaus. Es war fast dunkel, die Regentropfen prasselten auf den Weg. Das Donnern zerschmetterte die Luft, und auf der gegenüberliegenden Wegseite knickte ein Baum unter der Last des Sturmes um.

»Es stimmt, Lieke sah Anneke ähnlich, sie trug ihr Haar auch offen, und es schimmerte im Schein der Sonne rötlich. Ihre Haut war von Sommersprossen übersät, und sie war ganz bezaubernd«, flüsterte Jan. Er lehnte den Kopf gegen die Scheibe, merkte, dass er weinte. Er weinte die Tränen, die er viele Jahre unterdrückt hatte. »Aber Anneke ist ein anderer Mensch als Lieke, dazu eine Duuvke; ob sie es noch ist oder nur war, ist unerheblich. Sie kommt keinesfalls als Gefährtin für mich infrage. Mein Herz gehört ihr nicht.« Jan hieb mit der Faust gegen die Wand. »Warum weiß ich nichts davon, dass der Wortsammler weggelaufen ist? Es muss Wolter Schemering doch zugetragen worden sein.«

Jan fiel es wie Schuppen von den Augen. Natürlich wusste der Landrichter davon, aber er hielt es für unwichtig und fühlte sich zudem nicht berufen, Jan darüber in Kenntnis zu setzen. Der Wortsammler war für den Landrichter so unwichtig wie ein entlaufenes Huhn. Er wollte ihn nicht suchen lassen. Alles, was er wollte, war: Ruhe in der Neustadt und das Voranschreiten des Baus. Alles andere wurde dem untergeordnet. Jetzt, wo Krechting in Emden weilte, ging es deshalb mit Recht und Gerechtigkeit den Bach hinunter.

Jan ließ sich auf die Küchenbank fallen, die bedrohlich ächzte. Er konnte nicht fort, das Unwetter tobte sich draußen aus, als habe es vor, die Herrlichkeit in Schutt und Asche zu legen. Donner folgte auf Blitz, dazwischen hörte Jan es knirschen und ächzen, wenn ein Baum zerbarst. Glücklicherweise hielt das Dach dem Sturm und Regen stand, es waren keine weiteren Dachpfannen abgegangen.

Jan nahm sich aus dem Krug einen Becher Dünnbier, er war hilflos. Hiske saß vermutlich weinend in ihrer Kammer, der Wortsammler war verschwunden, und so wie es schien, kümmerte Wolter Schemering sich nicht einen Deut darum, wer der Mörder Friso van Heeks sein könnte. Für ihn hatte das nicht die Brisanz wie der Mord am Lokator vor drei Jahren, und schon da hatte er es vorgezogen, den bequemeren Weg zu gehen. Wolter war wie ein Aal, der sich seinen Weg schlängelnd suchte und dafür auch das Wasser verließ und über Land weiterkroch. Wichtig war nur, dass es ihm und den Seinen gut ging. Jan hatte ihn nie anders erlebt.

Er erhob sich wieder und starrte hinaus. Die Luft draußen wirkte wie eine undurchdringliche grüne Suppe. Hoffentlich hatte der Wortsammler irgendwo Schutz gefunden und wurde nicht bis auf die Haut durchnässt oder gar von einem Blitz getroffen. Gewitter von dieser Heftigkeit waren an der Küste eher selten, umso bedrohlicher kam es ihm nun vor.

Als sich hinter ihm etwas regte, zuckte Jan zusammen.

Es war Garbrand.

»Guter Freund, wo kommst du her?«, fragte Jan und gleichzeitig schoss ihm durch den Kopf, was der Mönch von seinem Gespräch mit Hiske mitbekommen haben mochte.

»Ich habe alles gehört«, sagte Garbrand. Er wies mit dem Kopf in Richtung Herd. »Habe dort auf dem Schemel gesessen.«

Jan kniff die Lippen zusammen, wischte die Tränen mit dem Handrücken ab. So sehr er dem Mönch verbunden war, so unangenehm war es ihm nun doch, dass er sich zu solch einem Gefühlsausbruch hatte hinreißen lassen.

»Du musst sie zurückgewinnen, Jan. Sie hat recht mit allem, was sie sagt: dass du deine Arbeit und deine Forschungen liebst und dass du ein gewisses Maß an Freiheit brauchst. Aber was dir wirklich im Leben fehlt, ist die Liebe, weil du sie immer und immer zurückstößt, egal, von wem sie kommt. Ich sage dir das alles nur ein einziges Mal. Du musst Mann genug sein, jetzt zu reagieren, sonst wird dich das, was kommt, noch stärker treffen als das, was du Liekes wegen durchmachen musstest.« Der Mönch zögerte kurz, und Jan wusste, wie schwer ihm diese Sätze fielen, denn ihm war klar, wie Garbrand eigentlich zu ihm stand. Umso schwerer und gewichtiger war das, was er sagte. »Zeig ihr, wie viel sie dir bedeutet. Jetzt! Überlege, wie du es ihr beweisen kannst!«

Jan blickte Garbrand nachdenklich an. Nach einer Weile sagte er: »Sie liebt den Wortsammler über alles. Ich gehe ihn suchen. Egal, wie lange es dauert, egal, wie gefährlich es ist.«

Garbrand legte Jan die Hand auf die Schulter. »Eine weise Entscheidung, werter Freund. Gott schütze dich. Ich werde in der Zeit auf die Hebamme aufpassen.«

Jan hatte sich bereits zur Tür gewandt, dort hielt er aber in der Bewegung inne. Etwas in Garbrands Ton hatte Jan aufhorchen lassen. »Das klang, als wärest du etwas in Sorge?«

Garbrand nickte. »Sie war bei der Badersfrau.«

»Und? Was hat sie dort erfahren?«

»Nicht viel. Angeblich war sie in der Nacht hier, weil sie ein paar Kräuter wollte, denn die Furcht vor dem Marschenfieber plagt sie sehr. Doch als ich sie fortgejagt habe, ist sie angeblich schnurstracks nach Hause gelaufen.«

Jan zog die Brauen hoch. Das war längst nicht alles, was Garbrand wusste. Der verstand und sprach weiter. »Hiske meint, das Medaillon bei ihr gesehen zu haben. Magda hatte eine Truhe offen stehen, und sie hätte schwören können, es darin liegen gesehen zu haben.«

Ein scharfer Blitz teilte die Dämmerung erneut, ein Donner ließ das Land erschüttern, sodass Garbrand einen Augenblick aufhören musste zu reden, und es wirkte, als sei ihm das ganz recht.

Als sie nur noch den Regen rauschen hörten, fügte der Mönch hinzu: »Da ist noch etwas, Jan. Als Hiske von Magda weggegangen ist, glaubte sie, ihr sei jemand gefolgt. Außerdem haben wir den Eindruck, dass ständig wer um die Kate schleicht.«

»Es könnte der Wortsammler sein«, wagte Jan zu hoffen, aber Garbrand schüttelte vehement den Kopf. »Nein, es ist ein schlurfendes Geräusch. Der Schritt des Knaben klingt anders.«

»Wenn ich zurückkomme, dann müssen wir wissen, was hier noch vor sich geht, und vielleicht hängt das Verschwinden des Jungen auch damit zusammen. Wir werden ohnehin erst weiterkommen, wenn wir ihn wiederhaben. Du bist ja da, um auf sie achtzugeben.« Jan leerte den Becher Dünnbier in einem Zug und stand auf. Draußen schüttete es noch, der Abstand von Blitz und Donner aber wurde länger.

»Sie möchte nicht, dass ich hier wohne, will nicht, dass die Leute wieder reden. Aber ich passe auf. Es reicht, dass der Knabe fort ist, weil ich zu viel Giftwasser in mich hineingeschüttet habe.«

Jan nahm den Mönch einmal kurz in den Arm. »Danke. Ich werde den Wortsammler finden. Sag Hiske das, wenn sie aus ihrer Kammer kommt. Bitte sag ihr, dass ich es für den Knaben mache. Für sie und auch für uns. Denn wenn er nicht zurückkommt, wird sie nie wieder dieses Licht in ihren Augen haben, und ich will einfach nicht, dass es erlischt.« Jan spürte Garbrands Blick im Rücken und wusste, dass er in diesem Augenblick zwei gebrochene Herzen zurückließ.

Amsterdam 1531

Die warme Stimme umkreist das Kind, auch noch, als es sich unter dem Tisch verkrochen hat. Das Herz beruhigt sich. Die Frage hat nichts mit dem zu tun, was die Jungs in Amsterdam von ihm wollten. Die Frau meint es gut. Das Kind streckt die Nase unter dem Tisch hervor. Die warme Stimme redet mit der Frau mit den kalten Augen. Lange und leise.

»Der arme Wurm«, sagt die Stimme, und die Frau kommt zum Tisch. »Ich nehme ihn mit.«

»Spricht aber nicht«, sagt die Frau mit den kalten Augen, doch es schwingt Hoffnung darin mit. »Das Kind stört den Ablauf, auch wenn es nur rumsitzt. Ich bin froh, wenn es weg ist. Es ist ein Kind von einem Weib ohne Mann. Einer gefallenen Frau, die das Schwert Gottes gerichtet hat. Bestimmt gehörte sie auch dieser gottesfernen Brut, den Täufern, an.« In der Stimme schwingt Wut und Verachtung. »Da haben sie doch erst welche enthauptet. Diesen Jan Folkertsz Trypmaker. Auf Stangen haben sie seinen Kopf und die der anderen von Den Haag nach Amsterdam gebracht. Und dabei hat er seine täuferischen Lehren widerrufen, er steht also nicht mal dazu. Aus solchem Stall kommt dieses Balg! Ganz bestimmt.«

»Woher wollt Ihr das wissen? Außerdem ist es egal, denn es ist ein Kind.«

Die Frau winkt ab. Verächtlich. »Das Kind hat das Böse in sich. Guckt es Euch doch an!« Sie bekreuzigt sich.

»Ich glaube, es braucht einfach nur Zuwendung.« Die warme Stimme nähert sich, das Kind kauert noch immer unter dem Tisch, wartet ab, ob die Hand ihm wehtut, als sie auf der Schulter liegt. Doch sie ist warm, ruhig. »Du bist ein hübsches Mädchen«, sagt die Stimme. »Ich bin Amilia. Komm mit mir. Ich tue dir nichts.«

Mädchen, hämmert es in ihrem Kopf. Nicht Kind. Kein Nichts. Mädchen. Die Frau hat Mädchen gesagt.

»Du wirst mir sicher noch sagen, wie du heißt, oder?«

Das Mädchen schüttelt den Kopf. Mädchen muss erst mal reichen.

11. Kapitel

Die Gewitterfront war über Emden hinweggefegt. Hinrich Krechting sah aus dem Fenster der Burg. Er hatte sein Wams bereits zugeknöpft, denn er war mit Dr. Westerburg, dessen Tochter Bente und Jacobus Cornicius verabredet. Sie wollten gemeinsam bei dem Emder Stadtarzt speisen und über die aktuelle Lage der Stadt, der Religion und der Armenversorgung sprechen. Das Gespräch mit a Lasco am Morgen war sehr erquicklich gewesen. Emden gefiel ihm von Stunde zu Stunde mehr.

Als Stadtarzt verfügte Jacobus Cornicius über tiefe Einblicke in das Armenwesen, außerdem galt er als überzeugter Reformer. Des Weiteren musste Krechting das Emder Stadthaus planen, eine Aufgabe, die er nicht vernachlässigen sollte, denn das hatte Hebrich von Knyphausen ihm explizit aufgetragen.

Der Regen ließ nach, aber als Krechting, Bente und Dr. Westerburg in die Gasse traten, wurde ihnen das Ausmaß des Unwetters bewusst. Die Straße hatte sich in einen reißenden Bach verwandelt, in dem der Unrat durcheinandergewirbelt wurde. Knochen, Gräten und Stoffreste tanzten auf braunen Strudeln, die gegen die Hauswände schlugen, sich neu formierten und ihre Fracht anschließend weiterschoben, bis das Spiel von Neuem begann.

»Wir müssen wohl oder übel warten, bis wir trockenen Fußes laufen können«, sagte Krechting. »So können wir keinen Diener bitten, eine Kutsche fertigzumachen, die kommt hier auch nicht durch.« Sein Bauch knurrte, er hoffte, dass es nicht mehr allzu lange dauern würde. Die drei zogen sich vorerst auf die Burg zurück.

Nach einer Stunde schien es, als sei nun ein Fußmarsch möglich, Krechting klopfte an die Tür des Pastors, der bereits mit seiner Tochter wartete. In Emdens Gassen stand der Matsch knöcheltief, es war eine Tortur, sich hindurchzubewegen. Westerburgs Tochter quetschte sich an den Häuserwänden entlang, hatte ihr Kleid ganz hochgezogen, um den Saum nicht völlig zu ruinieren. Ihre Schuhe waren allerdings binnen kürzester Zeit durchweicht.

»Es hat aber auch keinen Zweck, eine Kutsche zu nehmen«, sagte Dr. Westerburg und deutete auf ein Gefährt, dessen Räder im Matsch feststeckten. Der Kutscher bemühte sich vergeblich, sie freizubekommen.

»Mir ist es ohnehin lieber, die reingewaschene Luft zu genießen«, sagte Krechting. »Jetzt in der stickigen Droschke zu sitzen, wäre mir nicht angenehm.«

»Nur noch zwei Häuserecken, dann haben wir es geschafft«, ächzte Dr. Westerburg, dem die Stadt sehr geläufig war, hatte er doch schon einige Zeit hier verbracht. »Glücklicherweise sind die Wege nie weit.«

Sie klopften an, und ein Gesindemädchen öffnete. »Ihr werdet bereits erwartet«, sagte sie und führte die drei durch die Diele, nachdem sie ihnen mit sauberen Lappen den gröbsten Dreck von den Schuhen gewischt hatte.

In der Stube strahlte ein Kandelaber, die Kerzen darauf verbreiteten ein anheimelndes Licht, das den Schmutz und das durchgezogene Unwetter vergessen ließ. Jacobus Cornicius eilte seinen Gästen entgegen. »Werter Dr. Westerburg, mein lieber Herr Krechting und das junge Fräulein, seid willkommen in meinem Haus.«

Er rückte die Stühle nach hinten und deutete seinen Gästen an, darauf Platz zu nehmen. Anschließend klatschte er in die Hände, und das Dienstmädchen eilte herein, einen Krug mit dunklem Rotwein in der Hand. »Ich habe ein Fass Wein anstechen lassen, das erst gestern mit einem Handelsschiff über die Binnengewässer zu uns gekommen ist. Mal etwas anderes als Dünnbier. Oder das Gebraute, ich kann es bald nicht mehr sehen. Nun denn, heute kredenze ich Euch feinsten Roten.«

Der Arzt schenkte ein, hob den Becher und lächelte freundlich in die Runde. Auf Bente ruhte sein Blick eine Weile zu lange, Krechting erkannte das Wohlgefallen in den Augen des Arztes. Westerburgs Tochter war eine schöne junge Frau von schlanker Gestalt. Sie hatte liebreizende Gesichtszüge, die einem Mann durchaus gefallen konnten. Ihr Lachen war freundlich und zurückhaltend, dabei zeichneten sich auf ihren Wangen feine Grübchen.

»Ihr lebt allein in Emden?«, hakte Krechting nach, und Cornicius nickte. »Ich habe keine Familie, wenn Ihr das meint. Ich verbringe viel Zeit mit meinen Forschungen, und bevor Jan Valkensteyn es vorgezogen hat, sich in die Herrlichkeit Gödens aufzumachen, hat er Unterschlupf bei mir gefunden. Zwei Gelehrte unter einem Dach, die nichts Besseres zu tun haben, als sich mit Tod, Krankheit und deren Bekämpfung zu beschäftigen. Das findet wohl kaum ein Weib anziehend, zumal wir ständig merkwürdig riechen und uns mit seltsamen Dingen befassen.«

»Ich interessiere mich durchaus für solche Dinge«, ließ sich Bente vernehmen. »Wenn man mich ließe, würde ich gern Medizin studieren, aber das traut man Weibern ja nicht zu!«

Krechting entging der wütende Blick ihres Vaters nicht. Jacobus Cornicius jedoch wandte der jungen Frau seine volle Aufmerksamkeit zu. »Das finde ich höchst interessant, Ihr habt eine aufgeweckte und selbstbewusste Tochter, Pfarrer. Ich mag Frauen, die wissen, was sie wollen.«

Westerburg erhob sein Glas und nickte Cornicius zu, schwieg aber. Krechting dachte, dass er Bente sicher eine Standpauke halten würde, wenn sie allein waren. Hinrich hob sein Glas ebenfalls und lenkte das Thema auf die Flüchtlinge und die sich daraus ergebenden Probleme. Das würde die Situation entspannen, und schließlich war er genau deswegen hier.

Jacobus Cornicius ging sofort darauf ein. »Die vielen Neuankömmlinge sind in der Tat ein Problem, ich fürchte die Pest, wenn es noch mehr werden. Die hygienischen Zustände sind unhaltbar, aber wem erzähle ich das? Ihr habt es auf der Burg Gödens selbst erlebt, es grenzt an ein Wunder, dass Ihr von den Seuchen verschont geblieben seid.«

»Wir haben immer mal wieder Fälle von Typhus oder Cholera«, hob Krechting an. »Und im Augenblick plagt das Marschenfieber die Alten und Kinder. Sie sterben wie die Fliegen, dagegen kann unsere Hebamme gar keine neuen Kinder auf die Welt holen.«

»Vom Marschenfieber habe ich gehört. Es war ein Grund, warum sich Jan Valkensteyn zurück auf den Weg gemacht hat. Ich sage immer wieder, dass die Menschen Diäten halten und auf die Sauberkeit achten sollen, dann bliebe uns viel erspart. Darüber schreibe ich gerade ein Buch. Ich lasse darin einen Arzt mit einem Laien reden, das ist dann auch für den einfachen Bürger, natürlich nur, wenn er des Lesens und Schreibens kundig ist, verständlich.«

»Und wenn es doch der Gotteszorn ist, wie die Papisten befürchten?«, wagte Dr. Westerburg einzuwenden. »Immerhin gibt es noch keine einheitliche Kirchenordnung, das kann Gott doch nicht hinnehmen.«

Krechting sah von einem zum anderen, vor allem, als Cornicius vehement den Kopf schüttelte. »Die Theorie der Papisten kommt immer dann zum Zuge, wenn die Menschen nicht weiterwissen oder die Obrigkeit Angst und Schrecken verbreiten will. Ich glaube nicht daran.«

»Was gedenkt Ihr gegen die Missstände zu tun?«, hakte Krechting nach.

»Ich habe sehr interessante Rezepturen mit Jan Valkensteyn entwickelt, die den Menschen in den Zeiten der Not behilflich sind. Aber wie gesagt: Wenn der Zustrom der Flüchtlinge nicht abreißt, die Stadt dann aus allen Nähten platzt, werden wir womöglich die Pest in Emden haben, und dann gnade uns Gott.« Er nahm einen Schluck Rotwein, ließ ihn im Gaumen kreisen und prostete anschließend Bente Westerburg zu, bevor er weitersprach. »Ich befrage auch immer mal wieder die Sterne, denn sie kennen das wahre Schicksal. Über Emden wird großes Unglück kommen. Die Toten werden bergeweise aus der Stadt gekarrt und verbrannt werden, das sage ich Euch. Aber kommen wir zu anderen Themen, der Abend ist noch jung und zu schade, um ihn mit traurigen Geschichten zu füllen.«

Krechting lagen noch Fragen auf der Zunge, was das Armenwesen anging, denn bislang hatte der Stadtarzt nur über die Medizin doziert, doch er wollte die Stimmung, die wegen des ausgezeichneten Weines recht ausgelassen war, nicht stören. Darüber und über das Stadthaus konnte er ein anderes Mal reden.

Hiske starrte zur Decke. Das Unwetter verzog sich, zumindest würde die unerträgliche Hitze nachlassen, aber vielleicht auch nur von schwüler Luft abgelöst werden. Sie hatte Garbrand und Jan noch eine Weile in der Küche reden gehört, aber nicht verstanden, über was sie sich unterhalten hatten. Sie hätte all diese Dinge nicht sagen sollen. Noch nie hatte sie so offen gesprochen, sie hatte sich Jan geradezu angebiedert. Nie wieder konnte sie ihm in die Augen sehen, zumal er ihre Gefühle offenbar nicht erwiderte.

Wenn der Wortsammler nicht zurückkam, gab es für sie keinen Grund zu bleiben. Hier, wo die Menschen auf solch arme Wesen wie ihn eintraten, hier, wo sie Göttlichkeit predigten und doch immer nur schauten, wie sie ihren eigenen Ruf bestens erhalten konnten, egal, ob dafür Unschuldige litten oder nicht. Hier, wo immer wieder Jan Valkensteyn aufkreuzen würde. Ob mit oder ohne Anneke Hollander. Das Marschenfieber mussten die Menschen ohne sie bekämpfen. Sie würde abreisen, sobald der Junge wieder da war. Nur das hielt sie noch. Allerdings konnte sie nicht in Emden leben, dort lief sie stets Gefahr, Jan über den Weg zu laufen. Hiske hatte kürzlich in einem Gespräch aufgeschnappt, dass es am einfachsten war, von Emden über die Niederlande ins mittlere Deutschland zu gelangen. Von dort konnte sie überall hinreisen. Weit genug weg von der See, von Jan und allen Menschen der Herrlichkeit. Allerdings lief sie in anderen Landesteilen durchaus Gefahr, als Hexe angesehen zu werden, und keinesfalls durfte sie je verlauten lassen, dass sie unter den vogelfreyen, allseits geächteten Täufern und Mennoniten gelebt hatte. Aber wie gering war das gegen ihr gebrochenes Herz. Am liebsten wäre sie schon jetzt gegangen. Sollte der Wortsammler zurückkommen, wäre immer noch Garbrand da. Er war ohnehin sein engster Vertrauter. Sie könnte Garbrand die Kate überlassen, sicher hätte Krechting damit kein Problem, zumal die restlichen Menschen aus der Wagenburg ohnehin lieber in der Neustadt siedeln wollten. Aber ihre Liebe zu dem Kind hielt sie zurück. Niemals konnte sie den Wortsammler hier bei den Menschen lassen, denen sein Schicksal so egal war wie das der Fliege an der Wand. Bis er zurück war, hatte sie Zeit genug, alles vorzubereiten und sich zu erkundigen, welches Schiff bis dahin ankern würde und sie mitnehmen konnte. Sie war dazu verdammt, ein unstetes Leben zu führen, nie sesshaft zu werden. Kein Mann auf dieser Welt würde es wagen, sie zu ehelichen, diese Hoffnung war mit den Worten Jans gestorben.

Hiske stand auf, kämmte das Haar, ordnete ihren Rock und den Überwurf. Sie goss etwas Wasser in die Waschkumme und wusch sich das erhitzte und vom Weinen verschwollene Gesicht. Danach ging es ihr besser, sie fühlte sich gestärkt. Sie starrte hinaus in die Dunkelheit und lauschte dem Prasseln des leichten Regens, der sich noch immer über das Land ergoss. Garbrand war sicher noch da. Er hatte die ganze Zeit in der Ecke der Küche gesessen und war deshalb Zeuge der Worte zwischen ihr und Jan geworden. Wie hatte sie das bloß vergessen können? Es machte ihr aber deutlich, wie tief sie für den Arzt fühlte. Irgendwann musste sie es schaffen, ihn aus ihrem Herzen zu verdrängen. So wie er es mit ihr getan hatte, als er nach Emden geflohen war.

Hiske ging in die Küche, wo Garbrand tatsächlich noch auf der Bank saß und ins Dunkel starrte. Er hatte nicht einmal eine Kerze angezündet.

»Du hast alles mit angehört, das tut mir leid!«

Garbrand stand auf, fasste Hiske bei den Händen und zog sie dann auf die Bank. »Ich bin Mönch, ich habe das Beichtgeheimnis, und ich weiß sehr wohl, wann ich etwas für mich behalten muss. Niemand wird davon erfahren.«

Hiske war erleichtert, wusste sie doch um die Ehrlichkeit des Mannes. Nach Jan fragte sie nicht.

Garbrand schwieg eine Weile, dann aber sagte er: »Jan ist ins Moor gegangen und sucht nach dem Wortsammler.«

Hiske hob die Brauen. Das war mehr, als sie erwartet hatte. Und doch würde es sie nicht mehr von ihrem Entschluss zu gehen abhalten. Nur hielt sie es noch für verfrüht, Garbrand davon in Kenntnis zu setzen.

Magda Dudernixen stand vor Melchior, der ihren Oberarm umklammert hielt. »Wo hast du das Medaillon her, und warum zum Teufel fehlt der Inhalt? Die Hebamme war hier und hat mich nach der Mordnacht gefragt.«

»Hast du ihr gesteckt, dass ich noch raus bin und dem Mann gezeigt habe, was man besser mit den Eheweibern der anderen unterlässt?« Melchior schnaubte wie ein altes Pferd, das einen zu schweren Wagen gezogen hatte.

»Nein, natürlich nicht. Du bist mein Mann. Aber ich will wissen, was passiert ist!« Magdas Stimme überschlug sich, und für kurze Zeit wurde sie wieder zu dem Weib, das sie einst gewesen war. Ein Weib mit Feuer, ein Weib, das eine spitze Zunge sein Eigen nannte. Ein Weib, das sich durchaus auch gegen einen Mann wie Melchior zu wehren wusste.

»Halt die Klappe!«, fuhr Melchior sie an. »Was geht es dich an?«

»Ich hatte das Medaillon in der Hand am nächsten Morgen. Ich, Melchior. Ich. Wie ist es dorthingekommen? Wie in meine Bettstatt?«

Über das Gesicht ihres Mannes glitt ein Grinsen. Breit und unflätig, beinahe bösartig. »Das solltest du doch am besten wissen, wo du für alle Kerle die Beine spreizt!«

Magda schrie auf und hieb mit ihren Fäusten gegen seine Brust. »Ich habe … ich habe …« Sie brach zusammen, sank ihrem Mann vor die Füße.

»Was hast du?«, herrschte der sie an.

»Ich habe es nicht freiwillig getan!« Magda lag nun ganz auf dem Boden, wimmerte, weinte. Alle Bilder der Nacht stürzten mit großer Wucht auf sie ein, begruben sie unter sich, sodass ihr die Luft wegblieb. Wie sehr sehnte sie sich nach der beruhigenden Hand ihres Mannes, der sie tröstete, ihr sagte, alles würde gut.

Doch nichts dergleichen geschah. Melchior Dudernixen hatte sich bei ihren Worten kein Stück von der Stelle gerührt, sondern starrte reglos gegen die Wand. Sein Atem ging stoßweise, es kam Magda vor, als würde sein Groll gleich aus dem Mund herausquellen und sie beide unter sich ersticken.

»Er hatte das Medaillon noch am Hals, als er … er es mit mir tat. Was danach geschah, ich weiß es nicht.« Sie schlug die Hände vors Gesicht. »Ich weiß es einfach nicht!«

»Du hast es in der Hand gehabt, und der Mann lag tot im Siel. Reicht dir das nicht als Erklärung?« Melchior beugte sich jetzt zu seiner Frau und zog ihre Hände von ihrem Gesicht weg. »Ob dir das nicht reicht?«

Magda schüttelte den Kopf, konnte kaum reden. »Nein, das reicht mir nicht, Melchior. Ich habe ihn nicht umgebracht!«

Dudernixen zerrte Magda hoch. »Er ist tot!«, sagte er ganz langsam, Wort für Wort betonend. »Tot.«

»Ich war es nicht!«

»Du kannst dich nur nicht erinnern, Weib. Das ist der Punkt. Du kannst dich nur nicht erinnern.« An der Art, wie Melchior es sagte, erkannte Magda eine gewisse Genugtuung, die kaum zu ertragen war.

Jan war völlig durchnässt, als er am Moor ankam. Er war bei Schemering vorbeigelaufen, hatte sich eine Decke, eine Fackel und seinen Umhang geholt.

Ihm war es egal, wie nass er war. Wenn er den Wortsammler nicht fand, würde es schwer sein, Hiske für sich zu gewinnen. Er hatte nur noch wenige Möglichkeiten, vor ihr zu bestehen und ihr klarzumachen, was sie ihm bedeutete. Garbrand war sehr deutlich geworden. Und er hatte recht. Mit jedem Wort. Warum nur hatte er seine Freiheit schon vor drei Jahren höher eingestuft als seine Gefühle? Warum hatte er sich so missverständlich ausgedrückt, dass es eskalieren konnte? Im Moor würde er Zeit genug haben, sich darüber Gedanken zu machen.

Der Weg war morastig und schwer, teilweise sackte Jan mehr als knöcheltief ein. An den wenigen trockenen Stellen schien es dann wieder, als laufe er auf Watte, weil der Boden unter ihm federte. Wegen des Gewitters hatte sich der Himmel früher verdunkelt als sonst. Über dem Land lag eine gespenstische Dämmerung, der noch immer andauernde Sturm peitschte die Äste auf und nieder. Jan fürchtete, dass ein weiteres Regengebiet in den nächsten Tagen und Wochen das Land unpassierbar machen könnte. Umso dringlicher war sein Unterfangen, denn wenn es noch sumpfiger wurde, lief er Gefahr, nicht zurückzukommen. Leider hatte es sich nicht abgekühlt, sondern die Luft war feucht und stickig geworden, sodass es fast schwer fiel, ruhig durchzuatmen. Seinen Umhang trug er lediglich, weil er einen guten Schutz vor den Mücken bot, die sich hungrig auf ihn stürzten und ihre Rüssel, wo immer sie konnten, in sein Fleisch bohrten. Darunter rann ihm der Schweiß in wahren Sturzbächen über die Haut. Es war unerträglich.

»Wortsammler!«, rief er, doch seine Stimme schien von der Ewigkeit des Moores verschluckt zu werden. »Junge, wie weit hast du dich in diese Wildnis vorgewagt?«, flüsterte Jan.

Er zog das Messer aus der Tasche und ritzte in jede fünfte Birke einen Pfeil, damit er zurückfand. Die Pfade im Moor waren sich alle ähnlich, er konnte sonst nicht sicherstellen, später auf dem richtigen Weg zu sein. Es war ihm von jeher ein Rätsel, wie der Knabe sich allein mit seinem Instinkt zurechtfinden konnte. Solange es irgendwie ging, würde er das Kind suchen. Bis weit in die Nacht hinein.

Immer wieder stellte sich Jan dieselben Fragen. Warum war der Knabe fortgelaufen? Wer schlich sich um Hiskes Kate herum, und wohin war das Medaillon verschwunden? Die Hebamme hatte recht. Das Schmuckstück würde sie zum Mörder führen. Hiske glaubte, es bei Magda gesehen zu haben. Wie weit hing der Bader in allem drin? Dudernixen war ein undurchsichtiger Mann, der die Falschheit des Charakters zu seinem Lebensinhalt gemacht hatte und widersinnigerweise sehr gut damit durchs Leben kam. Das verstand, wer immer es wollte. Für Jan war es ein Rätsel, das er wohl nie ergründen würde.

Der Weg wurde schlechter, das Laufen von Minute zu Minute beschwerlicher. Während er sich durch den Morast kämpfte, schob sich ständig Hiskes Gesicht vor sein inneres Auge. Ihr trauriger, fast gebrochener Blick, weil sie sich ihm zu erkennen geben musste, um zu erklären, warum sie so böse geworden war. Und er, der große Arzt, der feige geschwiegen hatte.

Er liebte Hiske. Jan schrak zusammen, zum ersten Mal wagte er, diesen Gedanken zuzulassen. Jetzt, wo er gerade dabei war, die Hebamme zu verlieren, war es ihm klar wie nie zuvor. Er liebte sie mehr als Lieke. Viel mehr! Das Erste, was er nach seiner Rückkehr tun würde, war, Anneke klar zu sagen, dass er keine Gefühle für sie hegte. Auch, damit sie aufhörte, sich zwischen ihn und die Hebamme zu stellen.

Jan ritzte einen weiteren Pfeil ins Holz, schlug sich tiefer ins Moor. Die Bäume standen nun dichter, es gab keinen Pfad mehr, an dem er sich orientieren konnte. Jeden Tritt musste er absichern, er kam nur langsam voran. Schließlich suchte er sich einen Platz zum Rasten und sank mit dem Rücken gegen einen Baum, der ihm etwas Halt bot. Er hätte zusätzlich eine Laterne mitnehmen sollen. Die Flamme der Fackel brannte mit letzter Kraft, sie würde ihm nur noch kurz ihr bizarres Licht spenden. Von dem Augenblick an wurde es gefährlich, und er musste warten, bis die Nacht vorüber war. Jan schloss die Augen, weil er eine Pause dringend nötig hatte. Doch eines war sicher: Er würde in dieser Nacht nicht schlafen.

Klaas lehnte sich in sein Kissen zurück. Er war sehr zufrieden. Es machte ihm große Freude, die Hebamme, so oft er konnte, zu verfolgen. Er gab acht, dass sie es merkte, denn dann stand ihr die Angst ins Gesicht geschrieben. Das mochte er. Er kam leider nicht nah genug heran, um auch ihren Duft in die Nase zu bekommen, denn was er an seinem Beruf als Scharfrichter geliebt hatte, war der Geruch der Todesangst, der den Schuldigen aus den Poren kroch. Es war besser als jedes Parfüm, besser als jeder Alkoholrausch. Das fehlte ihm, aber Hiske Aalken würde ihn später dafür entschädigen. Sein Weg war von Leichen gepflastert, er kannte alle Möglichkeiten, jemanden zu Tode kommen zu lassen. Nicht ein einziges Mal hatte es ihm leidgetan, nicht einmal bei den jungen Weibern, über die er hin und wieder vor ihrem Tod noch gestiegen war und ihre Weiblichkeit genossen hatte. Für einen Mann, den selbst die Huren ablehnten, war es die einzige Möglichkeit gewesen, zu seinem Recht zu kommen. Nur von den Toverschen hatte er sein Gemächt gelassen. So sehr es ihn als alleinstehenden Mann nach weicher Haut dürstete, so sehr hatten ihn diese Zauberfrauen stets abgeschreckt. Man sah ja, was dabei herauskam, wenn man Kontakt zu ihnen hatte. Klaas strich über sein Holzbein. Wer wusste schon, was noch Schlimmeres passiert wäre, wenn er eine von ihnen angerührt hätte.

Nun würde es nicht mehr lange dauern, er näherte sich seinem Ziel. Alles war für sie vorbereitet. Der Kerker mit allen Gerätschaften, ihr Lager auf dem kalten Steinboden, seine Hände, die sich stark und beweglich zeigten wie lange nicht mehr.

Welche Wonnen warteten auf Klaas Krommenga, wenn er dieses Weib erst in seiner Gewalt hatte.

Grieta räumte auf. Lina ging es noch immer nicht gut, sie hatte in der vergangenen Nacht kaum ein Auge zugetan. Ständig wurde sie vom Fieber geschüttelt, sah krank und schwach aus. Es wäre wohl besser gewesen, sie wäre gleich gestorben. Anneke wäre schon ein Grund eingefallen, den sie hätte vorschieben können. Junge Mädchen wie Lina konnten sich schon mal selbst töten, keiner hätte das hinterfragt. Wenn Lina sofort gestorben wäre, hätte ihre Zukunft nicht in den Sternen gestanden. Sicher wäre es auch möglich gewesen, es so zu drehen, als wäre Lina einfach schwanger geworden und wolle den Vater nicht preisgeben.

Anneke war wegen Linas Befinden sehr bestürzt. Sie fragte alle Dinge zweimal und herrschte die Mädchen ständig an. Grieta glaubte, dass dies auch daran lag, dass dieser Arzt nicht gekommen war, obwohl sie ihn zu sich eingeladen hatte. »Wenn er mich besucht, dann gibt es euch nicht. Ihr seid einfach verschwunden, ich will ihn für mich allein. Von diesem Treffen hängt sehr viel ab. Letztlich auch eure Zukunft.« Anneke wollte ihn verführen. Danach musste er sie ehelichen.

Nur verstand Grieta nicht, warum sie es gerade auf diesen bartlosen Mann abgesehen hatte. Ihr war er zu drahtig, seine Augen zu warm. Jan Valkensteyn war langweilig. Sie selbst hätte einen Mann wie Krechting haben wollen. Groß, kräftig, ein bisschen untersetzt. Und machtgierig. Der wusste, was er wollte.

Grieta machte sich weiter an die Arbeit; wenn Anneke gleich zurückkam, wollte sie mit dem Saubermachen fertig sein. Es war außerdem eine gute Möglichkeit, sich zu beschäftigen. Lina wimmerte in ihrer Bettstatt und ging Grieta auf die Nerven. Männer durfte sie auch keine mehr empfangen, sodass ihnen schon bald das Geld ausgehen würde. Im Laden war kaum etwas los, weil kein Schiff angelegt hatte. Das Unwetter führte außerdem dazu, dass die Leute aus Dykhusen fernblieben, denn kaum einer machte sich auf den Weg über die schlammigen Wege, wenn er es vermeiden konnte.

Grieta reinigte den Küchentisch mit Sand, fegte den Raum anschließend aus und wischte die Möbel mit einem feuchten Tuch ab. Anneke bestand auf höchste Sauberkeit im Haus und überprüfte stets jede Ecke. Es war schon vorgekommen, dass sie Grieta heftig geschlagen hatte, weil in der Küche Essensreste lagen. »Wir wollen keine Ratten und Mäuse im Haus. Und die kommen, meine Liebe, wenn der Unrat offen herumliegt. Krechting hat für Abfallkörbe gesorgt, also bringe ihn um Himmels willen dorthin.«

Grieta hasste es, gemaßregelt zu werden, aber sie musste sich fügen. Ohne Anneke hätte sie in der Neustadt keine Bleibe, und was das hieß, wusste sie aus Erfahrung sehr wohl. Allein sein, keine Wärme. Hass in den Augen der anderen und der kalte Boden im Findelhaus, weil die Mutter fand, das Kind sei in dieser Welt überflüssig. Ein bisschen Glück war über sie hereingebrochen, als sie zu der alten Frau ziehen und deren Haushalt machen durfte. Doch die war eines Tages weg gewesen, und Grieta musste erneut ihren Weg finden. Als sie schließlich auf Anneke gestoßen war, hatte sie zwar kein sorgloses Leben, aber durchaus ein Lager für die Nacht und genug zu essen. Dass sie sich an Männer verkaufen musste, war der Preis dafür, aber er war nicht höher als der des Hungers und des Frierens.

Grieta nahm einen Hocker, stellte sich darauf und griff nach den irdenen Krügen, die Anneke auf dem Schrank aufgereiht hatte. Die waren seit mehr als einer Woche nicht gereinigt worden, und bestimmt würde Anneke auch hier kontrollieren, ob Grieta alles zu ihrer Zufriedenheit erledigt hatte. Sie hob den ersten Krug an, wischte den Boden darunter sauber und wollte ihn eben zurückstellen, als es darin klimperte. Leise nur, so als kullere ein winziger Stein darin. Grieta hob den Deckel und starrte in das Gefäß. Am Boden strahlte ihr etwas Glänzendes entgegen. So hell es auch anmutete, schien es gleichzeitig in allen Farben zu schillern. Was zum Teufel war das? Sie drehte den Krug und schüttete den Stein in ihre Hand. Dann hielt sie ihn gegen das Licht der Morgensonne, die sich durchs Fenster drängte.

»Was ist denn das für ein Ding?« Grieta kletterte vom Hocker und umschloss dabei den Stein mit der Hand, als fürchte sie, ihn aus Versehen fallen zu lassen.

»Das ist ein Kristall, kein einfacher Stein.« Er war fein gearbeitet, die Oberfläche völlig glatt geschliffen. Eigenartig war lediglich die Form. »Sieht aus wie eine Eisträne«, sagte Grieta. Während sie das Wort aussprach, glaubte sie zu spüren, wie der Kristall kälter wurde und sich in ihre Haut wie ein Splitter aus Eis eingrub. »Er ist so klein, und doch hat er eine Kraft und Ausstrahlung. Fast unheimlich. Es ist eine Mischung aus Liebe, Leid und …«, Grieta hielt inne, hielt die Luft an und flüsterte: »… und Blut. An diesem Stein klebt Blut!« Sie musste sich setzen. »Ich denke doch sonst nicht so komische Sachen. Ich doch nicht.« Sie hielt den Kristall noch immer fest umklammert. Grieta öffnete die Handfläche und starrte auf die kleine Träne. »Anneke weiß nichts davon. Der Kristall ist bestimmt wertvoll, den hätte sie niemals in dem Krug deponiert.« Grieta ließ den Stein in der Schürzentasche verschwinden. »Den hat einer der Kunden dort hineingelegt. Oder Lina.« Grieta dachte nach. Die Krüge hatte sie in der vergangenen Woche zum letzten Mal in der Hand gehabt, und da waren sie leer gewesen. Wer hatte sich danach, außer ihr und Lina, in der Küche aufgehalten? Der Bader, schoss es ihr durch den Kopf. Dudernixen war dreimal hier gewesen, und er trank mit Anneke hinterher immer noch einen Becher Dünnbier und ließ sich das Haupt salben. Er bestand auf ein paar Privilegien, weil er den Männern vom Schiff immer wieder einen Wink gab, wohin sie sich mit ihrer Lust verirren könnten. Dudernixen verlangte dafür keine Münzen, aber er bestand auf einer Sonderbehandlung, die sonst keinem anderen Kunden zustand. Manchmal dachte Grieta, er tue beinahe so, als seien sie sein Harem.

Die Träne war so winzig, sie hätte in ein Medaillon gepasst. Und war nicht das Medaillon Friso van Heeks verschwunden? Dazu kursierte das Gerücht, Dudernixen wäre dem Toten in der Nacht noch einmal begegnet. Die Neustadt war noch klein, es blieb nichts geheim. Doch auch Lina konnte sich die Träne verschafft haben. Sie war van Heeks Hure gewesen. Er hatte sie benutzt und ihr sehr wehgetan. Danach war Lina völlig verändert, und das lag nicht nur daran, dass sie festgestellt hatte, schwanger zu sein. Sie war nach seinem Besuch davon überzeugt gewesen, dem Teufel persönlich begegnet zu sein. Dem Teufel Friso van Heek aus Holland. Doch war sie schon wieder kräftig genug, auf einen Stuhl zu klettern und den Stein in einen der Krüge zu legen?

Grieta fingerte die Träne aus der Schürzentasche. Je länger sie den Kristall ansah, desto sicherer war sie, ein Stück des

Geheimnisses um den Tod Friso van Heeks in der Hand zu halten.

»Grieta!«, hörte sie Linas Stimme. Sie klang dünn, fast so, als koste es sie große Kraft.

Grieta stürzte in die Kammer. Wieder lag Lina in einer großen Blutlache, die kleine Nase stach spitz aus ihrem Gesicht, um den Mund hatte sich ein weißes Dreieck gebildet. Grieta glaubte, dem Tod direkt in seine Fratze zu sehen.

Krechting war früh aufgestanden. Er wollte zur Falderndelft. Dort befand sich die Werft. Er hatte sich sagen lassen, dass am Roten Siel, das sich an die Falderndelft anschloss, Land zu vergeben sei. Er plante, es sich anzusehen, denn vielleicht wäre das ein guter Ort für den Bau des Gödenser Hauses. Zunächst musste er die Ratsdelft überqueren und sich dann östlich halten. Hinrich schritt kräftig aus. Er genoss es, hier als Staatsmann wahrgenommen zu werden. Er glaubte, eine ganz andere Akzeptanz zu verspüren als bei der Häuptlingswitwe, doch es mochte auch daran liegen, dass in Emden alles viel größer, viel urbaner wirkte als in dem kleinen Flecken am Schwarzen Brack. Emden erinnerte ihn an Münster, an die großen Visionen, an das, was hätte sein können, wenn man sie gelassen hätte. Hier umgaben ihn Menschen wie der Superintendent a Lasco, der ihm zwar alle Träume genommen hatte, aber dennoch ein interessanter und vor allem gewandter Gesprächspartner war. Es machte Krechting große Freude, mit ihm den Glauben und dessen Grundsätze zu erörtern. Diese Diskussionen schliefen in der Herrlichkeit immer mehr ein, nichts war von dem Feuer zu spüren, das die Täufer einmal getrieben hatte.

Krechting lebte in Emden auf, fühlte sich wieder als Kämpfer, als Denker und Vorreiter für neue Ideen. Die Unterhaltung mit dem Emder Stadtarzt hatte ihn auf die Idee gebracht, seine Zelte in der Herrlichkeit Gödens abzubrechen und ganz nach Emden überzusiedeln. Alles war besser für ihn als das, was ihn in der Neustadt erwartete, auch wenn er Elske erst kurz vor seiner Abreise etwas anderes versprochen hatte. Erst jetzt, wo er die Armut, den Schmutz und die Einöde nicht mehr direkt vor Augen hatte, wurde ihm klar, wie sehr er das wirkliche Leben vermisst hatte. Allerdings war ihm auch bewusst geworden, was er alles von seinen Glaubensbrüdern und -schwestern verlangte, und dennoch: Er konnte, nach reiflicher Überlegung, seine Anordnungen nicht zurücknehmen. In der Herrlichkeit sollte die Askese, ganz wie von den Reformern gewünscht, herrschen. Er selbst hatte es angeschoben und war nun verantwortlich für die Umsetzung. So sehr er das bunte Leben der Hafenstadt Emden genoss, es kam für die Neustadt nicht infrage, wobei er sich tief im Innersten bewusst war, dass er es vermutlich nicht vollends würde verhindern können. Menschen brauchten und suchten Kurzweil, ob es ihm gefiel oder nicht. Aber die Neustadt war eben nur ein Flecken, keine so große Stadt wie Emden.

Krechting hatte inzwischen die Falderndelft erreicht, überquerte die Brücke und befand sich schließlich am Roten Siel. Er erfreute sich am leisen Plätschern des Wassers, betrachtete die Schiffe, die an der Kaimauer ankerten. Von dort drangen Stimmen, mal laut, mal freundlich. Eine Schwade Essensgeruch umwaberte ihn, einer der Schiffer stand am Kai und spuckte in die Delft. Immer wieder blieb Krechting stehen, ließ alles auf sich wirken und saugte es auf, als müsse er sehr lange davon zehren.

Er lief ein Stück am Wasser entlang, das sich rechter Hand befand. Hier würde er das Emder Stadthaus Hebrichs errichten lassen. Das Gödenser Haus am Roten Siel. Diese Stelle hier erschien ihm besonders geeignet. Die Witwe würde freien Blick aufs Wasser haben und war doch binnen kürzester Zeit in der Stadt, wo das Leben pulsierte. Hinrich war beflügelt, fühlte sich in seinem Element. Es war ein guter Gedanke, nach Emden überzusiedeln. Er konnte den Bau dieses Hauses vorantreiben, sich von hier aus um die Belange Hebrichs kümmern und wieder zu großem Ruhm kommen. Er wollte nicht in der Herrlichkeit versauern, wo er Tag für Tag an seine Niederlage erinnert wurde, an das Scheitern seines Plans, das Neue Jerusalem zu errichten. Hier galt er wieder etwas, musste nicht mit einem alten Mönch ein Armenwesen führen, das ihm zuwider war. Er musste sich nicht um Tote kümmern, die warum auch immer im Siel trieben. Er war Jurist, war Kanzler Jan van Leydens in Münster gewesen, er musste, er konnte sich nicht länger wie ein Schwein im Schmutz suhlen und immer nur aufpassen, dass die Herde nicht in ihrem eigenen Unrat versank. Er war zu Höherem berufen, und auch hier gab es Gleichgesinnte, gute Reformer und Täufer. Wie viel mehr Möglichkeiten hatte er in Emden als in der Herrlichkeit Gödens, die doch nur ein Schlammloch war und sich nun gerade mit diesem Marschenfieber herumplagte. Was hatte Jacobus gestern gesagt? Emden drohe die Pest? Die Pest drohte auch da, wo er herkam, vielleicht noch viel schlimmer.

Krechting sog die Luft ein, die von der Ems herüberwehte, und zum ersten Mal seit langer Zeit überzog ein breites Lächeln sein Gesicht.

Amsterdam 1532

Das Mädchen lebt nun in einer Kate am Rand der Stadt. Amilia ist gut zu ihr, gibt ihr genug zu essen und zu trinken, sogar die Bettstatt ist weich, das Strohkissen ist frisch gestopft, wird stets aufgeschüttelt. Das Mädchen muss im Haushalt helfen, die Bodendielen schrubben und das Essen mit zubereiten. Aber sie bekommt keine Schläge. Oft ist Amilia fort und taucht stundenlang nicht wieder auf. Manchmal bleibt sie die ganze Nacht fort, hat tiefe Ringe unter den Augen. Sie sagt nie, wo sie war.

Das Mädchen wagt immer öfter, ein Wort zu sprechen. Dann freut sich Amilia. »Es ist so schön, dass ich dich gefunden habe«, sagt sie oft. Sie streicht dem Mädchen übers Haar. »Ich bin auch allein, weißt du? Frauen wie ich bleiben das auch, Männer passen nicht an unsere Seite. Ich aber kann Hilfe brauchen, da kommst du mir recht.«

Amilia hat einen kleinen Garten, in dem sie Gemüse und Kräuter zieht. Sie zeigt dem Mädchen, wie man alles hegt und pflegt, damit sie es allein tun kann. Das Mädchen geht gern in den Garten, sie liebt es, jeden Tag zu sehen, wie alles wächst und wie sie das steuern kann. Hier eine Blüte zupfen, da einen Trieb stutzen. Als sie die ersten Kräuter erntet, ist es, als sei ihr seit sehr langer Zeit einmal wieder das Stück Geborgenheit begegnet, von dem sie dachte, es gäbe es für sie nicht mehr.

Manchmal durchstreifen Amilia und sie auch die Wiesen und sammeln ein, was die Frau für wichtig hält. Beim Sammeln murmelt sie Worte, bedankt sich ständig und wirkt völlig abgelöst vom wirklichen Leben. Da erst erkennt das Mädchen, wie alt Amilia ist. Feine Furchen durchlaufen ihr Gesicht, umschlingen sich wie Fangarme und scheinen doch weiterzulaufen, bis sie sich am Hals oder in ihrem Kleid verlieren.

»Ich möchte so gern deinen Namen wissen«, sagt Amilia oft. Aber das Mädchen schweigt. Sie weiß ihren Namen ohnehin nicht mehr. Manchmal denkt sie, sie habe vielleicht auch nie einen gehabt. Immer wieder dringt Mutters Stimme an ihr Ohr, und da spricht sie stets von »dem Kind«. Das Kind, das es nicht wert war, mit dem Namen angesprochen zu werden. Das Kind, das schuld war an Mutters Unglück und ihrer verlorenen Liebe. Das Kind, das nie Röcke trug, sondern Beinkleider und doch ein so weibliches Gesicht hatte, dass jedermann sofort fragte, ob es wirklich ein Junge oder doch ein Mädchen sei.

Jetzt hat sie Rock und Schürze an, Amilia findet es wichtig, deutlich zu machen, was für ein Geschlecht sie hat. »Es ist ja gut, dass du eine Meisje bist«, lächelt sie jeden Morgen, wenn sie ihr die Schürze bindet. So wie Mutter es hätte tun sollen und ihr damit vielleicht viel erspart hätte.

Das Mädchen denkt oft an das Medaillon, an den Kristall darauf und die kleine Träne, die der Mann auf ewig für Mutter weint. Er weiß bestimmt nicht, wie sie zu Tode gekommen ist, und vermutlich ist es ihm auch egal. So egal wie das, was aus seinen Lenden entsprungen ist.

»Woran denkst du?«, fragt Amilia, wenn das Mädchen so in sich gekehrt dasitzt und nachdenkt.

»Meerkristall«, sagt es. »Ich denk an den Meerkristall und die wunderschöne Eisträne! Sie sollten Glück bringen.« Und es ist genau das Gegenteil passiert, fügt es in Gedanken hinzu.

Amilia drückt das Mädchen. So lange Sätze hat es noch nie gesagt. »Du wirst ganz gesund, kleine Meisje. Und dann werden wir tanzen vor Glück. So lange, bis wir nicht mehr können!«

Das Mädchen nickt, und immer häufiger wagt es, nach der Hand Amilias zu greifen. Sie hat derbe Schwielen, ist rau, und doch hat das Kind seit dem Tod der Mutter nie eine solche Wärme und Zärtlichkeit verspürt.

Hin und wieder träumt es von dem Stück Seife, das sie der Mutter geschenkt hat, und ihrem betörenden Duft. Das geschieht meist, wenn sie auf der Wiese sitzen, Blumenkränze flechten, ihnen der Duft des nahenden Sommers in die Nase kriecht und die Sinne benebelt. Genau das war der Duft dieses Seifenstückes. Die Illusion von Glück und Sommer. Der Seifensieder muss all diese Wiesenkräuter dort hineingepackt haben, um genau dieses Bukett, diese Süße zu erreichen. Es ist ihm so meisterhaft gelungen, dass das Mädchen ihn jetzt in der Nase hat, als halte es noch immer das Stück Seife davor.

»Woran denkst du?«, fragt Amilia, weil dem Mädchen ein Lächeln übers Gesicht gleitet. Es geschieht so selten.

»Seife«, sagt das Mädchen. »Ich denke an schöne und gut riechende Seife, die genauso duftet wie die Wiese.«

Amilia drückt sie. Schon wieder hat das Mädchen einen ganzen Satz gesprochen. »Was hast du armer Wurm bloß mitgemacht?«, fragt sie und streichelt das Mädchen.

Amilia bringt ihr alles über die Pflanzen bei, lehrt sie, Pilze zu bestimmen und Kräutersude herzustellen. Sogar das Ziehen von Unschlittkerzen zeigt sie ihr. Das alles macht dem Mädchen Freude. Es vermittelt ihr das Gefühl, etwas lenken zu können und zu etwas nütze zu sein. Ganz anders, als damals, als es die Latrinen säubern musste oder die voll gepinkelten Bodendielen im Findelhaus.

»Ich möchte Bader werden, bei ihm riecht es immer gut«, sagt das Mädchen. Es spricht jetzt jeden Tag. Fehlerlos. »Ich liebe Seife. Und die Kräuter dazu kenne ich ja nun.«

»Aber du kannst kein Bader werden, Meisje«, sagt Amilia. »Du bist ein Weib. Da musst du dir schon einen Bader zum Mann suchen, wenn du Seife so liebst.«

13. Kapitel

Hiske saß am Küchentisch, sie hatte in der vergangenen Nacht kaum schlafen können. Immer wieder glaubte sie, ein Schlagen gegen die Scheiben zu vernehmen, doch es war nur der Sturm, der ums Haus strich wie eine Katze auf der Suche nach Milch. Garbrand hatte sie fortgeschickt, er sollte besser auf dem Burghof weilen. Sie fürchtete das Gerede in der Neustadt, selbst wenn er ein alter Mann und Mönch war. Sie hatte einfach nicht die Kraft, das nun auch noch auszuhalten. Hiske vermisste den Wortsammler so sehr, dass es schmerzte. Dazu kamen Jans Worte, die sie Nacht für Nacht quälten. Selbst wenn er nichts für Anneke empfand, so hatten seine Sätze ihr doch gezeigt, dass sie, Hiske, nicht die Art Weib war, für die er sich begeistern konnte. Jan war von hochgewachsener Gestalt, ähnlich wie die Marketenderin. Hiske hingegen war klein, ihr dunkles Haar stets widerspenstig und kaum zu bändigen, während Annekes golden, mit einem rötlichen Schimmer, über ihre Schultern wiegte. Hiskes Haut war dunkel wie die der Südländischen, die sie mal in Jever auf dem Markt gesehen hatte und die aus Spanien kamen. Annekes Haut dagegen glich Buttermilch, über die sich ein paar Sommersprossen verteilt hatten. Solche Frauen mochte Jan, deutlicher hätte er es nicht sagen können.

Sie war wütend auf sich selbst, weil sie dem Arzt ihre Gefühle gezeigt hatte. Das schickte sich nicht und hatte bestimmt nicht dazu beigetragen, ihre Situation zu entspannen. Dennoch zeigte er ihr aber seine Verbundenheit, indem er sich ins Moor aufmachte, um den Wortsammler zurückzuholen. Sie sollte wenigstens die Freundschaft erhalten, denn das war in Zeiten wie diesen unglaublich viel wert. Vor allem, wenn sie daran dachte, wie eng sie auch über die Medizin miteinander verbunden waren. Es gab kaum jemanden, mit dem sie so intensiv über Krankheiten diskutieren konnte.

Aber das Gesagte würde auf ewig zwischen ihnen stehen. Ihre Worte, seine Worte … Nein, sie wollte die Herrlichkeit verlassen, neu beginnen. Ohne Jan, ohne die Erinnerungen an ihre gemeinsamen Momente, die sie nach wie vor als kostbaren Schatz sah. Es war gut, wenn er so in ihrem Herzen verschlossen bliebe.

Hiske war es egal, wer Friso van Heek getötet hatte, es war ihr egal, wer nachts um ihr Haus schlich und versuchte, ihr Angst einzujagen. Sobald der Junge zurück war, würde sie gehen. »Ich kann einfach nicht mehr«, flüsterte Hiske. »Ich kann nicht mehr.« Du darfst nicht einfach weg, warnte sie eine andere Stimme. Es gibt das Fieber hier. Sie brauchen dich. Erst gestern waren zwei der Deicharbeiter der Epidemie zum Opfer gefallen. Nun war es zwar so, dass auch zuvor Erwachsene am Marschenfieber erkrankt waren, doch nie war jemand von ihnen daran gestorben. Es wurde immer aggressiver, je länger die Hitze andauerte. Vielleicht würde es nach dem Regen besser werden. Nachdem es gestern noch unangenehm schwül gewesen war, hatte sich die Luft heute merklich abgekühlt. Ein frischer Windhauch zog durchs Zimmer und ließ Hiske frösteln. Sie legte sich ein Tuch um die Schultern.

Mit einem Mal öffnete sich die Tür, und Anneke sah hinein. »Lina geht es schlecht. Bitte komm!«

Hiske überlegte. Sollte sie gehen? Sie zog die Stirn in Falten, kniff die Lippen zusammen, stand dann doch auf und schlurfte aus dem Raum. »Ich suche nur meine Sachen zusammen«, rief sie.

Anneke wirkte müde, die Sorge um die kleine Duuvke stand ihr ins Gesicht geschrieben. Die beiden Frauen liefen zunächst schweigend über die schlammigen Wege in die Neustadt. Hiske hatte extra ihre Klumpen aus der Ecke hervorgeholt, denn nur die waren bei solch einem Schlamm als Schuhe zu gebrauchen. Anneke dagegen hatte mit ihren Lederschuhen arg zu kämpfen.

Über den Feldern und Wiesen schwebte dichter Nebel, der sich in die Unendlichkeit zu verflüchtigen schien. Er bildete mit den tief hängenden Wolken eine Einheit, wirkte genauso undurchdringlich wie das, was gerade in der Neustadt geschah. Die Sonne würde heute lange brauchen, um sich durchzusetzen.

»Ist man eigentlich weiter damit, wer Friso van Heek umgebracht haben könnte?«, fragte Hiske nach einer Weile, da das Schweigen für sie unerträglich wurde. Sie wollte nicht mehr von ihren finsteren Gedanken gelenkt werden. Sie wollte nach vorn blicken.

Anneke zuckte bei ihrer Frage zusammen. »Nein, das weiß man nicht. Ich finde es unheimlich, wenn ein Mörder in der Neustadt herumläuft. Man munkelt, es sei ein Seefahrer gewesen, der lange wieder weg ist. Aber weiß man das?« Annekes Schultern zogen sich unwillkürlich hoch.

»Glaubst du etwas anderes?«, fragte Hiske.

»Ich weiß es nicht. Die Vorstellung, der Mörder könnte bereits wieder fort sein, hat etwas Beruhigendes, und gleichzeitig ist es schlimm. Weil er nie dafür belangt werden wird, was er getan hat, und es bestimmt immer wieder tut. Wer einmal mordet …«

»Mordet weiter?«, fragte Hiske. »Glaubst du das?«

Anneke nickte. »Es ist dann, als habe dieser Mensch Blut geleckt und kann ohne diesen Geruch und Geschmack nicht mehr sein, weißt du?«

Hiske zweifelte, ob es wirklich so war, aber sie wollte dieses Thema nicht vertiefen. »Du weißt, dass der Wortsammler verschwunden ist?«, lenkte sie ab.

Anneke schnellte herum. »Nein, das ist noch nicht bis zu mir durchgedrungen. Wie schrecklich! Wo kann er hin sein?«

»Wenn ich das wüsste, Anneke.«

Vor den beiden Frauen tauchten aus der Nebelwand die ersten Häuser der Neustadt auf. Wie dunkle Umrisse, die den Dunst in Rechtecke mit dreieckigen Spitzen schnitten. Auf Hiske wirkte die ganze Szenerie so, als habe sich das Leben aus der Neustadt gestohlen, bevor es überhaupt begonnen hatte, zu schwingen.

Anneke schritt kräftig aus. Schließlich blieb sie stehen und stellte sich Hiske in den Weg. »Weißt du, warum er fort ist?«

Die Hebamme kniff die Lippen zusammen, weil ihr sonst die Tränen in die Augen schießen würden. Es dauerte einen Moment, ehe sie in der Lage war zu sprechen. »Er ist seit ein paar Tagen weg, und ich weiß nichts. Nicht, wo er ist, nicht, warum er fortgelaufen ist. Er muss sich vor etwas sehr fürchten, nie und nimmer würde er einfach so verschwinden. Das hat er nur zu Beginn getan, jetzt hat er ein Zuhause, und das weiß er. Ich bin furchtbar in Sorge.«

Anneke fuhr sich durch das von der Feuchtigkeit strähnig gewordene Haar, hob die Hand und schien kurz zu überlegen, ob sie Hiske berühren sollte, entschied sich dann aber dagegen. »Hast du ihn gesucht?«, fragte sie stattdessen und wandte sich gleichzeitig zum Gehen.

»Ja, habe ich. Bin im Moor gewesen, aber er war nicht auffindbar.«

»Hoffentlich ist ihm nichts zugestoßen. Was willst du nun tun?«, fragte Anneke und beschleunigte ihren Schritt, als wolle sie vor all den Antworten fliehen.

»Jan sucht ihn«, sagte Hiske.

Anneke hielt erneut kurz inne, behielt aber dann doch die eingeschlagene Geschwindigkeit bei. »Jan sucht ihn?«

»Er hängt sehr an ihm, er wäre todunglücklich, wenn dem Knaben etwas zustieße«, bestätigte Hiske.

»Nicht nur er«, sagte Anneke, aber irgendetwas an ihren Worten kam der Hebamme seltsam vor. Nur konnte sie nicht sagen, was genau es war. Mit Anneke stimmte etwas nicht.

Jan taten die Glieder weh. Es war kein früher Morgen mehr. Dazu sangen die Vögel bereits zu laut, und die Sonne stand zu hoch am Himmel, auch wenn sie sich noch lange nicht endgültig durch den dichten Nebel gekämpft hatte. Sie sah aus wie ein verschwommener Ball, der in einer trüben Suppe badete.

Jan hatte, wie erwartet, nur schwer in den Schlaf gefunden, zu sehr drückten die dunklen Gedanken, zu unbequem war sein Nachtlager mit einer Decke über den Beinen, dem Gesumme der Mücken am Ohr und einem harten Birkenstamm im Rücken. Er stand auf, rieb sich die Augen und hüpfte ein paarmal auf und nieder, in der Hoffnung, etwas wacher zu werden und die Beine zu lockern. Er hatte länger geschlafen als vermutet. Nachdem ihm mit dem ersten Vogelgezwitscher die Augen zugefallen waren, war er entgegen seinen Befürchtungen doch in einen tiefen Schlaf hinübergeglitten.

Jan sortierte die Gedanken, musste sich entscheiden, wie er am heutigen Tag vorzugehen gedachte. Als Erstes überlegte er, aus welcher Richtung er am Abend zuvor gekommen war. Er untersuchte die Kerben und Pfeile, die er in die nahe liegenden Bäume geritzt hatte. Es war wichtig, dass er die Orientierung behielt. Anschließend besah er sich den Stand der Sonne ein weiteres Mal und beschloss, sich tiefer ins Moor, nach Westen, zu wagen. Er schulterte seinen Beutel und den Umhang um, den er am heutigen Tag nicht nur als Schutz gegen die Mücken brauchte, denn er fröstelte.

Jan holte sein Messer heraus und begann erneut, Kerben in die Rinde zu ritzen. Bei diesem Nebel, der wie ein silbernes Tuch wirkte, in dem sich immer wieder Sonnenstrahlen verfingen, würde die Orientierung noch schwerer sein als am Vortag, bevor die Dunkelheit hereingebrochen war. Jan bohrte seine Augen in das fast undurchdringliche feuchte Dickicht, lauschte jedem Geräusch nach. »Wortsammler! Wo bist du?«, rief er immer wieder, doch ihn begleitete nur das Schnattern der Enten oder das leise Singen der Vögel auf seinem einsamen Weg. Wenn Jan innehielt, konnte er dem Seufzen des Moores lauschen, das sich mit dem Surren der Insekten vermischte. Noch nie in seinem ganzen Leben hatte er sich so allein gefühlt. Nicht, als er in Italien gewesen war, um in Bologna seinen Studien nachzugehen und zunächst große Mühe mit der Sprache hatte, kaum ein Wort von dem verstand, was die Menschen um ihn herum redeten. Nicht auf seiner ersten Reise in die Herrlichkeit Gödens, mit dem kranken Garbrand an seiner Seite und der gefährlichen Botschaft eines verfolgten Predigers in der Tasche. Selbst als er danach nach Emden gegangen war, um seine Gefühle für Hiske zu verdrängen, selbst da war ihm die Einsamkeit nie so bewusst gewesen wie heute.

Eines war sicher. Wenn er hier aus dem Moor je wieder herauskam, würde er nicht wieder davonlaufen, sondern sich alldem stellen. Denn nur eines konnte schlimmer sein: ein Leben ohne Hiske Aalken.

Ein Wasservogel flog mit lautem Flügelschlag auf, als er an einem kleinen Moorsee vorbeilief. Dazu stimmte ein Frosch seinen Morgengesang an, ein Reiher kreischte auf. Trotz dieser Geräusche erschien es Jan still. Immer stärker beschlich ihn eine unterschwellige Furcht, der er sich kaum gewachsen fühlte. Das Moor hatte eine deprimierende Wirkung auf ihn. Wie erst musste es dem Wortsammler ergehen? Er war noch ein junger Mensch, zwar in diesem Gebiet aufgewachsen, aber eben noch fast ein Kind. Jan war überzeugt, dass der Knabe sich fürchtete, zumal er seit Jahren das bessere Leben und die Geborgenheit bei Hiske gewöhnt war.

Während der Arzt sich durch die Einsamkeit kämpfte, weiter Zeichen ins Unterholz schnitzte, versuchte er sich abzulenken und grübelte. Er musste, neben seinem eigenen Kummer, Zusammenhänge erfassen. Zusammenhänge, von denen er hoffte, dass es sie wirklich gab.

Jan war fast froh, als ihn die Gedanken an Friso van Heek einholten. Er begann sie zu sortieren. Der Kaufmann war getötet worden, nachdem er eine kurze Zeit in der Herrlichkeit verbracht hatte. Er war Hiskes wegen in Streit mit dem Wortsammler geraten, und der war nun verschwunden. Dazu fühlte sich die Hebamme verfolgt. Zumindest beobachtete jemand ihre Kate, denn den schlurfenden Schritt hatte sie sich bestimmt nicht eingebildet. Friso van Heek musste vielerlei Verbindungen haben. Er war in Europa herumgekommen wie kaum ein anderer Kaufmann, das hatte Krechting immer wieder fallen lassen. So war es nicht ausgeschlossen, dass ihm jemand aus der Herrlichkeit bereits zuvor schon einmal begegnet war und es eine alte Feindschaft oder offene Rechnung zwischen ihnen gab. Hier waren viele Holländer. Die Wahrscheinlichkeit, dass ihn einer von ihnen kannte, war groß, denn Friso hatte seine Geschäfte in den letzten Jahren vornehmlich dort getätigt. Aber er war eben auch in Frankreich und England, sogar in Spanien und Italien gewesen, dachte Jan.

Ganz eindeutig fehlte ein Bindeglied, das die ganze Sache logisch werden ließ, denn an einen großen Fremden, der dem Kaufmann einfach den Schädel eingeschlagen hatte, glaubte Jan nicht. Es war wirklich merkwürdig, dass das Medaillon nach seinem Tod unauffindbar blieb. Hiske glaubte, es bei Magda gesehen zu haben; in dem Fall steckte Dudernixen ganz tief drin. Oder doch Magda als Rache für das, was Friso ihr vermutlich in der Nacht angetan hatte. Angeblich war sie dazu aber körperlich gar nicht in der Lage. Oder erst recht, dachte Jan. Sie ist von ihm überfallen worden, hat ihn verfolgt, sich gerächt und versteckt sich nun hinter ihrer Traurigkeit, die kein Mensch einordnen kann. Eine gute Tarnung.

Jan lauschte. Er glaubte, ein Geräusch vernommen zu haben, das so gar nicht zum Moor passen wollte. Es war nicht der Ruf eines Wasservogels, es war nicht das Quaken eines Frosches und der Gesang eines Vogels schon gar nicht. Eher klang es wie ein Röcheln oder Stöhnen, und es klang nicht gut. Jan blieb stehen, versuchte die Richtung herauszufinden, aus der es kam. Doch nun blieb es still. Nichts. Jan bewegte sich noch immer nicht. Er hatte etwas gehört, ganz sicher. »Wortsammler!«, rief er. »Bist du es, Wortsammler? Ich bringe dich zurück zur Lebenspflückerin!«

Stille.

Eben wollte Jan weitergehen, weil er glaubte, sich doch geirrt zu haben, als sich das Geräusch wiederholte. Er drehte sich vorsichtig um, der Boden gab zu sehr nach, als dass er rasch hätte hinübergehen können. Jeden Schritt sicherte er ab, prüfte, ob der Boden ihn hielt. Ein Fehltritt, und er wäre verloren. Hoffentlich bilde ich mir nicht nur ein, etwas gehört zu haben. Nicht dass ich dem Rufen irgendwelcher Moorgeister erlegen bin, scherzte er in Gedanken mit sich selbst. Jan reckte seinen Oberkörper weit vor, versuchte, etwas zu erkennen. »Wortsammler!«, rief er wieder, und dann sah er den Knaben. Den Arm hatte er um einen Ast geschlungen, der gesamte Unterkörper schwamm in der dunklen Brühe des Moorwassers. Jan näherte sich langsam. Auch wenn der Knabe Gefahr lief, in kürzester Zeit zu versinken, weil er sich nicht mehr halten konnte, musste er vorsichtig sein, sonst wäre es ihrer beider sicherer Tod. Schließlich war er beim Wortsammler angelangt. Er regte sich nicht, öffnete nicht einmal die Augen, als Jan es unter großer Kraftanstrengung schaffte, ihn aus dem Wasser zu ziehen. Der Arzt schleppte den Knaben ein Stück zurück, bis der Boden fester wurde und er ihn ablegen konnte. Er fühlte seine Stirn, die vor Hitze glühte.

Der Wortsammler hatte das Marschenfieber.

Es war immer noch kalt, der Sommer hatte vorerst Abschied genommen. Hiske war mit ihrer Heilkunst am Ende, Lina würde sterben. Es gab keinerlei Hoffnung mehr. Ihr Herzschlag war bereits schwach, in ihren Augen glomm nur noch Leben, das bereits auf dem Rückzug war. Hiske hielt die schmale Hand, die fast leblos war. Lina sollte nicht allein sein, wenn sich ihre Seele aus dem Körper stahl. Anneke betrat die Kammer. Sie starrte mit versteinerter Miene auf das sterbende Mädchen und lief ohne ein Wort wieder hinaus.

In Hiskes Hals hatte sich ein Kloß gebildet. Es war so unnötig, dass ein Mädchen wie die kleine Duuvke starb. Lina hätte doch nur richtig verhüten müssen. Doch wie so oft wirkte all das nicht, was die Mädchen anstellten. Dann griffen sie zu brutalen Methoden, um die Frucht loszuwerden. Hiske hatte schon zu viele Frauen gesehen, die von den Engelmacherinnen mit Eisenhaken bearbeitet wurden, bis sie verbluteten.

Oder eben Mädchen wie Lina, die sich mit Petersilienwurzel und Gegenständen malträtierten.

»Ich habe mir einen Holzstock spitz zurechtgeschnitzt, nachdem die Petersilie nicht geholfen hat«, hörte Hiske Linas Stimme, während sie ihre Hand sanft drückte. Das Mädchen sprach mit letzter Kraft, es war fast nur noch ein Hauchen. Aber es schien, als müsse sie ganz dringend noch etwas loswerden.

»Einen Holzpflock?« Hiske drehte sich bei der Vorstellung der Magen um.

»Ich habe ihn danach in den Schlot geschleudert, weil er das böse Blut an sich hatte. Das Blut, was auch mich jetzt tötet. Wegen des Satanskindes.« Lina hatte im Fieber viele wirre Dinge gesagt. Doch das hier kam Hiske wahr und ehrlich vor. Sie hakte nach. »Wie kommst du auf Satanskind? Warum das?«

Linas Gesicht hatte sich mittlerweile dem Weiß des Lakens angeglichen. Die Worte konnte sie nicht mehr fließend aneinanderreihen, sie wirkten als Ganzes flüchtig und doch jedes Wort für sich gestochen scharf. »Der … war … persönlich … hier … und … hat … es … mit … seinem Prügel … in meinen … Bauch gerammt. So … macht es … nur … der Leibhaftige …«

»Wer ist es gewesen?«, flüsterte Hiske, ihr schwante Übles.

Aber Lina ging auf diese Frage nicht ein. »Ich wollte … Grieta und Anneke … nicht belasten, darum … habe ich … versucht, den Bastard … allein … loszuwerden. Wenn man … ihm begegnet …, ist man … ganz auf sich … gestellt …, Hiske … Kein Mensch …, der auf Erden … etwas auf sich hält …, kann einem … noch helfen, … denn der Fluch … klebt wie Pech … an jeder Faser. Ich … habe verloren. Er war … stärker, der Satan.«

»Der Satan«, wiederholte Hiske, versuchte, die Dimension des Gesagten irgendwie einzuordnen.

Linas Nicken war kaum noch zu erkennen, aber offensichtlich hatte sie all das noch loswerden müssen.

»Wer ist der Satan?«, hakte Hiske noch einmal nach, obwohl sie seinen Namen zu kennen glaubte.

Lina nahm ein letztes Mal ihre ganze Kraft zusammen. »Du kennst ihn … Und er … hat … seine Helfer … in diesem Flecken … Mitten … unter euch Täufern … haben sie sich … eingenistet … Sie werden … dich holen …, das habe … ich gehört. Erst den Jungen …, dann dich.« Sie machte eine kleine Pause, atmete tief ein. »Es … gibt ihn nämlich …, Hebamme. Es gibt … den Satan … Ganz sicher … Ich habe … in seine Augen gesehen.«

»Wer ist es?«, wiederholte Hiske und drückte Linas Hand, die merklich an Spannung verloren hatte. Lina war dabei zu gehen. »Lina, wer ist dieser Satan, wer sein Helfer?«

Lina konnte nicht mehr. Hiske musste das Ohr ganz dicht an ihren Mund legen, um überhaupt noch etwas zu verstehen. »Hier … im Haus ... Er war … hier im Haus.« Lina atmete noch einmal tief ein und verstarb.

Krechting saß bei a Lasco auf der Burg Emden am Tisch. Er genoss ein zweites Mal den Blick auf die Ems, das rege Treiben der Schiffe, die sich aneinander vorbeischoben. Vor jedem Bug teilte sich das Wasser, Gischt spritzte an den Wänden der Schiffe empor und verlor sich in gelblichen Kronen auf dem Wasser. Hinrich liebte dieses Bild. Seitdem er in Ostfriesland lebte, hatte er das Meer und alles, was damit zu tun hatte, sehr zu schätzen, fast lieben gelernt.

»Ein schöner Anblick, werter Krechting«, hob a Lasco nun an und strich über den langen Bart, den er sorgsam pflegte und auch zu bürsten schien. »Aber deswegen sind wir nicht hier. Welche Auskünfte wünscht Ihr von mir? Geht es um die Täufer oder die Mennoniten? Da kennt Ihr meine Haltung, und sie ist unumstößlich. Sonst kann ich keine einheitliche Kirchenordnung durchsetzen, das wisst Ihr.«

»Es geht nicht darum«, beschwichtigte Krechting. »Deshalb bin ich nicht hier. Ich hatte es schon bei unserem letzten Treffen angedeutet. Ich bin Armen- und Kirchenvorstand der reformierten Kirche von Dykhusen, wie Ihr wisst. Und Hebrich von Knyphausen ist der Meinung, ich könne das Armen- und Sozialwesen in der Herrlichkeit ein gutes Stück vorantreiben, wenn ich mir ansehe, wie Ihr gewisse Dinge in Emden löst.«

»Ja, das sagtet Ihr, und es stimmt mich milde, dass Ihr nicht plant, mit mir über die anderen unleidlichen Dinge zu diskutieren. Ich weiß um Eure Vergangenheit in Münster und bin sehr erleichtert, mit welch großem Einsatz Ihr dem Ganzen nicht nur abgeschworen habt, sondern Euch auch in die neue und wahre Religion einbringt. Respekt, Krechting. Respekt!«

Hinrich schluckte. Er musste kurz innehalten, denn so, wie a Lasco es darstellte, war es ja ganz und gar nicht. Nur durfte er das natürlich nicht sagen. Er zögerte also kurz und beschloss dann, a Lascos Bemerkungen zu seinem Glauben und den Täufern zu ignorieren und lieber weiter über die Armenversorgung zu sprechen. »Ich wüsste gern mehr über Eure ganz konkreten Planungen hinsichtlich der Bedürftigen, Planungen, die auch bei uns machbar wären.«

Johannes a Lasco hatte ihm beim letzten Mal bereits von etlichen Ideen erzählt, die er in den nächsten Jahren umsetzen wollte. Daran galt es nun anzuknüpfen.

»Als Erstes plane ich, eine Stiftung ins Leben zu rufen, eine, die rein weltlichen Ursprungs ist und nichts mit der Kirche zu tun haben soll. Wir müssen Missernten ausgleichen und anderes«, sagte a Lasco. »Ich denke, man kann es ›Emdens Kornvorrat‹ nennen oder so ähnlich. Es werden aber auch hier bestimmt ein paar Jahre ins Land gehen, ich kann nicht einmal sagen, ob ich dann noch meine Finger darin haben werde. Zunächst ist es ja nur eine Idee. Ich sagte ja schon: Wir haben so viel mit der Neuordnung des Glaubens zu tun, dass es fast nicht möglich ist, allen Anforderungen gerecht zu werden.«

Krechting wusste das nur zu gut. Auf ihn wartete in der Herrlichkeit ein alter Mönch, von dessen Wissen er profitieren sollte. Das verschwieg er dem Reformer besser.

»Ich lehne den Katholizismus in seinen Grundfesten ab«, sagte a Lasco da auch schon, und Krechting beglückwünschte sich im Stillen zu seiner Entscheidung. »Doch ich muss eingestehen, so schwer es mir auch fällt, dass es kaum eine bessere Organisation als die der Bruderschaften der Papisten gibt.«

Krechting horchte auf. Arbeitete a Lasco etwa mit seinen selbst ernannten Feinden zusammen? »Habt Ihr noch existierende Bruderschaften in Emden?«

Johannes a Lasco griff zum Bierkrug und schenkte sich mit einem fragenden Blick in Krechtings Richtung ein Glas ein. Der lehnte ab, was a Lasco aber nicht davon abhielt, einen kräftigen Schluck zu nehmen, bevor er weitersprach. »Aber ja. In Emden gibt es noch die Clementiner Bruderschaft, die uns im Augenblick sehr nützlich ist.«

»Und Ihr bekämpft sie nicht?«, fragte Krechting.

Johannes a Lasco lehnte sich auf dem hochlehnigen Stuhl zurück, wiegte den Kopf. »Ihr kennt unsere Haltung. Wir haben allen Prunk aus den Kirchen entfernt. Die Klöster werden überaltern, und das Problem der Papisten löst sich von selbst. Im

Augenblick brauchen wir ihr Wissen aber noch. Langfristig werden sie aber verschwinden, dessen seid gewiss.«

Was Krechting da hörte, missfiel ihm. Er selbst musste sich allen Verordnungen gegen seinen Glauben bedingungslos beugen, während man hier, im Zentrum, doch eine sehr gelassene Haltung an den Tag legte. Oder täuschte das nur? Trotz allem würde ein Mann wie a Lasco nicht von ihm erwarten, dass er sich mit einem Mönch zusammentat. Krechting wollte es einfach nicht mehr dulden, von Menschen wie Hebrich von Knyphausen gelenkt und in seinem Denken und Glauben eingeschränkt zu werden. Dennoch hakte er zur Sicherheit noch einmal nach. »Was genau macht diese Bruderschaft?« Er spuckte das letzte Wort förmlich aus.

»Sie gibt es schon seit 1495, wir nennen sie auch Schiffergilde. Sie betreut die Witwen und Waisen, deren Männer auf See geblieben sind, und das sind weiß Gott genug. Und alte Schiffersfrauen haben wir ja auch. Gegenüber der Großen Kirche befinden sich die Godeskammern, da können diese Weiber wohnen. Darum kümmert sich die Bruderschaft ebenfalls.«

»Und um Nahrungsmittel?«

»Ja, die verteilen sie auch, diese *Botter-Schötel*. Eben Butter, Brot und Grütze, hin und wieder Torf als Brennmaterial.«

Krechting nickte. Das klang greifbar, und so etwas in der Richtung musste er in der Herrlichkeit auch einführen, wobei bei ihnen die Schifferswitwen keine so große Rolle wie in Emden spielten. »Für Euch bleiben dann die Glaubensflüchtlinge und anderen Armen übrig, die keinen Platz in der Stadt haben.«

»So ist es, Krechting.«

Die Tür öffnete sich, und die Dienstmagd schleppte große Teller herein, auf denen sich erlesene Speisen türmten. Johannes a Lasco war nicht kleinlich, wenn er auf der Burg im Namen Gräfin Annas Gäste empfing.

Der Superintendent wartete, bis sich die Magd auf leisen Sohlen entfernt hatte, dann lächelte er Krechting an. »Aber nun langt zu, wir haben ja genug.«

Krechting knurrte der Magen, er hatte in der Früh nur sehr wenig zu sich genommen, und das merkte er, wo nun die Speisen so verlockend vor ihm standen. Die Teller quollen über mit Hühnerbeinen, Lammkoteletts und Früchten, die Hinrich teilweise fremd waren. Alles schmeckte jedoch köstlich. So aßen sie eine Weile, sprachen nicht, weil jeder seinen Gedanken nachhing.

»Ich überlege, ganz nach Emden überzusiedeln. Hier bieten sich mir mehr Möglichkeiten«, hob Krechting schließlich an.

Johannes a Lasco aber schüttelte vehement den Kopf. »Oh nein, Krechting! Ihr seid die rechte Hand der Häuptlingswitwe. Was sollte sie ohne Euch tun, wo schon von Ascheburg nicht mehr unter den Lebenden weilt. Ihr bleibt dort. In Emden gibt es keine Zukunft für Euch. Doch in der Neustadt werdet Ihr gebraucht, und wenn Ihr Hilfe benötigt, dann wendet Euch an mich.« Er hieb seine Zähne tief in eine der Hähnchenkeulen und wischte sich das heraustropfende Fett mit einer Serviette ab. Johannes a Lasco fixierte Hinrich einen Moment. Dann sagte er sehr langsam: »Ich weiß im Übrigen sehr wohl, dass Ihr gegen Eure Gesinnung lebt, und ich habe großen Respekt vor dieser Entscheidung. Das würden nur sehr wenige wagen. Ihr habt das alles getan, damit der Frieden in der Herrlichkeit gewahrt bleibt, und dafür schätze nicht nur ich Euch, sondern auch Hebrich von Knyphausen. Sogar Gräfin Anna ist Euer Name nicht fremd. Sie zollt Euch großen Respekt. Verspielt diese Gunst nicht, weil Ihr das alles leichtfertig wegwerft, Krechting.«

Hinrich presste die Lippen aufeinander. Johannes a Lasco wusste also doch, wie es um ihn und seinen Glauben bestellt war. Und man wollte ihn in Emden nicht. Er sollte in der Einöde am Schwarzen Brack versauern.

»Ich habe gehört, Hebrich plant ein Gödenser Haus in Emden. Dort könnt Ihr zwischendurch in unserer schönen Seehafenstadt weilen, wenn Euch der Sinn danach steht. Wirken aber müsst Ihr in dem neuen Flecken, der eine Bedeutung haben wird, die weit über die Grenzen Ostfrieslands hinausgeht. Darin sehe ich Eure Aufgabe.«

»Würde ich nach Emden kommen, wertet Ihr das also als Aufgeben?« Krechting war fassungslos. Johannes a Lasco bezeichnete ihn indirekt als Feigling, wenn er sich nicht weiter verbog und das tat, was Hebrich sich für sein weiteres Leben ausdachte.

»So könnte man es nennen.« Der Superintendent lächelte Krechting breit an. In Wahrheit aber schlug er ihm mitten ins Gesicht.

Hiske saß bei Anneke in der Küche. Lina hatten sie mit einem Laken abgedeckt. Sie mussten sie bald fortbringen, denn im Sommer war es nicht gut, Tote lange im Haus zu lassen. Hiske wollte dem Totengräber gleich Bescheid geben, wenn sie sich auf den Rückweg machte. »Ich werde die Herrlichkeit auch bald verlassen, Anneke. Ich warte nur, bis der Wortsammler zurück ist.«

Die Marketenderin sah sie erstaunt an. »Warum?«

»Ich habe meine Gründe. Meine Aufgaben hier sind erfüllt. Eigentlich wollte ich nie bleiben, vor allem nicht, nachdem ihr mich ebenfalls der Hexerei angeklagt habt. Nun ist es an der Zeit, weiterzuziehen.«

»Und die Weiber? Und die tote Lina? Und die vielen kranken Kinder? Und – Jan?« Anneke schien auf der einen Seite fassungslos, auf der anderen klang in jedem neuen

Satz eine Hoffnung mit, die Hiske nicht verborgen blieb.

»Ich helfe dir, dass nicht herauskommt, warum Lina sterben musste. Du bekommst keine Schwierigkeiten. Das ist es ja, was dir neben Jan am meisten am Herzen liegt.« Zu dem Arzt selbst äußerte Hiske sich nicht. Sie wollte nicht, dass Anneke merkte, wie sehr sie unter seiner Zurückweisung litt. Es war alles schlimm genug.

»Ich habe mit allem gerechnet, aber nicht damit«, sagte die Marketenderin. Doch es klang zu erleichtert, als dass Hiske ihr die Betroffenheit abnahm. Die Hebamme erhob sich, schnürte das Bündel fest zusammen und ging in den Flur. »Sieh zu, dass Lina ein anständiges Begräbnis bekommt und nicht mit Kalk überstreut in der Grube landet. Und Grieta sollte, genau wie du, nicht mehr als Duuvke arbeiten. Das wird letztendlich euer Verderben sein.« Hiske hielt kurz inne, hatte die Hand schon am Türgriff. »Ich habe mich das oft gefragt ...«

»Was hast du dich oft gefragt?«

»Ich habe mich oft gefragt, warum eine Frau wie du zur Duuvke wird.«

Anneke lachte auf. »Wie wohl? Schicksal, eine bittere Verletzung und die Notwendigkeit zu überleben. Ganz einfach.«

Hiske hatte verstanden und stieß die Tür auf, sodass die kühle Abendluft sie umflutete wie eine Welle, die dankbar ihren Weg gefunden hatte. »Dann erst einmal Lebewohl. Ich werde dem Totengräber sagen, dass Lina am Fieber gestorben ist. Verbrenn du alle blutigen Lappen und kümmere dich um Grieta. Sie sollte ihr loses Mundwerk halten.«

Anneke hatte sich nach Hiskes Worten merklich entspannt, wenngleich sie den Abgang der Hebamme kaum erwarten konnte. Hiske blieb dennoch in der geöffneten Tür stehen und wandte sich noch einmal um. »Ich muss es doch wissen.

Lina hat etwas Merkwürdiges vor ihrem Tod gesagt, woher hat sie solche Gedanken?«

»Was hat das dumme Ding denn erzählt?« Anneke klang nun sehr unwirsch.

»Sie hat von einem Satanskind gesprochen und dass der Teufel persönlich hier im Haus war. Wen meinte sie, Anneke?«

Die Marketenderin zog Hiske zurück in den Flur und schloss die Tür. »Grieta erzählt so etwas.«

»Warum?«

»Wir sind hier unter Täufern und Reformierten«, flüsterte Anneke. »Und das dumme Ding redet ständig vom Satan und der Hölle. Sie hatte Lina auch schon ganz wild gemacht. Sonst hätte sie sich bestimmt niemals diesen Holzpfahl in den Unterleib gerammt.«

»Du weißt davon?«

Anneke nickte. »Was soll ich mit Grieta tun? Wenn sie mit dem Papistengerede nicht aufhört, jagen sie uns noch davon.«

Hiske zuckte mit den Schultern. »Ich gehöre euch nicht an, Anneke. Ich weiß es nicht.«

»Du weißt so vieles nicht, Hebamme.«

»Was meinst du?«

»Ich kann dir etwas erzählen, aber ich glaube kaum, dass du es hören willst. Warte kurz!«

»Ich glaube, es ist besser, wenn ich jetzt gehe!« Hiske wollte nun nichts mehr von Anneke hören, schon gar nicht, falls sie ihr etwas über Jan erzählen wollte. Die Hebamme warf ihr geschnürtes Bündel über die Schulter. Es war ohnehin besser, rasch nach Hause zu gehen, bevor die Dunkelheit das Land verschlang. Im Augenblick legte sie die weite Strecke zu ihrer Kate nur ungern im Dunkeln zurück.

»Nein, warte!« Anneke verschwand, Hiske hörte, dass sie mit Grieta sprach und sie zum Bader schickte. Was auch immer das Ding dort sollte. Vermutlich war der Marketenderin die Seife ausgegangen, und sie konnte Lina nicht waschen.

Hiske wartete darauf, dass Anneke zurückkam. Die lotste sie in die Küche, und als Hiske nach zwei Stunden endlich Annekes Haus verließ, war sie sehr aufgewühlt, denn was sie erfahren hatte, hätte sie besser nicht wissen sollen. Es war eine gute Lösung, wenn sie den Flecken baldmöglichst verließ, denn ferner konnte man dem Schöpfer nicht sein, wenn man das berücksichtigte, was sie zwar gehört, aber noch nicht vollkommen verstanden hatte.

Und wenn der Teufel oder Satan bereits die Gedanken der Menschen vergiftete, würden auch in der Herrlichkeit Frauen auf dem Scheiterhaufen landen. Hiske wollte nur noch weg. Sie war froh, als sie die Lichter der Neustadt im Rücken hatte und in der Dunkelheit verschwinden konnte. Kaum aber traten ihre Füße auf keinen befestigten Untergrund mehr, waren sie wieder da. Die schlurfenden Schritte, die sie verfolgten.

Garbrand saß in seinem Wagen an der Burg Gödens. Er hatte gepackt, denn morgen konnte er eine Kammer in der Neustadt beziehen, hatte Schemering zu ihm gesagt. Der Burghof war leer geworden, doch weil noch immer Flüchtlinge in Gödens ankamen, konnte Hebrich noch nicht alle Menschen von dort in die Neustadt verbannen. Der Bau des Fleckens und des Siels schritten aber merklich voran. Die Menschen wollten die Neustadt, und dafür schufteten sie Tag und Nacht.

Garbrand hatte ein schlechtes Gewissen Hiske gegenüber. Er war schuld daran, dass der Wortsammler einfach so das

Weite gesucht hatte, denn er war ihm anvertraut gewesen. Stattdessen war er mal wieder nicht Herr über seine Erinnerungen geworden und hatte dem Genever zu sehr zugesprochen. Nun saß er auf seinen gepackten Sachen und wartete darauf, dass der nächste Tag anbrach. Ein Tag, den alle im Lager und in der Neustadt begannen, als sei nichts geschehen, und doch wusste jeder, dass sie ignorierten, was passiert war. Der Wortsammler war seit drei Tagen verschwunden, und Friso van Heek hatte in ihrem neuen Siel sein Leben gelassen. Sicher zu Recht, denn ein Mann wie er zog eine lange Spur der Vernichtung hinter sich her. Eine Spur, an der Blut klebte, Hass und Verderben. Es gab im Leben des Kaufmannes nichts, was er ausgelassen hatte. Weder an guten noch an schlechten Dingen. Da man aber mit dem Schlechten sehr viel weiterkam, hatte das am Ende bei ihm überwogen. Garbrand kannte Menschen wie ihn. Klar war nur: Einer aus der Herrlichkeit war van Heeks Mörder.

Als sich Friso van Heek und er damals in England trennten, hatte er so gehofft, diesem Mann nie mehr begegnen zu müssen. Was für ein Schreck, als es ihm dann gerade in dieser Abgeschiedenheit passieren musste. Erst hatte er geglaubt, dass er sich täuschte, doch schon bald erkannte er, dass es war, wie es war. Garbrand hatte die Faust in der Tasche geballt und musste sich beherrschen, nicht auf den Mann zuzustürzen. Er wollte ihn zermalmen, töten. Unschädlich machen. Doch er war Christ, er durfte so etwas nicht. Aber er war auch Mensch …

Amsterdam 1532

Das Mädchen freut sich, weil Amilia ihr in Amsterdam auf dem Markt ein Stück Seife gekauft hat. Anschließend zeigt sie ihr, wie man den Waschzuber füllt. »Du darfst baden, so oft du möchtest«, sagt sie. »Mir ist wichtig, dass du glücklich bist.«

Glück ist ein Wort, das dem Mädchen fremd ist. Das hat es mal gegeben, vor langer Zeit, als Mutter noch lebte und der Meerkristall noch Wirkung zeigte.

Amilia verlangt, dass sie mehr lernt. Jeden Morgen muss das Mädchen, nachdem sie den Kräutergarten, die Ziege und die magere Kuh versorgt und beide gemolken hat, in die Küche kommen. Sie scheuert den Tisch mit Sand und wartet darauf, dass Amilia sich zu ihr setzt. Die hat ein Blatt Papier, eine Feder und ein Buch dabei. »Ein Buch ist wertvoll, darauf müssen wir achtgeben«, sagt Amilia und streicht über den Rücken, der aus bunt gemustertem Leinen besteht.

Das Mädchen lernt nun, Buchstaben aneinanderzureihen, zu lesen und zu schreiben. Auch, dass die Zahlen eine logische Reihenfolge bilden, dass man sie voneinander abziehen und wieder addieren kann, ist ihm bald nicht mehr fremd. Es macht ihr sogar große Freude, und schon bald beeilt sie sich mit der Stallarbeit, weil sie sich so sehr auf das Lernen freut. Es dauert nicht lange, bis sie schneller rechnet als Amilia, doch die lacht darüber und freut sich. »Es ist wichtig, dass du das kannst. Das wird dir im Leben viel erleichtern.«

»Jetzt kann ich Bader werden, jetzt kann ich rechnen.«

Über Amilias Gesicht gleitet ein Schatten. Sie nimmt das Mädchen in den Arm. »Du bist klug. Du kannst rechnen und lesen, du kennst die Kräuter. Aber du bist immer noch eine Frau. Ein Weib aber darf kein Bader sein, Meisje.«

Amalia nennt sie immer Meisje, will so gern ihren echten Namen herausfinden. Das Mädchen aber schweigt, obwohl sie ihn manchmal träumt, ihn doch nicht völlig vergessen hat. Aber es ist, als schlafe er unter meterdicken Kissen, die besser genau dort bleiben, wohin man sie gelegt hat. Mit dem Namen verbindet sie Angst, Schrecken und Blut. Er soll zugedeckt bleiben. Wenn die Kissen fort sind, wird das Unglück ein weiteres Mal über sie hineinbrechen. Dabei herrschen jetzt Ruhe und Frieden. Das Mädchen will genau das festhalten. Mit aller Macht. Es hat die Jungs vom Markt nicht vergessen. Nicht ihre Geräusche, nicht den Geruch danach. Es hat das Blut nicht vergessen, das an Mutters Armen heruntergeronnen ist. Nicht die vielen Menschen, die sie im Findelhaus gequält haben. Für das Mädchen gibt es nur zwei Wörter, die sich ständig durch ihren Kopf winden: nie wieder.

13. Kapitel

Magda durchwühlte die Schubladen, warf den gesamten Inhalt auf den Boden, stopfte danach alles wahllos wieder hinein. Sie musste das vermaledeite Medaillon finden. Melchior hatte es versteckt, wollte es irgendwann veräußern, aber das ging nicht. Es musste verschwinden, so rasch wie möglich. An dem Medaillon klebte Blut. Sehr viel Blut. Es würde großes Unglück über das Haus des Baders bringen, wenn sie es hierlassen würden. Keiner durfte merken, dass es in ihrem Besitz war. Es fehlte auch die Kette, und es fehlte, was darin war. Das hatte Friso wütend gemacht, und es war der einzige Moment gewesen, in dem sie sich ihm in der Nacht überlegen gefühlt hatte. Er war es gewesen, der es aufgeklappt hatte, er, dem das Entsetzen übers Gesicht gekrochen war wie eine giftige Schlange, als er bemerkte, dass es leer war. Nicht Melchior hatte den Inhalt an sich genommen, das wurde Magda in diesem Augenblick klar.

Sie war froh, dass der Mann tot war, dass er ihr nichts mehr antun konnte. Nie wieder. Ihr nicht und auch keinem anderen Menschen auf der Welt. Wenn es so etwas wie Gerechtigkeit gab, würde Friso einem Richter gegenüberstehen, der hoffentlich keine Milde walten lassen würde. Es gab Menschen, für die war der Tod nicht schlimm genug.

Magda ging ins nächste Zimmer, warf auch hier den Inhalt der Schubladen auf den Boden. Irgendwo musste ihr Mann das Medaillon doch gelassen haben. Sie würde es finden und dann versenken, damit es zukünftig keinen Schaden mehr anrichten konnte. Denn es war verflucht. Von seiner Entstehung an.

Der Wortsammler war schwer. Jan brach unter der Last beinahe zusammen. Der Knabe wimmerte wie ein kleines Kind, er war nicht Herr seiner Sinne. Trotz der Markierungen in den Bäumen hatte Jan sich verlaufen, war den ganzen Tag umhergeirrt, immer mal wieder auf ein Zeichen gestoßen und hatte doch ständig die Orientierung verloren.

Nun brach die Nacht herein, und er war sich noch immer nicht klar darüber, in welche Richtung er gehen sollte. Zuerst hatte er versucht, sich am Stand der Sonne zu orientieren und so zurück nach Hause zu finden. Die Wege aber verliefen häufig ins Nichts oder endeten im großen, dunklen Sumpf, dass es einfach unmöglich war. Ein Fehltritt genügte. Ein Ausrutscher. Einmal nicht ganz genau hinsehen.

Um Jan herum roch es faulig, und es schien dem jungen Arzt, als sei das ein Synonym dafür, wie kurz er und die Welt um ihn herum vor dem Abgrund standen. Es war das eigene Leben, was ihm Kummer bereitete, es war das Hiskes und das des Wortsammlers. Hinzu kamen die vielen Krankheiten, die um sich schlugen, als wüte ein ganzes Heer mit ihren Lanzen. Angefangen beim Marschenfieber, weiter über Cholera und Typhus und die immer wieder drohende Pest, vor der es kein Halten gab. Er war ein so kleines Licht, und man erwartete von ihm dennoch, dass er sich diesen ganzen Problemen mit aller Gewalt entgegenstellte und sie auch in den Griff bekam.

Nun aber musste er erst aus diesem vermaledeiten Sumpf herausfinden. Noch eine weitere Nacht hier konnte sie das Leben kosten. Das des Wortsammlers schien sich ohnehin zu verflüchtigen wie das schwindende Tageslicht, das auch von den aufkommenden Nebelschleiern immer stärker erdrückt wurde. Obwohl Jan nicht mehr viel Zeit blieb, den Weg hinaus zu finden, brauchte er eine Pause. Seine Schultern waren müde, die Kehle trocken. Er wagte nicht, allzu viel zu trinken, weil er für den Knaben noch genug haben wollte. Nur so konnte der überleben. Er brauchte ausreichend Wasser, und das aus dem Moorsee war ungenießbar. Doch in der Not fraß der Teufel Fliegen, und so würde er auch dieses modrige, faulige Wasser in sich hineinkippen, bevor er und das Kind verdursteten.

In Jans Kopf hämmerte nur ein Wort: überleben!

Er legte die Decke auf eine trockene Stelle, verscheuchte die gierigen Mücken, die sie in großen Schwärmen umkreisten und sich über das Blut freuten, das ihnen auf so unverhoffte Weise zuteilwurde. Das Summen erschien ihm mittlerweile vertraut, fast wie ein Schlaflied. Es summte mal laut, mal leise. Hin und wieder krabbelte eine Mücke in sein Ohr. Sie tauchte den Rüssel in sein Fleisch und surrte anschließend singend davon. Gesättigt und zufrieden.

Jan deckte den Jungen zu, nahm einen winzigen Schluck Wasser aus dem Schlauch. Nur so viel, bis der schlimmste Durst vorbei war. Er schloss die Augen, lauschte in den Abend. Das Lied der Mücken war angeschwollen, immer mehr kamen aus ihren Verstecken, tanzten, saugten, summten. Riesige Schwärme drehten ihren Reigen vor Jans Augen, die er nach einiger Zeit schloss, weil sie die Schwere des Augenblickes nicht mehr ertrugen.

Jan wusste nicht, wie lange ihn der Schlaf gnädig von allen Gedanken befreit hatte, aber nun fröstelte er. Diese feuchte Kälte war beinahe noch unangenehmer als die Hitze zuvor. Der Wortsammler lag apathisch und mit viel zu schnellem Atem neben ihm. Seine Temperatur war entschieden zu hoch. Jan musste hier raus, er musste ihn in Sicherheit bringen. Auch wenn er in der Neustadt nicht viel mehr gegen das Fieber tun konnte. Hiske aber hatte von Kräutermischungen erzählt, die sie zusammen mit Garbrand ausprobiert hatte. Veilchen kamen darin vor oder Salbei, den schon Karl der Große im gesamten Fränkischen Reich hatte anbauen lassen. Und noch andere Kräuter, die Jan nicht alle geläufig waren. In einigen Fällen war die Hitze danach gesunken.

Ihm selbst war die gute Wirkung des weißen Senfs zugetragen worden, aber das hatte Jan der Hebamme noch nicht sagen können. Gemahlene Senfkörner als Kompresse, aber auch als Fußbad. Er wollte alles versuchen, um das Leben des Knaben zu retten. In seiner Kammer bei Schemering bewahrte er ein kleines Säckchen Senf auf. Er hatte es für ein kleines Vermögen bei einem Gewürzhändler in Emden erstanden. Nur würde ihm all das nichts nützen, wenn er nicht aus dem Moor herausfand. Jan stützte den Knaben, versuchte, ihm Wasser aus dem Schlauch einzuflößen. Aber der Wortsammler kniff den Mund zusammen, wollte nichts trinken. Er schlug ein paarmal mit dem Kopf hin und her, fiel wieder in einen Schlaf, der immer stärker den Anschein machte, als wolle er ihn nicht hergeben.

Jan kramte in seinem Beutel, holte einen Streifen Speck heraus, dazu einen Kanten Brot und einen schrumpeligen Apfel, der schon länger darauf wartete, endlich verzehrt zu werden. Mehr Vorräte hatte er nicht. Es erschien ihm wie die Henkersmahlzeit, und es fühlte sich nicht gut an. Er aß erst den Speck mit dem Brot, überlegte, ob er mit dem Apfel noch warten sollte, denn wenn er ihn jetzt verdrückte, hatte er nur noch das restliche Wasser. Unschlüssig betrachtete er das Stück Obst. Sein Magen knurrte, er konnte nicht widerstehen. Immerhin musste er genügend Kraft haben, den Wortsammler nach Hause zu schleppen. Jan hieb die Zähne gierig in die Frucht. Obwohl die Haut des Apfels schon sehr faltig wirkte, überraschte Jan das saftige Fruchtfleisch. Er glaubte, schon lange nicht mehr so etwas Köstliches zu sich genommen zu haben. Jeden Bissen genoss er, sog den Geschmack des Apfels auf, verschlang auch das Kerngehäuse. Es war gut gewesen, ihn zu essen. Morgen früh würde er den Weg finden. Ganz bestimmt würde er das. Diese letzte Nacht konnten sie noch überleben. Was hatten sie auch für eine Wahl.

Hiske beschleunigte ihren Schritt. Jemand verfolgte sie, das war keine Einbildung, das war die Wirklichkeit. Schritt, Schleifen, Schritt. Ganz regelmäßig. Immer ihrem Takt folgend. Zwischendurch überlegte sie, ob es besser wäre, umzudrehen, zurück in die sichere Neustadt zu eilen, doch dann müsste sie an ihrem Verfolger vorbei, der das vermutlich nicht zulassen würde. Sie war schon zu weit gelaufen, ihre Rufe konnte keiner mehr hören.

»Ich will nicht länger in dieser abgelegenen Kate wohnen«, murmelte sie. »Es ist gut, dass ich bald von hier verschwinde, dann muss ich auch nicht bei Krechting um eine Kammer in der Neustadt betteln.« Nun rannte sie, der Verfolger kam nicht mehr mit. Jedenfalls war das Schlurfen verstummt, als sie an der nächsten Kurve innehielt, weil ihr die Luft knapp wurde. Sie beugte sich leicht vor, wartete, bis ihre Lungen nicht mehr brannten und ihr Herzschlag sich beruhigte. Erst dann richtete Hiske sich auf, starrte in die Dunkelheit und schärfte ihre Ohren für jedes Geräusch, das sie nicht der Nacht zuordnen konnte. Es blieb still, sie hatte ihren Verfolger abgeschüttelt. Hiske fragte sich, warum er so rasch aufgegeben hatte, und kam zu dem Entschluss, dass er sie entweder nur erschrecken wollte oder aber körperlich nicht in der Lage war, mit ihr Schritt zu halten.

Nun war es nicht mehr weit bis zu ihrer kleinen roten Kate. Bald war sie in Sicherheit vor diesem Menschen, der seit

Tagen nichts Besseres zu tun hatte, als sie zu erschrecken. Warum tat er so etwas? Sie mühte sich ab, die Kinder in der Herrlichkeit zu retten, sie kämpfte nicht gegen die Riten und Verordnungen an. Verhielt sich still, fast angepasst. Wer sollte ihr Böses wollen? Hiske fiel niemand ein, dem sie es zutraute. Niemand von den Menschen, mit denen sie sich umgab.

In Jever, da hatte es anders ausgesehen. Da gab es genug Bürger, die ihr die Pest oder den Aussatz an den Hals gewünscht hätten. Die es ihr neideten, dass sie eine eigene Kammer innerhalb der Wallanlagen bewohnte, die sie mit niemandem teilen musste. Dass sie nicht in der Petersilienstraße hausen musste.

Aber sie lebte nicht mehr in Jever, seit drei Jahren nicht. Vor drei langen Jahren hatte sie das Leben dort aufgegeben, war seitdem in Sicherheit. All ihre Peiniger waren dort geblieben, quälten nun andere Seelen, drohten ihnen mit dem Fegefeuer, dem Satan und entlockten ihnen unter Höllenqualen die absurdesten Geständnisse. Das alles hatte sie hinter sich gelassen.

Hiske schritt kräftig aus, während diese Gedanken in ähnlicher Geschwindigkeit durch ihren Kopf stürmten, wie sie ihre Füße voreinander setzte. »Ich habe alles hinter mir gelassen. Kein Mensch verfolgt mich mit böser Absicht. Niemand von hier …« Sie blieb so abrupt stehen, dass sie einen Ausfallschritt nach vorn machen musste, um den Schwung abzufedern. »Niemand von hier«, flüsterte sie, »niemand von hier, aber …«

Mit einem Mal fügte sich Hiskes Erinnerung mit der Gegenwart zusammen. Mit dem, was ihr vor ein paar Tagen widerfahren war, was sie verdrängt hatte, weil die Sorgen um Lina und den Wortsammler ihr Denken und Handeln bestimmt hatten. Mit jeder Erinnerung, die sie zuließ, schnürte sich ihr Hals ein Stück zu, mit jedem Gedanken fühlte sie kaltes Metall an ihrer Haut, Schmerzen, die sich anfühlten, als halte jemand eine Fackel an ihre Wunden.

Sie war wieder im Kerker von Jever, sah in ein Augenpaar, das hasserfüllter nicht sein konnte. Kluge, sehr blaue Augen, bei denen man in einen Sommerhimmel zu sehen glaubte, die aber bei einem zweiten Blick eine Seele freigaben, in der die Flamme des ewigen Hasses brannte. Ein Hass, der sich gegen die Menschheit und das Leben richtete, nicht gegen die Person, die ihr gegenüberstand. Ein Hass, der deshalb so abgrundtief war, weil der Mensch schon alles verloren hatte, was es im Leben zu verlieren galt. Ein Mensch, dem vermutlich nie eine Hand übers Haar gestrichen hatte, um ihm beizubringen, dass das Leben Überraschungen bereithielt und immer ein Ausweg da war. All das war in diesen Augen hinter der Maske zu lesen gewesen. So kurz vor dem Tod, wenn das Leben nur noch dünn war wie ein Seidenfaden kurz vor dem Reißen, waren die Sinne geschärft und man war in der Lage, all das zu erkennen.

»Du spinnst!«, schalt Hiske sich selbst. »Es kann nicht sein!« Sie versuchte, einen weiteren Schritt zu tun, aber sie war wie erstarrt. Sie irrte nicht. Es waren dieselben Augen. Die Gedanken ratterten wild durch ihren Kopf, sprangen gegen die Schädeldecke, sodass sie fürchtete, sie könne platzen. Es dauerte eine Weile, Hiske konnte nicht sagen, wie lange sie still dagestanden hatte, bis sie wieder klar und gezielt denken konnte. »Ich fasse es mal zusammen«, sagte sie zu sich selbst. »Ich werde also von einem Menschen verfolgt, der nicht mit mir Schritt halten kann und einen schlurfenden Gang hat. Ein Mann, der dieselben Augen sein Eigen nennt wie der Mann, dem ich in Jever im Kerker auf Gedeih und Verderben ausgeliefert war. Der alles zerstört hat, was man in einem jungen Leben zerstören kann.«

Hiske hielt in ihrem Monolog inne, musste tief durchatmen. Zu ungeheuerlich war das, was sich nun vor ihrem inneren Auge abspielte. »In der Neustadt ist mir dieser Fremde begegnet, der mich eigenartig angesehen hat. Und ihm fehlte ein Bein. Das war durch Holz ersetzt.« Hiske schluckte, als ihr die nächsten, entscheidenden Worte wie von selbst über die trockenen Lippen flossen. »Und es waren dieselben Augen wie damals. Diese Tiefe, dieses Blau. Ich wollte es nicht wahrhaben. Aber er ist es. Ihn genau meinte bestimmt auch Lina, als sie vom Satanshelfer sprach.« Denn auf niemanden, den die Hebamme kannte, traf ein solcher Vergleich besser zu.

Hiske suchte nach einem Baum, etwas, wo sie sich niederlassen konnte, damit sie das, was sie nun glasklar erkannte, auch begreifen konnte. Ein paar Schritte weiter vorn reckte eine Birke ihre Zweige in die Luft. Hiske schleppte sich dorthin, umfasste die glatte Rinde, genoss den Trost, den sie dabei empfand.

Sie wurde tatsächlich vom Scharfrichter aus Jever verfolgt. Alle Erinnerungen an ihn und diese Zeit hatte sie verdrängt und hatte sie nie wieder zulassen wollen. Es war besser, die Vergangenheit in die Tiefen der Seele zu verbannen. Aber auf eine nicht zu erklärende Weise wurde man doch immer wieder von ihr eingeholt. Es waren nicht nur die grausamen Schmerzen, die sie mit der Zeit im Kerker verband, es war auch das Gefühl des völligen Ausgeliefertseins, die Abgabe jeglicher Kontrolle über das, was andere Menschen von nun an mit ihr taten und auch tun durften. Die fehlende Möglichkeit, sich zu wehren und etwas beeinflussen zu können. Hiske hatte im Kerker des Jeverschen Schlosses zum ersten

Mal nicht nur das Böse in anderen Menschen gesehen, sondern wirklich auch daran geglaubt.

Ihr ganzes Weltbild war danach ins Wanken geraten, was sicher auch seinen Teil dazu beitrug, dass sie fortan keinem, auch Jan nicht, vorbehaltlos vertrauen konnte. In Hiske war etwas zerbrochen, das noch immer in winzigen Scherbensplittern in ihr vorhanden war und sie täglich ein wenig verletzte, auch wenn sie dessen nur manchmal gewahr wurde.

Jetzt war dieses Gefühl wieder da. Abrupt. Nah. Grausam. Es lähmte sie. Der Mann, dem sie das alles zu verdanken hatte, war ihr auf den Fersen. Warum auch immer er jetzt nur noch ein Bein hatte und sie ihn deshalb nicht gleich erkannt hatte. Den Mann, der sie auf dem Scheiterhaufen brennen sehen wollte, ihn mit Wonne angesteckt und ihre Schreie als Schlaflied genossen hätte. Der Mann, der den Strohhaufen weit genug weg von ihr platziert hatte, dass sie ihn erahnen, aber nicht nutzen konnte und tagelang auf dem kalten Steinboden hatte sitzen müssen, bis ihr Unterleib so entzündet war, dass sie nur unter Blut und Schmerzen urinieren konnte. Der Mann, der die Metallschellen extra festgezogen hatte, sodass die Narben bis zum heutigen Tag sichtbar waren. Der Mann, dem allein ihre völlige Erniedrigung der größte Spaß von allem war.

Sie war wieder dort, von wo sie vor langer Zeit geflohen war. Alles hatte sie eingeholt und drohte sie nun wie eine riesige Welle zu überrollen. Vor diesem Mann gab es kein Entrinnen. Er würde sie verfolgen, bis er die Toversche im ewigen Fegefeuer wusste. Er war es, der die Hexenprobe in der Toverschen Graft am Schloss Jever vorangetrieben hatte. Er war gescheitert, und das würde er ihr niemals verzeihen, vermutlich war er deswegen hier. Nie hätte er damit gerechnet, dass sich tatsächlich jemand für sie verbürgte.

Hiske trauerte bis heute um Theda Eylert, die ihr Leben für diese Bürgschaft lassen musste. Auch dafür hatte der Scharfrichter gesorgt. So etwas konnte er nicht ungesühnt lassen. Und was aus den Reitern geworden war, die sie in der Nacht ihrer Flucht nicht erwischt hatten, wollte sie gar nicht wissen.

Hiske katapultierte sich in die Gegenwart zurück, versuchte sich darauf zu konzentrieren, wie ihr nächster Schritt sein musste, damit sie ihrem Peiniger kein zweites Mal in die Hände fiel. Sie ließ die Baumrinde los und streckte den Oberkörper durch. Diese Bewegung ließ die innere Kraft in ihr strömen, beruhigte das Durcheinander der Gedanken. Sie schwebte in größter Gefahr, und auch, wenn sie den Scharfrichter vorerst abgehängt hatte, würde er seine Verfolgung nicht aufgeben. Sie musste zusehen, dass sie schnellstmöglich nach Hause kam. Sie würde die Tür verriegeln, sich dahinter verbarrikadieren und hoffen, dass Jan und der Wortsammler in nicht allzu ferner Zeit aus dem Moor zurückkamen. Vorausgesetzt, der Arzt fand den Knaben. Warum nur hatte sie Garbrand nicht erlaubt, über sie zu wachen? Für einen Augenblick überlegte sie, zum Burghof zu laufen. Garbrand würde erst morgen in die Neustadt übersiedeln, und mit etwas Glück war das Burgtor noch auf.

Hiske bekam ihre Angst nicht mehr unter Kontrolle. Ihr Herz klopfte nun so stark, dass sie glaubte, es spränge ihr zum Hals heraus. Die Panik aus vergangenen Zeiten machte sich in ihr breit. Die Angst, die sie nie wieder haben wollte. Warum nur hatte sie die Augen dieses Mannes nicht gleich in der Neustadt erkannt? Die Augen, die mit jedem Blick deutlich machten, dass sie nur ein Ziel kannten: Rache.

Hiske lauschte in die Dunkelheit, versuchte, ihren hektischen Atem unter Kontrolle zu bekommen. Sie konnte kein schlurfendes Geräusch hören. Es war wirklich das Beste, wenn sie zum Burghof eilte. Die Hebamme wagte nicht, jetzt allein zu sein. Ihre lächerliche Barrikade an der Haustür würde ein Mann wie der Scharfrichter mit einem Hieb niederstrecken, so wie er mit Wonne Hunderte von Köpfen von den Leibern getrennt hatte.

Hiske änderte die Richtung, lief ein paar Schritte, als ein Windhauch sie streifte und ein Knacken ihren Tritt verlangsamte. Schon lag eine krallige Hand auf ihrer Schulter. »So sieht man sich wieder, Hexe von Jever«, sagte eine Stimme. Vor ihr stand der Scharfrichter, und im ersten Augenblick glaubte sie, er halte eine Sense in der Hand.

Krechting hatte das nächste Schiff bestiegen. Er konnte und wollte nicht länger in Emden bleiben. Johannes a Lasco hatte ihm seinen Platz sehr deutlich gemacht, und nach einer kurzen Zeit des Überlegens musste Krechting ihm recht geben, selbst wenn es ihm nicht behagte. In der Herrlichkeit lief ein Mörder frei herum, sein Weib wollte in keiner Stadt mehr leben, und er hatte den Mennoniten, Täufern und den anderen Menschen dort gegenüber eine große Verpflichtung, der er sich nicht entziehen konnte.

An Krechtings Seite befanden sich Jacobus Cornicius und Dr. Westerburgs Tochter mit deren Magd. Der Pfarrer plante, ihnen in etwa einer Woche zu folgen, sobald wieder ein Schiff in Richtung Herrlichkeit Gödens ablegte. Er war noch zu sehr damit beschäftigt, sich einen Einblick in die Amtsgeschäfte des Superintendenten zu verschaffen. »Ich muss erst sehen, was es mit dem Coetus auf sich hat. Es stehen noch so viele Gespräche aus. Nehmt meine Tochter schon mit zurück. Ich glaube nicht, dass Emden im Moment das richtige Pflaster ist. Es deucht mir doch zu unruhig für ein junges Ding wie sie. Da ist sie in Gödens besser aufgehoben. In ein paar Jahren kann das anders sein.« Dr. Westerburg hatte Krechting einen Brief in die Hand gedrückt. »Das ist für die Häuptlingswitwe. Sorgt dafür, dass Bente dort in Stellung gehen kann.«

Dr. Westerburg schien ernsthaft besorgt zu sein, so als befürchte er Unruhen, die aus den religiösen Erlassen und Umbrüchen entstehen könnten. Krechting war gern bereit gewesen, sie mitzunehmen, wenngleich sich das Gesicht des jungen Mädchens bei den Worten ihres Vaters immer mehr verdunkelt hatte. Sie wäre vermutlich gern noch eine Weile in Emden geblieben. Krechting konnte das durchaus verstehen – welches junge Ding würde sich schon darum reißen, auf einer abgelegenen Burg in Stellung zu gehen, wenn es gleichzeitig die Möglichkeit hatte, in einer Stadt wie Emden zu leben.

Am letzten Nachmittag in Emden, Krechting hatte eben die Schiffspassage gebucht, hatte sich Jacobus Cornicius hinzugesellt, dem die bevorstehende Abreise von Krechting zu Ohren gekommen war. »Euer Aufenthalt war nur von sehr kurzer Dauer.«

»Ich habe erfahren, was ich erfahren musste, und nun drängt es mich zurück zu meinen Aufgaben und meiner Familie.«

»Ich werde Euch in die Herrlichkeit begleiten«, hatte der Arzt gesagt. »Ich werde meinem alten Freund und Weggefährten Jan Valkensteyn die Aufwartung machen. Mein Vertreter wird in Emden ein paar Wochen allein zurechtkommen. Im Augenblick grassieren hier keine schwerwiegenden Erkrankungen.« Bei seinen Worten hatte sein Blick Westerburgs Tochter nicht einen Augenblick losgelassen, und deren Gesichtsausdruck war merklich freudiger geworden.

Als nun das Schiff östlich ins Fahrwasser abbog, standen beide an der Reling, ließen sich den frischen Fahrtwind übers Gesicht streichen und wirkten entspannt und glücklich. Sie standen eine Spur zu eng beisammen, sodass man es eben noch als schicklich bezeichnen konnte. Die Magd hielt sich wie ein Schatten hinter ihr, als könne sie damit verhindern, was für jeden offensichtlich war. Ganz eindeutig webte sich zwischen den beiden ein Netz, von dem Krechting hoffte, dass Pfarrer Westerburg es gutheißen würde. Er beneidete die beiden um die Heftigkeit der Gefühle. Um das, was da heranwuchs. Hatte er je einmal so empfunden, hatte sein Herz einmal so für eine Frau geschlagen? Für ihn waren immer andere Dinge wichtiger gewesen als die Liebe. Ein Weib ehelichte man, damit Nachkommen gesichert waren. Dazu war es wichtig für ihn gewesen, dass seine Frau eine gewisse Anmut besaß und sauber war. Die Liebe oder Zuneigung kam mit der Zeit, wenn man sich bemühte. So war es schon immer gewesen. Und doch gab es Menschen, auf die diese Gesetzmäßigkeit nicht zutraf. Und die strahlten dann das aus, was Westerburgs Tochter und den Emder Stadtarzt umgab. Ein Mythos, der ihm fremd war. Liebe und Leidenschaft mit einer Frau kannte Krechting nicht. Seine Leidenschaft hatte immer dem wahren Glauben und dessen Umsetzung gegolten. Nicht nur für sich, auch für alle anderen. Damit war sein Herz besetzt, für andere Gefühle kein Platz.

Elske gebar ihm, wie es sich gehörte, ein paar Kinder, damit es Erben für all das gab, was er sich im Leben geschaffen hatte. Er verstand sich gut mit Elske, eben wie ein Mann sich mit dem Weib verstehen sollte, wenn er das Bett mit ihr teilte. Nie beklagte sie sich, war ihm zu Willen, wenn es ihn gelüstete, sodass er als Mann zufriedengestellt war. Das reichte ihm als Wohlgefühl, nie hatte er Glück im

Zusammensein mit seinem Weib angestrebt. Doch wenn er nun den Stadtarzt und Dr. Westerburgs Tochter betrachtete, verspürte er einen Stich und fragte sich zum ersten Mal, ob er vielleicht etwas in seinem Leben versäumt hatte.

Der Wind frischte auf, am Horizont zeigte sich eine Wolke, auf die sie unaufhaltsam zusteuerten. Ihre Farbe wechselte von außen nach innen von einem hellen in ein kräftiges Grau, in der Mitte jedoch konnte man kaum sagen, ob sie eher schwarz oder violett schimmerte. Sie war in mehreren Schichten aufgetürmt, schien unendlich dick und aufgebläht, drohte zu zerreißen und ihren grausamen Inhalt über das Land zu spucken. Diese Wolke trug nicht nur weitere Regenschauer und Gewitter. In ihr tobte ein Sturm, der nur darauf wartete, sich endlich aus der flockigen Umhüllung befreien zu dürfen. Krechting war nicht wohl bei diesem Gedanken. Sie würden sich eine Weile auf See befinden. Wer wusste schon, ob das Schiff solchen Widrigkeiten gewachsen war oder auf Grund lief, weil der Kapitän es nicht auf dem richtigen Kurs halten konnte. Krechting war kein Norddeutscher, er war Westfale durch und durch. So fehlte ihm die Verbundenheit und Gelassenheit der See und den hiesigen Wetterverhältnissen gegenüber, wie sie den Einheimischen oder auch den Holländern gegeben war. Nur durfte er sich das niemals anmerken lassen.

Hinrich hatte bei seiner Rückkehr nicht viel im Gepäck, was seine Aufträge anging. Dazu war er dann doch zu kurz in der Seehafenstadt geblieben. Hebrich von Knyphausen würde nicht sehr zufrieden mit seiner Arbeit sein. Zumindest aber konnte er ihr mitteilen, wo sie das Gödenser Stadthaus errichten lassen konnte, denn a Lasco hatte ihm versichert, dass er Gräfin Anna darüber in Kenntnis setzen würde, die mit Sicherheit keinerlei Einwände haben würde. Ein paar

Dinge über die Diakonie hatte er ebenfalls in Erfahrung bringen können. Was er davon in der Neustadt umsetzen konnte, würde sich zeigen. Krechting fühlte sich müde. So ausgelaugt. Er hoffte inständig, dass sie den Mörder dieses holländischen Kaufmanns dingfest gemacht hatten, damit er wenigstens diese Sorge los war. Er überlegte, wie es sich anfühlte, seinem Neffen mehr Verantwortung zu geben, sich selbst ein wenig aus dem politischen Tagesgeschäft zurückzuziehen. Er hatte mehr für die Herrlichkeit Gödens getan als andere zuvor. Er dürfte es ruhiger angehen lassen. Wie schön wäre es, sich von nun an stärker um seine Bienenvölker zu kümmern, die gerade jetzt in großen Schwärmen ihren Nektar sammelten. Er würde den schmackhaftesten Honig herstellen und vertreiben. Doch er wusste selbst, dass diese Vorstellung ein Tagtraum war, den er nie und nimmer würde umsetzen können. Das Siel war noch nicht fertig, die Neustadt erst zur Hälfte erbaut. Dazu kamen die Aufgaben in der Armenfürsorge und als Kirchenvorstand, die er zu erfüllen hatte. Seine Tage würden nicht ruhig sein, und die Bienen mussten weiter allein ihren Nektar sammeln, während der Knecht, nicht er, die Waben schleuderte.

Er war die rechte Hand Hebrichs, und wenn er ehrlich war: Lieber würde er sich diese Hand abhacken lassen, bevor er auch nur eine Winzigkeit seines Einflusses abgab. Auch an Wolter nicht. Der war ihm ohnehin nicht geradlinig genug.

Das Lachen Cornicius' riss ihn aus seinen Überlegungen. Es hatte nicht ihm gegolten, sondern einem Seehund, der neben dem Schiff aufgetaucht war und zu dem sich nun ein zweiter gesellte. Die beiden neckten sich, hatten keinerlei Scheu vor den Menschen auf der Kraweel, die sich durchs dunkle Nordseewasser kämpfte und deren Rumpf sich in den letzten Minuten merklich stärker auf- und niedersenkte.

Der Himmel hinter ihnen war zu einer einzigen dunkelgrauen Masse zusammengeflossen, die dem Schiff wie ein geschlossenes Heer folgte.

Krechting umklammerte die Reling, versank mit seinem Blick in der Gischt des trüben Nordseewassers. Die Welt um ihn herum war genauso wenig unbeschwert wie sein Dasein. Einzig die Seehunde scherten sich nicht um das, was um sie herum geschah. Sie waren sich selbst genug. Ihn hingegen drückten Last, Verantwortung und eine nicht zu bändigende Zerrissenheit. Tag für Tag. Nacht für Nacht. Und er wusste einfach nicht, wie lange er das noch aushalten konnte. Krechting löste die Hände von der Reling und sah in die Innenflächen. Es klebte Blut daran. Sehr viel Blut. Das Blut der zahlreichen Papisten um Bischof von Waldeck, das Blut der Menschen, die unter seinem Befehl in Münster kämpfen mussten. Und das Blut der Widersacher, die es gewagt hatten, sich ihm in den Weg zu stellen.

Amsterdam 1532

Ich muss mit dir reden, Meisje«, sagt Amilia. Ihre Stimme hat zwar noch die immer gleiche Freundlichkeit, die das Mädchen einhüllt wie feinste Seide, doch schwingt nun eine gewisse Sorge und Furcht darin. Etwas ist geschehen, das ihr ruhiges Leben auf den Kopf stellen wird. »Ich möchte zurück nach Amsterdam.«

Das Mädchen zuckt zusammen, schüttelt den Kopf. Diese Stadt ist böse, dort fließt Blut, peinigt der Schmerz. Das weiß Amilia aber nicht. Sie weiß nicht, wie Mutter ausgesehen hat, als der Mann weg war, weiß nicht, wie das frische Blut seine Spur auf dem Boden hinterlassen hat. Sie kennt nicht den Schmerz, den böse Jungs verursachen, wenn sie seltsame Geräusche machen und auch noch Spaß daran haben, so etwas zu tun.

Amilia aber spricht weiter. Nun wirkt sie sicherer. Sie hat den Entschluss schon länger gefasst, er ist unumstößlich. »Dort sind Männer, die den neuen Glauben predigen, Meisje. Frauen sind nicht weniger wert, so wie die Pfaffen es sagen. Und die Hölle gibt es auch nicht. Es ist das Paradies auf Erden, dem wir mit Gottes wahrer Anbetung entgegenstreben. Mit Menschen, die denken und fühlen wie wir. Frieden, Gleichheit, Freiheit.«

Das Mädchen möchte lieber bei der Ziege und der Kuh und dem Kräutergarten bleiben. Es weiß nichts davon, ob die Dinge so wichtig sind, wie Amilia sagt. Frieden, Freiheit und Gleichheit hat das Mädchen auch hier. In der Kate in der Blumenwiese. Selbst wenn der Wind mal heftiger um das Häuschen streift und die Grassoden herunterreißt, haben sie all das hier.

»In drei Tagen gehen wir!«, sagt Amilia. »Bis dahin habe ich alles gepackt.«

Das Mädchen sitzt die zwei folgenden Tage bei ihren Freunden, der Ziege und der Kuh, im Stall, melkt sie, streicht sacht über die Euter. »Ihr seid meine Freunde, ich gehe nicht weg.«

Die Ziege leckt ihr die Hand, die Kuh schlägt mit dem Schwanz, kitzelt sie im Gesicht.

Amilia weckt sie früher als sonst, der Mond steht noch am Himmel, wirkt wie von einem Schleier bedeckt, als habe er vor, bald ganz dahinter zu verschwinden. »Wir müssen aufbrechen, Meisje. Füttere die Tiere, melke sie und binde sie anschließend los. Lass die Stalltür einfach auf.«

Das Mädchen schüttelt den Kopf. Hier ist es sicher, hier sind keine bösen Jungs, hier warten keine Männer mit großen Messern. Es will bleiben. Für immer.

Aber Amilia lacht. »Nun mach schon! Es wird gut werden, dort, wo wir jetzt hingehen. Auch ohne die Viecher.«

Das Mädchen geht in den Stall und verrichtet die ihr aufgetragenen Arbeiten. Ein bisschen langsamer als sonst. Sie will es auskosten. Ein letztes Mal den Duft der Ziege und der Kuh in sich aufsaugen.

»Nun komm, es wird Zeit! Sie finden neue Herren. Die Not ist groß, unsere Nachbarn werden sich freuen.« Mit diesen Worten löst Amilia die Stricke, gibt sowohl der Ziege als auch der Kuh einen Klaps. Beide zögern, als spürten sie die Endgültigkeit dieses Augenblicks.

Am Horizont malt die aufgehende Sonne einen roten Streif, nicht mehr lange, und die Nacht wird von der Helligkeit des Tages verdrängt. Das Mädchen weint, als die Leiber der beiden Tiere sich mit der Dämmerung vermischen und schon bald nicht mehr zu sehen sind.

Amilia hat bereits alles in den Karren gepackt. Decken, Vorräte, zwei Stühle und der Tisch sind darauf verschnürt.

Als sie den Wagen anzieht, bewegt er sich zunächst nicht von der Stelle. Das Mädchen muss kräftig von hinten mit anschieben. Dann setzt er sich schaukelnd in Bewegung.

Hin und wieder hängen sie in einer Bodensenke fest, dann ist es schwierig, den Karren herauszuziehen, aber sie schaffen es jedes Mal. Die Wege sind trocken, am Ende des Tages werden sie Amsterdam erreicht haben. Amilia singt und freut sich. Sie braucht kaum eine Pause. Nur ein einziges Mal nimmt sie den Proviantbeutel vom Wagen und reicht dem Mädchen ein Stück Brot mit Speck. »Ich will vor Einbruch der Dunkelheit ankommen«, sagt Amilia. »Sonst ist es auf den Straßen für uns zu gefährlich.«

Dem Mädchen ist es egal. Es will zurück. Zur Ziege. Und zur Kuh. Die große Stadt ist sowieso gefährlich.

Amilia bemerkt die Traurigkeit. Sie streicht dem Mädchen über den Kopf. »Vielleicht bleiben wir nicht lange dort, kleine Meisje. Es sieht so aus, als würden wir auf eine große Reise gehen. Nach Ostfriesland, dort sind Menschen wie wir sicher. Dort ist alles gut.«

»Auch sicher vor Jungs mit Geräuschen und vor Blut? Auch wenn man keinen Meerkristall hat?« Das Mädchen hat große Augen, als es das sagt. Jetzt hält Amilia doch kurz inne. Der Karren bleibt ruckartig stehen, und für einen Augenblick scheint es, als kippe die gesamte Ladung um.

»Was nur hast du erlebt, Meisje? Wovor hast du solche Angst? Ich werde dich beschützen.«

Das Mädchen zuckt mit den Schultern. Sie will zurück zur Kate, nicht nach Amsterdam, nicht nach Ostfriesland. Da überall hat sie keine Kuh mehr. Keinen Kräutergarten, keine Ziege. Und auch keinen Waschzuber. Nur zwei Stück Seife, die sie in der Schürzentasche wie einen Schatz hütet. Sie erinnern sie daran, wie schön es ist, zu baden.

14. Kapitel

Was tust du, Weib?« Dudernixens Stimme drang durchs Baderhaus und touchierte die Wände, sodass jeder Ton zurückzuspringen schien. Eben war ein weiteres Gewitter über das Land gefegt. Die Menschen in der Neustadt waren allesamt auf den Beinen, um aufzuräumen und die Schäden zu beseitigen. Dachpfannen waren heruntergeweht und mit lautem Scheppern auf dem Pflaster zerschellt. Eine neu gebaute Hauswand war einfach eingedrückt worden, als habe ein Riese sich dagegen gelehnt. Auf dem Weg zur Burg hatte der Sturm etliche Bäume entwurzelt, und der Deich war an einer Stelle leck. Er musste dringend verschlossen werden. Die Rufe und das Scheppern dieser Arbeiten bahnten sich ihren Weg bis ins Haus.

»Nix, ich suche nichts«, stotterte Magda. Ihr Gesicht hatte die rote Klinkerfarbe der Hauswand angenommen, Schweiß perlte über ihre Stirn.

»Du suchst das Medaillon! Stimmt's, Weib?«

Magda schloss die Augen, faltete die Hände vor dem Bauch und schickte ein Stoßgebet zu einem Gott, von dem sie aber keinerlei Vorstellungen mehr hatte. Er entsprach weder dem Bild, das die Vermahner der Mennoniten von ihm malten, noch dem der katholischen Kirche, das sie als Kind verinnerlicht hatte, oder dem, was Magda von ihrer Mutter gepredigt worden war. Ein Gott, der jeden Schritt beobachtet, kleine Sünden sofort bestraft, aber dennoch gut auf einen aufpasst. Er hatte aber nicht gut auf Magda aufgepasst. Sie war schon viel zu früh von Gott und seinem Sohn verlassen worden. Er hatte in ihren Augen nie großes Interesse an einem kleinen Mädchen wie ihr gehabt, das allein, einer verlorenen Feder gleich, übers Land getrieben wurde, mal irgendwo kurz Ruhe fand und mit dem nächsten Windhauch wieder abhob.

»Ich rede mit dir!« Die Stimme ihres Mannes dröhnte, trotz des frühen Morgens war sie alkoholgeschwängert. Wenn Melchior trank, hatte er große Furcht. Es war sein Mittel, den Alltag mit all seinen Bedrohungen und Hinterlistigkeiten zu beherrschen. Er hatte auch genug getan, was ihn zu Recht das Leben fürchten ließ.

Magda kannte ihren Mann, sie wusste, zu was er fähig war. »Wo hast du ihn versteckt, Melchior? Er ist verflucht. Lass uns das Ding versenken, irgendwo tief im Meer. Bitte!«

Melchior lachte. »Verflucht? Du bist Mennonitin, du glaubst an Geister, womöglich an den Teufel? Dass ich nicht lache! Irre bist du! Sag so etwas bloß nicht vor den anderen, wir können sonst gar nicht so schnell gucken, wie wir ausgestoßen werden. Bei den Reformern kriegen wir auch kein Bein an Deck, und zurück nach Holland geht ebenfalls nicht. Da rollen unsere Köpfe, kaum haben wir einen Fuß auf deren Erde gesetzt. Also halt dein Maul!«

»Du hast den Kaufmann getötet, Melchior. Dein Kopf kann auch hier rollen, das weißt du!«

Dudernixen riss Magda zu sich herum und umfasste ihr Kinn mit eisernem Griff. »Sag das noch mal, Weib! Sag noch ein Mal, dass du deinen eigenen Mann für einen Mörder hältst!«

Magda wand sich unter dem schmerzhaften Griff und schüttelte den Kopf hin und her, um ihn zu befreien. Aber Melchiors Hand war zu groß, zu kräftig. Es gelang ihr nicht. Sie stieß ein paar unartikulierte Laute aus, denn mehr war unter diesen Umständen nicht möglich. Mit weit aufgerissenen Augen starrte sie ihren Mann an und versuchte, ihn auf die Weise um Gnade anzuflehen.

Der fixierte sie sekundenlang, ohne seinen Griff zu lösen. Je länger er seine Frau ansah, desto mehr weiteten sich seine Augen, bis er schließlich einer teuflischen Fratze glich. Schließlich lockerte sich sein Griff. Magda bewegte ihren Kiefer, was ihr nur unter Schmerzen gelang. »Ichs ssag nichss mehr!«

Melchior antwortete drohend: »Besser ist das. Und frag nie wieder nach dem Medaillon, suche es nicht. Halt dich da raus, egal, was du mit dem Ding zu schaffen hast.«

Grieta saß in ihrer Kammer, hatte die Kristallperle aus der Rocktasche gezogen und drehte sie zwischen Daumen und Zeigefinger hin und her. Sie war ihre Versicherung auf ein besseres Leben. Sie würde packen und mit dem nächsten Schiff von hier verschwinden. Es gab Dinge, die sie besser hätte nicht tun sollen. Lina die Empfehlung mit dem Holzpflock zu geben zum Beispiel. Sie würde vielleicht noch leben. Dann allerdings mit dem Kind des Teufels im Bauch, und das hatte sie unbedingt verhindern müssen.

Das Leben hatte ihr keine andere Wahl gelassen, als genau so zu handeln, wie sie gehandelt hatte. Erst war es nur die Sorge um ihre eigene Sicherheit gewesen, doch nach und nach hatte auch der Gedanke überwogen, dass es ihr gutes Recht sei, die Dinge auf diese Weise zu lenken. Sie hatte stets auf der dunklen Seite des Lebens gestanden. Etwas Licht war auf sie gefallen, als sie bei Anneke einziehen durfte. Und nun lief sie Gefahr, auch das wenige Etwas zu verlieren.

Der Teufel hatte mit Friso van Heek Einzug in ihr Haus gehalten. Friso van Heek, der Handlanger der Hexe, die sich vor drei Jahren in Gödens eingenistet hatte und ihre Kräfte bündelte, um bald wieder zuzuschlagen. Genau so hatte es Klaas Krommenga zu der jungen Duuvke gesagt. »Du kannst mir helfen, dieses Weib für immer loszuwerden. Sie ist nicht nur eine Tochter Satans, sie ist seine Frau. Sie dient ihm mit Leib und Seele unter dem Deckmantel der Mitmenschlichkeit, und jeder, der sich ihr in den Weg stellt, ist verflucht.«

Grieta hatte das Bein von Klaas gesehen. Er hatte es ganz entblößt, und sie konnte das trockene Holz erkennen, das aussah, als habe er seine Knochen freigelegt. »Das habe ich ihr zu verdanken. Das ist reines Teufelswerk. Es gibt nur einen Weg, wenn ihr hier in der Herrlichkeit überleben wollt, vor allem, wenn du überleben willst. Hilf mir, sie zu töten!«

Grieta war zurückgeschreckt. Aber dann war sie eingeknickt. Nicht zuletzt, weil Klaas ihr etliche Gulden und Schap in die Hand gedrückt hatte, mit denen sie die nächste Kraweel besteigen konnte. Damit kam man binnen kürzester Zeit nach Emden und von dort über Holland nach Westfalen. Am liebsten würde sie nach Köln reisen. Dort herrschte der wahre Glaube. Dort gab es Priester, die die rechte Hand Gottes waren. Dort gab es noch den Glauben an den Papst, den Stellvertreter Gottes auf Erden, den Nachfolger von Petrus. Alles hatte seine Ordnung. Dort würde man ihr Tun zu schätzen wissen. Sie, Grieta, hatte einer Hexe widerstanden, sie dingfest gemacht und zurück ins Höllenfeuer geschickt. Bei diesem Gedanken wurde ihr klar, dass sie keinen Mord begehen würde. Im Gegenteil: Sie handelte im Auftrag des Herrn, der Satan und seine Helfer bezwingen musste. Die anderen Stimmen missachtete sie, drückte sie nieder. Eine Hexe zu töten, war eine Notwendigkeit, weil man die Menschheit damit vor großem Schaden bewahrte. Von klein auf hatte sie das gelernt, nur hier musste sie darüber schweigen. Hier, in dem Ketzernest, wo Satans Mannen Tür und Tor geöffnet wurden. Wo der Teufel in Menschengestalt über die Huren steigen und ihnen bösartige Wechselbälger machen durfte, damit noch mehr seiner Art diesen Boden befleckten. Sie würde ein gutes Werk tun, wenn sie Klaas half, Hiske zu töten. Genau, wie Frisos Tod ganz in Gottes Sinne war.

Grieta strich mit der Eisträne über ihre Wange. Sie war ihr Glückspfand, vom Herrgott als Zeichen geschickt. Solange sie die bei sich trug, würde ihr nichts passieren. Sie war unter Schmerzen und Blut entstanden, das spürte sie genau. Alles, was bei der Herstellung mit Blut benetzt war, machte es unangreifbar und den Träger gleich mit.

Hiske war jetzt vermutlich schon auf dem Weg in die Hölle. Klaas Krommenga würde nicht zögern, es hinter sich zu bringen. Sie war in seiner Gewalt. Grieta begann zu lachen. Laut und schrill. Es klang, als würde sie den Verstand verlieren.

Jan keuchte unter der Last des Knaben. Seine Kleidung war vom heftigen Gewitterschauer noch immer durchnässt und klebte an ihm wie eine zweite Haut. Dennoch schwitzte er, weil der Wortsammler mit jedem weiteren Schritt schwerer zu werden schien. Er war seit gestern Abend nicht mehr aufgewacht, und Jan wusste nicht, ob er wieder zu Bewusstsein kommen würde. Vielleicht musste er Hiske ein totes Kind vor die Füße legen, doch dann konnte sie ihm zumindest ein Grab geben und dort um ihn trauern. Die Vorstellung, das Kind einfach im Moor zu versenken oder ihn auf einem der verschlungenen Pfade den Fliegen und anderen Tieren zum Fraß zu überlassen, war für Jan unerträglich. Das würde ihm Hiske auch nie verzeihen. Er hatte auch an diesem Morgen nicht den richtigen Weg gefunden, sich immer weiter in der Tiefe des Moores verloren und war kurz davor, aufzugeben.

Aber er wollte nicht in dieser Einsamkeit sterben. Er wollte zurück zu Hiske, hatte ihr noch so viel zu sagen. Er war auf dem besten Weg, Lieke zu vergessen und einen Strich unter die Vergangenheit zu ziehen. Dazu aber musste er diesen Sumpf endlich verlassen. Der Gedanke an Hiske hielt ihn aufrecht. Er konnte nicht sterben, ohne ihr zumindest erklärt zu haben, was in seinem Leben mit seiner Liebe schiefgelaufen war, sodass in ihm die Überzeugung gereift war, nie mit einer Frau leben zu können, geschweige denn, noch einmal tief zu empfinden. Jan wusste nicht, ob Hiske es verstehen würde, aber er musste es versuchen.

Auf seinem Rücken regte sich der Wortsammler, begann seine Gliedmaßen unruhig hin und her zu bewegen. Jan setzte ihn ab, weil er wegen der unkontrollierten Bewegungen Gefahr lief, in das neben ihm liegende Gewässer zu stürzen.

»Lebenspflückerin«, quetschte der Knabe hervor, deutete mit dem Finger nach Nordosten.

Jan kniff die Augen zusammen und erkannte tatsächlich einen engen Pfad, der sich zwischen Schilf und kleinen Birken durch das Gebiet zog. Er hätte ihn ohne den Hinweis des Knaben nicht entdeckt, sondern wäre wieder auf den vermeintlich sicheren, breiten Schneisen gelaufen und vermutlich noch tiefer ins Sumpfgebiet gelangt.

»Geht es dir besser?«, fragte er. Doch vom Wortsammler kam keine Antwort, er war bereits wieder in seine Apathie verfallen.

Jan schulterte ihn erneut und hoffte, dass es nicht allzu weit sein würde, bis die Wege etwas fester wurden. Er kämpfte sich durchs Gestrüpp, immer den schmalen Pfad im Blick. Rechts und links neben ihm lag das schwimmende Moor, er musste, trotz aller Müdigkeit, konzentriert weiterlaufen. Nach dem Hinweis des Knaben hatte ihn eine neuerliche

Kraft durchflossen, von der er hoffte, dass sie bis nach Gödens halten würde. Wichtig war einzig und allein, dass er nicht stürzte, denn er hätte keine Kraftreserven mehr, sich selbst oder den Knaben aus dem Wasser zu ziehen.

Schließlich wurde der Boden trockener, der Pfad breiter, und er brauchte nicht mehr so sehr aufzupassen. Jan atmete tief durch, und nach einer Weile erkannte er eine Kerbung in der Birke und gleichzeitig den Weg zurück.

Die rote Kate der Hebamme wurde vom Morgenlicht angestrahlt, als er um die Ecke bog. Es war wie ein Nachhausekommen. Er fühlte sich in seine Kindheit zurückversetzt, als er noch glaubte, nichts in der Welt könne ihm etwas anhaben, weil er niemals allein war. Er wunderte sich selbst über diese Gedanken und das Gefühl, das ihn von innen heraus wärmte. Ein Lächeln glitt über sein Gesicht. Die letzten Schritte rannte er fast. Er stieß die Tür auf, die unverschlossen war, und fand in der Küche Garbrand vor, den Kopf auf die Hände gestützt.

»Was ist los?«, keuchte Jan.

»Sie ist weg. Einfach verschwunden.«

Amsterdam 1535

Das Mädchen blutet. Sie wagt nicht, damit zu Amilia zu gehen, die ist in den letzten Monaten mit dem einzig wahren Glauben beschäftigt. »Der ist aber verboten, wir dürfen nicht darüber reden, Meisje. Jan Matthys ist ein großer Mann!«

Das Mädchen will auch gar nicht darüber reden, und es interessiert sich weder für Jan Matthys, der ein Vermahner oder so etwas ist, noch für Obbe Philips, der sich als Erwachsener hat taufen lassen und irgendwo ganz weit weg Bilder aus den Kirchen entfernt. Bilder, die sie sich so gern mit ihrer Mutter angesehen hat, Bilder, vor denen sie niederknieten und beteten. Warum ist es gut, sie zu entfernen?

Amilias Augen leuchten, wenn sie diese Namen erwähnt. Aber zugleich tobt eine Angst über ihr Gesicht, denn so viel hat das Mädchen verstanden: Es ist gefährlich, diese Männer zu verehren, nicht an den Papst und die Kirche zu glauben, so wie ihre Mutter es sie gelehrt hat. Deshalb will Amilia fort aus Holland. Dorthin, wo ihnen nichts passieren kann. Nach Ostfriesland.

»Gott ist aber weg!«, flüstert das Mädchen. »Er passt nicht auf mich auf. Er hat mich vergessen, schon als ich klein war.«

Amilia runzelt die Stirn, sagt aber nichts dazu. Sie lenkt ab. »Nicht mehr lange, und wir fahren mit einem Schiff, verlassen Holland. Es ist sogar ein Bader dabei, du kannst zusehen, wie er seine Arbeit macht. Er hat bestimmt schöne und duftende Seifen, das liebst du doch so.«

Amilia ist anders geworden. Ein verbissener Zug hat sich um die freundlichen Lippen gelegt, lässt sie schmal wirken und härter. Das ganze Gesicht wirkt versteinert, wenn sie sich unbeobachtet glaubt. Das alles geht dem Mädchen durch den Kopf, während das Unfassbare, das Schlimme mit ihr geschieht. Sie kann es nicht aufhalten, weiß nur, dass auch die Hühner so bluten, wenn man ihnen den Kopf abschlägt und dass sie danach im Topf landen. Sie stopft sich ganz viel Leinen zwischen die Beine, weil Amilia zu einem Treffen will, wohin das Mädchen unbedingt mitkommen soll. Sie merkt nichts von ihrer Not, es hat sich viel geändert zwischen ihnen, seit sie die kleine Kate verlassen haben.

»Es ist ein geheimes Treffen, Meisje, da werden wir erfahren, was weiter geschieht, wann wir reisen dürfen.« Amilia trägt jetzt meist helles Leinen. Wenn sie von »ihnen« spricht, gibt es kurze Momente, wo sie wieder von innen her strahlt, als habe man eine Kerze angezündet. Doch genauso schnell erlischt dieses Strahlen, eben, als puste man das Licht mit einem Atemzug wieder aus. Und dann ist auch sofort wieder diese Angst da. »Ich werde mich auch taufen lassen. Als Erwachsene.« Sie sagt es sehr oft.

Das Mädchen ist längst getauft. Dafür hat Mutter gesorgt. Da war sie noch ganz klein. Aber Amilia sagt, das zähle nicht, sie müsse das, wenn sie groß sei, noch einmal tun, damit es vor Gott wirklich etwas gilt. Dem Mädchen ist es egal. Gott ist weg. Sie will nur Amilia nicht verlieren.

Die beiden schleichen sich aus dem Haus, als es fast dunkel ist. Immer wieder sieht Amilia sich um, ihr Atem ist kurz und stoßweise zu hören. Der Weg ist lang, dem Mädchen tun schon die Füße weh, obwohl es bei Amilia richtige Lederschuhe bekommen hat. Die drücken aber, weil der Fuß wächst und wächst. Schließlich kommen sie am Rand Amsterdams zu einer großen Scheune. Es sind viele Menschen dort, die Luft ist schlecht. Ein Mann stellt sich auf einen

Podest und redet. »Das ist der Vermahner«, sagt Amilia, und ihre Augen glänzen.

Das Mädchen merkt, dass ihr Leinen nicht mehr lange dichthält. Sie tritt von einem Bein auf das andere. Als sie sich umsieht, hat sie Amilia aus den Augen verloren.

Kurze Zeit später ruht eine Männerhand auf ihrer Schulter, umschließt sie ganz. Dieses Gefühl kennt sie, das war schon einmal. Das Mädchen hält die Luft an und schaut hoch zu dem Mann, dem die Hand gehört. Er lächelt. Seine Nase ist breit, er hat wulstige Lippen, und sein Atem ist nicht rein, aber auch nicht unangenehm. Dafür wird er zu sehr von einem zweiten Geruch überlagert. Ein Duft, den das Mädchen über alles in der Welt liebt. Es ist der Geruch von Seife.

»Du bist schon bald ein richtiges Weib«, sagt der Mann und stiert auf die kleinen Brüste, die sich unter der Bluse wölben. Noch haben sie die Form von zwei jungen Äpfeln, aber sie wachsen Tag für Tag. Der Mann starrt auch auf ihren Hintern, der sich feucht anfühlt. Die Leinen halten das Blut nicht mehr.

»Bist also schon reif, du Meisje. Und kommst mit in die Herrlichkeit, sagt Amilia.«

»Wer seid Ihr?«, flüstert das Mädchen.

»Der Bader, du schönes Ding. Und du wirst mir in den nächsten Wochen den Schlaf rauben.« Er wendet sich ab, aber das Mädchen hört noch, wie er sagt: »Bis ich dich besessen habe.«

15. Kapitel

Hiske fror. Wie schon in Jever hatte sie weder eine Decke noch etwas Stroh. Wie dort leckten aus der Ecke stetige Tropfen, die von der großen Feuchtigkeit herrührten.

Klaas Krommenga hatte ihr eine Schüssel dickflüssigen Haferbreis zu Füßen gestellt, die sie wie eine Katze mit der Zunge ausschlecken musste, weil ihre Hände festgezurrt waren. Er beobachtete jede ihrer Bewegungen. Dabei tanzte ein diabolisches Funkeln über seine Augen, und alle Worte, die er an Hiske richtete, kamen ihr vor wie eine Dunstwolke aus Gestank und Unheil. »Du kannst mich kein zweites Mal verzaubern, Toversche. Du hast schon genug Unglück über mich gebracht. Jetzt bin ich am Zug, und sollte mich der Satan holen, dann weiß ich wofür.«

»Was habe ich getan, dass Ihr mich dermaßen hasst?«

Krommenga begann zu lachen. Hämisch, breit und klirrend. Dabei glitt seine Hand zum Herzen, als verspüre er dort etwas, das ihn beunruhigte. Ihm brach der Schweiß aus, und er stockte einen Moment, bevor er weitersprechen konnte. »Das weißt du schon genau. Warum zum Teufel habe ich dieses vermaledeite Bein nicht mehr?«

Hiske sah ihren Peiniger an und begriff in diesem Augenblick, was hinter seiner Stirn vor sich ging. »Was soll ich getan haben, Scharfrichter?«

»Du kennst meinen Namen nicht, Toversche?«

Hiske schüttelte den Kopf und wiederholte: »Was soll ich getan haben?«

Klaas Krommenga schob den Stoff hoch und legte Hiske das Holzbein frei. »Das ist dein überaus teuflisches Werk!«

»Ich habe Euer Bein auf dem Gewissen?«

Krommenga nickte, zischte mit wenigen Sätzen all den aufgestauten Hass heraus. »Dein Werk, du Biest, du Hexe, die dem Scheiterhaufen zweimal entwischt ist und dafür vier andere Menschen geopfert hat.«

»Scharfrichter! Ich habe niemanden geopfert. Getötet habt Ihr die anderen, weil Ihr nicht bekommen habt, was Eure Gier war. Ihr seid der Täter, nicht ich!«

Krommenga hieb mit dem Fuß gegen die Schale Haferbrei, sodass Hiske sie nicht mehr erreichen konnte. Der Inhalt breitete sich wie ein zäher Teppich auf dem Boden aus.

»Bastard!«, entfuhr es Hiske, denn nun war klar, dass er sie nicht nur foltern, sondern auch hungern lassen würde. Jeder gierige Blick zum Essen würde ihn anstacheln und ihm die Befriedigung geben, die er seit Jahren herbeisehnte.

Der Scharfrichter hatte sich erhoben und kam mit einem Stück Leinen zurück. »Du sagst besser nichts mehr, bevor deinem Maul noch weitere giftige Kröten entschlüpfen, die Unheil über diese Welt bringen.« Er zurrte das Leinen fest um ihren Mund.

Hiske wollte noch so viel fragen, aber der Mann ließ ihr keine Wahl. Er hatte den Stoff so fest gezogen, dass jede Bewegung, jede Mimik, sogar das regelmäßige Zwinkern der Augen schmerzte. Sie versuchte, den Scharfrichter mit ihren Augen zu erreichen, aber das gelang ihr nicht. Er drehte sich weg und lachte irr. »Du wirst dich noch nach Jever zurücksehnen, Hiske Aalken. Zurücksehnen.«

Hiske saß eine ganze Weile allein, versuchte sich abzulenken und ihre Angst zu betäuben, indem sie begann, die Tropfen zu zählen, die in stetig gleicher Abfolge auf den Boden trafen. Das Schlucken mit dem Knebel fiel ihr unsagbar schwer. Als das Zählen nicht mehr half, versuchte sie, irgendein Geräusch zu erhaschen und zu orten, wo sie sich befand.

Das Verlies hatte steinerne Wände, war also keine Scheune. Soweit sie informiert war, baute man die neuen Häuser der Neustadt aber ohne Keller, denn zu sumpfig war der Untergrund. Es gab folglich nur einen Ort, an dem sie sich befinden konnte: die Burg Gödens oder eines der Nebengelasse dort. Wer, verdammt, hatte es dem Scharfrichter möglich gemacht, sie hierher ins Verlies zu schleppen? Wie viele der Wachen hatte er bestochen? Warum reichte sein Einfluss bis auf die Burg Gödens, wo er in Jever doch ein Mensch aus der untersten Gosse gewesen war? Der Scharfrichter musste mit den Huren, dem fahrenden Volk und den anderen unehrlichen Berufen außerhalb der Wallanlagen in der Petersilienstraße hausen. Kein angesehener Bürger Jevers hätte ihn gegrüßt, wobei Krommenga klug genug gewesen war, sich nicht in der Stadt zu zeigen. Er hatte ein Schattendasein geführt. Seine meiste Zeit gehörte den armen Kreaturen des jeverschen Kerkers, den Rest verbrachte er schlafend auf seinem Bretterverschlag, um sich dann im Schutz der morgendlichen Dunkelheit wieder zum Schloss zu schleichen. Obwohl Hiske immer mal wieder auch in der Petersilienstraße zu tun gehabt hatte, war sie ihm, bevor er zu ihrem persönlichen Peiniger wurde, nie begegnet.

Was hatte der Mann getan, nachdem er sein Bein verloren hatte und er auf diese Weise seiner Existenzgrundlage beraubt worden war? Er hat dich gesucht, sagte eine innere Stimme. Er hat sich seitdem mit seinem Rachefeldzug beschäftigt und sein ganzes Augenmerk nur darauf gelegt. Hiske wusste, dass es stimmte. Und sie wusste, dass sein Plan nicht nur tödlich war. Er war vernichtend und qualvoll.

Jan flößte dem Wortsammler den Kräutersud ein, den Garbrand zurechtgemixt und mit heißem Wasser übergossen hatte. Dazu machte er ihm ein lauwarmes Fußbad aus gemahlenen Senfkörnern. Anschließend legte er ihm Senfkompressen an, die immens brennen mussten, da die ätherischen Öle sich in die Haut fraßen und sie röteten. Dennoch bestand Jan darauf, dass der Wortsammler es aushalten musste, denn die heilende Wirkung der Senfsamen war in mehreren Büchern beschrieben. Senf reinigte das Blut, und genau das war jetzt wichtig. Er wollte alle Möglichkeiten ausschöpfen, den Knaben zu retten.

»Ich geh noch mal in die Neustadt«, sagte Jan, nachdem der Wortsammler in einen ruhigeren Schlaf geglitten war, weil die Hitze sich tatsächlich gesenkt hatte. »Ich frage herum, ob irgendwer etwas weiß, gehört oder gesehen hat. Hiske kann doch nicht einfach wie vom Erdboden verschwunden sein.«

Garbrand nickte. »Geh nur! Ich halte die Stellung, und ich sorge für den Knaben, als wäre er mein eigen Fleisch und Blut.«

»Ich weiß«, sagte Jan. »Ich weiß.« In der Tür hielt er noch einmal inne und warf einen Blick auf den blassen Wortsammler. »Gibt es in der Neustadt eigentlich weitere Fälle vom Marschenfieber?«

Garbrand schüttelte den Kopf. »Ich habe nichts von neuen Erkrankungen gehört. Kurz, nachdem dieses erste Unwetter über uns hinweggezogen ist, hat das Fieber nicht mehr zugeschlagen. Es gibt nur zwei Kinder, die während des Gewitters erkrankt sind und noch um ihr Leben kämpfen. Und eben den Wortsammler.«

Jan umschlang sich mit seinem Umhang und stürzte hinaus. Das Wetter spielt also eine Rolle, dachte er. Das, was wir schon alle vermutet haben. Nur ist es nicht der Herbst oder Winter, es ist die Wärme. Die giftigen Dämpfe haben bei kälterem Wetter keine Macht, verbreiten sich also nur, wenn wir alle schwitzen.

Er machte sich mit großen Schritten auf den Weg in den neuen Flecken. Es konnte nicht sein, dass ein Mensch so mir nichts dir nichts aus der Herrlichkeit verschwand.

Als er auf die neue Straße trat, eilte ihm Krechting entgegen, der mit dem eben angelegten Schiff aus Emden zurückgekommen war. Jan war überrascht, er hatte vermutet, Krechting würde länger dort weilen. Im Schlepp folgten ihm ein Mann, der Jan nicht hätte willkommener sein können, und eine junge, überaus anmutige Frau. Die beiden waren so in ihr Gespräch vertieft, dass sie den Arzt zunächst gar nicht bemerkten. Krechting selbst wirkte gehetzt und nicht so, als habe er Lust auf einen Plausch. Doch die Höflichkeit verbot es ihm, Jan Valkensteyn nicht in angemessener Weise zu begrüßen. So blieb er stehen, wies mit dem Kopf zu Jacobus Cornicius, dessen Begleitung und deren Magd, die ein paar Schritte hinterherlief, wie es sich ziemte. »Ich habe Euch einen alten Freund mitgebracht.«

Jan ging auf Jacobus zu, und beide schüttelten sich die Hände. Cornicius stellte dem Arzt die Tochter Westerburgs vor. Das Leuchten in seinen Augen war eindeutig, und Jan verspürte einen Stich. Er begrüßte auch die junge Frau.

Jacobus musterte den Arzt. Ihm waren weder Jans Unruhe noch die große Trauer in seinem Blick entgangen. »Was ist geschehen, werter Freund?«

»Hiske ist verschwunden.«

Jacobus Cornicius war nur mit wenigen Einzelheiten der Geschichte vertraut, doch kannte er Jan mittlerweile gut genug, um sich das Ausmaß dieser schlechten Nachricht vorzustellen. Er zog es vor, seine Anteilnahme mit nur zwei Worten auszudrücken. Zwei Worte, in denen sich die Betroffenheit stärker widerspiegelte als in sämtlichen blumigen Sätzen. »Viel Glück!«

»Danke. Ich mache mich jetzt auf die Suche nach ihr, melde mich später. Wo kommst du unter?«

Jacobus wies mit der Hand in Richtung Krechting, der ihm offensichtlich ein Quartier angeboten hatte. »Bis später!«

Krechting aber musterte Jan. »Die Hebamme ist weg?«

Der nickte. »Spurlos verschwunden. Sie ist nicht mehr in ihre Kate zurückgekehrt, nachdem sie zu einem Notfall gerufen worden ist.«

Krechting schien tief getroffen. »Das hat hoffentlich nichts mit dem Mord an diesem Kaufmann zu tun. Oder hat man den Täter schon gefunden?«

Jan schüttelte den Kopf. »Ich glaube, man hat gar nicht weiter nach ihm gesucht, Krechting. Das Leben in der Neustadt geht seinen ruhigen Gang. Es fällt nicht auf, ob Friso van Heek unter ihnen weilt oder nicht, weil er nicht von hier war. Deshalb scheint das Interesse gering. Auch vonseiten des Landrichters.«

Krechting stimmte diese Nachricht nicht glücklich. Aber er wirkte auch nicht überrascht, offenbar hatte er genau das befürchtet. »Ich will mit Euch reden, Valkensteyn. Kommt bitte später noch auf die Burg.«

»Ja, das werde ich tun. Ich glaube, wir müssen bei der Suche nach dem Mörder noch ganz andere Gesichtspunkte beachten. Der Hebamme war aufgefallen, dass der Kaufmann tags zuvor ein Medaillon trug, auf dem ein Meerkristall abgebildet war. Es ist aber seit seinem Tod verschwunden. Sollte es nicht ins Siel gefallen sein, besteht die Möglichkeit, dass der Mörder es hat. Vielleicht müssen wir diesem Schmuckstück eine tiefere Bedeutung beimessen.« Jan hielt inne. Er wollte jetzt nicht über den Mord reden. Er wollte Hiske finden. Er hätte zwar gern noch ein paar Worte mit seinem alten Freund gesprochen, doch war er zu sehr in Sorge, als dass er dazu die nötige Muße hatte.

»Ich empfehle mich, werte Herren. Mein größtes Anliegen ist es, die Hebamme wiederzufinden, danach können wir über alle anderen Dinge sprechen.«

Krechting und Cornicius nickten Jan verständnisvoll zu, Bente Westerburg war ohnehin mit ihrer Magd weitergeeilt.

Auch wenn es Jan widerstrebte, sein erster Weg würde ihn zu Anneke führen. Garbrand hatte gesagt, Hiske habe zuletzt im Haus der Marketenderin zu tun gehabt. Außerdem wollte er den Dudernixens auf den Zahn fühlen. Er hatte Melchior stark in Verdacht, etwas mit dem Mord zu tun zu haben. Wenn Hiske etwas bei ihm entdeckt hatte, was ihn gefährdete, hätte der Mann keinerlei Skrupel, sie eiskalt aus dem Weg zu räumen. Naheliegend war tatsächlich, dass er Rache am Kaufmann genommen hatte, weil der seiner Frau zu nahe gekommen war. Oder gab es noch eine ältere Verbindung, bei der sich die beiden vor vielen Jahren bereits in Amsterdam begegnet waren? Ja, Jan war sich beinahe sicher: Für den Mord kamen nur Melchior oder Magda Dudernixen infrage. Was aber geschah, wenn sie Hiske in ihrer Gewalt hatten und merkten, dass er ihnen auf die Schliche gekommen war? Er wollte sie nicht in noch größere Gefahr bringen. Außerdem gab es da noch immer den Fremden, den mit dem schlurfenden Schritt, den alle nur gehört hatten, den aber keiner je gesehen hatte.

Jan stand vor Annekes Tür. Er klopfte an und wartete, bis sie öffnete. Sie schien nicht mit ihm gerechnet zu haben, denn das Haar hing ihr strähnig und unfrisiert in die Stirn, ihr Atem roch abgestanden. »Oh, Jan«, sagte sie und fuhr sich mit der Hand immer wieder über den Kopf, um ihre Haare zu ordnen, aber sie machte es eher schlimmer.

Jan trat ein. Er wunderte sich über die Sauberkeit, die das Haus beherrschte. Alles war klein, wirkte geduckt und eng, aber Anneke schien großen Wert darauf zu legen, dass weder Staub noch anderer Schmutz hier Einzug hielten. Ihr eigenes ungepflegtes Äußeres passte nicht hierher. Anneke deutete auf die kleine Warentheke und ein paar herumstehende Fässer. »Davon lebe ich jetzt.« Ein Lächeln überzog ihr Gesicht, aber ihre Mundwinkel zuckten, die Hände glitten unruhig an ihrer Schürze auf und nieder. »Möchtest du dich nicht setzen?«, fragte sie und deutete auf eine niedrige Tür, hinter der Jan die Küche und den Mittelpunkt des Hauses vermutete. Er schüttelte den Kopf. »Nein. Ich muss dich nur etwas fragen.«

Bei diesem Satz erhellte sich Annekes verhärmtes Gesicht. »Frag! Dabei kann ich dir aber gern etwas Dünnbier anbieten. Und vom Käser habe ich gestern frischen Käse erstanden. Er wird dir dazu munden.« Ihre Stimme klang unsicher. Etwas stimmte nicht.

»Ist alles in Ordnung, Anneke?«

Der Marketenderin schossen die Tränen in die Augen. »Nein, nichts ist in Ordnung. Lina, mein kleines Mädchen, ist tot. Sie hatte das Fieber.«

Jan sog die Luft ein. Das erklärte ihr verhärmtes Aussehen. Sie hatte die letzten Nächte am Bett der Kleinen verbracht. »Das tut mir leid.«

»Doch einen Krug Dünnbier?«

Jan lehnte erneut ab. So sehr ihn Linas Tod betrübte, auch wenn er sie nicht kannte, so viel wichtiger brannte ihm nun seine Frage auf den Lippen. »Hiske ist verschwunden, nachdem sie bei dir war. Weißt du, wo sie sein könnte?«

Anneke zuckte zusammen. »Weg?«, hauchte sie. »So schnell?«

»Was heißt das?«

»Sie hatte gesagt, sie wolle die Herrlichkeit verlassen. So rasch es geht.« In Annekes Stimme schwang ein kleiner Triumph, als sie das Entsetzen in Jans Augen sah. »Sie wollte eigentlich noch warten, bis der Wortsammler wieder da ist. Aber wahrscheinlich hat sie es sich anders überlegt.«

Jan lehnte sich gegen die Wand und schloss die Augen. »Sie wäre nie ohne den Knaben gegangen, das weißt du genau.«

Annekes Schultern zogen sich fast bis zu den Ohren. »Es gibt immer Gründe, anders zu handeln, als man es normalerweise tun würde.«

»Welche Gründe sollten das ein, Anneke? Sie wusste doch, dass ich den Jungen suchen wollte. Und auch, dass ich zurückkomme.«

Anneke legte ihre Hand auf Jans Unterarm. »Sie weiß den Knaben beim Mönch in guter Obhut. Und dich wollte sie nicht mehr. Sie hat dich mir überlassen.«

Jan wurde schlecht. Das konnte nicht sein. Das durfte nicht sein. Sie hatte der Marketenderin tatsächlich gesagt, sie könne ihn haben? Wollte sie ihn verschachern wie einen Stier auf dem Viehmarkt?

Anneke war ans Fenster getreten. »Ich denke, sie ist mit der Kraweel los. Die legt gerade ab, und Hiske hatte nur ein Ziel: weit weg von dir und der Herrlichkeit.«

Krechting sah, wie sehr sein Weib erschrak, als er in die *Olde Krochtwarft* eintrat.

»Du bist schon da? So früh habe ich dich nicht zurückerwartet. Hast du alle Geschäfte in Emden bereits erledigt?« Erst jetzt erkannte Elske hinter ihm den Mann. »Du hast Besuch mitgebracht?«

Krechting nickte. »Es ist Jacobus Cornicius, der Emder Stadtarzt. Er möchte Jan Valkensteyn zur Hand gehen, was das Marschenfieber angeht. Er kann in der kleinen Abseite neben der Küche sein Lager aufschlagen.«

Elske schüttelte entschieden den Kopf. »Ich lasse die Gesindekammer räumen. Die können sich in der Abseite niederlegen. Ein Arzt braucht eine anständige Bettstatt und eine größere Kammer.«

Jacobus hob abwehrend die Hände. »Keine Umstände! Ich habe während meiner Studentenzeit und bei meinen Forschungsreisen ganz andere Unterkünfte gehabt. Mir reichen ein Strohlager und eine Decke für die Nacht. Wenn Ihr dann noch eine Mahlzeit am Morgen und Abend bereitstellt, werdet Ihr mich gar nicht bemerken.«

»Das ehrt Euch, aber Ihr seid unser Gast. Ich werde mich um ein Federkissen kümmern und Euch den Aufenthalt hier so angenehm wie möglich gestalten.« Damit entschwand Elske.

Hinrich sah ihr nach, und ihm kam das Bild vor Augen, wie sich Jacobus und Westerburgs Tochter angesehen hatten. Nie war eine solche Vertrautheit zwischen ihm und Elske möglich gewesen.

»Es ist wirklich alles sehr abgelegen. Meint Ihr, Dr. Westerburg wird die angebotene Pfarrstelle endgültig annehmen?« Krechting hatte Jacobus von den Plänen Hebrichs erzählt.

Hinrich zuckte mit den Schultern. »Er hat noch immer den Gedanken, nach Köln zurückzukehren, aber seine täuferische Vergangenheit wird ihm das nicht leicht machen.«

Jacobus nickte. »Das glaube ich auch. Ich denke, er wird dort sein Erblehen nicht mehr annehmen können.«

Krechting bot Jacobus einen Stuhl an. »Setzt Euch. Ich lasse Bier bringen.« Der Jurist rief nach der Magd, die augenblicklich erschien und zwei Becher mit dem Getränk bereitstellte. Dazu gab es frisches Weißbrot und Käse.

»Wir haben hier ganz große Sorgen. Man hat einen angesehenen Kaufmann aus Amsterdam getötet, und wir finden

den Mörder nicht. Da alle mit dem Bau des Siels und des Fleckens beschäftigt sind, ist das Interesse daran verschwindend gering. Ich kann mich nicht mit dem Gedanken anfreunden, dass es ein Seemann war, der sich anschließend aus dem Staub gemacht hat. Zu groß ist meine Befürchtung, dass sich der Mörder noch hier in der Gegend herumtreibt. Hinzu kommt dieses Marschenfieber, und jetzt ist auch noch unsere Hebamme verschwunden.«

»Ihr schätzt das Weib sehr?«

Krechting nickte. »Es gibt nur wenige Frauen, die ihren Weg so gezielt gehen wie Hiske Aalken. Sie ist mutig und klug. Unterscheidet sich dadurch sehr von den meisten Weibsbildern.«

Jacobus nahm einen Schluck Dünnbier und schüttelte sich. Krechting bemerkte es sehr wohl, äußerte sich aber nicht dazu. »Und Euch kann ich es ja sagen, Ihr seid ähnlicher Gesinnung: Hebrich plant, ich solle mit einem alten Mönch, der noch immer glaubt, man wüsste nichts von seiner Vergangenheit, das Armenwesen aufbauen. Aber dieser Mönch war in der Mordnacht am Siel. Er spielt sich als Beschützer des Irren auf, der bei der Hebamme Unterschlupf gefunden hat. Was auch immer sie an dem Narren findet.« Hinrich biss in das Stück Brot. Er verstummte einen Moment, als er merkte, dass seine Gefühle ihn zu übermannen drohten. »Aber verdammt, Cornicius! Ich kann nicht mit einem Mann arbeiten, dessen Gesinnung die katholische Kirche ist, die ich unter Einsatz meines armseligen Lebens bekämpft habe und deretwegen ich Münster verlassen musste. Und ich kann auch nicht mit einem Mann arbeiten, der vielleicht ein Mörder ist.«

Jacobus Cornicius brach ebenfalls ein Stück Brot ab und schob es sich in den Mund. »Bloß weil er am Siel war, muss er ja nichts damit zu tun haben. Er ist ein guter Freund Valkensteyns, den ich, genau wie Ihr, sehr schätze. Und ich kann mir nicht vorstellen, dass er sich so arg in einem Menschen täuschen kann.«

»Ich hoffe, Ihr irrt an dieser Stelle nicht!«

Mittlerweile war auch Elske wieder eingetreten. Sie hatte den Männern eine Weile still gelauscht, denn sie war kein Weib, das sich um deren Angelegenheiten kümmerte. Doch nun machte sie den Mund auf. »Ich mische mich ja nie ein, das weißt du. Aber ich habe es dir vor deiner Abreise schon gesagt, Hinrich. Hier gibt es einen Fremden, einen Unbekannten, der vor allem nachts um die Häuser schleicht. Er humpelt leicht. Ich glaube, du solltest deine Augen mal nach ihm offen halten.«

Hiske fror, hatte Hunger. Es war gespenstisch still in ihrem Verlies, sodass sie über das Fiepen und Rascheln der Ratten fast dankbar war. Es vermittelte ihr ein bisschen das Gefühl, nicht ganz allein zu sein. Kam ihr aber eines der Tiere zu nahe oder huschte es mit den kleinen kralligen Füßen über ihre nackten Beine, zuckte Hiske doch zurück und verwünschte ihre Situation. Hatte der Scharfrichter sie hier ihrem Schicksal überlassen? Hiske sah sich verdursten, tot in den Schellen liegen. Vielleicht würde man ihren Körper nie finden, weil ihre Knochen zuvor zu Staub zerfallen waren. »Er wird wiederkommen, denn er ist noch nicht fertig mit dir«, flüsterte sie. Er würde sich nicht mit dem zufriedengeben, was er erreicht hatte. Seine Vernichtung hatte größere, grausamere Ausmaße. Vermutlich so groß, dass Hiskes Fantasie nicht ausreichte. Sie bemühte sich, ihre Gedanken schweifen zu lassen, doch es gelang ihr kaum. Ob Jan den Wortsammler gefunden hatte? In den letzten Stunden war

Hiske nicht mehr sicher, ob sie die Herrlichkeit tatsächlich verlassen wollte. Ob es nicht lohnte, sich anzuhören, was Jan zu sagen hatte. Über Lieke, über seine Liebe zu ihr. Hiske sehnte sich mit jeder Faser ihres Herzens danach, ihn noch einmal zu sehen und seiner warmen Stimme zu lauschen. Sie hatte voreilig gehandelt, entgegen ihrer sonstigen Art. Sie war ein geduldiger Mensch, hörte immer genau hin und achtete stets auf Zwischentöne. Warum gelang es ihr bei Jan nicht? Sie kannte die Antwort. Weil sie für ihn Gefühle empfand, die ihr fremd waren und die ihr Angst machten. Gefühle, die ihr Denken in andere Bahnen lenkte. Sie sehnte sich auf der einen Seite so sehr danach, dass es schmerzte, auf der anderen wollte sie diese Gefühle aber genau deswegen nicht zulassen. Sie war zu oft verletzt worden und konnte den Gedanken nicht ertragen, dass es wieder geschah. Daher hatte sie beschlossen, besser ganz zu verzichten. Dabei war nun alles um vieles schlimmer.

»Ich weine. Seit langer Zeit ist es mir möglich zu weinen«, sagte Hiske zu sich, denn der Knebel verhinderte, dass sie es laut aussprechen konnte. Sie wischte sich die Tränen mit dem Unterarm von der Wange, weil das Spiel der Ketten für die Hand nicht reichte.

Eine Ratte fiepte, und als Hiske ihre Augen in die Richtung schweifen ließ, sah sie, dass es zwei waren, die sich um den Rest ihrer Mahlzeit stritten, die der Scharfrichter mit dem Fuß weggetreten hatte. Ihr seid wenigstens frei, auch wenn ihr ein Dasein in der Unterwelt fristen müsst, weil man euch nicht schätzt. Wir spüren eure Anwesenheit, nehmen sie aber nicht zur Kenntnis. Wir tun so, als gäbe es euch nicht. Genauso, wie es mit dem Scharfrichter gewesen ist, denn er wird niemandem aufgefallen sein. Nun kann er sein Unwesen treiben, und keiner kommt ihm auf die Schliche.

Es klapperte, dann verdrängte das Licht einer Fackel die Dämmerung. Hiske kniff die Augen zusammen.

»Hast du gehofft, ich lasse dich hier verdursten und verhungern?«, lachte der Scharfrichter. »Oh nein! Du sollst leiden, und dafür möchte ich, dass du bei klarem Verstand bist. Du nimmst mir sonst die ganze Freude!« Er nahm Hiske den Knebel aus dem Mund. »Ich bin schon verflucht. Mein ganzes Dasein ist es. Egal, welche giftigen Kröten mir nun noch aus deinem Satansmaul entgegenspringen: Es kann mir nichts mehr anhaben. Meine Stunden sind gezählt.« Trotz des dämmrigen Lichts war die fahle und teigige Haut des Scharfrichters unübersehbar.

Hiske befeuchtete die Lippen mit der Zunge. Sie hatte keinerlei Interesse, den Scharfrichter zu beschimpfen, wollte ihn nicht noch mehr reizen, seinen ohnehin lodernden Zorn nicht weiter anstacheln. Er gab ihr so viel Wasser, bis sie keinen Durst mehr hatte, und fütterte sie anschließend mit Brot und Schinken. Danach umrundete er Hiske eine Weile und taxierte sie wie ein Fleischer das Stück Vieh, das er zur Schlachtbank führen wollte.

Hiske hielt den Blick gesenkt. Besser, ihre Augen trafen sich nicht. »Wo sind wir?«

»Im Kerker der Burg Gödens. Kerker sind genau der rechte Ort, um mit dir diese Dinge zu tun!«

Hiske schluckte. Der Scharfrichter hatte ohne Zweifel Verbündete. Niemals hätte er sie sonst hierherbringen können. Auch nicht bei Nacht. Alles schien durchgeplant zu sein. »Wer hat dir geholfen?«, stieß sie hervor.

Der Scharfrichter grinste. »Weil du ja ohnehin bald nicht mehr unter denen weilen wirst, deren Herz schlägt, verrate ich es dir. Du hast in der Neustadt nämlich auf einem Nest von Ottern, Würmern und anderem Schlangengezücht gelebt.«

»Wer?«, fragte Hiske.

»Der Mann, der den Menschen die höchste Wonne mit seinen Seifen beschert, hat dafür gesorgt, dass die Wachen den Kopf weggedreht haben.«

»Warum tut er das?«

Der Scharfrichter kicherte. »Angst, Hebamme! Angst! Ich weiß zu viel. Über die Mordnacht, über alles. Außerdem behauptet Ihr, sein Balg sei nicht am Fieber gestorben, sondern er habe doch ein wenig nachgeholfen.«

Hiske sackte in sich zusammen. Dudernixen fürchtete sie also so sehr, dass er bereit war, ihren Tod in Kauf zu nehmen. »Wer noch? Anneke?«

»Gut kombiniert, Toversche. Sie und ihre Hure haben auch Angst. Du hast deine Nase zu tief in ihr Leben gesteckt, und der Marketenderin bist du bei einem bestimmten Mann im Weg! Außerdem weiß ich zu viel von ihr. Viel zu viel.«

»Sie hat dir gesagt, wann ich gehe und es dir durch Grieta mitteilen lassen?« Hiske entsann sich, wie Anneke das Mädchen losgeschickt hatte, während sie noch in das Gespräch vertieft gewesen waren, in dem die Marketenderin mehr von sich preisgegeben hatte, als gut war. Alles mit dem sicheren Wissen, dass Hiske bald nicht mehr leben und es weitererzählen würde.

»So ist es«, bestätigte der Scharfrichter. »Und dieses kleine Biest habe ich gleich mit angestachelt. Es ist herrlich, wie beide, als seien sie Tanzbären, meiner Führung gehorchen.« Er sah sich um und stand auf. »Ich komme gleich wieder.«

Hiske biss sich auf die Unterlippe, ihr Kinn zitterte. Sie hatte allen immer nur helfen wollen, und gerade Anneke stand tief in ihrer Schuld. Wie groß mochte ihre Wut auf sie sein, dass sie sich zu so einem Schritt hinreißen lassen hatte? Ihre Wut wegen der gestohlenen Liebe von Jan und dem

Wortsammler. Und dann ihre Angst, Hiske könne sie bei Krechting wegen Lina und dem Duuvkehuus verraten.

Es schepperte, als der Scharfrichter zurückkam.

»Was wirst du mit mir tun?«

»Das willst du gar nicht wissen. Hat mit deinen schönen Hebammenhänden zu tun, die dann aber nicht mehr so schön sind.«

Hiske atmete tief ein. »Feuer?«

»Ich dachte eher daran, zuerst deine Nägel einzeln zu entfernen, damit du mich nicht mehr kratzen kannst.« Der Scharfrichter zog eine Zange aus seinem Gewand hervor. Er zurrte die Ketten so fest, dass Hiske nun darin hing und sich nicht zur Wehr setzen konnte.

Er setzte die Zange am kleinen Finger an und bog den Nagel nach oben, bis er sich aus dem Nagelbett hob. Hiske biss sich auf die Lippen, schmeckte Blut. Doch sie würde nicht schreien. Diese Genugtuung gönnte sie dem Mann nicht, der plante, sie Stück für Stück in ihre Einzelteile zu zerlegen.

»Sag mir deinen Namen, Scharfrichter!«, stieß Hiske schließlich hervor, nachdem der brennende Schmerz ein wenig nachgelassen hatte. »Wenn ich dich in der Hölle wiedertreffe, will ich wissen, wer du bist.«

»Lass dir den Namen auf der Zunge zergehen, du Satansbraut. Ich heiße Klaas Krommenga. Klaas Krommenga. Und ich werde dich noch in der Nacht besteigen. Dann, wenn dein erstes Blut fließt und ich den Geruch davon in meiner Nase habe. Du kannst mir nichts mehr anhaben. Aber ich dir.« Er zerrte Hiske den Rock mit einem Griff herunter und zerriss anschließend die Bluse. Hiske hing fast entblößt vor Klaas, der sie nun lüstern betrachtete. Ihm brach der Schweiß aus, sein Gesicht war unnatürlich blass, und seine Hände zitterten heftig. Ihr Anblick musste ihn aus dem Konzept gebracht haben, zu lange war es ihm nicht möglich gewesen, seine Triebe auf natürliche Art zu befriedigen. Das zahlte sich nun aus, denn in seinen Augen glühte eine Mischung aus Wahn, Hass und Verlangen, die Hiske zutiefst entsetzte.

Er stürzte sich auf sie, sie spürte seine nasse Zunge am Hals und auf ihrer Brust. Schließlich berührten sich auch ihre Lippen, denn weiter konnte die Hebamme den Kopf nicht nach hinten drehen. Ihre Abwehr schien Klaas' Lust noch anzufachen. Er drehte Hiske herum, ihre Arme kugelten sich dabei fast aus den Gelenken. Der Schmerz übertünchte den, den sie gleich spüren würde, wenn er in sie eindrang. So hatte sie das alles nicht gewollt. Nicht mit einem Tier, nicht mit diesem Mann. Jan hätte es sein sollen. Gleich war sie genauso viel wert wie alle Huren auf dieser Welt. Hiske schloss die Augen.

Jan saß in der Kammer des Wortsammlers, Garbrand gegenüber. Der Junge war auf dem Weg der Besserung. »Sie kann doch nicht einfach mit der Kraweel gefahren sein, Garbrand.«

»Ist sie auch nicht. Da ist etwas faul. Bist du sicher, dass Anneke die Wahrheit gesprochen hat?«

»Warum nicht?«

»Weil sie dich für sich allein will. Wer weiß, ob sie nicht irgendetwas mit Hiskes Verschwinden zu tun hat. In ihrem Haus gehen merkwürdige Dinge vor sich.« Garbrand war aufgestanden, und lief mit auf dem Rücken verschränkten Händen auf und ab.

»Du sprichst in Rätseln, werter Freund. Wäre sehr gütig, du würdest sie lösen.«

»Du ahnst es wirklich nicht?«

Jan wurde ärgerlich. »Garbrand, Hiske ist weg, das macht mich schier wahnsinnig. Bitte lass dir nicht jedes Wort aus der Nase ziehen. Ich werde das Gefühl nicht los, dass auch der Mord mit ihrem Verschwinden in Zusammenhang steht. Dann ist sie in großer Gefahr, und das weißt du auch. Wenn sie überhaupt noch am Leben ist.«

Garbrand legte los. Er wusste von Annekes Hurenleben, er wusste von der toten Lina. Und von der Abtreibung, weil er das Gespräch zwischen Anneke und Hiske belauscht hatte. »Vielleicht wusste sie einfach zu viel?«

»Ich gehe noch einmal zu Anneke. Und zu den Duderni-xens. Die haben mir heute Morgen Zutritt und Auskunft verwehrt.«

Garbrand war nun stehen geblieben. »Das zeigt doch alles sehr genau, wo die faulen Eier versteckt sind. Weit braucht man hier nicht zu suchen.«

Jan warf sich den Umhang über und verließ das Haus.

Melchior war auch jetzt nicht erfreut, Jan hier zu sehen. »Warum kommt Ihr immer dann zu mir, wenn Ihr einen Schuldigen sucht? Ich bin ehrbarer Mennonit, also schert Euch mit Euren Verdächtigungen fort!«

»Ich werde das Gefühl nicht los, dass etwas nicht stimmt. Hiske hat das Medaillon bei Euch gesehen, und jetzt ist sie verschwunden.«

Melchior lachte auf. Es klang bitter. »Ihr wisst schon, dass ich Euren Freund, diesen Mönch«, er spuckte das Wort förmlich aus, »nicht nur mit diesem Irren am Siel gesehen habe, sondern dass er sich sehr wohl auch mit dem später Toten unterhalten hat. Wobei«, ein breites Lächeln zog sich über Melchiors Gesicht, »unterhalten ist da wohl der verkehrte Ausdruck. Sie haben sich angesehen, als sei ihnen der Hass persönlich über den Weg gelaufen. Die kannten sich von früher! Das wusstet Ihr ganz sicher nicht.«

Jan prallte in der Tat zurück. Garbrand hatte ihm also längst nicht alles erzählt. »Was genau habt Ihr gehört?«

Melchior fuhr sich mit der Zunge über die Lippen, als wolle er das Folgende gehörig auskosten. »Nun: Der Kaufmann hat den abgehalfterten Mönch während seiner Zeit in London wohl nicht ganz, sagen wir mal, pfleglich behandelt, und das wiederum hat der gute Garbrand Friso van Heek bis zu seiner letzten Stunde nicht verziehen. Ich habe nicht gewusst, dass ein Geistlicher solche Rachegefühle hat. Ich dachte, die hätten gelernt, damit umzugehen, aber man kann sich wirklich täuschen. Ich werde nun Krechting meine Aufwartung machen, damit Ihr mich zukünftig in Frieden lasst.« Er griff nach seinem Rock und drängte sich an Jan vorbei ins Freie.

Amsterdam 1535

Der Mann steht immer wieder vor der Kammer. Er sagt zu Amilia, dass er dem Mädchen zeigen will, wie ein Bader arbeitet. »Sie ist so interessiert!«

Amilia denkt sich nichts dabei und lässt das Mädchen mit dem Mann allein. Der stiert ihm auf die runden Apfelbrüste, fasst sie auch gern an, massiert sie, dabei wird sein Blick glasig. Das Mädchen macht sich steif, denn das erinnert sie an die Jungen auf dem Markt.

»Du raubst mir den Schlaf«, sagt der Bader jedes Mal.

Eines Tages ist Amilia anders, als er kommt. »Ich muss noch fort, bin aber in etwa einer Stunde zurück«, ruft Amilia von draußen. Ihre Stimme klingt dünn.

Das Mädchen will mit ihr mit, aber der Bader drückt ihr die Hand auf den Mund. Die Tür klackt. Sie ist allein mit dem Mann. Der legt es auf die Bettstatt, holt ihre Apfelbrust aus der Bluse und knöpft seine Beinkleider auf, nachdem er ihren Rock mit Schürze hochgeschoben hat. »Du wirst hübsch still sein. Das, was ich jetzt mit dir mache, wollen alle Weiber. Es kann etwas wehtun, aber du wirst dein Schandmaul halten. Und keinem davon erzählen. Tust du es doch, dann holt dich der Teufel.«

Er schnauft, und das Mädchen wendet den Kopf ab. Sein Haar duftet gut nach Seife, aber sein Atem ist fischig, hat den angenehmen, sauberen Geruch nicht angenommen. Es tut weh, aber er ist schnell fertig. Das Mädchen weint nicht. Schließt nur die Augen. Das hat sie schon erlebt. Das hat sie schon überlebt.

Das Mädchen blutet jetzt wieder, aber dieses Mal kommt es von dem großen Mann. Er steht auf, knöpft sich zu. »Denk an den Teufel. Ich komme wieder und nicht allein!«

»Es gibt den Teufel nicht!«, wagt das Mädchen zu sagen. »Amilia hat gesagt, an den Teufel glauben nur Papisten, und das sind böse Männer.«

»Es gibt ihn doch, auch wenn die Mennoniten sagen, dass es nicht so ist. Ich bin ja selbst einer, aber ich weiß, dass er unter uns lebt. Ich habe ihn schon gesehen, wenn er kleine Mädchen wie dich holt, weil sie zu viel reden. Mädchen müssen immer das tun, was der Mann ihnen sagt, hörst du? Und was bin ich?«

»Ein Mann«, flüstert das Mädchen.

»Gut so. Und wem gehorcht ein kleines Mädchen?«

»Dem Mann.«

»Sehr schön. Bis bald.«

»Wirst du mich jetzt heiraten?«

16. Kapitel

Krechting wartete auf Hebrich von Knyphausen, und die ließ sich Zeit. Als sie schließlich eintrat, lag ein ungewöhnlich milder Zug um ihren Mund. »Schon so bald zurück, Krechting? Aber wie ich hoffe, mit sehr erfreulichen Ergebnissen.«

Sie wies auf einen Stuhl, setzte sich Krechting gegenüber und ließ frisches Brot, etwas Obst und Bier hereinbringen. »Greift zu! Sicher seid Ihr von Emden, auch wenn Euer Aufenthalt nur von kurzer Dauer war, Besseres gewohnt, als Ihr in der Herrlichkeit aufgetischt bekommt.«

»Wohl wahr, Herrin. Die Herrschenden dort haben einen reichlich gedeckten Tisch, während in der Stadt selbst nicht immer alles zum Besten steht. Aber wo ist es schon so? Alles in allem deucht mir Emden sehr lebendig.«

Hebrich nickte. »Schon deshalb wünsche ich dieses Stadthaus.« Sie biss vom Weißbrot ab. »Und nun berichtet!«

Krechting fasste mit einigen Sätzen zusammen, was er in Emden erreicht hatte und dass Dr. Westerburg vorerst dort geblieben war, weil er mit a Lasco noch etliche Dinge zu besprechen hatte.

»Meines Erachtens wird er sich als Pfarrer hier endgültig niederlassen. Nirgends sonst wird er ein so hohes Ansehen genießen wie in Gödens. Ihr habt es am eigenen Leib verspürt. Es war eine gute Entscheidung, Euch Macht und Einfluss als Kirchenvorstand der reformierten Kirche und nun auch mit der Armenfürsorge zu geben. Wie ich sehe, führt Ihr Euer Amt konziliant aus.«

Es waren seit Langem mal wieder wohlwollende Worte aus Hebrichs Mund. Sollten sich schließlich doch alle Mühen gelohnt haben? So müde, wie Krechting war, hoffte er nichts sehnlicher.

Hebrich schwieg, genoss aber sichtlich die Aussicht, dass sich alles sich zum Guten wenden würde. Sie wirkte sehr entspannt. Beide kauten schweigend, als das Dienstmädchen sich in den Raum schob und knicksend vor Hebrich von Knyphausen stehen blieb. »Herrin, draußen steht ein Herr, und er dringt darauf, zu Euch vorgelassen zu werden. Er habe wichtige Erkenntnisse über den Mord an van Heek. Er sagt, er kennt den Mörder!« Die Stimme des Mädchens überschlug sich vor Aufregung.

Hebrich zog die Brauen hoch, nickte aber dann. »Lasse sie ihn herein!«

Es dauerte nicht lange, bis Melchior Dudernixen hereingestolpert kam. Er hatte sich gut gekleidet und hielt das Barett vor die Brust gedrückt und den Blick gesenkt. Als er vor Hebrich stand, ging er ehrfürchtig in die Knie. »Werte Herrin, werter Krechting! Ich habe gewichtige Neuigkeiten, mit denen ich Euch belästigen muss.«

»Sprecht, Bader! Und seht mir dabei in die Augen!«

Dudernixen hob den Kopf an, öffnete die Handfläche und ließ einen silbernen Gegenstand hervorschauen. »Ich war in der Mordnacht am Siel und habe dort dieses Medaillon gefunden.«

Hebrich griff nach dem Schmuckstück. Ihre Augen waren sofort gefangen von der Abbildung auf der Oberfläche. Ihre Fingerkuppen glitten mehrfach darüber. Dabei schüttelte sie den Kopf, offenbar völlig verzaubert von der einzigartig schönen Abbildung auf dem Medaillon. Währenddessen hatte der Bader seinen Kopf wieder gesenkt, lugte aber listig hinter den Haarsträhnen hervor. Krechting war seine Haltung eine Spur zu demütig. Dennoch schwieg er, denn er wollte wissen, welche Geschichte ihnen der Bader auftischen würde.

Hebrich war sehr in das Schmuckstück vertieft. »Krechting, das sieht aus wie ein Kristall im Meer«, hauchte sie schließlich ehrfürchtig. »Es ist ein Kunstwerk, das seinesgleichen sucht.«

Krechting griff danach. Auch er war überrascht über die filigranen Linien, die sich durch das Silber zogen und zweifelsohne einen Kristall zeigten, der von den Wogen des Meeres umgeben war.

Hebrich hatte ihren Blick wieder auf Dudernixen gerichtet. »Nun, Bader, wie kommt Ihr an diesen Gegenstand? Was genau habt Ihr gesehen und gehört?«

Dudernixen hielt den Kopf jetzt so gesenkt, dass er mit dem Kinn seine Brust berührte. »Ich war in der Nacht des Mordes noch einmal am Siel. Wisst Ihr, werte Herrin, ich habe mein Weib gesucht. Seit dem Tod unseres Kindes ist sie oft wirr und irrt herum.«

»Ich habe Euch gefragt, wie Ihr an das Medaillon gekommen seid und was Ihr gesehen habt. Nicht, warum Ihr dort wart.« Hebrich erschien Krechting ungeduldig.

Dudernixen beugte den Oberkörper noch tiefer nach unten. Er machte jetzt förmlich einen Buckel. »Ich bitte um Verzeihung, Herrin. Ich habe am Siel den Kaufmann gesehen. Er stritt!«

»Mit wem?« Krechting stand auf und machte einen Schritt auf den Bader zu.

»Mit dem Mönch, der noch immer glaubt, dass hier niemand weiß, welch frevelhafter Gesinnung er ist.«

Hebrich zuckte merklich zurück, und auch Krechting musste einmal tief Luft holen.

»Es war der Mönch, dieser Katholik!« Dudernixen spuckte das letzte Wort förmlich aus.

Hebrich hob die Hand. »Das tut jetzt nichts zur Sache. Steht auf. Ich möchte Euch in die Augen sehen, wenn Ihr mir sagt, was ich eigentlich nicht hören möchte, weil es meine Pläne durchkreuzt.«

Dudernixen sah auf. Krechting konnte kurz das Augenpaar erkennen, und es erinnerte ihn an das einer listigen Schlange. »Ihr habt in der Mordnacht also den Mönch Garbrand, den Weggefährten Valkensteyns, am neuen Siel in einem Streit mit dem Kaufmann Friso van Heek gesehen?«, fasste Krechting das Gehörte zusammen und wollte, konnte es nicht glauben.

»So ist es«, bestätigte Dudernixen.

»Worüber haben sie gestritten?«, hakte Hebrich nach.

»Sie kannten sich scheinbar von früher. Aus England.«

»Aus England?«, kam es von Hebrich und Krechting gleichzeitig. Diese Anschuldigung war ungeheuerlich und gleichzeitig vielleicht die Verbindung, nach der sie lange Zeit gesucht hatten.

Dudernixen streckte den Körper durch. Er hielt dem Blick der Häuptlingswitwe stand, als er sagte: »Sie sind sich in England vor langer Zeit begegnet, und damals hat sich der Kaufmann dem Geistlichen gegenüber, sagen wir mal, nicht sehr ritterlich verhalten.«

»Kommt zur Sache!«, herrschte Krechting ihn an.

»Der Kaufmann hat diesem Papisten die Hilfe nicht zukommen lassen, die ein Bettler stets grundlos einfordert. Am Ende dieser Auseinandersetzung hat der Mönch dem Kaufmann eine Wunde zugefügt. Eine grausame Verletzung.«

Krechting nutzte die kurze Pause, die Dudernixen einlegte, um sich an die Narbe zu erinnern. Sie hatte sich über den ganzen Unterarm gezogen und war nicht zu übersehen. »Diese Narbe schmückte den Toten«, bestätigte er der Häuptlingswitwe. »Es scheint, wir sind auf der richtigen Spur.«

Der Bader trat nervös von einem Bein auf das andere. Er wollte noch mehr loswerden und sprach augenblicklich weiter. »Da war Hass im Spiel, es muss sehr viel vorgefallen sein, was den Papisten dazu veranlasst hat, einer anderen christlichen Kreatur ein solches Leid zuzufügen.«

In Dudernixens Stimme klang etwas mit, das Krechting stutzig machte. Er hatte den Bader nie für einfühlsam gehalten, und so wirkte seine Art zu sprechen jetzt seltsam. »Ihr habt also aus dem Streit geschlossen, dass Garbrand Friso van Heek vor vielen Jahren in England schwer verletzt hat.«

»In London, um genauer zu sein. Es war in London.«

Hebrich schwieg, hatte den Meerkristall wieder in der Hand, drehte und wendete ihn. »Und weiter?«

»Ich habe noch gesehen, wie die beiden aufeinander losgegangen sind, und bin dann abgehauen. Wollte dort nicht mit hineingezogen werden.«

»Und zuvor habt Ihr den Kristall mitgehen lassen?«, fragte Krechting.

Jetzt hielt der Bader kurz inne. Doch er schien sich zuvor alle Antworten auf die Fragen, die vorhersehbar waren, genau überlegt zu haben. »Ja, der Mönch hat ihm den vom Hals gerissen. Er lag im Dreck. Ich habe danach gegriffen. Wer hätte das an meiner Stelle nicht getan?«

»Wer garantiert mir, Bader, dass Ihr dem Kaufmann nicht selbst die Holzschaufel über den Schädel gezogen habt?«, fragte Hebrich. Sie ließ Dudernixen nicht eine Sekunde aus den Augen.

»Werte Herrin. Ich bin ein rechtschaffener Mennonit und lebe schon seit vielen Jahren unter Eurer Herrschaft. Nie habe ich mir auch nur das Geringste zuschulden kommen lassen.«

»So will ich es Euch glauben. Aber«, Hebrich deutete mit dem Finger auf die Öse, durch die die Glieder einer Kette gelaufen sein mussten. Jetzt wurde der Bader zum ersten Mal unsicher. Krechting erkannte das an den heftig zitternden Augenlidern. Aber er fing sich wieder. »Es ging alles so schnell. Ich glaube, die Kette ist einfach herausgeglitten.«

»Eine Frage bleibt aber doch noch offen, Bader!«, setzte Krechting an. »Warum kommt Ihr erst jetzt? Nach all der Zeit? Das ist mir unverständlich.«

»Die Furcht, Krechting. Die Furcht vor Repressalien. Ich fürchtete, Ihr schenkt mir keinen Glauben, so wie ich auch jetzt das Misstrauen zwischen Euren Worten spüre. Und nun ist auch die Hebamme fort. Da konnte ich nicht mehr an mich halten, denn ich gehe davon aus, dass er auch dabei die Finger im Spiel hat, weil sie ihm auf die Schliche gekommen ist.«

»Setzt Euch!«, befahl Hebrich und blickte zu Krechting, der ihr unmerklich zunickte und selbst wieder Platz nahm.

Dudernixen rückte sich einen Stuhl zurecht, verschränkte die Hände ineinander, sodass sie knackten. Hebrich aber war noch immer mit dem Meerkristall beschäftigt. Sie knipste an dem Verschluss herum, bis er aufsprang. Die Witwe starrte auf den blauen Samt. »Hier fehlt etwas. Es ist leer! Lasst den Mönch verhaften!«

Grieta quetschte sich an die Planken des Schiffes und hoffte, nicht entdeckt zu werden. Es war schwer genug gewesen, auf diesem Schiff einen Platz zu ergattern. Niemals hätte Anneke sie ziehen lassen und schon gar nicht mit dem wertvollen Schatz, den sie am Herzen trug. Es war ein seltsames Schmuckstück. Voller Geheimnisse und gleichzeitig vertraut. Grieta hätte gern gewusst, wer sich die Mühe gemacht hatte, die Eisträne aus einem Kristall herzustellen. Sie würde es sicher nie erfahren, denn dazu müsste sie die Geschichte kennen und nach dem, was sie sich zusammengereimt hatte, wäre einzig Friso van Heek dazu in der Lage gewesen, doch der schlummerte bereits den ewigen Schlaf.

Grieta hatte die Kraweel bestiegen, die Bremen anlaufen sollte. Sie wusste nicht, wo Bremen lag, aber das war ihr auch egal. Hauptsache, weg von hier. Sie war fest davon überzeugt, in der neuen Stadt unterzukommen, eine Bleibe zu finden und eine Arbeit, von der sie leben konnte. Im Notfall würde sie auch dort als Hure arbeiten, es gab Schlimmeres. Grieta hörte die Wellen an die Planken schlagen. Wären keine Wolken am Himmel gewesen, hätte die Sonne hoch am Himmel gestanden, nun zeigte sie sich nur als heller weißer Ball, der hinter weißen Schlieren verborgen war.

Grieta genoss die Weite, die ihr nach ihrer Zeit in der Herrlichkeit wie ein Segen vorkam. Sie, die kleine Duuvke, hatte ihr Leben endlich selbst in die Hand genommen. Sie war frei!

Hiske war allein, mehr als alle Mäuse und Ratten um sie herum, die zumindest ihre Familien hatten. Die Fackel würde bald erlöschen, der leichte Feuerschein warf sich immer kleiner werdend gegen die Wand. Ihre Flamme rang bereits ums Überleben. Hin und wieder leckte sie noch auf, haschte nach dem letzten Talg und kämpfte darum, nicht zu ersticken. Und doch war der Verfall unaufhaltsam.

»Genau das blüht mir auch«, flüsterte Hiske. Ihre Stimme hallte gespenstisch von den Kerkerwänden wider. Sie würde ihr Leben hier unten lassen, verdursten, verfaulen, und vielleicht fand man eines Tages ihre Knochen und fragte sich, wer die arme Kreatur war, die hier ihr Leben gelassen hatte. Vielleicht karrte man ihre Überreste aber auch einfach nur weg und rollte ihren Schädel mit dem Fuß über den Boden, wie die Jungen es mit den kleinen Bällen aus Leder taten. Klaas Krommengas Folter würde Wirklichkeit werden, wenn auch anders, als er es sich erdacht hatte. Er, der ihren Nagel mit der Zange aus dem Bett gehoben hatte, er, der sie besteigen wollte wie ein Bulle die Kuh.

Ihre Ehre war ihr wenigstens geblieben, denn der Scharfrichter lag seit Stunden reglos in der Ecke. Er war tot. Gerade, als er sie hatte nehmen wollen, war ein merkwürdiger Laut aus seiner Kehle gekommen, er war zurückgetorkelt und anschließend zusammengebrochen. Eine ganze Zeit hatte er sich in seinem Todeskampf gewunden, Schaum vor dem Mund gehabt und sich hin und her gewälzt. Hiskes Befürchtung, der Satan käme persönlich, um seinen Jünger ins Reich der Hölle zu bringen, bestätigte sich nicht. Klaas Krommenga war selbst für den Niedrigsten aller Niedrigsten offensichtlich nicht wichtig genug. Irgendwann war das Stöhnen verstummt, das Schlagen des Kopfes einem vorsichtigen Nicken gewichen, bis der ganze Körper in eine ewige Reglosigkeit übergegangen war.

Seitdem herrschte Stille. Lediglich die ersten Ratten zeigten eine unverhohlene Neugierde an dem toten Körper, schnupperten daran, umtanzten ihn, wagten aber noch nicht, ihn in ihren Speiseplan einzubauen.

»Ihr spürt noch die böse Seele«, flüsterte Hiske. »Erst wenn sie diese Hölle verlassen hat, werdet ihr auch seine Überreste vernichten.« So lange wollte sie sich still verhalten. Sie hatte bislang nicht an den Teufel und seine Brut geglaubt, aber die letzten Stunden mit Klaas Krommenga hatten sie davon überzeugt, dass das Böse, dem sie schon in Jever direkt in die Augen gesehen hatte, tatsächlich einen Namen, ja, sogar menschliche Körper hatte, derer es sich bediente.

Warum der Satan den Scharfrichter allerdings daran gehindert hatte, seine Taten zu vollenden, sie vor ihrem Tod noch zu beschmutzen, dass sie keinem Schöpfer, niemandem mehr vors Angesicht hätte treten können, wusste Hiske nicht.

Die alten Narben der Metallschellen waren aufgerissen, das herauslaufende Blut würde die Ratten bald auch auf sie aufmerksam machen. Hiske konnte sich nicht mehr lange wachhalten, denn die Erschöpfung ummantelte sie, zog sie immer tiefer. Der Schlaf würde sie gnädig in eine andere Ebene katapultieren, in der sie die Schmerzen und die Angst nicht mehr fühlte. Am besten wäre es, sie erwachte gar nicht mehr daraus und wechselte gleich in die schwarzen Arme des Todes hinüber. Doch vermutlich würde ihr diese Gnade nicht zuteilwerden, und ihr wäre es vergönnt, jeden Zahn der Ratten an ihrer Haut spüren, wenn sie sie langsam, Stück für Stück, zerlegten.

Hiske legte den Kopf auf das feuchte Stroh, schloss die Augen und schlief ein.

Garbrand bemerkte die Unruhe in der Straße bereits, als sie noch gar nicht da war. In den vielen Jahren als verfolgter und geknechteter Mensch waren seine Sinne für alle Veränderungen geschärft, sodass ihm winzige Dinge auffielen, die andere gar nicht erreichten. Ob es die Aufregung der Menschen in den Straßen war oder aber die veränderten Nuancen in ihren Stimmen, konnte er nicht sagen. Er wusste nur eines: Die Bedrohung nahte, und sie betraf ihn.

Garbrand war ein alter Mann, hatte sich in seinem Leben stets gottgefällig verhalten und glaubte daran, dass der Schöpfer seinen Lohn wie ein Füllhorn über seinem Haupt leeren würde, wenn er es für angemessen hielt. Egal, was seine Diener auf Erden mit ihm taten.

Er hatte sich für ein paar Stunden in seine Kammer in der Neustadt zurückgezogen, weil er etwas Ruhe brauchte und Jan Valkensteyn auf den Wortsammler achtgab. Als er die schweren Schritte vor der Tür hörte, wusste der Mönch, dass er das, was nun auf ihn zukam, nicht aufhalten konnte. Er hatte es von dem Moment an gewusst, als ihm Friso van Heek wieder begegnet war.

Garbrand erhob sich von der Bettstatt, öffnete den Wachen Hebrichs die Tür und hielt ihnen seine ausgestreckten Hände entgegen. Nun konnte ihm nur noch Gott helfen, wenn nicht hier, dann dort, wo er den zukünftigen Aufenthaltsort für seinen Diener vorgesehen hatte.

»Ihr werdet beschuldigt, den Kaufmann Friso van Heek getötet zu haben. Und weil Euch die Hebamme Hiske Aalken im Weg war, habt Ihr auch sie beseitigt. Ihr werdet zunächst auf die Burg Gödens gebracht, wo dann entschieden wird, wie man weiter mit Euch verfährt!« Krechtings Stimme hatte weder die Kraft noch die Wortgewalt, die ihr sonst zu Eigen war, so als zweifle er selbst an dem, was er sagte.

Garbrand wehrte sich nicht. Er senkte den Kopf und betete das Vaterunser.

Amsterdam 1535

Der Bader lacht. »Nein, ich werde dich nicht heiraten. Ich habe schon ein junges Weib! Aber ich weiß, wovon du in Zukunft leben wirst, Anneke. So ist doch dein Name, oder?«

Das Mädchen zuckt zurück. Der Bader hat recht.

»Woher wisst Ihr das?«

»Wenn ich etwas tue, dann mache ich es richtig. Und ich schaue mir das Fleisch ganz gern an, das ich zwischen meinen Schenkeln habe. Ich kenne deine Mutter, sie hat die Beine ganz gern gespreizt für Männer wie mich, und wie ich sehe, hat sie diese Begabung ihrer Tochter vererbt.«

Dem Mädchen wird der Hals trocken. Es schaut in die Augen des Baders, findet aber darin nicht das Blitzen des Mannes, der zuletzt bei der Mutter war. »Habt Ihr den Meerkristall?«, flüstert sie.

Der Bader sieht sie mit verständnislosem Blick an, weiß nicht, wovon sie spricht. »Rede keinen Unsinn. Du kommst jetzt mit nach Ostfriesland und wirst mir ein paar Schap einbringen, weil du genau das tun wirst, was deine Mutter dich gelehrt hat.«

»Ich geh nicht mit Euch«, japste Anneke. »Ich geh mit Amilia!«

Der Bader lacht. Schäbig und grell. »Deine Amilia ist weg. Du hast doch das Klacken der Tür gehört. Warum, weiß ich nicht.« Wieder lacht er. »Oder weiß ich es doch?«

Hinter ihm taucht eine Frau auf. Schön, rund gebaut und mit lautem Mundwerk. »Ich habe alles gesehen und gehört, Melchior. Du bist ein Bastard! Womit hast du Amilia gedroht? Jetzt komm nach Hause!«

Der Bader dreht sich um und ohrfeigt sie. »Halt dein Schandmaul, Magda. Du bist mein Weib, und du tust, was ich dir sage. Immer. Bis zum Tod, und der kann schneller eintreten, als dir lieb ist! Amilia ist weg, und damit ist es gut.«

Das Weib spuckt ihm vor die Füße und wendet sich ab. Anneke hört, dass sie sich übergibt.

Amilia sieht sie nie wieder. Es ist, als habe es sie nur in ihrem Traum gegeben. Sie, die kleine Kate, die Kuh und die Ziege.

Der Bader bringt oft Männer mit. Anneke lebt allein in der Kammer, weil sie bald gehen werden, und sie tut, was von ihr verlangt wird. Eines Tages ist auch der Mann mit den gefährlichen Bernsteinaugen dabei. Er trägt den Kristall und hat eine große Narbe am Arm. Er erkennt sie nicht, benutzt sie und merkt nicht den Hass, der in der kleinen Seele brodelt. Ein Hass, der aber kein Ventil findet, weil sie noch zu schwach ist, um sich zu wehren gegen die Erinnerungen, gegen die Gewalt, gegen das, was der Mann in ihr auslöst. Der Meerkristall schaukelt vor den Augen Annekes hin und her. Wie ein Versprechen, dass sie sich wiedersehen werden und dann der Zeitpunkt der Rache gekommen ist.

Anneke schämt sich. Jeden Tag. Weil sie nun das tut, was ihre Mutter getan hat, als die Tücher vor dem Bett hingen.

Bis sie eines Tages rot waren. Rot von Blut.

17. Kapitel

Anneke sah, wie man Garbrand aus dem Haus schleifte, die Hände vor dem Körper zusammengebunden. Er war willenlos, hatte sich dem Schicksal völlig ergeben. Ihr Herz krampfte sich zusammen, als sie den alten Mann so sah. Der Mann, der in der schicksalsschweren Nacht beschlossen hatte, ihr Schicksal zu dem Seinen zu machen. Er war mit Friso van Heek in Streit geraten, hatte ihm das Medaillon vom Hals gerissen, während sie die Eisträne in ihrer Rocktasche hütete als einzige Erinnerung an ihre Mutter, die der Bestie zum Opfer gefallen war. Sie war gekommen, um sich den Rest von dem zu holen, was ihr zustand, wozu sie in der Nacht, als er Lina mit seinem Samen getötet hatte, keinen Mut fand.

Aber es war schiefgegangen. Dudernixen war außer sich vor Wut und war Friso gefolgt. Sie sah noch den Schatten, der sich, gepaart mit dem unverwechselbaren Duft der Seife, an das Geschehen herangepirscht hatte und genau das tat, was der Bader sein ganzes Leben lang getan hatte. Die Gunst der Stunde zu nutzen, ohne sich die Finger dreckig zu machen. Er war mit dem Medaillon verschwunden, als der Mönch noch immer mit dem Kaufmann stritt und Anneke Dinge zu Ohren kamen, die ihr Bild von ihm und seinem Pakt mit dem Bösen bestätigten, egal was die Vermahner der Mennoniten predigten.

Die Wut, die so lange schon in ihr brodelte, die Ohnmacht, seit sie denken konnte zusehen zu müssen, wie das Leben mit ihr spielte und sie vor sich hertrieb, wie auch immer die Winde wehten, war übermächtig geworden. Als der Mönch sich mit geballter Faust vom Siel zurückzog, den Wortsammler in den Arm nahm, durchfloss Anneke nur noch eine Farbe: tiefstes Rot.

Die blutigen Laken, die schlaffe Hand ihrer Mutter, der Geruch des Baders und seiner Nässe und die der vielen anderen Männer waren zu einer einzigen Masse zusammengeflossen. Woher die Holzschaufel gekommen war, wusste Anneke nicht mehr. Sie dachte nur noch daran, wie frei sie sich gefühlt hatte, als das Holz auf dem Kopf des Kaufmannes niedergekracht, er zusammengesackt und ins Siel gerollt war. Mit einem Schlag verschwand der Mann aus ihrem Sichtfeld und tauchte in den Fluten des Schwarzen Bracks ab. Aber er war wiedergekommen, schon gleich am nächsten Morgen trieb er auf dem dunklen Wasser. Und seitdem verfolgte er sie.

Der Mönch hatte in der Nacht alles gesehen, sie in den Arm genommen und nach Hause gebracht. Und er hatte geschwiegen. Anneke war sicher, dass er es weiter tun würde. Sie musste ihm die ganze Geschichte in ihrem Wahn entgegengeschrien haben. Oder hatte sie nur geflüstert? Anneke wusste es nicht mehr. Auch nicht, ob Friso van Heek da schon im Siel trieb oder alles vorher geschehen war.

Nun stand sie am Fenster, die Arme um ihren dünnen Körper geschlungen, die Hände zu Fäusten geballt, und weinte. Warme, tröstende Tränen, dabei hielt sie den kleinen Kristall in der rechten Faust. Grieta hatte tatsächlich geglaubt, Anneke habe von dem Diebstahl nichts bemerkt. Wer aber in seinem Leben so sehr von allem beraubt wird, was einen Menschen ausmacht, der hat ein Gespür für Unehrlichkeiten, und so hatte sie der Duuvke sofort angesehen, was sie im Sinn hatte. Da Grieta von einfachem Gemüt war, war es ein Leichtes gewesen, die Eisträne gegen eine wertlose Perle auszutauschen. Mochte Grieta damit glücklich werden.

In der linken Hand aber hielt Anneke die Kette, die ihr der Scharfrichter in die Hand gedrückt hatte, als Pfand und Druckmittel, weil er wie eine Gossenratte alles belauscht hatte. Nur deshalb war es möglich gewesen, in Kauf zu nehmen, dass der Wortsammler, das Kind, das ihr so sehr ans Herz gewachsen war, in Lebensgefahr geriet. Nur deshalb hatte sie Grieta zu Klaas Krommenga geschickt, damit der wusste, dass Hiske allein auf dem Weg war.

Hiske war vermutlich lange tot, und Klaas Krommenga würde sie ebenfalls nicht wieder zu Gesicht bekommen. Er war bestimmt längst wieder auf dem Weg nach Jever. Als Mann, der seine Rache gehabt und gelebt hatte.

Dass Garbrand weiter schwieg, für sie seinen Kopf hinhielt, sah sie als sicher an. Denn er fühlte sich schuldig. Er war alt, hatte vom Leben nicht mehr viel zu erwarten, und im Grunde hatte sie das getan, was er selbst am liebsten gemacht hätte, wenn er nicht so gottergeben gewesen wäre. Aber die Schuld, wie nah er davor gestanden hatte, einen Menschen zu töten, war ihr Schutz, den sie gern annahm, denn sie hatte genug erduldet.

Garbrand wurde eben aus der Neustadt geführt, verschwand um die letzte Ecke. Anneke wunderte sich über den bitteren Geschmack, der sich wie Gift in ihrem Mund ausbreitete, als sie ihr Bündel schnürte, um zu verschwinden, denn eben war das Horn erklungen. Eine Kraweel hatte angelegt und würde das Siel sicher bald wieder verlassen.

Jan Valkensteyn war verzweifelt. Er hatte gestern im Kerker mit Garbrand gesprochen, doch der schwieg. Kein Wort zu der Mordnacht, kein Wort zu dem, was man ihm vorwarf. Einzig die Anschuldigung, er habe etwas mit dem Verschwinden von Hiske zu tun, wies er mit letzter Entschiedenheit von sich.

Jan war um Garbrand herumgeschlichen, hatte ihn angefleht, sich zu äußern. »Ich kenne dich so gut wie mich selbst, werter Freund. Ich weiß, dass du dem Alkohol gern zusprichst, dass du oft unüberlegte Dinge tust. Aber niemals würdest du einen Menschen töten, egal, was er dir in deinem Leben angetan hat!«

»Lieber Valkensteyn, was weißt du schon von einer alten Seele wie mir, die besser vor vielen Jahren im Kloster von England mit ihren alten Brüdern gestorben wäre. Es lastet Schuld auf meinen gebrechlichen Schultern, und ich weiß von Schuld, die andere tragen müssen und deren Last ich ein Stück abnehmen muss, damit ich meine Verfehlungen ein wenig abarbeiten kann. Vor allem, weil ich nun die Bürde von jemandem trage, der mir nicht lieb ist. Im Gegenteil!«

»Von wem sprichst du, Garbrand?«

Der Mönch überhörte Jans Frage, sprach weiter wie in Trance. »Du musst nur eines tun für dein Glück, Jan. Rette Hiske, wenn es noch nicht zu spät ist. Rette sie und damit dich.« Garbrand hatte danach die Augen geschlossen und sich geweigert, auch nur noch ein Wort zu sprechen.

Jan saß an Hiskes Küchentisch, den Kopf in die Hände gestützt. Er fühlte sich, als müsse er einen hohen Berg besteigen. Ohne Proviant, ohne Sicherung und ganz allein. Vor ihm türmten sich die Probleme, und er hatte keine Ahnung, wie er auch nur eines davon lösen sollte. Hiske war verschwunden, Garbrand wurde des Mordes bezichtigt, und das Marschenfieber wütete seit gestern erneut in der Neustadt. Es war wieder ein paar Grad wärmer geworden, und als habe die Krankheit nur auf ein Zeichen gewartet, war sie nun aus ihrem Versteck gekrochen und würde weiter Kinder und Alte töten. Er war nur froh, dass der Wortsammler sich von Tag zu Tag erholte, schon fast wieder der Alte war.

Der Knabe war hinter ihn getreten, trampelte unruhig auf und ab. »Garbrand?«, fragte er.

Jan wunderte sich, aber der Name des Mönchs war der einzige, den der Junge als solchen aussprach und für den er keine Umschreibung fand. Jan nahm die Hand des Knaben, zog ihn zu sich an den Tisch. »Man hat Garbrand in den Kerker geworfen. Sie denken, er hat den bösen Mann umgebracht.«

Der Wortsammler hüpfte auf und nieder und stieß Laute aus, die Jan noch nie gehört hatte. Doch er verstand die Verzweiflung und Ohnmacht, die damit einhergingen. Als der Junge sich beruhigt hatte, sagte er: »Feuerweib.« Dabei umfasste er die Hände so, als halte er einen Stiel dazwischen und holte damit über dem Kopf aus. »Feuerweib«, wiederholte er.

»Anneke?«, hakte Jan nach. Es gab in der Neustadt nur eine Frau, die so rote Haare hatte wie die Marketenderin.

»Steinewerferin«, bestätigte der Knabe, rollte das Hemd hoch und zeigte auf die kleinen Narben, die seinen Arm verunstalteten.

»Du warst in der Mordnacht mit Garbrand am Siel und hast Anneke dort gesehen?«

Der Wortsammler nickte, fuhr mit der Zunge über die Lippen und fügte hinzu: »Und Satansmann und böser Mann.«

»Da war noch ein Mann, außer euch und Friso van Heek?«

Der Knabe begann zu brüllen, schlug mit dem Kopf. Jan hatte ihn also richtig verstanden. Er griff noch einmal nach dem Arm des Jungen. »Du bist also ins Moor geflohen, weil die Feuersfrau dir gedroht hat?«

Der Wortsammler sackte in sich zusammen, und Jan kannte nun die Geschichte. »Ich geh zur Feuersfrau, und ich hole die Lebenspflückerin. Du bleibst hier und verriegelst die Tür, bis ich zurück bin, ist das klar?« Jan stürzte hinaus. Er wusste nicht, ob der Knabe ihn richtig verstanden hatte, aber er hatte keine Zeit, das zu überprüfen. Er musste zu Anneke. Der Mörderin Friso van Heeks.

Garbrand lauschte dem stetigen Tropfen des Wassers, das von der Decke auf den Boden fiel. Es lullte ihn ein. Er wusste nicht, wohin sie ihn in den nächsten Tagen oder Stunden bringen würden; vermutlich in eine Stadt, die die höhere Gerichtsbarkeit hatte und befugt war, seinen sündigen Leib von der Erde zu jagen.

Er hielt die Augen geschlossen, als er neben dem Geräusch der Wassertropfen ein weiteres wahrnahm. Erst dachte er, es sei das Fiepen der Ratten und Mäuse, doch dann erkannte er, dass es das Weinen eines Weibes war, das von immer wiederkehrenden Hilferufen unterbrochen wurde. Garbrand hielt die Luft an, wollte das Geräusch durch nichts anderes stören, und beim dritten Ruf war ihm klar, dass es Hiskes Stimme war, die durch die Kerkermauern bis zu ihm drang. War er schon auf dem Weg in die Unendlichkeit und sie holte ihn dort ab? Ihre Rufe aber waren zu nah, zu echt. »Hiske!«, rief er. »Hiske!«

Es dauerte nicht lange, bis er eine Antwort erhielt. »Garbrand? Bist du das, Garbrand?«

Es war kein Traum, er war noch nicht tot.

Der Mönch richtete sich auf, schrie nach dem Wächter, der sich grinsend neben ihn stellte und wie aus Versehen auf seine Hand trat. Zwei Knochen splitterten dabei. »Na, Papist. Lust auf die Letzte Ölung? Die kriegst du hier aber nicht.«

»Wo steckt die Hebamme?«

Das Grinsen des Wächters verbreiterte sich, schien sich bis zu den Ohrläppchen hochzuziehen. »Der Papist hört eine

Toversche? Das sollte ihm zu denken geben. Nun halt's Maul, ich helf dir nicht und dem Weib auch nicht. Das tut schon ein anderer, der ganz gut dafür bezahlt hat.«

Er trat Garbrand in den Bauch und verschloss das Gitter der Zelle.

Jan erwischte Anneke noch, bevor sie mit dem Meester der Kraweel handelseinig geworden war. »Du bleibst!«, stieß er hervor. »Und du spuckst jetzt aus, wo Hiske ist. Deine Gründe für alles, auch den Mord an Friso van Heek, kannst du mir später erklären. Jetzt will ich einfach nur wissen, wohin du die Frau, die mir alles bedeutet, verschleppen hast lassen, und wer dahintersteckt. Du wirst diesen Flecken nicht verlassen!«

Anneke war bleich geworden und riss dem überraschten Meester die paar Schap aus der Hand. Geld hatte sie kaum genug für die Reise, also musste sie ihm noch andere Dienste versprochen haben. Jan sah das enttäuschte Blitzen in den Augen des Mannes.

»Komm mit! Wir gehen zu Krechting«, sagte Anneke.

Jan war erstaunt über das rasche Einlenken der Marketenderin, folgte ihr aber. »Erzähl mir bis dahin, was passiert ist. Und zwar alles!«

Der Weg zu Krechting war lang, und es war, als sei ein Damm gebrochen, als Anneke auf dieser Strecke Jan eine Geschichte erzählte, die in Amsterdam ihren Anfang nahm und in der Herrlichkeit Gödens mit einem fatalen Wiedertreffen endete.

Kurz vor der Burg, wo Krechting seine Amtsgeschäfte tätigte, hielt Jan an. »Ich dachte, du wärst bei der Hebamme groß geworden, mit der du ja auch den Wortsammler auf die Welt geholt hast?«

Anneke nickte. »Nach Amilia habe ich für Dudernixen gearbeitet, und Magda hat alles geduldet, hat es ihr doch ein gutes Nebeneinkommen beschert. Aber auf der Knorr, während der Reise hierher, ist dann die alte Hebamme zu mir gekommen. Ich glaube, sie hat geahnt, was ich tun musste, obwohl sie nie gefragt hat. Sie war ein starkes Weib, und solange sie lebte, hat der Bader es nicht gewagt, mich als Duuvke arbeiten zu lassen. Sie hätte es gemeldet. Später ging es für mich nicht anders, wenn ich nicht hätte verhungern wollen. Ich hab mir das gefallen lassen, weil ich große Angst vor ihm hatte. Er kannte meine Mutter und wusste, dass sie unehrenhaft war. Er wusste von meiner Mutter, wie ich meine Unschuld in Amsterdams Gassen verloren habe an ein paar wollüstige Jungs. Nie habe ich gewollt, dass es jemand erfährt.« Sie schlug die Augen nieder. »Ich bin eben eine gefallene Frau. Das wollte ich auch vor dir immer geheim halten. Weiber wie mich schaut kein anständiger Mann an.« Sie machte eine kurze Pause. »Und den Geruch von Seife mag ich auch nicht mehr. Seife war stets mein größtes Unglück.«

»Wer ist der böse Mann, von dem der Wortsammler sprach?«, fragte Jan, Annekes Bemerkung übergehend.

»Klaas Krommenga, der Scharfrichter aus Jever. Er hat mich erpresst, weil er den Mord beobachtet hat.« Anneke begann zu weinen. »Hiske wusste auch zu viel. Von mir als Hure, über Linas Tod, weil sie sich selbst der Frucht entledigt hat. Alles! Und ich will noch nicht sterben!«

Jan verspürte eine Mischung aus Mitleid, aber auch Abscheu. Wahrscheinlich wurde man so wie die Marketenderin, wenn schon als Kind alles Gute fehlte, was einen Menschen prägte. Anneke schien ihm wie ein Haus, dem der Sockel fehlte, um den Stürmen, die über das Meer wehten, standhalten zu können.

»Wo ist Hiske, Anneke? Lebt sie noch? Was weißt du?«

Anneke wand sich. »Ich weiß nicht, wo Hiske ist!«

Jan griff nach ihrem Arm, umfasste ihn so fest, dass sie das Gesicht vor Schmerzen verzog. »Hiske wird dich nicht verraten, Anneke, und du hast schon alles zugegeben. Was sollte dir nun noch geschehen? Bitte, wenn dir unsere Freundschaft je etwas bedeutet hat: Sag mir, wo sie ist!«

»Ich glaube nicht, dass sie noch lebt«, stieß Anneke schließlich hervor. »Und wenn, wirst du sie nicht so wiederbekommen, wie du sie kennst. Ein Mann wie Klaas Krommenga ist ein Seelenbrecher. Vor allem, wenn er von Hass und Rache zerfressen ist.«

»Wo ist sie? Zum letzten Mal!«

»Ich vermute, irgendwo auf der Burg. Wo sonst sollte Klaas seinen Folterkeller einrichten? Er hat Geld genug, seine Helfer und Helfershelfer zu bestechen.« In Annekes Stimme schwang eine gewisse Genugtuung. Jan wusste nun, warum er diese Frau nie hätte lieben können.

Krechting war müde, war es ihm doch gelungen, den Mörder festzusetzen. Obwohl er Garbrand nicht wohlgesonnen war, konnte er sich ihn dennoch nur schwer als mordende Bestie vorstellen, und es ging ihm schon gar nicht in den Kopf, dass er Hiske etwas angetan haben sollte. Etwas passte ganz und gar nicht.

Er schrak auf, als Jan Valkensteyn mit Anneke im Schlepp in die Amtsstube der Burg stürzte. »Ich weiß, wo Hiske ist, und ich habe die wahre Täterin!«

Die Marketenderin sah zerzaust aus, über ihr faltiges Gesicht zog sich eine Tränenspur.

Jan fasste mit wenigen Worten zusammen, was er in Erfahrung gebracht hatte, und Krechting zögerte nicht, Anneke sofort nach nebenan zum Landrichter Wolter Schemering zu bringen.

»Und nun suchen wir die Hebamme und holen Garbrand aus seinem Loch«, sagte Krechting. Trotz der schwierigen Lage und trotz der Sorge, alles könne einen bösen Ausgang nehmen, haftete ihm wieder etwas von seinem früheren Tatendrang an. Es war offensichtlich, wie glücklich er darüber war, nicht den falschen Mörder aufs Schafott führen zu müssen. Auch wenn er den Mönch auf diese Weise losgeworden wäre. Krechting war und blieb Jurist, und Gerechtigkeit war eines seiner obersten Gebote.

Jan folgte ihm zum Kellergewölbe.

Krechting schob sich mit vernichtendem Blick an den Wachleuten vorbei, die betreten zu Boden blickten. Er würde den Verräter finden, und dem würde es nicht gut ergehen. Sie nahmen sich jeder eine Fackel und betraten das Gewölbe, an dessen Wänden die herabfallenden Tropfen einen ewigen Takt schlugen.

Hiske sah auf, als das Licht einer Fackel den Gang erhellte. Kam der Satan nun persönlich, um den Leichnam Krommengas zu holen? Sie schloss die Augen, wollte es gar nicht sehen. Wäre sie bloß nie wieder aufgewacht.

»Hiske?«

Das war Jans Stimme. Jan, den sie nie wieder hatte sehen wollen, weil er Anneke liebte. Jan, der aber ins Moor gegangen war, um für sie den Wortsammler zu suchen. »Der Junge«, flüsterte sie. »Hast du den Jungen?«

»Ja, und es geht ihm gut.« Jan nahm die Hebamme in den Arm, eine Wärme umspülte sie, sein Herz schlug im gleichen Takt wie das ihre. Hiske hielt die Luft an. War sie schon im Paradies, war schon alles vorbei, dass sie nun diese Wärme fühlte? Dann aber zuckte sie zurück. Sie musste unendlich stinken, denn Klaas hatte sich nicht die Mühe gemacht, für Abhilfe zu sorgen, wenn sie ihre Notdurft verrichten musste. Jan aber schien es nicht zu stören.

»Was hat er mit dir gemacht?« Jan sah auf den toten Scharfrichter, der zusammengekrümmt in der Ecke lag. Er nahm ihre Hand, schaute auf die tiefen Einschnitte der Schellen, betrachtete den gefolterten Finger ohne Nagel, auf dessen Wunde sich Eiter zeigte, und übersah auch die Zahnspuren der Ratten nicht, die an ihren Zehen genagt hatten. Hiske konnte nicht antworten. Sie merkte kaum, dass man die Schellen löste, konnte weder auf Jans Fragen noch auf die Hinrich Krechtings antworten. Ihr Kopf war leer, sie glaubte nicht einmal, dass es der Wirklichkeit entsprach, als sie aus dem Kerker in die Sonne trat, die Hitze des Sommers sie umfing und das Leben sie ein weiteres Mal einholte.

Zwei Wochen später

Anneke ist also im Kerker?«, fragte Hiske.

Jan saß zusammen mit ihr und Garbrand am Tisch in der roten Kate.

Jan nickte. » Sie wird wahrscheinlich hingerichtet.«

»Ich wollte sie retten«, sagte Garbrand. »Ich hätte Friso van Heek getötet, wenn sie es nicht getan hätte, ich bin genauso schuld.«

Jan schüttelte den Kopf. »Nein, das hättest du nicht. Und du hast es auch nicht getan, Garbrand.«

»Vielleicht wirklich nicht«, murmelte er. »Aber verdient hat er es. Außerdem …«

»Was, außerdem?« Jan wurde hellhörig. Wenn Garbrand so seltsam war, führte er etwas im Schilde.

»Außerdem bin ich jetzt die rechte Hand Krechtings, helfe ihm bei der Armenfürsorge. Hebrich ist der Meinung, ich sei der richtige Mann.«

»Krechting meint das als überzeugter Täufer sicher nicht. Er wird sich schwertun, mit einem Papisten zu arbeiten«, lächelte Hiske.

»Nun, nach außen ist er reformiert. Und er hat Westerburg an seiner Seite, der wird nämlich endgültig bleiben.«

»Das ist es aber nicht, was du eigentlich sagen willst«, hakte Jan nach. Er kannte seinen Freund einfach zu gut, obwohl Hiske immer wieder erstaunt schien, wie tief diese Bindung zwischen den beiden so unterschiedlichen Menschen mit verschiedener Glaubensgesinnung war.

Garbrand senkte den Blick. »Außerdem hat heute Morgen eine Knorr abgelegt. Mit einem Weib. Es trägt eine Ledermaske.«

Hiske begriff. »Wie hast du sie aus dem Kerker freibekommen? Und wie erreicht, dass sie niemand verfolgt?«

Über Garbrands Gesicht huschte ein Grinsen, das sein altes Gesicht fast jungenhaft erscheinen ließ. »Ich habe mehr als mein Leben aus England mitgebracht. Die Klöster waren nicht arm. Und der Meerkristall ist vielschichtig. Außen das filigrane Gemälde, das schlummert nun in der Schatzkammer der Häuptlingswitwe, aber es ist eben nur die Hülle. Darinnen aber ist die Eisträne, das Herz, das aus dem echten Meerkristall entstanden ist. Das Versprechen an Annekes Mutter auf ewigen Schutz. Nun konnte der Kristall seine Wirkung entfalten.«

»Anneke hat dir die Träne anvertraut, als du sie im Kerker besucht hast. Wem hast du sie gegeben?«, fragte Hiske atemlos.

»Das wird er uns nicht verraten«, sagte Jan. Er war nicht sicher, ob Garbrand recht daran getan hatte, Anneke laufen zu lassen. Aber er wollte dem nicht weiter nachgehen, denn die Marketenderin war aus dem Leben in der Herrlichkeit auf ewig verschwunden, und wer wusste schon, welche Bürden auch in Zukunft auf die einsame Frau warteten. Manchmal konnte das Leben auf der Erde schlimmer sein als das, was einen im Tod erwartet hätte.

Hiske war offenbar Garbrands Meinung. »Als ich bei Anneke war, hat sie mir ein paar Dinge aus ihrem Leben erzählt. Sie tut mir leid, und ich glaube, sie ist gestraft genug. Aber was ist mit Dudernixen?«, wechselte sie das Thema. »Krommenga hat behauptet, er habe hinterrücks die Fäden für meine Entführung gesponnen.«

»Da steht Aussage gegen Aussage. Er wird es abstreiten und wie immer damit durchkommen«, sagte Jan, und es klang wütend. »Morgen treffen wir uns mit Jacobus Cornicius. Er möchte schon bald nach Emden zurück, und wir wollen nach Lösungen suchen, wie man das Marschenfieber beherrschen kann. Wirst du dabei sein?«

Hiske nickte. »Ich habe den Eindruck, Cornicius hat mehr als freundschaftliches Interesse an Bente Westerburg oder täuscht das?«

Jan lächelte. »Nein, da irrst du nicht. Aber Dr. Westerburg will erst die älteste Tochter unter die Haube bringen. Jacobus muss sich gedulden, und das wird er auch. Er hat um Bentes Hand angehalten, sie sind zwar verlobt, dürfen aber erst später heiraten.«

»Nun, wenn ein Vater das so beschließt.« In Hiskes Stimme schwang Wehmut. Jan und sie hatten noch nicht wieder über Lieke gesprochen, es war, als bringe es Unheil, dieses Thema anzuschneiden.

Garbrand aber spürte die Schwingungen und verabschiedete sich unter dem Vorwand, er und der Wortsammler könnten eine Nase voll Seeluft gebrauchen.

»Garbrand meint wohl, wir sollten reden, Hiske.«

»Ist es notwendig? Jetzt noch?«

Jan griff nach ihrer Hand. »Ja, ich muss es dir sagen. Ich … ich möchte dich einfach kein weiteres Mal verlieren. Ich bin nicht so gut im Reden, weißt du. Auch wenn ich mich manchmal komisch ausdrücke: Bitte lauf nicht wieder weg, höre mir zu. Du bist die Frau, die mir am wichtigsten von allen ist.«

Hiske schluckte und sah Jan an. »Ich dachte, es sei bereits alles gesagt.«

»Du bist mutiger als ich. Du kannst zu deinen Gefühlen stehen.«

Hiske schwieg.

Jan wusste, dass sie nie wieder so offen sein würde, wenn er ihr nicht eindeutig klarmachte, wie er wirklich zu ihr stand, wenn er ihr nicht versprach, dieses Mal zu bleiben. »Du wirst also nicht mit Jacobus zurück nach Emden gehen?«

Jan sagte darauf nichts, sondern erzählte Hiske die Geschichte einer Liebe, die, genau wie Annekes, in Amsterdam ihren Beginn nahm. Eine Liebe, die nicht geendet hätte, wenn nicht ein anderer Mann in Liekes Leben getreten wäre. »Er hat sie geschändet. Und ich … ich ...« Jans Stimme brach.

»Du hast ihr nicht geglaubt.«

Jan schwieg eine Weile, Hiske drängte ihn nicht.

»Der Mann war ein angesehener Bürger, gut aussehend, und Lieke hat immer mal wieder mit ihm geflachst.«

»Du hast den Kontakt abgebrochen?«

Jan nickte. »Aber mit der Zeit wurde mir immer klarer, dass es nur mein verletzter Mannesstolz war, weil sie mir nie ganz allein gehören würde. Lieke hätte so etwas nicht behauptet, wenn es nicht so gewesen wäre.«

»Was ist weiter geschehen?«, hakte Hiske nach. Sie hielten sich beide mit den Händen umklammert.

»Sie sollte ihn heiraten, weil ja kein anderer Freier mehr da war.« Jans Stimme brach. »Da ist sie ins Wasser gegangen. Ich kam zu spät. Einen verdammten beleidigten Tag zu spät.«

Hiske strich ihm übers Haar. Es fühlte sich weich an, vertraut.

»Du wolltest danach keine Frau mehr an dich heranlassen?«

»Nie wieder«, sagte Jan. »Ich bin einfach kein Mann, der das Richtige tut.«

»Wie hast du dich gefühlt, als du Lieke all das gesagt, sie alleingelassen hast?«

»Hundsmiserabel. Bis heute.« Jan sah aus dem Fenster. Eben schickte die Sonne ihre Strahlen herein und ließ die

Staubflocken darauf tanzen. »Aber nun geht es weiter, sieh, die Sonne kommt hinter den Wolken hervor.« Er drehte sich lächelnd zurück zu Hiske, der noch eine Frage auf den Lippen brannte, die sie aber nicht noch einmal wiederholen wollte. Sie würde abwarten, ob Jan sie von allein beantwortete.

Epilog

Feine Hände glitten immer wieder über die Oberfläche des Medaillons, dunkle Augen krallten sich an der Abbildung fest, ergötzten sich an dem Kristall, der bei jeder Betrachtung anders zu sein schien. Es war ein einzigartiges Schmuckstück, und derjenige, der es besaß, fühlte sich reich und stark. Unangreifbar. Gleichzeitig aber ging von dem Meerkristall eine Traurigkeit aus, eine Schwermut, die den Betrachter anfiel und ihn, zusammen mit dem Glück, in eine Zwiespältigkeit führte, die kaum zu ertragen war.

Die Hände öffneten das Medaillon, und die Augen wurden in den mit goldenen Sternen bezogenen blauen Samt hineingezogen. In den Sternenhimmel, in dessen Mitte das Herz lag: die Eisträne. Geschaffen mit dem Blut eines Menschen. Der Betrachter ahnte das.

Die Hände ließen das Medaillon zuschnappen und legten es in eine Truhe, die ebenfalls mit blauem Samt ausgeschlagen war. Der Deckel schloss sich darüber mit einem leisen Knacken. »So schnell wird dich keiner mehr zu Gesicht bekommen«, flüsterte die Stimme. »Deine Macht ist zu groß für die Menschen. Es ist genug Blut deinetwegen geflossen. Du hast deine Schuldigkeit getan.«

Die Hände hebelten einen Stein in der Wand aus und schoben die Truhe hinein. Dann mauerten sie einen kleineren Ziegel davor, sodass die Lücke nicht mehr erkennbar war. Für niemanden.

ENDE

Geschichtliche Situation in der Herrlichkeit Gödens 1548

Ostfriesland war im 16. Jahrhundert eine Hochburg für Glaubensflüchtlinge, in erster Linie aus Holland. Es waren vornehmlich die friedlich gesonnenen Mennoniten, eine Täufergruppe, die vor allem in Emden und in der Herrlichkeit Gödens Zuflucht fanden. Es sind jedoch nachweislich auch führende militante Täufer aus Münster in die Herrlichkeit gekommen, haben sich dort niedergelassen und gewirkt.

In der Herrlichkeit Gödens herrschte 1548 Hebrich von Knyphausen, Witwe von Haro von Oldersum. Sie hatte dem aus Münster geflohenen Hinrich Krechting (ehemaliger Kanzler des Täuferanführers Jan van Leyden) und seinem Neffen Wolter Schemering Zuflucht in der Herrlichkeit gewährt. Sie konnte vom Wissen der beiden Männer, die als einzige Juristen in der Herrlichkeit ansässig waren, profitieren. Beide Männer sind zum reformierten Glauben übergetreten, damit sie unbehelligt wirken konnten. Man sagt den damaligen Herrschenden in Gödens aber auch nach, dass sie grundsätzlich mit den Täufergemeinden sympathisierten.

Mit dem Abschluss eines Vergleichs zwischen der Herrlichkeit Gödens und der Gräfin Anna von Ostfriesland konnten 1544 die Eindeichungen am Schwarzen Brack beginnen. Hebrich von Knyphausen holte mithilfe der Kontakte von Krechting und Schemering die Mennoniten aus Holland nach Gödens. Die Herrlichkeit brauchte Infrastruktur und Arbeitskräfte, die Mennoniten eine Zuflucht, da sie durch den Erlass des Kaisers in Holland um ihr Leben fürchten mussten. Die Mennoniten brachten allesamt auch Handwerk mit in die

Herrlichkeit, sodass das Land auflebte. Das neu angelegte Siel wurde die Keimzelle von Neustadtgödens, dem einzigen Ort in ganz Deutschland, der von Täufern gegründet wurde. Im Jahr 1548 war der Bau der Neustadt schon vorangeschritten, das neue Siel aber noch nicht ganz fertiggestellt. Dennoch begann sich der Flecken zu entwickeln.

Neustadtgödens erreichte in den nächsten hundert Jahren große Bedeutung als Handelsort, verarmte aber im 17. Jahrhundert, nachdem ein Damm gebaut wurde, der das Schwarze Brack vom Meer abschnitt.

Glossar

Delft: ein künstlich angelegter Wassergraben in Emden zur Erweiterung des Hafens

Dünnbier: Bier, das in der damaligen Zeit aus Wasser mit eingeweichtem Brot hergestellt wurde.

Duuvke: Hure

Gödenser Haus: wurde 1551 in Emden als Stadthaus Hebrich von Knyphausens am Roten Siel erbaut und ist das älteste noch erhaltene Haus in Emden. Heute beherbergt es ein Studentenwohnheim.

Herrlichkeit: Trotz der viel beschworenen friesischen Freiheit, die den Adel ablehnt, haben sich im Land einige reiche Bauern feste Burgen gebaut und eigene, in der Regel niedere Gerichtsbarkeiten, entwickelt. Diese autonomen Ländereien nannte man Herrlichkeiten und die Menschen, die ihnen voranstanden, nannte man Häuptlinge.

Hulk: mittelalterlicher Schiffstyp, auch Holk genannt. Kleiner als eine Kogge und lastentauglich

Kloster Faldern: Kloster in Emden, 1317 gegründet. Hatte noch lange Bestand, wurde erst 1557 endgültig aufgelöst. Es befand sich hinter dem heutigen Rathaus an der Falderndelft.

Klumpen: Holzschuhe. Waren auf den nassen und oft unwegsamen Böden am besten zum Laufen geeignet.

Knorr: Schiff, mit dem man unterhalb der ostfriesischen Inseln in die Herrlichkeit Gödens gelangte. Es war eine Vorstufe der heutigen Plattbodenschiffe. Die Knorr war zu der Zeit schon etwas fortschrittlicher gebaut als die Knorr der Wikinger. Die Knorr fuhr fast ausschließlich unter Segeln, zwei bis vier Riemenpaare dienten zum Manövrieren in engen Gewässern oder Hafeneinfahrten.

Kraweel: Schiffstyp in Nordeuropa, aus dem Hulk entwickelt, löste ihn bald ab.

Marketenderin: Handelsfrau, manchmal aber auch als Hure tätig

Marschenfieber: Auch Sumpffieber genannt. Es handelt sich dabei um eine Malariainfektion. Die Menschen des ausgehenden Mittelalters führten die Krankheit aber nicht auf die Mücken, sondern auf die »giftigen Dämpfe des Moores« zurück.

Meester: Schiffsführer, Kapitän

Mennoniten: Friedliche Täufergruppe aus Holland. Man nannte sie auch Mennisten (als Schimpfwort), sie selbst bezeichneten sich zunächst als »Mennos Volk«.

Olde Krocht: Gaststätte in der Herrlichkeit Gödens in der Nähe der Burg

Olde Krochtwarft: Hofstelle neben der *Olden Krocht*. Dort lebte nachweislich ab 1543 Hinrich Krechting.

Schap: Münze im damaligen Ostfriesland, auch in der Herrlichkeit Gödens

Schwarzes Brack: Ehemalige Meeresbucht an der westlichen Seite des Jadebusens. Es hieß Schwarzes Brack, weil es die hier liegenden Hochmoore es dunkel färbten.

Stapelrecht Niederlagerecht: Das Recht einer Stadt, die Waren von durchreisenden Kaufleuten eine bestimmte Zeit in der Stadt abzuladen (»Niederlage halten« oder »stapeln«) und den dortigen Bürgern feilzubieten. Die Stadt Emden verlangte von allen Schiffen, die die Ems aufwärts- oder abwärtsfuhren, dass sie den Hafen für drei Tage anfuhren und dort Niederlage hielten, was dem Hafen einen großen Zuwachs an Schiffen bescherte. Dieses Recht wurde zur Zeit des Romans vor allem von den Groningern bekämpft. Obwohl Karl V. das Niederlagerecht im Jahr 1548 für Emden aufhob, hat es sich bis ins 18. Jahrhundert gehalten.

Toversche: Als Toversche bezeichnete man in Ostfriesland Hexen oder Zauberinnen.

Verschiedene Diakonien: In Emden wurden während und nach der Reformation verschiedene Armenfürsorgen eingeführt. Es gab die »Clementiner Bruderschaft«, ab 1557 die Stiftung »Stadt Emdens Kornvorrat« und 1558 unter Vorsitz a Lascos die »Diaconie der Fremdlingen Armen«. Im Roman habe ich die Planungen dafür anlaufen lassen.

Danksagungen

Wieder ist ein historischer Roman auf den Weg gebracht, wieder hat es viel Zeit gekostet und unglaublich viel Freude gemacht, in der Vergangenheit zu forschen. Es ist stets eine Herausforderung, historische Ereignisse in eine fiktive Romanhandlung zu verstricken. Auch wenn man als Schriftsteller bemüht ist, die Authentizität der Historie zu wahren, so bleibt es aber doch immer ein Roman, der einfach Spaß am Lesen bereiten soll. Ich hoffe, es ist mir erneut gelungen.

Begleitet haben mich auch dieses Mal wieder Michael Clemens, Heimatforscher und Täuferkenner aus Neustadtgödens, Michael Steinert vom Küstenmuseum Wilhelmshaven und Stephan Horschitz vom Museum im Landrichterhaus in Neustadtgödens. Danke für alles! Weiter bin ich sehr froh, Karin Förster von der Universität Oldenburg kennengelernt zu haben! Denn schon jetzt war sie mir bei ein paar Fragen über die Täufergeschichte sehr hilfreich.

Der Gemeinde Sande danke ich für die weiterführende Unterstützung bei den geplanten Lesungen an den Originalschauplätzen im Ort, dem Jever Stadtmarketing, dass sie die Vorgeschichte der Hebamme Hiske Aalken in den kriminellen Stadtführungen in Jever mit mir leben lassen, und Ilka Schultze von der Gemeindebibliothek Sande für die Unterstützung in jeder Lebens- und Schreiblage.

Und natürlich gilt ein großes Dankeschön dem Dreebladd, mit dem ich noch immer sehr gern arbeite, und meinen Eltern!

Dazu habe ich die Hilfe meiner Tochter Karen bei den Hebammenfragen sehr genossen, und ich finde es großartig von Petra Brundiers, dass sie sich die Mühe des Gegenlesens gemacht hat.

Aber was wäre das alles ohne meinen Mann Frank und meine fünf Kinder, die stets großes Verständnis für meine Arbeit aufbringen.

Schlussendlich habe ich aber auch einen tollen Verlag, eine klasse Lektorin und mit Anna Mechler eine sehr engagierte Agentin.

Regine Kölpin